Robert von Ranke Graves:
Sieben Tage Milch und Honig
Roman

Deutsch von Peter Marginter

Klett-Cotta
im
Deutschen
Taschenbuch
Verlag

dtv

Von Robert von Ranke Graves
ist im Deutschen Taschenbuch Verlag erschienen:
Ich, Claudius, Kaiser und Gott (1300)

Ungekürzte Ausgabe
August 1986
Deutscher Taschenbuch Verlag GmbH & Co. KG,
München
Lizenzausgabe mit freundlicher Genehmigung der
Ernst Klett Verlage GmbH u. Co. KG, Stuttgart

Titel der englischen Originalausgabe:
›Seven Days in New Crete‹ (Erstveröffentlichung 1949)

ISBN 3-608-95088-5
Umschlaggestaltung: Celestino Piatti
Gesamtherstellung: C. H. Beck'sche Buchdruckerei,
Nördlingen
Printed in Germany · ISBN 3-423-10614-X

Inhalt

Die Beschwörung

»Ich bin Experte für Englisch«, stellte sich der Herr im weißen Anzug vor. Er sprach auffällig gehemmt und mit seltsam farblosem Akzent, als versuchte ein Sanskritologe, sich auf Sanskrit zu unterhalten. »Ich hoffe, Sie werden uns vergeben, daß wir Sie solchermaßen akzeleriert – will sagen: über so viele Generationen hinweg aus Ihrer Zeit heraufgeholt haben. Sie sind doch Mr. Edward Venn-Thomas?«

Ich nickte, noch ein wenig verwirrt von dem plötzlichen Wechsel, jedoch hellwach.

»Drücke ich mich korrekt aus?« erkundigte er sich besorgt.

»Überaus korrekt«, versicherte ich und tat mein Bestes, ein Lächeln zu verbeißen. »Nur fehlen die Obertöne, die uns Engländern gedient haben, Gefühle mitzuteilen – oder zu verbergen.«

»Es empfiehlt sich, derlei außer acht zu lassen. Wenn ich mich nicht täusche, haben zu Ihrer Zeit die Gelehrten die Obertöne etwa des Altgriechischen gleicherweise vernachlässigt. Aber ich will Sie nicht mit solchen Spitzfindigkeiten belästigen –«

»Keine Ursache. Je spitzer, desto lieber. Ich bin sogar bereit, mich mit Ihnen über die Modulationen des Altgriechischen auseinanderzusetzen.«

»Sehr liebenswürdig, aber ich bin kein Gräzist – bedaure. Hingegen habe ich eine Frage, die meinen Kollegen Quant und mich nun schon einige Tage beschäftigt: Man hat uns, müssen Sie wissen, mit der Revision des Englischen Wörterbuchs betraut. Und da finden sich nun auf den Weihnachtskarten, die in dem Fund von Liverpool enthalten waren, Verse wie:

Just to hope the day keeps fine
For you and yours this Christmas time –

und:

I hope this stocking's in your line
When stars shine bright at Christmas-time.

Ich schließe daraus, daß ›Christmas-time‹ oft auch ›Christmas-tine‹ ausgesprochen worden ist und es sich dabei um eine Dialektvariante des älteren ›Christmas-tide‹ handelt. Quant bestreitet das mit bei ihm ungewöhnlichem Nachdruck.«

»Quant hat recht.«

»Oh, das enttäuscht mich sehr. Ich hoffte schon, daß ich eine wertvolle Entdeckung gemacht haben könnte.«

»Wer sind Sie? Wo bin ich?«

»Ich habe Ihnen doch dargelegt, daß ich mich mit den europäischen Idiomen der Spätchristlichen Zeit befasse und Spezialist für die englische Sprache bin. Und was den Ort betrifft, an dem Sie sich befinden –: Wenn Sie aus dem Fenster schauen, wird Ihnen vielleicht die Gegend bekannt vorkommen.«

Tatsächlich. Die Gegend war mir durchaus vertraut. Dort drüben das felsige Vorgebirge, der Hügel mit der Kirche von Sainte Véronique – nur daß es nicht dieselbe Kirche war. Vielleicht war es überhaupt etwas anderes. Auch das Meer hatte sich eine Meile oder sogar weiter zurückgezogen, ein breiter Gürtel von Ackerland reichte bis fast zum Horizont, und die kahlen Hügel waren jetzt bewaldet. Ich fand es so viel hübscher und teilte das dem Herrn auch mit.

»Wie bin ich hierher gekommen?« wollte ich hierauf wissen.

»Sie erinnern sich an nichts?«

»Absolut nichts.«

»Man hat von Sonnenaufgang bis Mittag über einem Feuer die entsprechenden Formeln gesprochen, bis Sie erschienen sind, und Sie danach höflich eingeladen, uns zu besuchen. Worauf Sie entgegneten, daß Sie nichts dagegen haben, obwohl die Zukunft Sie eigentlich nicht interessiere.«

»Das stimmt. Ich bin doch nicht etwa tot?«

»Nein, wir haben Sie lebend beschworen. Tote sind unwiderruflich tot. Sie haben noch einige Jahre vor sich.«

»Dann erzählen Sie mir bitte nichts über meine nächste Zukunft. Es würde mir keinen Spaß machen, hinter Ihren Eröffnungen herzuleben.«

»Ganz wie Sie wünschen.«

»Ich möchte auch nicht unbedingt auf das Jahrhundert genau wissen, wie weit in die Zukunft man mich entführt hat. Es wäre mir peinlich, wenn ich mich allzu primitiv fühlen müßte.«

»Ganz wie Sie wünschen.«

»Warum hat man mich zitiert?«

»Die Dichter möchten von Ihnen einiges über die Spätchristliche Zeit hören, die für uns einen gewissen nostalgischen Reiz hat. Die Antworten, die Sie uns gütigst erteilen wollen, werden in unseren Protokollen registriert.«

»Ist es bei Ihnen der Brauch, daß man Menschen aus vergangenen Zeitaltern beschwört?«

»Nein. Unsere Hexen haben diese Technik erst kürzlich entwickelt, und Sie sind der erste Mensch, den wir aus einer so frühen Epoche wie der Spätchristlichen gerufen haben – abgesehen von Ihrem Onkel gleichen Namens, an den wir vor einer Woche auf der Suche nach Ihnen geraten sind. Er war ziemlich überrascht und verwirrt, weil Sie zu seiner Zeit noch nicht geboren waren, ist aber durchaus willig auf unsere Fragen eingegangen.«

»Onkel Edward hat bestimmt nichts ausgeplaudert. Er war ein echter Diplomat der alten Schule. Aber warum haben Sie ausgerechnet mich haben wollen?«

»Wen sonst aus Ihrer Zeit hätten Sie der Hexe vorgeschlagen?«

»Keine Ahnung ... Vielleicht jemanden, der mehr als ich über unsere Zeit weiß? Ich bin kein Naturwissenschaftler, kein Statistiker, kein Herausgeber einer Enzyklopädie. Ich bin nicht einmal ein ausgebildeter Historiker.«

»Wir sind von Ihrem Gedicht ›Gegenzauber‹, das sich zufällig erhalten hat, und von der Tatsache ausgegangen, daß Sie hier in dieser Umgebung zu Hause waren.«

»Sind Sie ein Dichter?«

»Nein, ich bin Experte für Grammatik und Syntax des spätchristlichen Englisch«, entgegnete er und ließ sich anmerken, daß ihn diese Wiederholungen wenig freuten. »Die Damen und die Dichter erwarten Sie im Nebenzimmer. Meine Aufgabe ist es, Sie Ihnen vorzustellen und Ihnen als Dolmetscher beizustehen. Wie fühlen Sie sich? Sind Sie schwindelig?«

»Danke, ich bin ganz in Ordnung. Ein hübscher Raum ist das hier – irgendwie erinnert er mich an unser Biedermeier: Ruhig, solid, harmonisch in seinen Proportionen. Nicht daß es mich sehr überrascht, Proportionen sind eben etwas Zeitloses. Aber ich sehe keine Bilder ... Warum haben Sie keine Bilder?«

»Welche Art von Bildern würden Sie sich wünschen?«

»Ich weiß nicht ... Vielleicht Familienporträts?«

»Was für einen Sinn hätte es, den Ausdruck eines Gesichts festzuhalten, wie er an einem bestimmten Tag war, wenn es doch nach ein paar Jahren ein ganz anderes sein wird?«

»Oder Landschaften?«

»Ist es nicht einfacher und lohnender, eine Landschaft im Original zu genießen?«

Ich wechselte das Thema. »Wie ich sehe, heizen Sie Ihre Kamine nach wie vor mit Holz«, stellte ich fest. »Zu meiner Zeit hat man eine Zukunft prophezeit, in der die Häuser nicht mehr mit Holz, Kohle oder Elektrizität geheizt werden, sondern mit Atomenergie.«

»Das war eine sehr ephemere und – nach dem ›Abriß der Weltgeschichte‹ – durchaus nicht glückliche Zukunft. Darf ich Ihnen eine Erfrischung anbieten?«

»Was gibt es denn? Einen Schluck Wein und ein Stück Kuchen?« Das war eine bewußte Testfrage.

»Ich werde mich bei den Damen erkundigen. Da es sich bei Ihnen um einen Besuch aus der Vergangenheit handelt, wäre es unhöflich, Ihnen Wein zu verweigern, wenn Sie ihn nötig haben. Wir alle hätten jedoch ein besseres Gefühl, wenn Sie bereit wären, statt dessen etwa ein Glas Bier zu nehmen. Es ist nicht die Stunde, um Wein zu trinken. Wein ist – wie auch Fleisch – festlichen Anlässen vorbehalten. Aber das Bier ist gut.«

»Gütiger Himmel! Mir ist alles eins«, versicherte ich. »Trinken wir also ein Bier.«

Er lächelte dankbar, ging hinaus und kehrte bald darauf mit einem Glas Bier und ein paar Salzbrezeln auf einem Teller wieder. »Heute haben die Diener ihren freien Tag«, erläuterte er, »sonst hätten sie serviert. Aber deshalb war auch die Gelegenheit für Ihre Beschwörung günstig. Sie werden bald zurück sein.«

Das Bier schmeckte wirklich ausgezeichnet. Ebenso die Brezeln.

»Diesen Teller und das Glas würde ich gern in meine Zeit mitnehmen«, sagte ich. »Sind sie sehr wertvoll?«

Er brauchte eine Weile, um den Sinn dieser Frage zu erfassen. »Wenn Sie wissen wollen, ob diese Dinge von Wert für den täglichen Gebrauch sind«, entgegnete er schließlich, »muß ich Ihnen antworten, daß wir nichts verwenden, was keinen solchen Wert besitzt – obwohl die Stände bzw. Klassen unserer Gesellschaft sich zu unterschiedlichen Wertvorstellungen bekennen. Tatsächlich ist es diese Gegensätzlichkeit der Wertvorstellungen, welche die Stände voneinander unterscheidet. Das Glas hier und der Teller sind von einer Qualität, die nur von den Angehörigen des Standes geschätzt wird, welche man die Magier nennen könnte. Mir gefallen diese Sachen überhaupt nicht.«

»Mir schon. Aber eigentlich wollte ich wissen, ob sie viel Geld kosten.«

»Geld?« wiederholte er. »Oh, nein! Geld ist schon seit sehr, sehr langer Zeit nicht mehr in Gebrauch. Es entartete.«

»Wie wahr! Und was verwenden Sie an seiner Stelle? Bezugsscheine?«

»Nein, nein! Keine Bezugsscheine.«

»Kaurimuscheln?«

Er hob abwehrend die Hände. »Bitte, mein Herr! Wollen Sie mir jetzt nach nebenan folgen, wo die Damen und die Dichter auf Sie warten?«

Wir traten in ein Zimmer, wo zwei Damen und drei Herren ruhig vor einem offenen Feuer saßen.

»Darf ich Sie ersuchen, mich mit den Herrschaften bekanntzumachen?« sagte ich, mit einer leichten Verneigung in Richtung der kleinen Gesellschaft, zu dem Dolmetscher.

Die Herren hatten sich schon erhoben. Sie erwiderten meine Verneigung. Die Damen, die auf eine fast atemberaubende Weise attraktiv waren, blieben sitzen und lächelten freundlich.

»Wir nennen Menschen nicht mehr vor aller Öffentlichkeit mit ihren Namen, wie das zu Ihrer Zeit der Brauch war«, erklärte mir der Dolmetscher. »Wir verwenden Übernamen oder Titel. Diese Dame ist eine Hexe – Nein, bitte: Händeschütteln ist hier nicht üblich.«

Die Hexe erinnerte mich stark an Marlene Dietrich. Meine vorgestreckte Hand schien sie zu amüsieren, aber sie sagte nichts.

»Ihr Übername ist ›Salweidenblatt‹ oder, kurz, ›Sally‹.«

»Frau oder Fräulein?«

»Wie bitte?«

Ich führte meine Frage genauer aus.

»Oh, nein. Diese Art Unterschied gibt es nur bei den Gemeinen, nicht hier.«

»Sie meinen: Nicht bei den Dichtern und übrigen Magiern?«

»So ist es. Bei ihnen, heißt es bei uns, wählt das Haus den Mann, nicht der Mann das Haus. Womit ausgedrückt wird, daß die Frau, die einem Haus vorsteht, keine Standesbezeichnung aus ihrem Umgang mit Männern ableitet.«

»Wollen Sie bitte der Hexe versichern, daß es nicht meine Absicht war, ihr nahezutreten«, ersuchte ich den Dolmetscher.

»Diese junge Dame ist – nun: sie ist eine Nymphe: die Nymphe des Monats. Aber vielleicht wissen Sie nicht, was eine Nymphe ist? Wir geben ihr den Namen des ihr zugeordneten Steins, in diesem Fall ›Saphira‹.«

Ihre Sprache beruhte auf dem Katalanischen – meine Mutter stammte aus Katalonien –, enthielt jedoch viele englische Elemente, auch etwas Gälisch und ein wenig Slawisch. Obwohl sie mit gemessener Würde sprachen, vermochte ich zunächst ihrer Unterhaltung nicht zu folgen.

Die drei Herren hatten Übernamen, die mich an Indianerhäuptlinge erinnerten: »Sieh-ein-Vogel«, »Feigenbrot« und »Seestern«. Sie waren Dichter und zugleich Magier. Sieh-ein-Vogel war ein hochgewachsener, sanfter Graukopf; Feigenbrot und Seestern waren an die Dreißig und sahen wie Brüder aus – beide dunkeläugig, breitschultrig, schlank und ernst.

»Sie haben mich eingeladen, weil Sie mir ein paar Fragen stellen wollen –«, begann ich.

Sally warf einen Blick zu Seestern, worauf dieser für sie fragte: »Mögen Sie uns?«

»Sehr.« Ich meinte es ehrlich.

Sie murmelten erleichtert. »Wir können jetzt unser Gespräch fortsetzen«, erklärte mir der Dolmetscher. »Wenn Sie gezögert oder wir einen falschen Ton aus Ihrer Antwort herausgehört hätten, würden wir uns entschuldigt und Sie ohne weitere Fragen in Ihre Zeit zurückversetzt haben.«

»Warum?«

»Gespräche zwischen Leuten, die einander nicht mögen, bleiben immer fruchtlos«, entgegnete er mit nachdrücklichem Räuspern.

»Wer hätte den falschen Ton festgestellt?«

Er schien überrascht. »Jeder. Bei den Anwesenden handelt es sich durchwegs um Magier.«

Feigenbrot blickte in die Runde, um sich zu Wort zu melden. »Wie fühlt man sich als Dichter der Spätchristlichen Zeit?« wollte er wissen.

Das war eine so umfassende Frage, daß ich eine Weile darüber nachdenken mußte. »Soll ich einen Vergleich mit der Frühchristlichen Zeit oder mit vorchristlichen Epochen ziehen?« tastete ich mich schließlich vor. »Sie können nicht von mir erwarten, daß ich einen Bezug zu Ihrer Zeit herstelle. Wie heißt sie eigentlich bei Ihnen?«

»Wir gehören dem Neukretischen Zeitalter an.«

»Nun: Sie können nicht verlangen, daß ich meine mit Ihrer Zeit vergleiche. Ich weiß von Ihrer Zeit noch nichts.«

»Am besten wäre es, Vergleiche überhaupt zu vermeiden. Jeder kann nur für seine eigene Zeit sprechen.«

»Dann könnte ich ganz einfach feststellen, daß ich mich in meiner Zeit nicht wohl fühle. Oder finden Sie, daß dieses Bekenntnis nur meine Dummheit offenbart?«

»Wenn Ihre Beziehungen zu denen, die Ihnen nahestehen, glücklich sind, Sie sich aber dennoch in Ihrer Zeit nicht wohl fühlen, läßt sich daraus nur schließen, daß es sich um eine Epoche stürmischer Veränderungen handelte. Veränderungen sind immer schmerzlich.«

»Sie drücken es sehr freundlich aus. Wie lange hat übrigens die Spätchristliche Zeit gedauert?«

Sie berieten untereinander, bevor der Dolmetscher mir Antwort gab: »Nach dem ›Abriß der Weltgeschichte‹ werden Sie noch mehrere Päpste zu wählen haben. Wir setzen das Ende der Christlichen Ära mit dem des Papsttums gleich, obwohl das Christentum als solches in den buntesten Spielarten noch viele Generationen überdauert hat.«

»Oh? Und wer hat das Papsttum abgeschafft?« fragte ich mit steigendem Interesse.

»Zu einem Zeitpunkt, als mörderische Kriege sich ineinander verzahnten, verlegte man den Sitz des Papstes von Rom nach San Francisco, wo dieser nach ein paar weiteren Generationen von den Pantisokratikern oder Nivellisten abgeschafft wurde. Die letzten Päpste waren Hadrian VIII. und Pius XVI. Darauf bekannte sich ein ökumenisches Konzil aller Kirchen, das in Pittsburgh stattfand, zur Unterscheidung zwischen dem Juden Jesus und dem Gott Christus, den man mit Mehrheitsbeschluß für nicht existent erklärte, so wie man ihn mit Mehrheitsbeschluß auf dem Konzil von Nicaea eingesetzt hatte, ersteren jedoch als den ersten Pantisokratiker anerkannte. Nichtsdestoweniger wurde der Christus noch lange von den häretischen Mystiques, einer frankophonen Sekte in Kanada, als die zweite Person der Dreieinigkeit verehrt, dabei allerdings nicht als ›Christus‹, sondern als ›Friede‹ angesprochen, einerseits aus Sicherheitsgründen, andererseits aus dem Bestreben, sich von dem Juden Jesus zu distanzieren, weil ›Jesus‹ und ›Christus‹ in der Volkssprache dasselbe waren. Aber ich mache hier einen Punkt, da Sie sich ja für die Zukunft nicht interessieren und ich

Ihnen nicht mehr als eine kursorische Abgrenzung der Spätchristlichen Epoche liefern sollte.«

»Vielleicht ist es besser, wenn wir es dabei lassen. Aber Sie dürfen aus dem, was ich über die Zukunft gesagt haben, nicht schließen, daß ich auf diese Zukunft nicht neugierig wäre. Ich meinte nur, daß das Spekulieren mit einer Zukunft, der wir nicht angehören und die uns keine Vorhersage gestattet – wir können ja nicht einmal für den übernächsten Tag vorhersagen, was für ein Wind wehen wird –, das Bewußtsein von der Gegenwart ablenkt und die Leute oft nur verwirrt. Selbst ein Vorherwissen von ganz unbedeutenden Ereignissen, wie etwa das Ergebnis eines noch nicht gelaufenen Rennens, würde mir im Verhältnis zu meinen Zeitgenossen einen Vorteil verschaffen, den ich nicht verkraften könnte.«

»Niemand wird Ihnen Informationen aufdrängen, die Sie aus Ihrem Gleichgewicht bringen«, versicherte Sally.

»Sie müssen begreifen«, setzte ich ein wenig nervös fort, »daß es zu meiner Zeit gewissermaßen ein Anachronismus war, als Dichter zu leben. Die wichtigsten Anliegen der Leute hatten nicht einmal mittelbar mit Poesie zu tun – also etwa Geld und Sport, Religion, Politik und Naturwissenschaft.«

»Sind das ausschließliche Anliegen?« fragte Feigenbrot gewichtig und beugte sich in seinem ledergepolsterten Sessel vor.

»Oh, nein«, berichtigte ich. »Nicht ausschließlich – durchaus nicht ausschließlich.« Unter Feigenbrots dunkeläugigem Blick kam ich mir vor wie ein Scharlatan auf einem Jahrmarkt, als ich weiterredete. »Theoretisch geht einem Geschäftsmann das Geld über alles: In Kriegszeiten ist er sogar fähig, Waffen an den Feind zu verkaufen, die gegen seine eigene Heimat eingesetzt werden. Ein hundertprozentiger Kommunist, als Beispiel für totales politisches Engagement, kennt nichts als den Kommunismus: Er ist bereit, selbst seine eigenen Eltern und Kinder wegen ›bürgerlicher Umtriebe‹ zu denunzieren. Ein religiöser Fanatiker wird seinen gesamten Besitz den Armen schenken und in einem Straßengraben krepieren. Ein hundertprozentiger Naturwissenschaftler wäre entzückt, wenn man ihn die Erde, auf der er lebt, zum Beweis für die Richtigkeit bestimmter Hypothesen auf dem Gebiet der Atomtheorie, in die Luft sprengen ließe. Praktisch jedoch ist es möglich, daß der Kommunist zugleich ein Naturwissenschaftler ist, der Geschäftsmann in einer Sonntagsschule unterrichtet, der Christ zugleich Kommunist ist und der Naturwissenschaftler Geschäfte macht. Und jeder kann sich für irgendeinen Sport begeistern. Ich gebe zu, daß das verwirrend ist. Nun: Mit Poesie lassen sich keine aufregenden Umsätze machen, daher ist sie dem Geschäftsmann gleichgültig. Für den Kommunisten handelt es sich um eine individualistische Abweichung von den Grundsätzen des Marxismus. Der religiöse Fanatiker verdammt sie als Frivolität. Für den Naturwissenschaftler ist sie unbeachtlich, weil sie sich nicht quantifizieren läßt und daher keinen erkennbaren Gesetzen zu folgen scheint. Da ihr das Element des Wettbewerbs fehlt, fehlt ihr auch die Beziehung zum Sport.«

»Wie ist es dann möglich, daß jemand dennoch als Dichter existiert?«

»Das frage ich mich oft selbst. Immerhin sind aber die der Poesie entgegengesetzten Interessen nicht untereinander verbündet. Unser Zeitalter ist durch die Technisierung allen Lebens bestimmt: Naturwissenschaft und Geld sorgen dafür, daß sich die Mühle immer schneller dreht. Im Kommunismus wird der Traktor als Symbol des Fortschritts verehrt; und kein Papst hat jemals daran gedacht, eine Enzyklika gegen den Verbrennungsmotor oder die Elektroturbinen zu richten. Trotzdem spürt man, daß die Technisierung und das, was man als Normierung bezeichnet, auch seine Nachteile hat, und man duldet den Dichter, weil man weiß, daß er dagegen ist. Auf diese Weise trocknen die Quellen der Poesie nicht ganz aus, obwohl sie zu einem sehr bescheidenen ...«

Hier verstummte ich plötzlich. Was ich gesagt hatte, klang zu sehr nach einem Beitrag zu dem üblichen Fachquatsch, nicht nach der Stimme der Vernunft. Ich schalte regelmäßig das Radio ab, wenn es Wörter wie »Technisierung« und »Normierung« zu spucken anfängt.

Der alte Sieh-ein-Vogel brach das betretene Schweigen:

»Von unserem Dolmetscher höre ich, daß Sie zwei Weltkriege erlebt haben. Sind auch Dichter an den Kämpfen beteiligt gewesen?«

»Die meisten der Besten. Erschreckt Sie das?«

»Bei uns ist einem Dichter alles erlaubt, solang er seine Würde wahrt. Auch Feigenbrot und ich haben an einem Krieg teilgenommen. Allerdings habe ich den Eindruck, daß Ihre Form der Kriegsführung mit Verlusten an Menschenleben, Sachschäden und anderen unschönen Begleiterscheinungen verbunden war.«

»Natürlich. Die Aufgabe eines Feldherrn ist es, die Streitkräfte der Gegner zu vernichten und den Feindstaat zur bedingungslosen Kapitulation zu zwingen.«

»Eine höchst unfreundliche Methode. Bei uns ist ein Krieg immer sehr lustig – abgesehen von den Abwehrkämpfen, in die manchmal unsere Reisenden verwickelt werden, wenn sie die Grenzen von Neukreta überschreiten –, und wir würden ihn sofort abbrechen, wenn jemand dabei getötet wird.«

»Unsere Kriege sind durchwegs abscheulich.«

»Ist es also wahr, daß das Militär bei Ihnen keine Rücksicht auf Frauen und Kinder genommen hat? Ein Dichter könnte doch nie eine Frau töten?!«

»Ich habe nie eine Frau getötet«, entgegnete ich ziemlich hilflos. »Jedenfalls ist es mir nicht bewußt.«

Wieder breitete sich Schweigen aus, bis endlich Feigenbrot sich einschaltete. »Ihre Stimme hat einen fremden Unterton«, stellte er fest. »Vermutlich ist bei Ihnen das Leben so kompliziert, daß es schwierig ist, die Wahrheit zu sagen. Als Sie über die Institutionen und Ereignisse Ihrer Zeit sprachen, unterschied sich der Zweifel in Ihrer Stimme sehr merkwürdig von Ihrer anfänglichen Sicherheit: Als Sie sagten, daß Sie uns mögen.«

»Wir mögen Sie jedenfalls auch«, sagte Sally. »Haben Sie Lust, etwas länger bei uns zu bleiben, oder fühlen Sie sich unbehaglich, weil Sie so weit über Ihre Zeit hinaus versetzt worden sind?«

»Wenn ich sicher sein könnte, daß man bei mir zu Haus nicht um mich besorgt ist, würde ich gern bleiben, solange es Ihnen gefällt.«

»Darüber brauchen Sie sich nicht den Kopf zu zerbrechen. Zu Ihrer Zeit schlafen Sie, und Sie können nach Belieben Monate oder Jahre in einem Traum verbringen, der nicht länger als der Übergang von einem Atemzug zum nächsten dauert.«

»Sehr gut. Ich würde ungern mein Haus in Trümmern und meinen zweijährigen Sohn als weißbärtigen Tattergreis im Rollstuhl vorfinden.«

Ich lehnte mich entspannt zurück, und dann unterhielten wir uns, bis bei Sonnenuntergang eine ferne Glocke läutete und die Kerzen angezündet wurden. Sie waren aus Bienenwachs und steckten in schweren Goldleuchtern. Irgendwie hätte ich mir eine fortschrittlichere Illumination erwartet.

Den meisten Menschen meiner Zeit wären wohl meine neuen Freunde mit ihren Idealfiguren und ihrer beruhigend intensiven Intellektualität zu vollkommen gewesen. Sie machten den Eindruck unheilbarer Gesundheit; ihre Gesichter waren faltenlos und ruhig – sie wirkten geradezu anstößig zufrieden. Dennoch fehlte ihnen das Besondere, das wir als Charakter zu schätzen wissen: das Siegercharisma, das der Abglanz mutig bestandener Gefahren ist. Ich versuchte mir vorzustellen, wie sie auf die Probleme unserer Zeit reagieren würden – Nein, dachte ich, nach einer Woche wären sie nur mehr Schatten ihrer selbst. Es fehlte ihnen nicht nur an Charakter, wie sie ihn unter ihren Lebensbedingungen nicht hatten entwickeln können, sie hatten auch keinen Humor – das wohlgezielte Cremetörtchen oder jene Prise Niespulver, welche die Bullen beiderlei Sinnes ins Matt stürmen läßt. Sie benötigten so etwas nicht, und während meines ganzen Aufenthalts bei ihnen hörte ich auch keinen einzigen halbwegs guten Witz. Natürlich lachten sie, aber nicht über das Mißgeschick anderer Leute, sondern über unerwartet glückliche Zufälle. In unserer bösen Zeit – wenn eine solche Atmosphäre hier überhaupt denkbar ist – würde man von »betulich« sprechen, weil in diesem Begriff auch der Vorwurf einer gewissen Selbstgefälligkeit und Indifferenz gegenüber den Leiden der anderen mitenthalten ist. Das Neukretische Zeitalter war jedoch ein gutes Zeitalter, ohne Bedarf für Humor, Satire oder Ironie. Ich erinnere mich daran, wie Sieh-ein-Vogel einmal geistesabwesend einen Spiegel an einem Nagel aufhängen wollte, der in Wahrheit eine auf der Wand sitzende Fliege war. Alle lachten laut, aber nicht über seinen Irrtum: Sie lachten aus reiner Freude darüber, daß Sieh-ein-Vogel den Spiegel im Absturz mit der Zehe aufgefangen hatte und er heil geblieben war.

Die Fünf Stände

Ich habe nicht Kostümkunde studiert. Im allgemeinen ist mir auch ziemlich egal, was ich anhabe, und da zum gegebenen Anlaß niemand splitternackt erschienen war oder ein wirklich exzentrisches Kostüm – etwa einen bemalten Holzpanzer oder einen Mantel aus alten Zeitungen – trug, erregte nur Sallys Kleid meine Aufmerksamkeit. Sie hatte das Hexengewand an, in dem sie das Beschwörungszeremoniell geleitet hatte: eine spitze Mütze aus Maulwurfpelz, Bastsandalen und eine bodenlange dunkelblaue Robe mit langen Ärmeln und einer Borte aus Schlangen und Weidenzweigen in Silberstickerei, um die Mitte von einem Gürtel zusammengehalten, dessen Glieder großflächige, in Silber gefaßte Fünfecke aus Lapislazuli waren. Aus rituellen Gründen hatte sie die Füße blau gefärbt. Ich saß ihr gegenüber, und sie war es auch, mit der ich mich vor allem unterhielt. Dennoch war es die Gegenwart Saphiras – sie saß dunkelhaarig, schlank, grauäugig und schmalfingrig zwischen mir und dem Feuer –, deren ich mir am stärksten bewußt war.

»Wenn mein Kostüm Sie stört«, sagte Sally, »kann ich mich umziehen. Es wäre keine große Mühe.«

»Nein, auf keinen Fall! Es steht Ihnen sehr gut. Ist das tatsächlich Waid, was Sie da auf den Füßen haben? Soll das heißen, daß die Neukreter wieder auf Färberwaid zurückgekommen sind?«

Sie nickte. »Das Zeug stinkt bei der Zubereitung, aber wir Hexen brauchen es hin und wieder.«

»Darf ich fragen, was für eine Art blaugefärbte Hexe Sie sind? Eine schwarze oder eine weiße?«

»Wir haben keine solchen Unterscheidungen.«

»Ich meine: Sind Sie eine Hexe, die sich destruktiv betätigt, oder befassen Sie sich mit Heilungen?«

»Alles Heilen bedingt ein Zerstören.«

»Aber kommt es auch vor, daß Sie jemanden töten?«

Sie blickte mir ernst in die Augen. »Es kommt vor. Das ist der am wenigsten erfreuliche Teil unserer Aufgaben.«

»Wen töten Sie? Persönliche Feinde? Oder Feinde der Allgemeinheit?«

»Schlimme Menschen.«

»Was verstehen Sie unter ›schlimm‹?«

»Es ist beispielsweise schlimm, wenn ein Kalb mit zwei Köpfen geboren wird oder eine Henne kräht, statt Eier zu legen. Oder wenn sich ein Mann wie eine Frau benimmt ...«

»Was?! Ihr bringt eure armen Schwulen um? Das geht aber doch etwas zu weit!«

»Oder wenn jemand absichtlich die Sitte verletzt«, fuhr Sally ungerührt fort, »und ihn sein Stand – also seine Klasse – ausstößt.«

»Ach ja – der Dolmetscher hat etwas von Ständen erwähnt. Wie viele davon gibt es?«

»Fünf.«

»Gibt es bei Ihnen vielleicht auch Könige? Ich habe eine Schwäche für Könige.«

»Natürlich. Ohne Könige keine wahre Religion. Die neukretische Welt ist in Königreiche eingeteilt.«

»Richtige Könige mit goldenen Kronen?«

Alle lachten. »Ja, Könige mit richtigen goldenen Kronen, die ihnen von ihren Gemahlinnen aufgesetzt werden.«

»Was für eine stabile Welt muß das sein! Keine klassenlose Gesellschaft? Keine Republik?«

»Nein.«

»Wie wählt man seinen Stand?«

»Ich verstehe Ihre Frage nicht ganz.«

»Gehört jemand einem Stand durch Geburt und Besitz an? Oder auf Grund seiner Leistungen?«

»Auf Grund seiner Anlagen – was sonst? Aus der Abstammung läßt sich nie eindeutig auf die Anlagen schließen; Eltern aus einem bestimmten Stand können Kinder haben, die eigentlich in einen ganz anderen Stand gehören. Und Besitz läßt zwar erkennen, welchem Stand jemand angehört, ist aber keine Qualifikation dafür. Leistungen hingegen sind das Resultat entsprechender Anlagen.«

»Aber wer beurteilt die Anlagen? Lokale Ausschüsse, die von einer Königlich Neukretischen Gesellschaft für Psychologie beschickt werden? Sie arbeiten doch sicher nicht mehr mit dem Intelligenztest von Funck-Hulme – dem mit den Puzzles, den bunten Glühlämpchen und dem Trickautomaten?«

Der Dolmetscher stöhnte verzweifelt. »Bitte, mein Herr!« protestierte er. »Ich würde zu lange brauchen, um den zweiten Teil Ihrer Frage zu übersetzen, auf den ich selbst Ihnen die Antwort geben kann: Ein schlichtes ›Nein‹. Gestatten Sie mir, daß ich mich für die Hexe darauf beschränke, wer die Anlagen beurteilt?«

»Meinetwegen. Wer beurteilt sie also?«

Er übersetzte das. »Eltern, Spielkameraden und Nachbarn«, erläuterte Sally. »Das Kind bleibt so lange in dem Stand der Mutter, als nicht allgemein die Überzeugung aufkommt, daß es woanders hingehört. Ein Irrläufer wird fast immer erkannt, bevor er mit der Schule anfängt. Da erscheinen dann die Vertreter seines eigentlichen Standes und beanspruchen ihn für sich.«

»Und die Eltern wehren sich nie dagegen?«

»Warum sollten sie? Es ist schmerzlich, ein Kind zu verlieren, aber es ist noch ärger, eines zu haben, das nicht ins Haus paßt. Die Eltern sind die ersten, die es loswerden wollen. In der Regel kriegen sie eines, das ihnen entspricht, als Ersatz – ein Waisenkind, oder einen Irrläufer aus einem anderen Stand. Ich selbst bin, wie man bei uns sagt, im falschen Nest ausgeschlüpft: Meine Eltern waren Chronisten. Im allgemeinen gibt es bei Magiern keine Fehlzeugungen, aber dafür haben wir nicht viele

Kinder. Ungefähr jeder Dritte von uns ist in einem anderen Stand geboren.«

»Fünf Stände gibt es, sagten Sie? Auch bei uns in England hat es früher fünf Stände gegeben: Adel, Geistlichkeit, Bauern, Bürger und Leibeigene. Wie ist das hier?«

»Wir zählen sie an den Fingern ab, wobei wir mit dem Daumen beginnen. Passen Sie auf: Der Daumen steht für die Führer, die etwa Ihrem Adel entsprechen; der Zeigefinger steht für die Chronisten; der Mittelfinger für die Gemeinen – können Sie mir folgen?«

»Ich verstehe, warum der Daumen die Führer darstellt: Er ist von den Fingern der erste und stärkste und fügt sich leicht zu jedem anderen Finger. Und der Zeigefinger ist der Chronist, weil er die Feder führt. Aber der Mittelfinger?«

»Er ist der längste und liegt in der Mitte – und die Gemeinen sind der mittlere und zahlreichste Stand. Hier nennen wir ihn den Narrenfinger. Der Ringfinger steht für die Diener, weil er von allen Fingern am wenigsten zu unabhängiger Bewegung fähig ist.«

»Bei den Chiromanten hieß er der Apollofinger.«

»Ich weiß, und Apoll war, wie Sie sich bestimmt erinnern, ursprünglich ein Diener. Die Dichterin Kleopatra schreibt in ihrem Terzett ›Drei kostspielige Irrtümer‹:

> Zunächst vergaß Apoll, daß er ein Diener war,
> Und wollte Meister sein.

Sie werden mir beipflichten, daß niemand sich weniger zum Herrn eignet als ein Diener. Nun – danach bleibt nur noch der Kleine Finger, der für die Magier steht, weil –«

»Weil er auch in den Märchen immer mit Zauberei zu tun hat?«

»So könnte man es ausdrücken. Außerdem ist unser Stand der kleinste der fünf Stände. Alle aber hängen zusammen und voneinander ab, wie die fünf Sektoren eines Platanenblatts. Jedes Königreich hat seine fünf Stände, und jedes Königreich ist ein Blatt an der Platane, die

Neukreta darstellt: Das ist so ziemlich das Erste, was man in der Schule lernt.«

»Sehr klar. Aber ich würde gern erfahren, wie ein Kind seinen naturgegebenen Stand vor seinen Spielkameraden offenbart. Das klingt für mich recht mysteriös.«

»Es ist überhaupt nicht mysteriös. Nehmen Sie beispielsweise ein Ballspiel – Haben die Kinder der Spätchristlichen Zeit Fußball gespielt? Ich habe es vergessen. Oder hat das erst mit den Pantisokratikern angefangen?«

»Fußball war bei unseren Kindern sehr beliebt. Auch bei erwachsenen Männern.«

»Gut. Wenn also ein Junge sich bei einem solchen Ballspiel ängstlich, passiv und ruhig verhält und lieber Befehle entgegennimmt als selbst entscheidet, wenn es ihm gleichgültig ist, auf welcher Seite er spielt und er lieber in der Verteidigung als beim Sturm ist, handelt es sich zweifellos um einen Diener. Wenn es ihn mehr interessiert, über die Feinheiten des Spiels zu reden oder den Schiedsrichter zu machen, ist er ein geborener Chronist. Wenn er lieber ein Spiel organisiert, als es selbst zu spielen, ist er ein Führer. Wenn er beim Sturm sein möchte und starken Mannschaftsgeist zeigt, gehört er zu den Gemeinen. Wenn er aber so spielt, als würde er nicht wirklich mitspielen, und sich die anderen, obwohl er ein guter Spieler ist, in seiner Gegenwart unbehaglich fühlen, ist er ein Magier.«

»Könnten Sie mir vielleicht genauer erklären, was ein Magier ist?«

»Magier denken aktiv; alle anderen Menschen denken passiv.«

»Ich verstehe. Dann würden also Mathematiker, Philosophen und Naturwissenschaftler zu den Magiern zählen?«

»Nein. Wenn es – was nicht der Fall ist – solche Leute bei uns gäbe, wären sie bei den Chronisten. Man braucht keinen aktiven Geist, um etwas zu registrieren.«

»Aber Sie würden doch bestimmt zwischen einem Mann, der Zahlenreihen addiert, und einem anderen Mann, der eine komplizierte mathematische Formel oder eine Theorie über das Wesen des Weltalls entwikkelt, einen Unterschied machen?«

»Auch in einer sehr komplizierten mathematischen Formel steckt kein Zauber. Eine Formel ist ein Instrument, das ein Registrator seinen Kollegen zur Verfügung stellt: So etwas gehört in das Gebiet der Buchhaltung oder der Geschichte. Auch ein philosophisches Modell unserer Welt fällt in diese Kategorie: Es ist Teil der Geschichte.«

»Ich kann Ihnen nicht folgen, Sally. Was ist aktives im Gegensatz zu passivem Denken?«

»Aktives Denken verhält sich zu passivem Denken wie Rhythmus zu Takt oder wie Melodie zu Harmonie. Es ist ein Ereignis, kein Zustand. In ihm bezeugt sich das Leben, während passives Denken die Grenzen absteckt, innerhalb derer das Leben stattfindet.«

Ich ließ es dabei bewenden und wechselte das Thema: »Herrschen bei Ihnen die Könige über ihre Königreiche?«

»Nein. Tun Sie das bei Ihnen?«

»Nur dem Namen nach. Aber wer regiert dann wirklich? Die Führer? Oder die Magier?«

»Es gibt keinen herrschenden Stand. Das herrschende Prinzip ist die Sitte, und jeder Stand hat seine diesbezüglichen Pflichten.«

»Eine Weile mag das ja gutgehen, aber müssen Sie nicht auf längere Sicht mit Zwischenfällen rechnen? Nehmen wir an, es kommt zu einer unvorhergesehenen Naturkatastrophe: es gibt doch noch Dürrezeiten, Überschwemmungen und dergleichen?«

Bevor sie antwortete, klopfte Sally auf Holz, um Unglück abzuwenden, tat das aber mit frommem Ernst, ohne entschuldigendes Lächeln. »Die Chronisten verwahren genaue Aufzeichnungen über vergangene Katastrophen, und wenn ein Unglück eintritt, schauen die Führer dort nach dem Mittel, um ihm zu begegnen. Irgendeinen Präzedenzfall gibt es immer. Und dann halten sie die Gemeinen zur Arbeit an. Die Gemeinen bleiben im Einsatz, bis die Gefahr vorüber ist. Die Magier halten sich heraus, an sie wendet man sich nur, wenn die Gesundheit oder die

Moral des Volks bedroht ist: Dann erwartet man ihr Eingreifen.«

»Dann seid ihr eine Art Priester?«

»Oh, nein! Die Priester gehören durchwegs zum Stand der Diener. Das scheint Sie zu überraschen, aber es liegt doch auf der Hand. Die Aufgabe eines Priesters ist es, seiner Gottheit treu zu dienen. Er muß nicht improvisieren, Entscheidungen fällen oder zaubern, sondern sein Ritual auswendig kennen und verläßlich tun, was er zu tun hat, ohne viel zu denken. Es gab einmal sogar den Vorschlag, daß die Könige aus dem Dienerstand genommen werden sollten, weil ein König der erste Diener des Staates ist und zur äußersten Selbstaufopferung bereit sein muß, aber das war ein Irrtum. Mit dem Argument, daß ›der Narrenfinger‹, wie der Dichter Vives schrieb, ›die Krone tragen soll‹ und es besser ist, Priesterschaft und Königtum auseinanderzuhalten, wurde dieses Recht den Gemeinen zuerkannt.«

»Eine vernünftige Entscheidung. Auf diese Weise kommen Sie zu einer interessanteren Kollektion von gekrönten Häuptern, und dazu gibt es den Gemeinen etwas, worauf sie stolz sein können.«

»Die Krone ist ein hübsches närrisches Ding, solange einer den Kopf hat, sie zu tragen.«

»Und wie spielen in diesem System die Frauen mit?«

»Es beruht auf uns, denn wir handeln unmittelbar im Namen der Göttin. Wir teilen den Männern ihre Ränge zu, ohne mit ihnen in Wettstreit zu treten. Und natürlich achten sie uns als das überlegene Geschlecht.«

»Aber sind es nicht mehr Männer als Frauen, die zu aktivem Denken fähig sind?«

»Das ist unwichtig. Für uns ist ein Magier nicht deshalb etwas Besseres als ein Chronist, weil ein Magier aktiv denkt; er ist nur anders.«

»Als das – zumindest in den Augen der Männer – überlegene Geschlecht tun Sie vermutlich keine Arbeit?«

»Selbstverständlich arbeiten wir. Aber in jedem Stand haben die Frauen ein anderes Betätigungsfeld als die Männer. Zwischen den Geschlechtern gibt es keine Konkurrenz.«

»Kommt es nie vor, daß Männer einer Frau ihren Rang zuteilen?«

»Das ist nicht Sitte.«

»Für mich klingt das etwas einseitig.«

»Ja, aber die Männer sind damit zufrieden, und wir beklagen uns nicht.«

Ich fühlte mich ein wenig angeknickt und bat Sally, mir den Unterschied zwischen männlichen und weiblichen Magiern zu erklären. Sie erwiderte, daß die Beschwörungsmagie zum Aufgabenbereich der Frauen gehöre. »Also etwa das Austreiben von Geistern, wenn sie irgendwo sind, wo sie nicht sein dürfen ...«

»Zum Beispiel?« wollte ich wissen.

»Beispielsweise in Fällen von dämonischer Besessenheit oder Spuk. Auch das Beschwören und Befragen von Menschen aus anderen Zeiten oder Räumen ist Frauensache. Projektive Magie wird von den Männern betrieben: Also etwa das Anrufen der Göttin, wenn sie einer magischen Verrichtung als Zeugin und Schutzherrin beiwohnen soll.«

»Wie ein Dichter die Muse anruft?«

»Ist Ihre Muse eine lebende Frau?«

»Beim Schreiben stelle ich sie mir als die Frau vor, die ich liebe.«

»War das zu Ihrer Zeit so üblich?«

»Ich glaube nicht. Aber ich mache das so – trotzdem.«

»Das freut mich, weil es uns helfen wird, daß wir einander besser verstehen. Unsere Sitte beruht nicht auf Gesetzen, sondern vor allem auf geisterfüllten Wahrsprüchen der Dichter, und so wird die Sitte gewissermaßen von der Muse, die zugleich die Göttin ist, diktiert.«

An diesem Punkt zog Seestern Sallys Blick auf sich und fing an, Zigaretten zu rollen. Geschickt und rasch produzierte er sechs Stück, wobei er anstelle von Papier irgendwelche Blätter verwendete. Dann gab er jedem von uns, den Dolmetscher ausgenommen, eine davon und behielt sich die letzte.

»Bei Ihnen wird noch immer geraucht?« wunderte ich mich.

»Jeden Abend zu etwa dieser Stunde«, antwortete Feigenbrot. Saphira stand auf, zündete jede der Zigaretten mit einem Kienspan an und sprach eine offenbar gebräuchliche Formel: »Rauchet, genießet, schweiget!« Der Dolmetscher verbeugte sich leicht, zog eine Meerschaumpfeife aus der Tasche und ging damit hinaus unter das Vordach. Später fand ich heraus, daß jeder Stand seine eigene Tabakmarke hatte und ausschließlich diese rauchte oder – wie bei den Dienern – kaute. »Rauch mischt sich nicht«, war ein Sprichwort, das ich während meines Aufenthalts sehr oft in verschiedenen Zusammenhängen hörte. Beiläufiges, nervöses Rauchen zu beliebigen Zeiten gab es nicht. Jeder rauchte oder kaute nur einmal am Tag, in absichtsvoller Gelassenheit. Keine vierundzwanzig Stunden waren herum, als ich bereits nach Tabak lechzte und den Abend herbeisehnte.

Nachdem wir zu Ende geraucht hatten, wurden die Kippen im Feuer verbrannt, und Saphira sagte: »Jetzt dürfen wir reden.«

Sieh-ein-Vogel hatte offenbar über das nachgedacht, was ich ihm vorher an diesem Abend über die Bevölkerung von London erzählt hatte.

»Wie entsetzlich muß es sein, dort zu leben!« sagte er. »An die zehn Millionen auf einem Gebiet, das hier nur Fünf- oder Zehntausend tragen würde! Wenn Sie Ihr Haus verlassen, um einen Freund in einem anderen Stadtteil zu besuchen, müssen Ihnen ja Hunderte von Unbekannten begegnen!«

»Was ist daran so entsetzlich?«

»Ich bitte Sie! Wenn Sie ein neues Gesicht auf der Straße sehen, kommt es doch auch ohne ein gegenseitiges Begrüßen jedesmal zu einem gewissen Kontakt, einer Wahrnehmung: Sie sehen nicht nur dieses Gesicht, sondern bilden sich davon eine Vorstellung und speichern sie in Ihrem Gedächtnis. Jeder Kontakt zwischen Menschen kostet geistige Energie. Hier kennen wir praktisch jeden vom Sehen, so daß zufällige Begegnungen keinen besonderen Energieverschleiß bewirken, und an den großen Festtagen betäuben wir unsere Nerven mit Alkohol. Besuche in anderen Gegenden sind für uns jedoch sehr anstrengend, nach einer Weile trübt sich unser Geist von den Ansprüchen, die an ihn gestellt werden. Das ist auch der Grund, weshalb wir wenig reisen, und weshalb unsere Gastgeber, wenn wir außer Landes gehen, darauf bedacht sind, uns möglichst wenigen Kontakten mit Fremden auszusetzen. Wenn ich mir diese Tausende und Abertausende vorzustellen versuche – alle verschieden gekleidet und völlig ungeordneten Geistes, jeder das Leben eines jeden querend und kreuzend, ohne einander zu kennen oder zu grüßen, jeder auf seinem eigenen, eigensüchtigen Weg: Mich würde das vermutlich umbringen.«

»Ach nein! Man kann sich an fast alles gewöhnen. Die Eskimos, die man im achtzehnten Jahrhundert nach London brachte, sind nicht an den vielen Gesichtern gestorben, die sie sehen mußten. Soweit ich mich erinnere, haben sie sich nur erkältet und sind daran eingegangen.«

»Kein Mensch stirbt an einer Erkältung«, widersprach Sally. »Die vielen unbekannten Gesichter müssen ihre Lebenskraft geschwächt haben.«

»Bitte – ich will nicht mit Ihnen streiten. Auf jeden Fall ist es so, daß wir die Menschen sehen, als ob es Bäume wären: Wenn man durch einen Wald geht, schaut man auch nicht jeden einzelnen Baum genau an, sondern hält sich an die besonders auffälligen, die einem bei der Rückkehr als Landmarken dienen. Geradeso schauen wir auch nicht die Gesichter genau an, wenn Menschen an uns vorbeigehen. Es kann vorkommen, daß alte Freunde, Verwandte oder Liebende aneinander vorbeilaufen, ohne es zu merken. Bewußt nehmen wir nur den Polizisten wahr, der den Verkehr regelt, und den Mann im Bus oder auf dem Bahnsteig, der uns die Fahrkarten abfordert. Trotzdem studieren wir auch nicht das Gesicht des Polizisten, solange er uns nicht anhält, weil wir uns verkehrswidrig benommen haben; und von dem Mann auf dem Bahnsteig wissen wir überhaupt nichts, solange er nicht die Gültigkeit unserer Fahrkarte anzweifelt.« Darauf mußte ich des längeren erklären, was ein Polizist und ein Fahrkartenkontrolleur ist.

»Und wenn eine schöne Frau vorbeigeht?«

»Der Eindruck ist so flüchtig wie ein Bild im Feuer. Die Frauen, die an uns vorbeigehen, tragen die gleichen gesichtslosen Masken wie die Männer: Wahre Schönheit ist darin nicht zu erkennen.«

»Dieser gewohnheitsmäßige Selbstschutz durch Apperzeptionsverweigerung muß Ihr dichterisches Empfindungsvermögen abstumpfen und das Gedächtnis beeinträchtigen!«

»Vielleicht. Seit London keine ländliche Stadt mehr ist, sind dort wenige Gedichte geschrieben worden, die diesen Namen verdienen. Andererseits haben die Londoner eine hohe durchschnittliche Lebenserwartung und ersetzen ihr Gedächtnis durch Notizbücher und Aktenordner. Für mich ist der Lärm das Schlimmste.«

»Was für eine Art Lärm?«

»Ich meine nicht den normalen Verkehrslärm – das Dröhnen der Motoren, das Poltern von Autobussen und Zügen. Dagegen wird man so unempfindlich wie ein Sudanese, der an einem Nilkatarakt wohnt und das fallende Wasser nicht mehr hört. Das Teuflische ist das Schnarren des Telefons, das einen aus seinen Gedanken reißt, und die Musik, die von früh bis spät aus einer Million Lautsprecher plärrt. Dem läßt sich nie lang entkommen.«

»Wollen Sie damit sagen, daß jeder Mensch zu jeder Tagesstunde irgendeine Musik spielen darf, wie es ihm gerade beliebt?«

»Wer immer einen Plattenspieler besitzt oder ein Instrument mißhandeln kann. Andernfalls ist er auf das Radioprogramm angewiesen. Die meisten Londoner lassen das Radio laufen, während sie arbeiten, und scheren sich nicht viel darum, was für eine Musik es ist. Wenn sie länger als ein paar Wochen in einem Dorf leben müssen, langweilen sie sich schrecklich und fühlen sich ohne den Verkehrslärm, den Strom der vorüberziehenden Gesichter und das ständige Rasseln des Telefons ganz verlassen. So lassen sie wenigstens das Radio laufen.«

Alle machten sehr ernste Mienen und hatten lange keine weiteren Fragen. Schließlich erkundigte sich Saphira: »Wollen Sie jetzt zu Bett gehen?«

»Wird mir auch nichts zustoßen, wenn ich einschlafe? Werde ich nicht in meine Zeit zurücksinken?«

»Nein. Es ist ganz ungefährlich.«

Und dann sagte Sally: »Sie haben zwar den ganzen Abend hindurch vor allem mich angesehen und die Konversation bestreiten lassen, aber in Wahrheit lieben Sie Saphira, obwohl Sie kaum einen Blick für sie übrig gehabt haben.«

Die unerwartete Attacke ließ mich erröten, aber ich widersprach nicht.

»Worauf warten Sie also?« fuhr Sally fort. »Sie sind aus Fleisch und Blut, nicht ein Schatten. Und Saphira ist Saphira, kein Traumbild. Was hält Sie zurück?«

»Rücksicht auf gewisse Umgangsformen«, stammelte ich und blickte hilfesuchend zu Saphira, dann stieg der Ärger in mir hoch, und ich pochte auf meine Manneswürde: »Was fällt Ihnen ein, so mit mir zu reden, Sally?!«

Die Wirkung meiner Worte auf die Gesellschaft war wie ein Schock: Eine Art Krampf schüttelte Sally, ihre Augen füllten sich mit Tränen; zwei davon sah ich über ihre Wangen rinnen, obwohl sie nicht weinte oder schluchzte. Seestern stieß einen Schmerzensschrei aus, und auf ähnliche Weise waren wohl auch Feigenbrot und Sieh-ein-Vogel betroffen. Wie seltsam sich brutale Offenheit und Empfindlichkeit in diesen Menschen mischte!

Ich wagte nicht, Saphira anzuschauen, aber ich hörte, wie sie recht gelassen zu den übrigen sagte: »Laßt uns beide allein. Wir haben vieles zu bereden.«

Liebe in Neukreta

Als wir allein waren, kam es mir schwer an, meinen Blick Saphira zuzuwenden, aber zuletzt brachte ich es doch fertig. Mein Herz hämmerte laut, und in der Luft lag ein wildes Singen.

Saphiras graue Augen waren klar und ruhig. Sie wirkte nicht im geringsten verlegen, sondern betrachtete mich aufmerksam, das Kinn in die Hände gestützt, Ellbogen auf dem Tisch. Ich kenne Frauen, die diese Stellung einnehmen, wenn sie gescheit und konzentriert aussehen und zugleich mit ihren gepflegten Händen angeben wollen, aber Saphira war keine Schauspielerin, und nach einer Weile fühlte ich mich wie irgendein Protozoe unter einem Mikroskop. Dem Äußeren nach war sie halb so alt wie Sally, also etwa siebzehn, und die Verantwortung als Magierin schien so schwer auf ihr zu lasten, daß ich vermutete, sie sei bestimmt noch nicht lange im Einsatz.

»Es tut mir schrecklich leid«, begann ich auf Katalanisch, womit ich ihrer Sprache noch am nächsten kam. Wie sich zeigte, verstand sie mich auch ganz gut, wenn ich langsam sprach. »Ich habe nicht mit solchen Folgen gerechnet. Wird Sally mir das jemals vergeben können?«

»Was vergeben?« fragte Saphira fast geistesabwesend.

»Daß ich wütend wurde. Ich habe nicht gewußt, daß sie so leicht zu kränken ist.«

»Du irrst. Sie war nicht gekränkt, nur überrascht. Und voll Mitleid für dich. Es ist nicht so schlimm ...« Sie fuhr fort, mich zu beobachten.

»Ich möchte dir etwas über dich erzählen«, begann sie endlich. »Ich weiß, daß du ein Mann bist, der keine Vorbehalte macht, wenn er sich verliebt. Dagegen ist nichts einzuwenden. Aber du gibst dich mit dem zufrieden, was dir der erste Blick gebracht hat. Ist es dir nicht schon passiert, daß eine Frau, der ihr Spiegelbild in deinen Augen zunächst gefallen hat, sich allmählich enttäuscht fühlte, wenn sie erfaßte, daß das Bild sich nicht mit ihr änderte? Und daß sie es schließlich durch einen Gewaltakt, gegen den du nichts tun konntest, zerstörte?«

»Ja, schon – das ist vorgekommen«, gab ich zu. Ich war etwas betreten, denn Madame Luna, eine Handleserin auf dem Pier von Brighton, hatte mir vor gut zehn Jahren in ihrem orientalischen Singsang ziemlich genau dasselbe gesagt. »Willst du damit andeuten, daß es wieder geschehen könnte?«

»Jetzt bist du hier, aber ohne deine Frau, von deren Seite wir dich fortgerufen haben, weil sie einer ganz anderen Zeit angehört. Da es in deinem Leben nur ein paar unglückliche Tage gegeben hat, an denen du in niemanden verliebt warst, schaust du dich nach einer Frau um, der du deine Liebe schenken kannst. Dein Blick ist auf mich gefallen, und ich mag die unverblümte Art, wie du mich siehst. Aber ich frage mich, wie lange ich es mögen werde. Darauf finde ich keine Antwort.«

»Ist das auch der Eindruck, den ich auf Sally gemacht habe?«

»Ja.«

»Hat sie es dir gesagt?«

»Nein. Ich hörte es aus ihrer Stimme.«

»Dann wollte sie sich über mich lustig machen, als sie mich fragte, was mich von dir abhält?«

»Nein. Sie wollte uns beide warnen.«

»Und wollen wir nun diese Warnung ignorieren?«

»Du bist beleidigt, weil ich dir die Wahrheit über dich gesagt habe. Warum gibst du das nicht offen zu?«

»Es ist schwierig für mich, so direkt zu sein wie ihr Neukreter. Aber du hast recht: Deine Diagnose ist mir einigermaßen unter die Haut gegangen.«

»So daß du mich nicht mehr liebst?«

Ich blieb ihr die Antwort schuldig. Tatsache war, daß sie für mich das schönste Wesen war, das mir jemals unter die Augen gekommen war, und daß ich das Gefühl hatte, sie schon immer zu kennen; aber es stimmte auch, daß ich nicht auf die übliche Weise in sie verliebt war – und mir über die Natur meiner Gefühle noch nicht klar werden konnte.

»Wenn du dich erst von dem Schlag erholt hast, den ich deinem Stolz versetzt habe«, sagte sie, »wirst du begreifen, daß du ein solcher Liebhaber bist und viele Frauen gern bereit wären, deine Liebe zu erwidern – für eine Weile.«

»Auch du?«

»Auch ich: Bis das Spiegelbild nicht mehr der Wahrheit entspricht.«

»Und dann würdest du mich hassen?«

»Nein, soweit würde es nicht kommen.«

»Ich kann eine Frau nicht lieben, wenn ich nicht trotz aller früheren Schiffbrüche davon überzeugt bin, daß ich sie bis zu meinem Ende lieben werde. Darum bemühe ich mich auch, sie immer so wie beim ersten Mal zu sehen.

Vielleicht ist das Selbstbetrug, aber so bin ich es gewöhnt.«

»Und wenn es dann zum Abschied kommt, ist es für dich wie ein Tod: Die eine Frau tötet dich, die nächste weckt den Toten wieder auf.«

Mir mißfiel die Art, wie sie die Führung des Gesprächs an sich gezogen hatte. Ich versuchte, ihr das Heft zu entwinden: »Mir ist, als ob wir in diesen paar Minuten die Intimität eines jahrelangen Zusammenlebens vorweggenommen hätten. Tun wir also, als ob wir so etwas wie eine große Liebe hinter uns hätten – mit dem üblichen Ausgang, nur daß du nicht Gewalt anwenden mußtest. Und jetzt sind wir ›gute Freunde‹, wie es zu meiner Zeit nicht selten bei zwei Menschen vorkommt, deren Ehe auseinandergegangen ist. Die Liebe ist erloschen, aber etwas wärmende Glut hält sich noch ...«

»Sei nicht unvorsichtig!«

»Warum? Weil zwei geschiedene Leute sich wieder ineinander verlieben könnten? Oder findest du, daß wir mogeln, wenn wir die ganze Vorgeschichte einfach überspringen?«

»Ich wollte sagen: Bemühe dich nicht, deine Gefühle zu definieren. Sie sind noch ungeordnet. Wenn du nicht vorsichtig bist, könntest du wieder in einen Irrtum hineinstolpern.«

»Aber was sollen wir jetzt allein zu zweit anfangen?« Ihre Gelassenheit verwirrte mich. Ich verstand nicht, worauf sie hinauswollte.

»Ruhen.«

Während ich verkrampft und unentschlossen am Bettrand saß, holte Saphira einen breitgezähnten Kamm und begann mein Haar in einem langsamen Rhythmus zu kämmen, wobei sie ihre Lippen stumm wie zu den Worten eines Lieds bewegte. Allmählich ließ meine Spannung nach, und ein Gefühl von ganz außerordentlichem Wohlbefinden überkam mich. Wenn ich ein Kater gewesen wäre, hätte ich laut vor mich hingeschnurrt.

Sie betrachtete mich prüfend, den Kopf leicht zur Seite geneigt, ohne etwas zu sagen. Dann war sie anscheinend zu einem Ergebnis gelangt: Sie deutete mir, daß ich mich quer über das Bett legen sollte, und massierte etwa zwanzig Minuten lang schweigend mein linkes Knie. »Da hat es gesteckt«, murmelte sie, als sie fertig war. »Und jetzt schlaf!«

Sie legte meinen Kopf in ihre Armbeuge, und ich schlief sofort ein.

Plötzlich wachte ich auf. Der Mond schien mir ins Gesicht. Ich hatte alles vergessen, was geschehen war. Unter dem Eindruck, daß ich zu Hause sei, flüsterte ich schläfrig: »Tonia? Wie spät ist es?«

»War es sehr roh von uns, daß wir dich ohne deine Frau geholt haben?« fragte Saphira. »Wie du mich zuerst gesehen hast, ist dir meine Ähnlichkeit mit ihr aufgefallen, nicht wahr?« Als Feststellung, nicht als Frage, fügte sie hinzu: »Du hast keine Geheimnisse vor ihr.«

»Nein. Bist du deshalb eifersüchtig?«

»Sag mir vorher, ob sie dich noch liebt: Würde sie eifersüchtig auf mich sein?«

»Ich glaube schon. Aber du hast mir Angst gemacht. Ich bin nicht mehr sicher, wie lange ihre Liebe dauern wird.« Ich war nicht in der Lage, mich zu wehren. Ein warmes Bett um Mitternacht ist ein wunderbarer Beichtstuhl.

»Solange du sie siehst, wie sie ist – und nicht, wie sie früher einmal war.«

»Ich werde darauf achtgeben«, versprach ich. »Aber ich möchte dir nichts vormachen ... Ich fürchte, ich kann nicht zwei Frauen zugleich lieben.«

»Aber ihre Zeit ist eine andere als meine Zeit. Du kannst sie dein ganzes Leben lang treu lieben, und du kannst mich lieben, so lange es dir gefällt.«

Während ich im Halbschlaf überlegte, wie sich das vereinbaren ließ, zupfte sie mich liebevoll am Ohrläppchen. »Sie und ich sind fast dieselbe«, sagte sie. Ein wenig später geschah etwas, das mich noch mehr verwirrte: Ich hörte Antonias Lachen, und dann sagte Antonias Stimme etwas, das mir überaus wichtig vorkam. Da jedoch schob sich wieder Schlaf dazwischen, und mir entglitt, was es bedeutet haben mochte.

Es war Morgen. Saphira stieg eben aus dem Bett.

»Wer bist du wirklich?« fragte ich und saß dabei aufrecht wie ein Bolzen.

»Die Frau, die du liebst«, erwiderte sie unverbindlich über ihre Schulter hinweg, aber im hellen Tageslicht sah ich, daß ihre Ähnlichkeit mit Antonia nur sehr oberflächlich war. Sie mußte mich behext haben, damit ich ihr Reden und Lachen mit Antonias Stimme verwechselte. Nein, vielleicht auch nicht, dachte ich. Möglicherweise nicht. Ich war halb im Schlaf, und jetzt bin ich wach. Ich bin nicht tot, und Antonia ist auch nicht tot: Aber ich bin nicht mein früheres Selbst – nicht ganz jedenfalls, denn Antonia ist hier nicht Antonia: Sie ist Saphira. Ist das die Erklärung? Ja, das klang recht plausibel. Hinzufügen müßte ich vielleicht, daß ich als einer von den Glücklichen, die ihren Beruf zu Hause ausüben können, zu meiner Frau ein besonders nahes Verhältnis habe und wir einander nach mehreren Jahren des Zusammenlebens schmerzlich vermissen, wenn wir länger als einen Tag getrennt sind. Nun aber war ich hier, und es war, als ob Antonia bei mir wäre, obwohl sie eine andere Sprache redete, ein runderes Kinn hatte, ihr Haar anders trug, zehn Jahre jünger und eine Monatsnymphe war – was immer das sein mochte.

»Was ist eine Monatsnymphe?« fragte ich. »Das hast du mir noch nicht verraten.«

»Etwas zu Kompliziertes, um es dir jetzt zu erklären«, entgegnete sie: »Es ist gegen die Sitte, vor dem Frühstück Probleme anzuschneiden, die bis nachher warten können. Mein Titel hängt mit dem König und der Königin und den zwölf Hofdamen zusammen.«

Ich ließ es zunächst dabei bewenden. Mir konnte es nur recht sein, daß ich des sonst üblichen Geturtels und Balzens, für das ich nichts übrig habe, enthoben war und mich, als ich beim Frühstück meine neuen Freunde wiedersah, so selbstverständlich zu benehmen vermochte, als wäre ich mit Saphira seit zwanzig Jahren verheiratet. Dennoch fühlte ich mich ein wenig wie der berühmte Lokomotivführer, auf den an jeder Endstation eine andere Frau wartet. »Und nie hat er ihre Namen verwechselt«, erinnerte ich mich. »Vielleicht hat er sie auf ganz verschiedene Weisen geliebt?«

Nach einem beruhigend zivilisierten Frühstück mit Kaffee, Buttersemmeln, Orangensaft und einem weichen Ei fragte mich Sally beiläufig: »Mit wie vielen Frauen haben Sie in Ihrem Leben schon geschlafen?«

»Spielen wir jetzt vielleicht Gruppentherapie?«

»Was ist Gruppentherapie?«

Diesmal war ich bedacht, ihre Gefühle nicht zu verletzen. »Ich meine: Muß ich darauf antworten? Zu meiner Zeit hätte eine Frau solche Fragen höchstens in der Intimsphäre eines Schlafzimmers gestellt – und nicht einmal dort mehr als eine ausweichende Antwort erwartet.«

»Aber warum?« Sally schien sehr überrascht.

»Weil einem Mann zumindest theoretisch nicht mehr als eine Frau auf einmal zugestanden wird – die eine Frau, der er vor Zeugen verspricht, daß er sie bis zum Tod lieben und für ihren Unterhalt sorgen wird. Ich gebe zu, daß das Idealbild der Ehe sehr oft nicht das geringste mit der Wirklichkeit zu tun hat, weil es wenige Ehen gibt, bei welchen die Partner einander mit genügend Bedacht gewählt haben. Entweder brechen sie nach ein paar Jahren diesen Vertrag und lassen sich scheiden, oder sie bleiben ›den Kindern zuliebe‹ oder auch nur wegen des Dekors verheiratet und trösten sich mit Seitensprüngen – für die sie regelmäßig andere unglücklich Verheiratete finden. Oder sie bleiben ohne solche Tröstungen beisammen und hassen einander. Trotzdem hat die Ehe noch immer eine gewisse konventionelle Bedeutung, und darum setzt mich Ihre Frage in Verlegenheit. Unerlaubte Affären betreibt man möglichst diskret, und wenn zwei Menschen, wie es heißt, in Sünde miteinander leben, beunruhigt das die Verheirateten so sehr, daß die Missetäter – man erwartet von ihnen, daß sie sich schuldig fühlen – nicht gemeinsam zu öffentlichen Anlässen geladen werden und auf Reisen Mühe haben, in einem anständigen Hotel unterzukommen.«

»Und wenn man ihnen auf ihre Seitensprünge kommt?«

»Das kann zu einer Scheidung führen. In der Regel

wird es aber vertuscht: Es ist einfacher, über die Untreue hinwegzusehen, als sich zu trennen.« Ich war fest entschlossen, keine Intimitäten aus meiner Vergangenheit preiszugeben, jedenfalls nicht vor Sally, und parierte daher mit einer Gegenfrage: »Wie steht es hier mit der Ehe?«

»Jeder Stand hat seine eigenen Bräuche«, antwortete sie. »Bei uns ist eine Frau erst dann an einen bestimmten Mann gebunden, wenn sie miteinander Kinder haben.«

»Darf ich fragen, was man hier zur Empfängnisverhütung tut?«

Das bereitete großes Kopfzerbrechen und brachte mich in die Verlegenheit, einen elementaren Vortrag über Geburtenkontrolle halten zu müssen. Sally biß sich auf die Lippen, aber der alte Sieh-ein-Vogel sagte milde: »Sie hat nicht behaupten wollen, daß die Magier sich zu physischer Promiskuität bekennen. In dieser Hinsicht sind wir sehr eigen. In den anderen Ständen glaubt man, daß Liebe und Fortpflanzung nicht voneinander geschieden werden können, aber wir wissen, daß es möglich ist, und Kleopatra recht hat, wenn sie schreibt:

Dem Tier gleich wird der Mensch,
Der wie das Vieh sich paart.

Darum entschließen wir uns zu geschlechtlicher Vereinigung nur, wenn wir Kinder zeugen wollen, den betreffenden Partner wirklich über alles lieben und ihm so vollkommen vertrauen, daß auch das Brutale und die Aufgabe unserer menschlichen Würde belanglos wird. Der Geist tritt zurück, während sich tief unter uns die Körper verschlingen. Abgesehen von diesem Fall erfüllt sich jedoch die Liebe in einer Hochzeit von Geist und Körper, an der die Fortpflanzungsorgane nicht beteiligt sind, sondern das Innere Auge in einer Flut von Licht versinkt. Wir ruhen Seite an Seite oder mit zueinander gewandten Füßen, ohne den anderen zu berühren, und unsere Seelen schweben aufwärts und lassen sich im Raum treiben. Die Frau kann einen Mann nicht höher ehren als durch ihren Wunsch, von ihm ein Kind zu haben, aber dazu kommt es erst, wenn es zwischen ihnen auch nicht den geringsten Zweifel an ihrer geistigen und körperlichen Übereinstimmung gibt. Hat sie erst einen solchen Mann gefunden, dann bleibt er bei ihr.«

»Wenn aber diese Übereinstimmung nicht bis zum Tod währt – wenn sich einer der beiden in jemand anderen verliebt?«

»Das gibt es nicht. Eine Frau, die durch die Freundschaft mit vielen verschiedenen Männern ihr eigenes Wesen begriffen hat, kann sich nicht irren.«

»Wenn aber ein Partner stirbt? Darf der Überlebende sich wieder verheiraten?«

»Dazu müßte er sich einem Ritualtod unterziehen und nach seiner Wiedergeburt in einen anderen Stand aufgenommen werden.«

»Worin seht ihr einen verläßlichen Beweis für das Vorliegen einer solchen dauerhaften Übereinstimmung zweier Menschen?«

»Die einfachsten Beweise sind die besten«, schaltete sich Saphira ein, bevor Sally mir antworten konnte. »Als meine Mutter so alt wie ich war, fühlte sie sich eines Tages zu dem Schwimmbecken hingezogen, das den Fremden zur Verfügung steht, und setzte sich dort ins Gras. Sie wußte, daß ein Mann in der Nähe war, der zu ihr paßte, aber sie brauchte ein Zeichen. Also sagte sie – nur so vor sich hin und an keinen bestimmten Mann gerichtet – ein Wort, das ihr plötzlich in den Sinn gekommen war: ›Bärenhaut‹. Worauf ein junger Mann von der anderen Seite des Beckens herüberschwamm und zu ihr sagte: ›Du hast mich gerufen: Ich höre auf diesen Namen.‹ – ›Denk dir eine Zahl, Bärenhaut‹, sagte sie zu ihm, und er erwiderte sofort: ›Zweiunddreißig.‹ Das war aber genau die Zahl, an die sie gedacht hatte. Dann fragte sie rasch: ›Zweiunddreißig was?‹ Und er antwortete: ›Zweiunddreißig weiße Hasen.‹ – ›Wo?‹ fragte sie. ›Unter einem Quittenbaum‹, sagte er. ›Was tun sie dort?‹ fragte sie. ›Sie fressen den Salat‹, antwortete er. ›Jungen Salat?‹ – ›Schon mit Herzen‹, sagte er. ›Wann?‹ fragte sie. ›Heute nacht, morgen nacht und weiter, bis der Baum wieder blüht.‹ In der Nacht darauf kam nun Bärenhaut zu ihr, und sie zauberte einen Quittenbaum, der über ihrem Bett wuchs, und beide ließen sich von seinen Zweigen wiegen. Bärenhaut blieb erst einen Monat, dann zwei, und am Ende des dritten Monats ihres stillen Zusammenlebens stellte sie in dem Zimmer, in dem sie frühstückten, eine Schale mit Schlüsselblumen auf den Tisch, von denen eine einzige nur vier Blüten hatte und halb von einem Blatt verborgen war. Er aber bemerkte es, und während sie nicht im Zimmer war, tauschte er sie wortlos gegen eine Schlüsselblume mit fünf Blüten aus. Kannst du mir folgen?«

»Ich glaube schon«, sagte ich: »Fünf bedeutet Frau, Vier weniger als eine Frau, und Sechs wäre ein weibliches Ungeheuer. Ich habe das bei einem Dichter namens Donne gelesen.«

»Sehr treffend. Als meine Mutter sah, was Bärenhaut getan hatte, verlor auch sie kein Wort darüber, sondern wechselte die Blume gegen eine andere aus, die zwar auch fünf, dafür aber rote Blüten hatte, und in der folgenden Nacht schrieb er eine Sonatine mit dem Titel ›Fünf rote Blüten‹, aus der man ganz klar heraushörte, daß er wußte, wie sehr meine Mutter ihn liebte. (Als er starb – zwei Tage nach meiner Mutter –, wurden die Noten dieses Stücks auf Gold übertragen. So etwas kommt sehr, sehr selten vor.) Dann trennten sie sich, wie es die Sitte verlangt, für ebensolange, wie sie zusammen gewesen waren. In dieser Zeit schrieben sie einander. Die Briefprobe bei den Magiern ist sehr streng: Jeder Partner schreibt eine Botschaft über dem Papier, ohne es mit der Feder zu berühren, so daß es wie ein leeres Blatt aussieht. Der andere jedoch vermag es zu lesen, indem er oder sie es gegen das Brustbein preßt.«

»Könnte ein anderer Magier so einen Brief lesen, wenn er abgefangen wird?«

»Nein.«

»Sehr merkwürdig! Aber du hast mir noch nicht die weißen Hasen erklärt.«

»Er wollte ihr sagen, daß sie blondes Haar und sehr weiße Zähne habe – du weißt doch, daß wir zweiunddreißig Zähne haben – und daß er sie lieben würde, bis ihr Haar weiß wie die Quittenblüten sei.«

»Ich verstehe. Und was ist dann weiter passiert?«

»Nach seiner Rückkehr lebte Bärenhaut ein Jahr lang mit meiner Mutter, und sie fingen an, ihre Träume zu teilen und darin weite Reisen zu unternehmen. Und zuletzt träumten sie von einer Tochter: Worauf meine Mutter nach der üblichen Bekanntgabe Bärenhaut gestattete, sie zu befruchten, und ich im folgenden Jahr geboren wurde.«

»Eine sehr schöne Geschichte«, sagte ich, fügte allerdings bei mir hinzu: Nur etwas zu schön, um wahr zu sein. Tatsächlich fand ich später heraus, daß die Neukreter viele Geschichten erzählen, die zwar nicht gerade erlogen, aber auch nicht buchstäblich wahr sind. An das gemeinsame »Schweben« als geläufiges Sexualerlebnis glauben sie wirklich, und es ist durchaus möglich, daß Liebespaare, aus diesem wörtlich genommenen Glauben heraus, einander ein solches Phänomen suggerieren; ich freilich habe während meines Aufenthalts keine derartige Erfahrung machen können. Auch an die Briefprobe glauben sie allen Ernstes, aber es muß sich wohl um sehr einfache Botschaften handeln: Selbst unter besonders günstigen Umständen ist die Telepathie ein recht unsicheres Kommunikationsmittel.

»Als ich geboren war«, fuhr Saphira fort, »gaben sie mir den Namen, den ich in ihrem Traum gehabt hatte, und das ist auch der Name, den ich immer behalten werde. Ein Mann, mußt du wissen, bekommt einen neuen Namen, wenn er Vater wird, aber eine Frau wechselt ihren Namen nie, obwohl sie ihren Übernamen wechseln darf, so oft es ihr beliebt.«

»Was ist dein richtiger Name, Saphira? Du hast ihn mir noch nicht gesagt.«

Sie war so verwirrt, daß sie ihre Kaffeetasse umwarf.

Der Dolmetscher vergaß seine unpersönliche Expertenrolle und stieß einen spitzen Schrei aus: »Etwas Zurückhaltung, Herr, wenn ich bitten darf! Sie leben hier nicht in Ihrer Zeit! Das ist wohl die unziemlichste Frage, die Ihnen einfallen konnte!«

»Das tut mir sehr, sehr leid, obwohl die Schuld eigentlich Sie trifft, weil Sie mich nicht gewarnt haben. Aber warum ist es so unziemlich? Was hat das für einen Grund?«

»Alle Namen sind geheim«, erwiderte Feigenbrot ernst. »Bis zu meinem Tod werden nur meine Eltern, die Göttin und die Mutter meiner Kinder den Namen wissen, den ich trage.«

»Dann begreife ich aber nicht, warum ihr überhaupt Namen habt. Der Sinn eines Namens ist doch, daß ein Mensch damit bezeichnet wird.«

»Für diesen Zweck verwenden wir Übernamen.«

»Aber der Name?«

»Der Name ist dasselbe wie die Person, die ihn trägt – sein innerstes Wesen, das vor der Welt erst nach seinem Tod enthüllt wird. Wir sprechen zum Beispiel ganz offen von Kleopatra, obwohl sie während ihres Lebens einen Übernamen – oder sogar mehrere – trug, die längst vergessen sind. Mein Name ist geheim, damit mich niemand durch seinen Gebrauch verletzen kann.«

»Unsinn! Wenn ich sagen würde: ›Dieser Feigenbrot ist ein – ein ...‹ – irgend etwas nicht gerade Freundliches halt –, so würde doch jeder wissen, daß ich Sie damit meine und nicht Ihren Bruder Seestern.«

»Wenn mir das wider alle Wahrscheinlichkeit zustoßen sollte, könnte ich sofort meinen Übernamen ändern, und Ihre – wie wir hier sagen – Pfeile würden in der leeren Hülle steckenbleiben. Wenn Sie jedoch meinen wahren Namen wüßten, würden Sie mich ins Herz treffen, so daß ich vor Scham stürbe.«

Wie kindisch! dachte ich. Als ob ich in die Bronzezeit gerutscht wäre – oder mitten in Grimms Märchen. Ich fragte mich nur, ob diese Magier einen Trick hatten, um die Namen der Leute zu erraten und sie damit zu erpressen: Natürlich nicht Saphira – aber Sally würde ich so etwas schon zutrauen. Ich konnte mein Lachen nicht zurückhalten. Seestern erkundigte sich ernst, was mir solche Freude bereite.

»Nichts Wichtiges«, entgegnete ich, vielleicht doch ein wenig schuldbewußt. »Ich dachte nur an – äh – an eine Märchenfigur, die Rumpelstilzchen hieß und von einer Königin verlangte, daß sie diesen Namen erraten sollte.

Als sich das Rumpelstilzchen aus schierer Unvorsichtigkeit verplauderte, stampfte es so wütend auf, daß es durch den Boden brach, in den Keller hinunterfiel und den Hals brach.« Ich fügte eilig hinzu: »Eine Märchenfigur – und natürlich ist es auch nicht wirklich lustig, wenn jemand durch den Boden in den Keller fällt und sich den Hals bricht –, aber Sie müssen mir verzeihen: Dieses Rumpelstilzchen spielt in der Geschichte eine sehr unsympathische Rolle.«

Alle – bis auf Sally – blickten überaus düster vor sich hin. Täuschte ich mich – oder war das wirklich ein Zukken um Sallys Mundwinkel, ein plötzliches Aufblinken in ihren Augen, das sie von ihren todernsten Freunden unterschied? Ich war nicht ganz sicher.

Zunächst aber mußte ich das zerschlagene Porzellan kitten. Ich wandte mich an Sieh-ein-Vogel, mit dem nach meiner Erfahrung noch am leichtesten zu reden war: »Darf ich fragen, wie Sie zu Ihrem Übernamen gekommen sind?«

Er war gern bereit, darauf einzugehen. »Das war so: Eine Frau namens Bienenflug saß einmal mit mehreren jungen Männern – darunter auch ich – auf einer Veranda und hielt uns einen Vortrag über die Grundregeln des Kontrapunkts, als zufällig eine Dienerin vorbeikam, die ein Kind auf dem Arm trug. Bienenflug bat uns mit gehobenem Finger um Ruhe und fragte: ›Wer sieht einen Vogel?‹ Ich wartete, und als ich sicher war, daß kein anderer die Frage verstanden hatte, antwortete ich ganz ruhig: ›Ich sehe einen Vogel.‹ – ›Dann ab mit dir!‹ befahl sie. ›Wir machen inzwischen Pause. Wenn du wieder da bist, setze ich fort.‹ Also lief ich der Frau nach, nahm ihr das Kind ab und verschrieb ihm eine Behandlung. Darauf kehrte ich zurück, und Bienenflug machte mit dem Unterricht weiter.«

»Ich komme nicht recht mit.«

»Da man von dort, wo wir saßen, keine Vögel sehen konnte, mußte Bienenflug auf die Geier angespielt haben, die außer Sichtweite in der Stratosphäre kreisen und den Tod riechen. Ich blickte daher auf das Gesicht des Kindes, wie es der Mutter über die Schulter schaute, und sah zwischen Nase und Ohr eine Trübung, wie sie den Ausbruch einer Krankheit anzeigt. Ich wandte mich zu Bienenflug und einigte mich ohne viel Worte, durch einen bloßen Blick in ihre Augen, über die Therapie. Das Kind wurde gesund. Am selben Abend lud mich Bienenflug in ihr Haus ein, und nach einem Jahr ließ sie mich Vater werden. Sie hat zwei Söhne von mir, die beide in unserem Stand geblieben sind; der eine ist Arzt, der andere ein Dichter. Bienenflug hat allerdings jetzt das Zauberhaus verlassen und ist eine Seniorin geworden.«

Wahrheit oder Halbwahrheit? Ich konnte es nicht beurteilen. Als nächstes fragte ich daher Saphira: »Sag mir: Kommt es bei Magiern nie vor, daß Kinder aus einem plötzlichen Impuls heraus, ohne die sonst gebräuchlichen Präliminarien, gezeugt werden?«

»Doch, gelegentlich werden Kinder schon beim ersten Zusammensein ihrer Eltern gezeugt. Sie gelten als Glückskinder und melden sich an, indem sie dreimal an die Schlafzimmertür klopfen, worauf die Eltern sofort öffnen, ›Willkommen!‹ sagen und sich dann vereinigen müssen. Wir nennen Kinder, die ihre Geburt so dringend herbeiwünschen, ›Türklopfer‹: Sie werden immer etwas ganz Besonderes.«

Die Frage nach der Einstellung zu Schwangerschaftsabbrüchen schien sich damit zu erübrigen. Dafür wollte ich jedoch etwas anderes wissen: »Wie kommt es, daß schlechte Menschen geboren werden – Menschen von der Art, wie Sally sie vernichten muß?«

»Bei Magiern geschieht das nie, aber in den anderen Ständen ist man nicht so vorsichtig, und wenn die künftigen Eltern sich über einen Mangel an innerer Übereinstimmung hinwegsetzen, kann ein schlechtes Kind zur Welt kommen. Das ist dann eine Schande für das ganze Dorf, weil es an den Leuten gewesen wäre, die Heirat zu verhindern. Vor zwei Jahren ist so etwas ein paar Meilen von hier passiert. Die Folge war ein Krieg: Das Nachbardorf hat sich verpflichtet gefühlt, aus moralischen Gründen dagegen zu protestieren.«

»Ich hätte sie gern kämpfen gesehen.«

»Angeblich soll es nächste Woche wieder einen Krieg

geben – ganz in der Nähe. Wenn es dazu kommt und Sie Lust darauf haben, nehmen wir Sie mit.«

»Sehr liebenswürdig! Das beste Dorf soll siegen!«

»Danke. Genau das sind auch unsere Worte.«

Dann kamen die Diener herein und trugen das Frühstück ab. Sie bewegten sich flink und geschickt, wobei sie taten, als bemerkten sie mich kaum, obwohl ich ihnen ansah, daß sie sich sehr für meine Person interessierten. An meinen Kleidern war dennoch nichts Auffälliges. Ich war nackt beschworen worden, aber dann hatte man mir sofort einen Pyjama und Schlafrock angezogen, und jetzt trug ich ein Kostüm, das mir Sieh-ein-Vogel geborgt hatte: ein Hemd mit Schillerkragen, weite Leinenhosen, eine gestickte Weste und eine Jacke aus flauschigem Wollstoff. Dazu hatte ich von ihm noch eine Mütze aus schwarzem Bärenfell bekommen. Insgesamt erinnerte ich etwa an einen Donkosaken.

Neukretische Vorgeschichte

Allmählich dämmerte mir, daß man mich zu irgendeinem konkreten Zweck hergeholt hatte. Diese Neukreter waren kein besonders wißbegieriges Volk und hätten sonst kaum ihr so fein abgestimmtes seelisches Gleichgewicht den schockierenden Erfahrungen ausgesetzt, die von einem solchen barbarischen Monstrum drohten, nur um an mich Routinefragen über meine Zeit zu richten. Und warum hätten sie sich die Mühe geben sollen, mir ihr Land zu zeigen? War das nur Gastfreundschaft? Schuldeten sie mir überhaupt so etwas wie Gastfreundschaft? Warum war ich nicht von ihnen zurückgeschickt worden, nachdem ich ihre Fragen beantwortet hatte? Saphira liebte mich, zumindest hatte es den Anschein: Aber handelte es sich da um wahre Liebe nach neukretischen Begriffen? Ich durfte nicht hoffen, mich jemals zu ihrem moralischen Niveau aufzuschwingen. Ich war auch nicht in der

Lage – wenn sie das von mir erwartete –, mit ihr im Bett verzwickte poetische Rätselspiele zu treiben. Wie vermutlich alle Dichter bin ich ein solcher nur in Sternstunden: Selten nur hebt uns die Woge hoch, und alles rhetorische Strampeln und Rudern hilft nicht, uns dort länger als einen kurzen Augenblick zu halten. Aber sie hatte sich nicht nur trotz all meiner Mängel zu mir bekannt: Wenn sie es gewesen war, deren Lachen ich mitten in der Nacht gehört hatte, mußte sie instinktiv Antonia nachgeahmt haben, um mein Vertrauen zu gewinnen: Warum? Hatte sie einen geheimen Beweggrund – und nicht so sehr einen privaten als von Amts und Staats wegen?

Vielleicht wollten meine neuen Freunde von mir keine Auskunft über meine Zeit, sondern über sich selbst. Ich vermochte mir nur sehr ungefähr vorzustellen, was das sein konnte, aber ich war ziemlich sicher, daß sie mich fragen wollten und meiner Antwort eine ähnliche Bedeutung beimessen würden wie jener, die ich auf ihre erste Frage gegeben hatte: »Mögen Sie uns?«

Nun: Mir lag es fern, ihnen voreilig diese Frage in den Mund zu legen, nach der sie mich dann bestimmt auf meinen raumzeitlichen Ausgangspunkt zurückbefördern würden. Bis dahin wollte ich mich aufmerksam umschauen. Ich genoß diesen Urlaub und hatte – zumindest in übertragenem Sinn – sogar Antonia bei mir: eine verbesserte Auflage, eine neukretische Antonia, jünger, strahlender, ohne spitze Zunge, energischer, beredter, wohl auch schöner und überhaupt näher meiner Ideal-Antonia als der wirklichen Antonia. Freilich wußte ich sehr genau, daß dieser Vorbehalt sehr unmittelbar an das Geheimnis meiner ebenso leidenschaftlichen wie unzulänglichen Liebe zu ihr rührte.

Was stimmte eigentlich nicht mit mir? War das vorzeitige Senilität? Mir fiel unser Dorf und der komische alte Monsieur Charretier ein, Seidenhändler im Ruhestand, der eine seltsame Neigung zu einem der Mädchen von Sainte Véronique gefaßt hatte und sie adoptieren wollte. Er erklärte ihrer Mutter, die den Bonbonladen betrieb, daß er ihre Tochter nicht als Mätresse begehrte: Sein einziger Wunsch war, sie mit schönen Kleidern zu verwöhnen, sie gelegentlich auf die Stirn zu küssen und ihre langen blonden Haare zu kämmen. »*Mais non, monsieur*«, hatte ihm die empörte Mutter erwidert. »*Ça, ce n'est pas convenable du tout. Être maîtresse attitrée, c'est toujours une chose certaine, mais être poupée platonique, qu'est-ce que c'est que ça? J'en aurais grande honte, Monsieur Charretier, je vous assure.*«

Mittlerweile beschäftigte mich immer mehr die Frage, weshalb man mich beschworen hatte, und ich beschloß, der historischen Entwicklung, durch die die Neukreter zu ihrer pseudoarchaischen Zivilisation gelangt waren, auf den Grund zu gehen. Ich teilte den Magiern mit, daß ich meinen Standpunkt geändert habe und gern – zumindest in großen Umrissen – erfahren würde, was seit meiner Zeit in der Welt vorgegangen sei. Darauf vernahm ich folgendes:

Nach einer Serie von Revolutionen und kleineren Kriegen wurde der Ausgang der Spätchristlichen Epoche durch eine besonders unmenschliche Auseinandersetzung zwischen dem sogenannten Römischen Block, dem die kommunistischen und halbkommunistischen Staaten Westeuropas und Nordamerikas angehörten, und dem sogenannten Orthodoxen Block bestimmt, zu dem sich das neokommunistische Osteuropa mit dem Fernen Osten zusammengeschlossen hatte, beide Blöcke dem Namen nach christlich. Dieser Krieg dauerte, wie üblich, viel länger als geplant, legte den Großteil von Westeuropa in Schutt und Asche und wurde auf den Schlachtfeldern Chinas und Nordindiens mit solcher Verbissenheit ausgefochten, daß schließlich die römischen Anführer von starken neokommunistischen Tendenzen bei ihrer eigenen Arbeiterschaft beunruhigt wurden. Am Wendepunkt, als die Armeen der Orthodoxen ganz Indien und die Malayische Halbinsel überrannt hatten, trafen sich die römischen Staatshäupter und Ministerpräsidenten auf den Falklandinseln und einigten sich in der dort geschlossenen »Falklanddeklaration« auf eine Unterscheidung zwischen der Ideologie, die sie als Pantisokratismus oder primitiven, in Wahrheit und Liebe gründenden Römischen Kommunismus definierten, und dem falschen, auf

Lüge und Haß aufgebauten Sino-Slavischen Neokommunismus. Einige Monate später siegten die Römer und machten durch die zeitgerechte Anwendung einer neuen Waffe, die im ›Abriß der Weltgeschichte‹ als »blendender RAR vom Himmel« (ich tippe auf »radioaktiver Regen«, kann mich aber auch irren) bezeichnet wird, ein Drittel der Erde unbewohnbar. Die Folge war, daß für sie selbst nicht genug übrig blieb und vorübergehend eine total pervertierte Spielart des Pantisokratismus, die sich kaum vom Orthodoxen Neokommunismus unterscheiden ließ, das Feld behauptete. Sie wiederum wurde vom sogenannten Logizismus abgelöst – pantisokratische Nationalökonomie ohne religiösen oder nationalistischen Überbau.

Der Logizismus, der sich auf die globale Technokratie stützte, läutete eine trübselige, kunstfeindliche Zeit ein. Sie dauerte nur ein paar Generationen und endete in völliger Resignation, mit dem Gefühl absoluter Sinnlosigkeit, das sich wie eine Wolke über die Manager und Direktoren des Systems legte. Der Mann von der Straße hatte über jene triumphiert, die ihm geistig überlegen waren, aber was sollte nun kommen? Was sollte er fürchten oder erhoffen? Krieg war nach Abschaffung aller souveränen Staaten und der Entwaffnung selbst der Polizei unmöglich geworden. Niemand, der irgendwelchen religiösen Ideen anhing oder sich für Sport, Literatur oder Bildende Kunst interessierte, war zu Positionen mit öffentlicher Verantwortung zugelassen: »Eiskalte Logik« war die höchste Bürgertugend, und wer sie nicht aufweisen konnte, zählte überhaupt nicht mit. Die Naturwissenschaften blähten ihren ohnehin schon überzogenen Informationsbestand mühsam noch mehr auf, und die Forschung verlief sich immer weiter in entlegene und abstrakte Sackgassen. Dennoch begann das Ansehen der Naturwissenschaften, das am Anfang des dritten Jahrtausends so hoch gewesen war, nachgerade zu schwinden. Logizistische Funktionäre, die weder resignierten noch insgeheim fromm wurden, sondern aus Pflichtgefühl weiter in der Tretmühle blieben, fielen der Kolabromanie zum Opfer, einer Geisteskrankheit, die sich darin äußerte, daß sie wie rasende Derwische, mit Schaum vor dem

Mund, durch die Korridore ihrer Glaspaläste von Laboratorien tobten und alles – Hund, Katze oder Kind – in Stücke rissen, was ihnen über den Weg lief. Alle litten unter derselben Zwangsvorstellung: Eine weißgesichtige, hakennasige, goldmähnige Frau peitschte sie wie Kreisel und zwang sie zu wahnwitzigen Gewalttaten. Die Psychiater hatten kein Mittel dagegen – sie litten sogar mehr als die anderen unter dieser neuartigen Psychose: Wer davon ergriffen wurde, mußte »lethalisiert« werden.

Nachdem sie zunächst noch vereinzelt aufgetreten war, nahm die Kolabromanie bald das Ausmaß einer Epidemie an, die wie ein Wirbelsturm über die Welt der Logizisten fegte und binnen sechs Wochen ihre überzeugtesten und eiskältesten Vertreter hinwegraffte. Es blieben nur die Defaitisten und Lauen, die das Regime weniger als halbherzig bis zum Beginn der Sophokratischen Epoche weiterführten, in der die Pantisokratische Lehre aufgegeben und die Anthropologische Akademie mit der Ausarbeitung einer neuen Ideologie betraut wurde. Die Akademiemitglieder sollten entscheiden, unter welchen gesellschaftlichen Bedingungen für die Menschheit – die in dieser Rechnung leidenschaftslos wie Vieh betrachtet wurde, wenngleich unter Berücksichtigung gewisser unausrottbarer bildnerischer, literarischer und religiöser Neigungen als Unsicherheitsfaktoren – ein Höchstmaß an sozialem Frieden und Gesundheit gewährleistet sei, zugleich sollten sie Mittel und Wege finden, um den Abfall zu beseitigen, den die beiden vorangegangenen Epochen hinterlassen hatten, und die schwindenden natürlichen Reserven zu sichern. Sie kamen zu dem Schluß, daß ohne eine neue Religion keine Aussicht bestehe, in großem Maßstab eine Änderung der menschlichen Gewohnheiten herbeizuführen, eine neue Religion jedoch nur auf naturbelassenem Boden wachsen, also nicht etwa den Überzivilisierten aufgepropft werden könne. Als sie darauf versuchten, aus dieser Diagnose eine praktikable Therapie abzuleiten, mußten sie allerdings bekennen, daß sie keinen Rat wußten.

Dann schrieb ein jüdischer Sophokrat namens Ben-Yeschu ein Buch, ›Zur Kritik der Utopien‹, das seine Kollegen in Südeuropa, Amerika und Asien sehr beeindruckte. Ausgehend von einer gründlichen und sachverständigen Analyse von etwa siebzig Utopien – einschließlich Platons ›Timaios‹ und ›Staat‹, Bacons ›Nova Atlantis‹, Campanellas ›Civitas Solis‹, Fénelons ›Voyage en Solente‹, Cabots ›Voyage en Icarie‹, Lyttons ›Geschlecht der Zukunft‹, Morris' ›Nachrichten von Nirgendwo‹, Butlers ›Erewhon‹, Huxleys ›Schöne neue Welt‹ und verschiedenen Werken aus dem einundzwanzigsten bis vierundzwanzigsten Jahrhundert – verfolgte er die Entwicklung der zunehmenden Unzufriedenheit des Menschen mit der Zivilisation und gelangte zu dem realistischen Ergebnis: »Wir müssen umkehren oder sterben.«

Er empfahl die Einrichtung von »anthropologischen Enklaven«, d. h. die Schaffung von Reservaten in Litauen, Nordwales (das die Vernichtung von Südwales und England überlebt hatte), Anatolien, den katalonischen Pyrenäen, Finnland und Libyen, um dort, soweit möglich, die sozialen und physischen Bedingungen wiederherzustellen, wie sie in vor- und frühgeschichtlicher Zeit bestanden hatten. Diese Enklaven sollten aufeinanderfolgende Phasen der zivilisatorischen Entwicklung kopieren, von einer altsteinzeitlichen Enklave in Libyen bis zu einer in den Pyrenäen, die dem Stand der späten Eisenzeit zu entsprechen hätte, und dann sollten sie für die Dauer von drei Generationen von der übrigen Welt hermetisch abgeriegelt werden, lediglich unter ständiger Beobachtung von Feldforschern, die unmittelbar der Anthropologischen Akademie unterstellt sein müßten. Ben-Yeschu erwartete, daß »diese Experimente die nötigen Indizien dafür liefern werden, wann und warum der Zug der Zeit und Zivilisation auf ein falsches Gleis geraten ist«.

Seine Empfehlung wurde offiziell gebilligt, allerdings stellte es sich heraus, daß es unmöglich war, eine hinlängliche Anzahl von Freiwilligen für die Enklaven zu finden; der Vorschlag, sie als Strafkolonien mit Verbrechern beiderlei Geschlechts zu bevölkern, wurde von der Anthropologischen Akademie abgelehnt: Man argumentierte, daß »mangelnde Anpassung an den sophokratischen Lebensstil keine Gewähr für eine Anpassung an weniger entwickelte Zivilisationsformen« sei und die Experimente nur sinnvoll wären, wenn als Resultat ein besser veranlagter Menschentyp angestrebt werde. Zu diesem Zeitpunkt machte nun eine plötzlich ausgebrochene – oder auch von der Akademie absichtlich herbeigeführte – Jucklähmungsepidemie die Orkney- und Shetland-Inseln unbewohnbar, und man brachte die Überlebenden dazu, die bronzezeitlichen und früheisenzeitlichen Reservate zu besiedeln und dort mit der Garantie, daß sie, falls sich die Zustände als unerträglich erwiesen, nach fünfzehn Jahren herausgelassen würden, das von den Anthropologen für sie entworfene Leben zu führen. Die alt- und jungsteinzeitlichen Enklaven kamen nie über das Planungsstadium hinaus, aber die Siedlungen der Bronzezeit und Früheisenzeit bewährten sich so gut, daß man keine Mühe hatte, für die mittel- und späteisenzeitlichen Enklaven Kolonisten – vor allem aus Katalonien – anzuwerben. Die Späte Eisenzeit war so angesetzt, daß sie vor der Erfindung des Schießpulvers, der Druckerpresse und der Entdeckung Amerikas endete. Zuzügler wurden nicht in diese Enklaven hineingelassen, aber nach drei Generationen waren sie überbesetzt, so daß man die Bewohner aufforderte, Kolonisten in ein viel größeres Gebiet zu entsenden, das mittlerweile für sie vorbereitet war und die gesamte Insel Kreta umfaßte. Hier machte man sie mit Naturprodukten wie Tomaten, Kartoffeln, Tabak, Paprika, Sojabohnen und einer reisähnlichen Körnerfrucht bekannt, die man Dana nannte – all dies war bis dahin als anachronistisch von ihnen ferngehalten worden –, und unterwies sie im Anbau und dem Gebrauch dieser Pflanzen.

Als Folge der Besiedlung wurde die Insel außerordentlich fruchtbar, worauf man kurzerhand die ursprünglichen Enklaven aufließ und deren Einwohner nach Kreta schaffte. Zusammen entwickelten die fünf Gemeinwesen eine neue Religion, die eine enge Verwandtschaft mit der vorchristlichen Religion Europas zeigte, in ihren Festen dem bäuerlichen Jahreskreis folgte und die antiken Mysterien der Handwerkerzünfte übernahm, die man den Großeltern der Siedler nach langen und stürmischen Ausschußsitzungen durch die Akademie aufgezwungen hatte, dabei jedoch auf die Muttergöttin Mari als Himmelskönigin ausgerichtet war. Hinfort waren die Neukreter nicht mehr Gegenstand anthropologischer Forschung, sondern galten als »die Saat des Goldenen Zeitalters«; wenn ihre schwanenhalsigen, aus Holz gebauten Galeeren den Hafen von Korinth anliefen, wo sie Nahrungsmittel und handwerkliche Erzeugnisse gegen Erz, Kaolin und Zuchtvieh eintauschten, hatten die Seeleute Mühe, hoffnungsvolle Zuwanderer abzuhalten. Trotz aller Vorkehrungen kam es häufig auch zu illegalen Landungen auf der Insel selbst, wobei die Eindringlinge entweder aufgenommen oder getötet, nie aber zurückgeschickt wurden. Die Bevölkerung nahm rapid zu, und die Verbreitung des neukretischen Systems wurde zusätzlich durch Anlernlinge gefördert: Gesunde und intelligente Waisenkinder aus aller Welt wurden nach Kreta gebracht, die Neukreter hatten allerdings das Recht, jeden zurückzuweisen, der ihnen nicht paßte. Nach einer weiteren Generation wurden auch die Inseln Rhodos und Zypern zur Kolonisation bereitgestellt.

Die Beschränkungen im Gebrauch von mechanischen Geräten, die den ursprünglichen Kolonisten aus historischen Erwägungen auferlegt worden waren, wurden von ihren Nachkommen geflissentlich beibehalten. Da sie nie Gelegenheit gehabt hatten, sich an Sprengstoffe, Motorfahrzeuge, Telefon, elektrisches Licht, Fließwasser und Gedrucktes zu gewöhnen, erübrigten sich auch Vorschriften über die Vernichtung dieser Dinge, wie sie etwa (wenn man bei den Utopien bleibt) in Samuel Butlers ›Erewhon‹ notwendig waren; und das, was sie in Korinth von den Schiffen aus – an Land durften sie nicht gehen – sehen konnten, ließ ihnen einen fortschrittlicheren Lebensstil alles andere als erstrebenswert erscheinen. Tatsächlich unternahmen die Seeleute diese Reise mit zunehmendem Widerwillen: Sie nannten Korinth, das ihnen aus moralischen und ästhetischen Gründen widerlich war, die »Stadt der Schrecken«. Man wählte schließlich als Umschlagplatz den kleinen Hafen Stalinopel, in einiger Entfernung von Korinth gelegen, und wickelte den Austausch der Ladungen in den stillsten Nachtstunden ab, wenn die Neukreter dabei nicht dem Lärm der Maschinen, der ständig aus den Lautsprechern plärrenden Tanzmusik, dem häßlichen Anblick der Hafengebäude und den knallbunten, hektischen dreidimensionalen Trickfilmen ausgesetzt waren, die stündlich in die Luft über dem Hafenbecken projiziert wurden.

Sie stilisierten diese Rücksicht auf ihre zarten Nerven zu dem religiösen Grundsatz »Nichts ohne Liebe«, womit gemeint ist, daß ein Produkt oder eine Produktionsweise nur dann der Göttin wohlgefällig ist, wenn Liebe daran teilhat. So besitzt beispielsweise kein maschinell erzeugter Gegenstand, so harmlos er aussehen mag, dieses Liebeselement, sei es ein Marmeladeglas, ein Schraubenzieher oder eine Schachtel mit Schokolade, ebensowenig aber jene handgefertigten Waren, die nur für den Handel hergestellt worden sind. Eine wichtige Episode in ihrer neuen Mythologie war der Auszug der Drohnen, die den Bienenstock verließen, die Bienenkönigin – ihre Göttin – nicht mehr anerkannten und sich an einen verborgenen Ort zurückzogen, wo sie eine mechanische Bienenkönigin konstruierten und einer Perversion der Liebe frönten. Angeführt wurden dabei die Drohnen von Machna, dem Gott der Wissenschaft, Dobeis als dem Gott des Geldes und dem Diebsgott Pill. Ben-Yeschu hatte besonders auf die Notwendigkeit verwiesen, das längst vergessene Königtum von Gottes Gnaden wieder einzuführen und den ekklesiastischen vom magischen Aspekt der Religion zu trennen, wobei letzterer mit allen Mitteln aufgewertet werden müsse. Er hob hervor, daß keiner der späteren Verfasser von Utopien den Schaden gutgemacht hatte, der von Platon angerichtet worden war, als er aus seinem Staat die Dichter verbannte und eine indifferente Verachtung von Poesie und Mythen predigte. »Wenn wir die Dichter fördern und sie zu den anerkannten Gesetzgebern der neuen Welt erheben«, schrieb Ben-Yeschu zuversichtlich, »wird das magische Denken und Handeln wieder zu seinem Recht gelangen und uns Frieden und Fruchtbarkeit bringen.«

In Kalifornien und Neu-Mexiko wurde der Versuch unternommen, ein »gemäßigtes Neukretisches System«

einzuführen, da jedoch das Gemäßigte daran Fließwasser, Maschinen zur Herstellung von Speiseeis, Armbanduhren, Gummiwaren und eine lange Liste von Patentmedizinen einschloß, wollten die Neukreter damit nichts zu tun haben. Einige Zeit danach wurden sie eingeladen, einen Teil des Staats New York nach ihren eigenen Prinzipien zu kolonisieren, aber eine Vorhut fand es unmöglich, den Kontakt mit der Presse, Schaulustigen und anderen Begleiterscheinungen der Zivilisation zu vermeiden. Auch hatte man sie nicht gewarnt, daß sie den bundesstaatlichen und lokalen Vorschriften unterliegen, sowie regelmäßigen Kontrollbesuchen von Vertretern der Gesundheits- und Agrarbehörden ausgesetzt sein würden und eine Schnellstraße durch ihr Territorium laufen sollte. So segelten sie in ihren hölzernen Schiffen zurück und meldeten, daß das Klima Nordamerikas zu enervierend und der Boden durch Kunstdünger zu denaturiert sei, um selbst unter günstigen politischen Voraussetzungen, die überdies nicht gegeben waren, das Neukretische System mit Erfolg einzuführen.

Über die Entwicklung, welche die sophokratische Welt nach der Etablierung des Systems auf Neukreta genommen hatte, war aus dem ›Abriß der Weltgeschichte‹ nicht viel zu erfahren. Anscheinend verbreitete sich allmählich die Erkenntnis, daß ein Zeitalter zu Ende gegangen war und hinfort alles, was außerhalb von Neukreta getan und gedacht wurde, nach der nun erfolgten Wiedergeburt der Menschheit – zum Guten oder zum Bösen – ein Anachronismus sei; wiewohl in dieser Erkenntnis auch ein gerütteltes Maß Neid, Antipathie und sogar aktiver Wille zum Widerstand enthalten war. Dennoch wurde kein ernsthafter Versuch unternommen, das System zu zerstören, bis endlich die Macht der Sophokraten verfiel und das Volk völlig verwilderte. Zu dieser Zeit war Neukreta schon stark genug, um sich gegen Aggressoren zu schützen, und zwar nicht mit Waffen, sondern durch Anwendung von Magie – ein kombinierter Einsatz von moralischen Energien, welche die Entschlußkraft der feindlichen Heerführer zersetzten und ihre Soldaten die Waffen niederlegen ließ. »Drei mißglückte Invasionen« sind im

›Abriß der Weltgeschichte‹ vermerkt: zwei aus Amerika und eine weitere aus Nordafrika.

Im Verlauf von fünf Jahrhunderten hatte sich das System über einen Großteil der noch bewohnbaren Erde verbreitet und viele Errungenschaften früherer Epochen in sich aufgenommen, von denen man fand, daß sie mit dem Grundsatz »Nichts ohne Liebe« vereinbar waren. Einige Gebiete – so etwa Australien, Rußland, Zentralamerika und Zentralasien – waren für ungeeignet zur dauernden Besiedlung befunden, von Bewohnern geräumt und als Geheime Länder abgeschrieben worden; andere wiederum – darunter Westchina, die malayische Halbinsel, Zentralafrika, Indien und fast ganz Nordamerika – hatte man degenerierten Gesellschaftsformen überlassen und nannte sie die Schlimmen Länder: In Ostchina, Ostindien und Japan hatte der RAR die Bevölkerung ausgerottet und das Land verwüstet, aber nicht auf Dauer verseucht, so daß diese Gebiete, obwohl mit Ausnahme einer neukretischen Kolonie in der Gegend von Peking und einer anderen in Südjapan nicht bewohnt, samt dem überwiegenden Teil Afrikas als innerhalb der Grenzen des neuen Systems gelegen betrachtet wurden.

Besichtigung

»Wollen Sie sich nicht ein wenig in unserer Welt umschauen?« fragte mich Sieh-ein-Vogel später an diesem Morgen.

»Mit Vergnügen«, erwiderte ich. »Wer kommt mit uns?«

»Nur Sally. Saphira ist mit den Brüdern losgeritten. Sie hat bei Hof zu tun.«

»Bei welchem Hof?«

»Beim Königlichen Hof in Dunrena. Zu Fuß braucht man etwa eine Stunde, wenn man am Fuß des Hügels entlanggeht. Saphira sagt dem König lebewohl.«

»Gibt sie ihre Stellung als Nymphe auf?«

»Nein, er gibt seine Stellung als König auf.«

»Er dankt ab?«

»So könnte man es nennen: Nächsten Monat muß er sterben und entleibt werden.«

»Wie bedauerlich«, sagte ich artig.

»Überhaupt nicht bedauerlich. Saphira und die anderen Nymphen gehen, um ihm zu gratulieren.«

»Ist er schon lange krank?«

»Aber nein! Soviel ich weiß, ist er vollkommen gesund. Aber auch das Gute hat sein Ende.«

Ich fragte nicht weiter, weil ich nicht mit irgendeiner Bemerkung ihre Gefühle verletzten wollte. Wird er Selbstmord begehen? überlegte ich. Oder soll das Gerede von Tod und Entleibung nur besagen, daß seine Herrschaft um ist? Manchmal drückten sich diese Neukreter etwas seltsam aus.

Sally öffnete die Glastür, und wir – der Dolmetscher, Sieh-ein-Vogel und ich – folgten ihr in den Garten. Die Wege waren mit Platten von moosigem Sandstein ausgelegt; sie führten durch die gepflegten, saftiggrünen Rasenflächen, vermieden jedoch gerade Linien. Es war ein sehr einfacher Garten: ein paar verkrüppelte Apfelbäume und wuchernde Rosenbüsche, ein paar Beete mit leuchtend bunten Blumen – wie Zinnien, aber mit kürzeren Stielen und üppigeren Blüten –, eine im Bogen verlaufende Eibenhecke, eine gewaltige Eiche, ein Maulbeerbaum, drei oder vier verwitterte Steinbänke, ein kleiner Bach mit brüchigem Schiefergrund. Keine großen Ansammlungen von Pflanzen oder Büschen, überhaupt keine ebenen Flächen – der Rasen stieg und fiel in sanften Wellen –, mit Ausnahme des Wassers in dem Fischteich, in den der Bach mündete. Sally belehrte mich, daß gerade Linien, ebene Flächen und zuviel verschiedene Blumen das Auge ermüden, wogegen dieser Garten der Erholung dienen sollte. »In unserem Garten haben wir nur die dornige Damaszenerrose und die weiße Moosrose, und unsere Kornblumen sind ausschließlich blau; gefüllte Dahlien, hybride Edelwicken und dergleichen gibt es bei uns nicht.«

»Wer hat sie dann?«

»Dornlose Teerosen, rosarote Tausendschönchen, bunte Kornblumen und anderes mehr werden Sie in den Gärten der anderen Stände sehen«, erläuterte Sally. »Das hier ist ein Magiergarten. Die Obstbäume und das Gemüse sind hinter dem Haus; der Kräutergarten, wo wir Pflanzen mit magischen Eigenschaften züchten, liegt dort hinter der Hecke.«

»Den würde ich gern sehen.«

Man führte mich zu einem Durchlaß in der Eibenhekke, dann einige Stufen hinunter und wieder hinauf in ein von Mauern eingefaßtes Vieleck, bei dem auf jeder Seite die Mauer aus einer anderen Art von Steinen geschichtet und jeweils von einer Baumart gesäumt war. Von den Ecken des Polygons liefen Pfade zu einem kreisrunden Platz in der Mitte, und in den Sektoren dazwischen wuchsen Sträucher und allerhand Unkraut, das einen enttäuschend unscheinbaren Eindruck bot.

»Sie sind in dreizehn Abteilungen gegliedert«, erklärte Sally: »Entsprechend den Zeichen, in denen sie ihre Wirkung entfalten.«

»Warum dreizehn?« fragte ich, um Interesse bemüht.

»Weil unser Jahr dreizehn Monate hat, und wir die Mondphase und den Wochentag berücksichtigen, wenn wir die Pflanzen für unsere Zwecke sammeln.«

»Wie entzückend altmodisch! Raunen Sie auch Zaubersprüche über Ihre Kräuter, und zerreiben Sie die Pflanzen mit einem goldenen Pistill in einem Silbermörser?«

»Das hängt von dem Kraut ab. Wir verwenden nicht selten auch andere Metalle.«

»Mir fehlen die Schildchen in der Erde, an denen ich ablesen kann, um welche Kräuter es sich da jeweils handelt.«

»Nein. Wir schreiben auch nicht APFEL auf die Äpfel, die wir essen. Ist Ihnen das nicht schon beim Frühstück aufgefallen?«

Sieh-ein-Vogel warf einen scharfen Blick auf Sally; die Kerbe zwischen seinen Brauen drückte Besorgnis aus. Für eine Neukreterin war Sallys Antwort sehr spitz gewesen.

»Schade«, erwiderte ich ruhig. »Ich muß gestehen, daß ich weder Basilikum von Teufelszwirn noch einen Türkenbund von einer Alraune auseinanderkenne. Botanik ist in meinem Internat nicht unterrichtet worden – sonst auch nicht viel, wenn ich darüber etwas sagen wollte –, und ohne solche Schilderchen können Sie nicht von mir erwarten, daß ich die Anlage dieser Beete zu schätzen weiß. Gehen wir lieber weiter: Zeigen Sie mir das Gemüse. Bei Gemüse bin ich ziemlich auf Draht.«

»Was haben denn die Ärzte zu Ihrer Zeit als Heilmittel verwendet?« wechselte Sieh-ein-Vogel taktvoll das Thema.

»Tierische, pflanzliche oder mineralische Extrakte, die man – gewöhnlich nach Experimenten an Ratten, Kaninchen und Affen – in keimfreien Laboratorien herstellt und in Dosen, Fläschchen oder Tiegeln verpackt.«

»Keine Kräuter?«

»In kleinen Städten auf dem Land gibt es noch ein paar Kräuterkundige, aber so einer zählt nicht als richtiger Arzt. Die öffentlich anerkannte Medizin ist eine Naturwissenschaft, und da die meisten Menschen den Naturwissenschaften blind vertrauen, hilft sie auch in den meisten Fällen, nicht anders als die vorwissenschaftliche Medizin – vielleicht sogar besser. Wenn ein Mittel nicht so wirkt, wie man möchte, heißt es, daß die betreffenden Probleme von der Wissenschaft noch nicht ganz gelöst sind: Man hat nicht alle relevanten Krankheitsfaktoren berücksichtigt. Wenn Sie aber einen ehrlichen Doktor fragen, ob ein bestimmtes Mittel etwa gegen Ischias hilft, wird er Ihnen sagen: ›Nehmen Sie es nur, wenn es Ihnen guttut.‹ Auf die Mondphase oder den Wochentag wird bei uns nicht gesehen – so etwas würde als Aberglaube gelten. Auch dem Temperament, dem Charakter oder der Geistesverfassung des Patienten mißt man wenig Bedeutung bei, die meisten Ärzte sind zu sehr damit beschäftigt, Bestätigungen zu unterschreiben, Formulare auszufüllen und mit ihrer Buchhaltung zu Rand zu kommen, um sich mit solchen Spitzfindigkeiten abzugeben.«

»Völlig lieblos!« stellte Sally fest und schüttelte sich.

»Oh, wir dürfen uns nicht beklagen! Als dieses System

in unterentwickelten Ländern wie Indien und Ägypten eingeführt wurde, war es dort nur zu erfolgreich. Bis dahin hatten Bedingungen geherrscht, die das Überleben von schwächlichen Kindern und alten Menschen, die zu keiner nützlichen Arbeit mehr fähig waren, nicht begünstigten. Jetzt vermehrt sich die Bevölkerung wider alle Vernunft – wahrscheinlich so lange, bis ein Krieg oder Hunger sie wieder auf ein tragbares Maß reduziert.«

Jenseits des Kräutergartens erstreckte sich eine Parklandschaft mit einigen weidenden Kühen. »Zauberhäuser sind immer von einem Park umgeben«, erklärte mir Sieh-ein-Vogel. »Wir können uns nicht auf unsere Arbeit konzentrieren, wenn eine Straße in der Nähe vorbeiläuft oder andere Menschen gleich vor der Haustür wohnen. Nicht nur die damit verbundenen Geräusche lenken ab, es kommt dazu in solchen Fällen auch die psychische Spannung, wie sie durch einen uns fremden Rhythmus im Denken und Fühlen verursacht wird.«

»Sie sind sehr sensibel.«

»Können Sie sich einen unsensiblen Magier vorstellen?« fragte Sally.

»Kaum: Sie haben recht.« Ich wollte, Saphira wäre mit uns gekommen. Wenn Sally um die Wege war, neigte ich dazu, alles in meinem Umkreis zu kritisieren, als fühlte ich fast so etwas wie Loyalität für meine eigene, zweifellos inferiore Zeit. Mit Saphira wäre das anders gewesen: Ich hätte alles ohne langes Fragen um ihretwillen hingenommen, so wie ich mich seinerzeit bei Antonia mit der von ihr so hochgeschätzten Häuslichkeit und Verwandtschaft abgefunden hatte.

»Ich wundere mich, daß Sie Kühe im Park grasen lassen«, sagte ich nach einer Pause.

»Warum nicht? Sie stören doch nicht.«

»Sie mißverstehen mich. Ich habe nicht an den Rhythmus ihres Denkens und Fühlens gedacht, sondern an ihre Hufe und die Fladen, mit denen sie den Rasen kaputtmachen.«

»Wenn Sie genau hinschauen, werden Sie bemerken, daß sie weite Lederschuhe tragen und keine Fladen herumliegen. Das Vieh ist darauf dressiert, Gruben zu benützen – dort drüben bei der Mauer ist eine –, und einmal in jedem Jahr wird der Dung dem Land zurückgegeben, indem wir ihn allenthalben versprühen, so daß das Gras gleichmäßig wächst.«

»Bezaubernd wissenschaftlich!«

Sally tat, als ob sie es nicht gehört hätte.

Wir näherten uns einer Gruppe von Häusern, jedes in einem eingezäunten Garten. Ein kleiner Fluß begrenzte mit seinem Ufer die Gärten, und dunkelhaarige Kinder badeten und fischten. Die Häuser waren aus Stein gebaut, mit Schindeldächern und bunten bemalten Fensterläden. Die meisten Mauern waren einfach gekalkt, einige aber auch gelb, rauchgrau oder rosa gestrichen. Ein Mann mit mißmutigem Gesicht, Lederhosen und Bundsandalen versetzte Bohnenstangen in einem nahegelegenen Garten. Er blickte auf, als wir vorübergingen, und grüßte uns, indem er die Finger wie zu einem bischöflichen Segen hob. Zugleich rief er etwas zu seiner Frau hinüber. Sie schaute, offensichtlich sehr aufgeregt, aus dem Fenster, verschwand hierauf und kam uns bald danach mit einem Korb voll Pflaumen entgegengeeilt. Sie trug eine kurzärmelige weiße Leinenbluse mit Goldknöpfen zu einem reichbestickten Rock und wirkte ziemlich maurisch.

»In Maris Namen: Geht es gut?« Anscheinend war das die übliche Grußformel.

»Alles geht gut«, erwiderte Sally mit höflichem Lächeln. Die Frau blickte fragend auf mich.

»Ein Dichter aus vergangener Zeit, der so freundlich ist, uns einen Besuch abzustatten.«

»Gebt ihm eine von meinen Pflaumen und bittet ihn, daß er den Kern schluckt.« Sie sagte das durchaus ernst, aber um ihren Mund zuckte es.

»Warum?«

»Damit er den Kern mit in seine Zeit nimmt und vielleicht daraus ein Vorfahr von meinem Pflaumenbaum wird.«

Es erleichterte mich, daß wenigstens die Gemeinen sich zu kleinen Scherzen verstiegen. Aber Sally, Sieh-ein-Vogel und der Dolmetscher lachten nicht. Der in sich gekehrte Blick Sieh-ein-Vogels verriet mir, daß er die logischen Chancen des Experiments überschlug.

»Und wie steht es mit deinem Kind?« erkundigte sich Sally.

»Mari sei gepriesen! Ich tat, wie du mich geheißen hast, Hexe, und heute hinkt der Kleine nicht mehr. Eben vorhin ist er mit der Katze um die Wette gelaufen und hat sie glatt überrundet: Sie ist auf einen Baum hinauf.«

»Das ist eines von den Dörfern der Gemeinen«, erläuterte Sieh-ein-Vogel im Weitergehen. »Es heißt Gehörntes Lamm. Jedes Dorf zeichnet sich durch irgendeine Besonderheit aus: Das hier durch seinen Karpfenteich und eine sonst nicht gebräuchliche Art, die Scheunen mit Heidekraut und Schilf zu decken. Dort drüben auf dem Anger steht der Totempfahl, die Andachtsstätte der Leute.«

»Welche Heiratssitten gelten hier?« fragte ich (»Das ist das erste, was du herauskriegen mußt«, hatte mir einmal Knut Jensen, der dänische Ethnologe, gesagt. »Es gibt da Gegenden, weißt du, wo sich ein Mann zu Tod schämt, wenn er zufällig das Binsenröckchen seiner Schwägerin an der Wäscheleine flattern sieht – und andere, wo man von ihm erwartet, daß er dreimal täglich mit ihr ins Heu geht. Man kann die greulichsten Schnitzer machen, wenn man nicht herauskriegt, was wo gespielt wird.«)

»Gehörntes Lamm ist streng monogam«, teilte mir Sieh-ein-Vogel mit. »Die Knaben und Mädchen haben vor der Ehe keine Sexualerfahrungen, es sei denn, daß sie sich entschließen, in ein anderes monogames Dorf auszuwandern, wo das erlaubt ist – oder in ein polygames Dorf. Es steht ihnen frei zu gehen, wenn ihnen danach ist.«

»Und kommt es in einem solchen Fall zum Bruch mit ihrer Familie?«

»Keineswegs. Sie besuchen ihre Verwandten, so oft es ihnen beliebt. Zwischen Dörfern mit unterschiedlichen Moralbegriffen gibt es keine Feindschaft, nur erwartet man von jedem, der sich auf Dauer in einem Dorf niederläßt, daß er sich dem Ortsbrauch anpaßt.«

»Was ist das für ein großes Haus – dort über der Brükke?« Es handelte sich um einen roten Ziegelbau mit Höfen wie ein College in Cambridge und war von zwei Reihen Platanen umgeben.

»Dort wohnen die Chronisten. Die Gemeinen leben lieber in kleinen Häusern mit Gärten und Nachbarn, Zaun an Zaun. Die Chronisten ziehen Wohnungen in ausgedehnten Gebäuden vor, mit einem gemeinsamen Speisesaal, einem gemeinsamen Kindergarten und einer Tageseinteilung, an die sich jeder hält. Im Nordflügel ist die Bibliothek und die Registratur untergebracht. Da drüben ist ihre Krocketwiese. Es ist eine alte Tradition bei uns, daß die Chronisten, im Gegensatz zu den anderen Ständen, Krocket spielen. Krocket und Boccia.«

Ich sah, wie eine Gruppe von ergrauten Chronisten über einen Pfad den Hügel herunterkam. In ihren weiten Überröcken, Kniehosen und Schnallenschuhen erinnerten sie an prosperierende Quäker aus dem 18. Jahrhundert.

»Ist das der Garten der Chronisten?« fragte ich. »Dort rechts von den Platanen?«

Sieh-ein-Vogel nickte. »Wie Sie von hier aus erkennen, ist er sehr formell angelegt, Massen von Tulpen in schnurgeraden Beeten – hie schwarz, hie weiß, hie rot –, getrimmte Büsche, Lilienteiche, Rittersporn, Spalierbirnen, Teerosen – ihre Rosen und Obstbäume werden gnadenlos zurückgeschnitten, um das Beste an Blüte und Frucht aus ihnen herauszuholen, nicht wie bei uns in Frieden gelassen –, Sonnenuhren und ein Pfau. Nur die Chronisten dürfen auf ihren Ländereien Pfauen halten.«

»Tatsächlich? Warum?«

»Von einem Chronisten nimmt man an, daß er überall Augen hat wie ein Pfauenschwanz – und ohne Pfau wäre so ein Garten wohl doch ein wenig zu nüchtern. Die Strenge der Tulpenbeete wird auch dadurch aufgelockert, daß nach altem Brauch jedes eine Blüte von anderer Farbe enthalten muß.«

»Wenn aber ein Chronist zufällig weder Krocket noch Pfauen, Rittersporn und Tulpen leiden kann?«

»– wäre er kein Chronist«, erwiderte Sally lakonisch, über die Schulter hinweg. Sie wünschte uns verdrossen lebewohl und ging. Was hatte das Weibsbild jetzt wieder?

Nachgerade fühlte ich mich nicht mehr so zu Hause: Das alles kam mir vor wie ein Rundgang durch eine Ausstellung für ›Schöneres Wohnen‹ und, zugleich, ein apokryphes Kapitel aus ›Alice im Wunderland‹. Der Dolmetscher glich aufs Haar dem weißen Karnickel. Nur wenige Tage vor meiner Beschwörung hatte ich eine Ausgabe der ›Alice‹ in der Hand gehabt und zum ersten Mal seit weiß Gott wie vielen Jahren wieder gelesen. (Wirklich ein Superding, hatte ich gedacht, während Bilder aus einer glücklichen Kindheit in mir hochstiegen. So witzig, so raffiniert geschrieben! – bis ich plötzlich zu den vier letzten Seiten des Kapitels mit der Königin auf dem Krocketplatz kam, die mir immer vorenthalten geblieben waren, weil mein großer Bruder sie damals aus unserem Buch gerissen und zu Papierschiffchen verarbeitet hatte. Wie öd, dachte ich, als ich das nun las. Wie blöd! Wie ein Fremdkörper!) Und jetzt stand ich da und richtete an den Dolmetscher dieselbe Frage wie die Herzkönigin an Alice: »Spielen Sie Krocket?«

»Leidenschaftlich. Sogar in meinen Träumen – ein Spiel nach dem anderen.«

»Mit einem Flamingo als Schläger, Igelkugeln und hintübergeknickten Soldaten als Tore?«

»Wie bitte? Ich habe Sie nicht verstanden.«

»So hat es Alice gespielt.«

»Ach ja! Natürlich!«

Trotzdem war ich nicht ganz sicher, ob er wirklich mitgekommen war oder nur so tat, um sich keine Blöße zu geben. Ein sturer Bock! Ich bedauerte seinen Kollegen Quant.

»Wo leben die Führer?« wandte ich mich an Sieh-ein-Vogel.

»Sehen Sie den Bogengang und die drei oder vier Zellen, zu denen er vom Chronistenhaus führt? Dort wohnen sie: Da kommt eben einer heraus!«

Ein hochgewachsener Prachtbursche mit kantigen Zügen in einer Art Marineuniform hatte eine Tür aufgestoßen und schritt würdevoll den Bogengang hinab, wie einem amerikanischen Comic entsprungen. »Nervo der Furchtlose auf den Fersen des Maskenmädchens!« rief ich.

»Nervo?« wiederholte der Dolmetscher mißtrauisch.

»Er schaut aus, als würde er täglich in mindestens fünftausend Lokalblättchen nachgedruckt.«

»In Lokalblättchen nachgedruckt?«

»Ach – schon gut. Ich habe nur seine männliche Vollkommenheit bewundert. Gibt er seiner Frau häufig Anlaß zu Eifersucht?«

»Er hat keine Frau«, entgegnete Sieh-ein-Vogel. »Die Führer haben kein Familienleben, weil sie zu sehr mit den Angelegenheiten der anderen Leute beschäftigt sind. Es gibt zwar auch ein paar energische junge Damen bei den Führern, aber sie heiraten nicht innerhalb des eigenen Standes. Wenn sie Kinder haben und einen Hausstand gründen wollen, treten sie zurück und werden normale Mitglieder bei den Gemeinen.«

»Warum sterben aber dann die Führer nicht aus?«

»Die Führer haben einen Heiratsvertrag mit Dörfern der Gemeinen, in denen voreheliche Promiskuität gepflogen wird, und da es sich – wie Sie selbst feststellten – um Männer von besonderer körperlicher Qualität und Anziehungskraft handelt, werden immer neue Anwärter für den Führerstand geboren. Es gab sogar eine Zeit, in der man nach Mitteln suchen mußte, um ein zu starkes Anwachsen des Standes zu verhindern. Man fand schließlich eine Lösung, indem man den Führern verbot, sich mit Frauen zu verbinden, die von einem Führer abstammten oder selbst Führerinnen gewesen waren.«

»Und die Chronisten? Vermehren sie sich in einem angemessenen Verhältnis zu den übrigen Ständen?«

»Sie sind sich der Notwendigkeit einer angemessenen Vermehrung so sehr bewußt, daß sie ihre Geburtenrate sehr genau regulieren.«

»Und die Gemeinen? Und die Diener?«

»Das sind die Stände, die eine besondere Anfälligkeit für das aufweisen, was man in vergangenen Epochen ›genetische Imponderabilien‹ nannte, womit aber nur gesagt war, daß man an diese Faktoren nicht den Maßstab der Naturwissenschaft anlegen konnte. Die Geburtenrate läßt sich durch sehr einfache Mittel heben oder senken. Im Vergleich zu den Gemeinen sind die Diener eher unproblematisch: Da sie immer zu überproportionaler Vermehrung neigen, reduzieren wir ihren Pulsschlag und ihren Geschlechtstrieb, indem wir ihnen Kola zu kauen geben – was überdies den Vorteil hat, daß sie damit gutwillig tagtäglich ihre monotonen Pflichten verrichten, ohne nach Abwechslung zu verlangen. Leichte Schwankungen der Geburtenrate bei den Gemeinen lassen wir unbeachtet: Wenn in einem Dorf ein paar Häuser leerstehen oder mehr Ackerland vorhanden ist, als benötigt wird, lädt es Siedler aus einem anderen Dorf mit demselben Heiratssystem ein, und diese sogenannten ›Pfropfer‹ bringen Bewegung und Leben hinein. Etwas anderes ist es, wenn ein ganzer Bezirk sich entvölkert oder übervölkert. Da Kola den Dienern vorbehalten ist, verordnen wir meistens einen Wechsel in der regionalen Tracht oder eine andere Musik. Melancholische Musik regt zur Vermehrung an, heitere Musik lenkt davon ab. Bei den Trachten wiederum nimmt die Geburtenrate um so mehr zu, je farbloser und zugeknöpfter die Kleider sind.«

»Das kann doch nicht wahr sein?«

»Aber gewiß! Melancholische Musik weckt in den Hörern unbestimmte Ängste, die ihrerseits Todesahnungen auslösen, und aus Gedanken an den Tod folgt das Bedürfnis, Kinder zu zeugen. Düstere und beengende Kleidung hat auf ihre Träger eine ähnliche Wirkung. Je stärker das Gefühl körperlicher Ungebundenheit und allgemeinen Wohlbefindens, desto niedriger die Geburtenrate.«

»Also das hätte ich nicht erwartet! Und wer schreibt diese Umstellungen vor?«

»Wir Magier. Ein solches Problem kann man nicht einfach der Sitte überlassen. Den Chronisten kann man zutrauen, daß sie geeignete Maßnahmen bei unkomplizierten lokalen Zwischenfällen finden, etwa bei einer Raupenplage, wenn ein Dorf niederbrennt oder Typhus ausbricht. Schwankungen der Geburtenrate können hingegen so viele Ursachen haben, daß man immer zuerst uns um Rat fragt, bevor etwas unternommen wird. Wir stellen die Diagnose und verschreiben die Therapie. Die Anordnungen werden von den Priestern verlautbart und erhalten dadurch das Gewicht von Glaubensregeln. Aus

Respekt vor den Priestern akzeptieren die Gemeinen unsere Anordnungen, ohne die Gründe zu erfahren, weshalb ihr Brauchtum geändert wurde, und die Führer sorgen dafür, daß man sich daran hält.«

»Neiden die Gemeinen den Führern ihre Macht und Überlegenheit?«

»Im Gegenteil: Ein Mann wie der, den Sie gerade gesehen haben, wird von ihnen bemitleidet, weil er ohne Heim und Familie leben muß, und sie wissen, daß er in seinen Stand nur deshalb eingetreten ist, weil er zum Führen besonders begabt oder von der Neigung dazu besessen ist – was bei ihnen ein instinktives Bedürfnis auslöst, ihm zu gehorchen. Ich stelle mir vor, daß auch die zölibatären Priester zu Ihrer Zeit so eine Disposition bewirkt haben müssen.«

»Ja – wahrscheinlich: soweit sie ihren Beruf ernst nehmen und sich nicht in Skandale verwickeln. Sind die Priester auch bei Ihnen unverheiratet?«

»Einige. Ein Tropfen Öl, heißt es bei uns, trennt den Priester von seiner Gemeinde – sei es auch nur, weil er zu einem anderen Stand gehört. Bei den Dienern, müssen Sie wissen, überwiegt das System der Dreisippenehe: Die Frauen schlafen mit den Mitgliedern einer affiliierten Sippe, ohne einen ständigen Partner zu haben. Ihre Kinder bleiben in der Sippe der Frau, gehen aber Verbindungen mit einer dritten Sippe ein, um einen Inzest zu vermeiden. Dienerkinder bleiben, sobald sie abgestillt sind, nicht bei ihren Müttern, obwohl gefühlsmäßig ziemlich eng an sie gebunden, und kennen ihre Väter nicht: Sie gehören dem Gemeinwesen und beginnen schon in jungen Jahren zu dienen. Jene, die sich als besonders anstellig, phlegmatisch, gefügig und einfältig erweisen, werden zum Priestertum hingelenkt. In Gegenden, wo die Gemeinen überdurchschnittlich vital sind und einen beruhigenden Einfluß brauchen, setzen wir einen zölibatären Priester ein; anscheinend haben sie vor einem zölibatären Priester mehr Respekt als vor einem, der in einer Dreisippenehe lebt.«

»Gibt es auch weibliche Priester?«

»Nein, nur Hohepriesterinnen: Alle gewöhnlichen Priester sind Männer; aber der religiöse Unterricht, bei dem die Kinder Gebete, Mythen und andere religiöse Texte lernen, wird ausschließlich von Frauen erteilt, die ebenfalls dem Dienerstand angehören. Alle Kinder – ohne Ausnahme – müssen diese Anfangsgründe auswendig lernen, und auch die Lehrerinnen erklären sie ihnen immer mit denselben Worten, die jeweils nach etwa drei oder vier Generationen überarbeitet werden, um sie dem Wandel der Sprache anzupassen.«

»Ich würde gern sehen, wie so ein Unterricht vor sich geht.«

»Hinter den Häusern, auf der anderen Seite des Flusses, ist eine Schule. Die Kinder sind eben hineingegangen.«

Die Wände des Klassenzimmers waren weißgekalkt und nackt – keine Tafel, keine Landkarten oder Bilder: Nichts gab es, was die Aufmerksamkeit der Kinder von dem mündlich erteilten Unterricht abgelenkt hätte. Sie saßen im Halbkreis um die Lehrerin – die Jungen in schwarzen, die Mädchen in blau-weißen Kitteln –, und hinter ihnen gab ein Fenster den Blick auf eine mit einem Ring von Bäumen gekrönte Hügelkuppe frei. Die Lehrerin saß auf einem hochlehnigen Stuhl, zwischen einer mit hochsommerlichen Blumen geschmückten Feuerstelle und einer bemalten Figur, welche die Göttin Mari in einem weißen Kleid mit blauem Mantel darstellte. Rechts trug die Göttin ein blondlockiges blauäugiges Kind im Arm, links ein Kind mit dunklen Haaren und braunen Augen, während über ihren Schultern der Kopf und die Hände einer verhutzelten Greisin sichtbar waren und ein etwa zwölfjähriges Mädchen sich an ihren Rock schmiegte. Die Brüste waren entblößt, außerdem hielt sie in der linken Hand eine Schlange und einen halben Apfel in der rechten. Über dem flachsgelben Haar lag ein Sternenkranz. Die Greisin trug eine hohe, spitze Mütze, wie Sally sie bei meiner Beschwörung aufgehabt hatte; das Mädchen war mit Blumen geschmückt und hielt einen Bogen und Pfeile.

Die Lehrerin, eine dicke Frau in reiferen Jahren, schien mit ihrer tiefen, monotonen Stimme nicht ihr eigenes Wissen mitzuteilen, sondern in Vertretung einer unsichtbaren Instanz zu sprechen – die, wie ich alsbald den häufigen Seitenblicken entnehmen konnte, die Göttin Mari war. Auch die Kinder, die alle zwischen fünf und acht Jahre alt waren, richteten ihre Antworten nicht so sehr an die Lehrerin als an die Figur.

»Und jetzt, Kinder, sprecht ihr mir die Geschichte von Dobeis und Nimuë nach!«

Die Lehrerin schlug den tiefsten Ton eines Glockenspiels an, das an ihrem Sessel angebracht war und als Stimmgabel diente. Die Geschichte war in Versen gehalten. Ich kann nichts dafür, daß sich der Versuch einer Übersetzung teilweise wie ein Abschnitt aus Blakes ›Prophetischen Büchern‹ liest:

Ein junger Mann war Dobeis: Glatzköpfig, fett und
böse.
Dobeis tat Zauber mit Scheiben von Gold,
Schlug Bilder in sie von Menschen und Tieren,
Lag fett im Bett bei offener Tür –
»Hinaus«, befahl er den goldenen Scheiben,
»Hinaus in die Welt! Zerstört sie!«

Sie rollten über Land und Meer, in Häuser und in
Hütten,
Behexten die Leute, lehrten sie Haß;
Tod, Pest und Not war in ihnen.
Sie rollten über den alten Brauch, sie überrollten die
Liebe,
Verwirrten alle fünf Stände.

Die Scheiben rissen die Führung an sich,
Die Scheiben führten die Bücher,
Die Scheiben schlugen die Gemeinen in goldene Fesseln,
Die Scheiben zwangen die Diener zu Dienst ohne
Liebe,
Die Scheiben machten den Zauber zunichte.

Dobeis lag am offenen Fenster
Und lachte des todkranken Landes,
Von den Scheiben zerschnitten, verwüstet vom
Gold –

Er lachte der todkranken Städte,
Von den Scheiben zermahlen, vom Gold gesprengt –
Er lachte des wirren Geschreis,
Das da aufstieg aus Haß und Verzweiflung.

Nimuë, Maris Tochter, erwachte
Aus ihrem Schlaf in den Zweigen der Weide
Und gewahrte alsbald des Dobeis Frevel.
Ihr schönes Anlitz wurde blaß und streng,
Und über ihre schmale Schulter legte sie den Bogen.
So nahm sie ihren Weg zum Haus des Dobeis,
Und all die goldnen Scheiben tanzten um sie her
Und schlangen sich zu Ketten, um Dobeis' Haus zu schützen.

Nimuë sprang über den goldenen Wall
Mit dem weißen Fuß auf das Fensterbrett
Und sagte zu Dobeis mahnend:
»Dobeis, Dobeis, was soll dieser Tort?
Warum verwirrst du die Stände?
Ruf die Scheiben zurück, solang es noch Zeit,
Sonst zürnen dir Mari und Ana.«

Dobeis lachte laut aus dem seidenen Pfühl,
Er wälzte sich wohlig zur Seite:
»Schlecht«, sagte er, »bin ich und schlecht will ich bleiben,
Und die ganze Welt soll mir gleichen.
Fort, Kleine, sonst tu ich dir weh.«

Nimuë bat nun den Schwarzdornbaum:
»Gib mir einen Zweig mit Blüten wie Schnee,
Daß ich Dobeis' Bosheit beschäme!«
Der Schwarzdorn gab ihr einen blühenden Zweig,
Eine Elster flog ihn zu Nimuë.

Lachend sah Dobeis, wie sie ihn spitzte
Mit der Halbmondklinge aus Feuerstein.
»Geh, Kleine, versorg deine Puppen –
Sonst könnte dir Schlimmes geschehen.«

Da schlug sie zu: Unter bitteren Tränen –
Zum ersten Mal nahm sie ein Leben.
Sie schlug in die Grube unter der Brust,
Ein leichter Schlag ohne Wunde:
Der Schlag schon war Zauber genug.

Dobeis lag da auf dem seidenen Bett,
Die Miene verstört, in Falten die Stirn,
Die Nase gebläht, die Augen getrübt
Und tief in die Ränder gesunken.
Rundum erhoben sich Schatten.
Antlitz und Arme weiß wie von Stein,
Blau in den Lippen, schweißnaß die Brauen,
Eiskalt der Leib und die Glieder.

»Ach«, rief er, »Kleine Nimuë!«
Die Stimme wollt' ihm versagen.
»Wer hätte gedacht, daß der Wind eines Schlags,
Den ein Mädchen geführt, mich vernichtet?!«
Unter Tränen sprach Nimuë da zu Dobeis:
»Nimm deine Rache am Schwarzdornbaum,
An den Elsternklauen, am Halbmondmesser,
Aber rufe die goldenen Scheiben zurück,
Ich beschwör' dich im Namen der Mutter!
Tu's – und ich will dich begraben.«

Dobeis rief die goldenen Scheiben zurück,
Der Menschen Not war zu Ende.
Als die letzte Scheibe heimgerollt war,
Da starb er, und Nimuë begrub ihn.

Zur Urgroßhexe bracht' sie die Scheiben,
Und die trieb durch starken Zauber
Den Fluch des Dobeis heraus.
Dann schlugen die Schmiede mit Hämmern sie flach,
Zu Blättern von Gold, zu Büchern von Gold,
Wie unsere Dichter sie brauchen,
Wenn sie von Nimuë schreiben –
Von Ana, Mari und Nimuë.

Wieviel die Kinder von diesem mythischen Text – dreimal wurde er wiederholt – wirklich begriffen, kann ich nicht beurteilen. Jedenfalls schnurrten sie ihn fehlerfrei herunter, als die Unterrichtsstunde zu Ende ging. Ich beobachtete ein Mädchen aus dem Magierstand, das jedesmal aus Mitleid mit Nimuë zu weinen anfing, wenn der Vers kam: »Zum ersten Mal nahm sie ein Leben.«

Welchem Stand die Kinder angehörten, war an der Zahl der Litzen auf den Aufschlägen ihrer Kittel abzulesen. Jeder Stand hockte beisammen, obwohl mir auffiel, daß es auch ein paar Mädchen gab, die anderswo saßen. Auf ein Zeichen der Lehrerin schrien alle einen Gruß in Richtung der Kultfigur und rannten hinaus auf den Spielplatz, wo sie auf dieselbe unorganisierte Weise wie heutige Kinder zu spielen anfingen. Die Lehrerin blieb und betete. Allerdings kniete sie nicht und stand auch nicht aufrecht, mit in Hüfthöhe geöffneten Händen, wie ich es später bei den Priestern sah, sondern hatte stehend die Arme gekreuzt und lächelte verbindlich, als ob sie – bei allem Respekt – mit der Göttin plauderte. Sie erinnerte mich an die dicke alte Fanny, die treue Köchin meiner Großmutter, wenn sie untertänigst um Erlaubnis bat, die Pilzsoße nach dem Lieblingsrezept meiner Urgroßmutter zubereiten zu dürfen. Ich fand heraus, daß es bei den Männern die Regel war, die Göttin mit einer aus Liebe und Furcht gemischten Andacht anzusprechen, während die Frauen sich, je nach ihrem Stand, ungezwungen wie an eine Freundin, Kollegin oder Chefin wandten.

Sieh-ein-Vogel erklärte mir, daß für die Erziehung der Kinder, welche die Altersgrenze von acht Jahren überschritten hatten, der betreffende Stand sorgte, dem sie angehörten; da ließ sich in der Regel schon aus dem Benehmen und den Interessen des Kindes darauf schließen, ob es weiter in dem Stand, in den es hineingeboren war, verbleiben werde, obwohl es vorkam, daß Kinder noch einige Jahre später, wenn sie bereits als aktive Mitglieder eines bestimmten Standes aufgenommen waren, unerwartete Fähigkeiten oder Neigungen entwickelten. Es gab auch eine empirische Erziehung, die nicht im Schulgebäude stattfand: Die Kinder durften sich – im Rahmen der Sitte, die an ihre Manieren sehr hohe Anforderungen stellte – in den Dörfern herumtreiben und alles beobachten, was auf den Feldern, in Werkstätten, Schreibstuben oder Küchen vor sich ging, und auch in meilenweitem Umkreis die Nachbarn kennenlernen. Diese Freiheit genossen sie allerdings täglich nur einige Stunden, in der übrigen Zeit wurden sie – mündlich – mit den Bräuchen ihres Standes vertraut gemacht, auf Botengänge geschickt oder halfen ihren Eltern oder Erziehern. Mit Eintritt der Pubertät traten sie eine Lehre an oder wurden, wenn sie zu den Magiern oder Chronisten gehörten, im Lesen und Schreiben unterrichtet. (Den Führern, Gemeinen und Dienern war beides nicht erlaubt, und auch die Magier und Chronisten waren, was den Anwendungsbereich der Schrift betraf, strengen Regeln unterworfen.) Mit etwa sechzehn durften sie ihr Liebesleben beginnen, und nach Abschluß der körperlichen Reife auch auf Reisen gehen und an Kriegen teilnehmen, womit sie zu vollberechtigten Bürgern wurden. Sobald sie »mehr weiße als andere Haare« hatten, konnten sie, wenn sie wollten, zu Senioren aufrücken und wurden dann mit besonderer Ehrfurcht behandelt: In ihren Klubhäusern waren die Senioren nicht an die Sitte gebunden, im übrigen aber verlangte man von ihnen ein angemessen würdiges und zurückhaltendes Benehmen.

Als wir heimwärts gingen, fragte ich Sieh-ein-Vogel: »Was für ein Jahr haben wir eigentlich?«

»Das Jahr vor dem Schaltjahr.«

»Ja – aber welche Jahreszahl?«

Der Dolmetscher schaltete sich ein und klärte Sieh-ein-Vogel auf, daß es zu meiner Zeit eine allgemein verbindliche Zählung der Jahre gegeben und man den 1. Januar mit einer Abschiedsfeier für das Alte Jahr und einer Vorausschau auf das Neue begangen hatte.

»Wir haben hier keine offiziellen Jahreszahlen«, sagte Sieh-ein-Vogel zu mir. »Der Erste Chronist führt in seinen Archiven ein Jahresregister, aber das wird nicht veröffentlicht. Niemand als er und seine Assistenten könnten berechnen, wie viele Jahre seit der Gründung Neukretas vergangen sind. Wir finden es auch sehr ungehörig, jemandes Alter zu erwähnen oder nachzuzählen, seit wie vielen er ein Amt ausübt oder verheiratet ist. Auch zählen wir nicht die Stunden und Minuten, wie Sie es, soweit mir bekannt ist, mittels großer und kleiner Uhren getan haben. Wir beobachten die Mondphasen; wir unterscheiden zwischen Vormittag, Nachmittag und Abend; wir haben die verschiedenen Wochentage; wir vermerken den Wechsel der Jahreszeiten, und die zwei Teile unseres Doppeljahres enden mit dem ersten Vollmond nach dem längsten Tag und dem ersten Vollmond nach der längsten Nacht. Die Zeit als absoluter Begriff ist zugleich mit dem Geld abgeschafft worden, nachdem der Dichter Vives leidenschaftlich dafür eingetreten war:

Weil Zeit Geld ist,
Muß die Zeit vernichtet werden:
Hippe und Sanduhr
Sind dem Bösen verschrieben.
Nimuë, hilf uns noch einmal mit deinem Bogen!«

»Um welche Zeit gehen aber dann am Morgen die Kinder zur Schule?«
»Wenn die Glocke läutet.«
»Und wann läutet sie?«
»Wenn die drei ersten Kinder da sind.«
»Und wie lange laßt ihr ein Ei kochen?«
»Bis der Sand durch das Eierglas gelaufen ist.«

Erica

Am selben Tag – einem Sonntag – ereignete sich etwas Bestürzendes und völlig Unerklärliches, unmittelbar vor dem Lunch mit Sieh-ein-Vogel und Sally.

Es war übrigens eine vegetarische Mahlzeit: Zu meiner Enttäuschung stellte sich heraus, daß die Sitte den Magiern verwehrte, Fleisch oder Fisch zu essen – nur frischen

Käse und gelegentlich ein Ei – und weder scharfe Gewürze noch in Essig eingelegtes Gemüse, nicht einmal Zwiebeln. Kein Wunder, daß sie im Kopf so klar waren und eine so reine Haut – und keinen Humor hatten! Aus ihrer untadeligen Diät ließ sich auch ein Reim auf ihre romantischen Ideen über die Liebe und die zwischen Liebenden waltende Symphatie finden. Ebenso eine Erklärung für die Leichtigkeit, mit der sie Tränen vergossen: Ich mußte einmal wegen einer Fistel operiert werden und durfte nachher eine Woche lang nur Wasser und Blockmalz zu mir nehmen. Als mir der Arzt schließlich Milch und Kartoffelbrei erlaubte, war ich in meinem Wesen so verändert, daß ich eines Abends zu weinen anfing, als im Radio ein Aufruf für vernachlässigte Kinder durchgegeben wurde, und dann lag ich, noch immer haltlos schluchzend, im Bett und beobachtete auf dem Fenstervorhang einen imaginären und zugleich höchst realistischen Kampf zwischen Hirschen und Schwänen. Nicht daß das Essen, das mir hier vorgesetzt wurde, unzulänglich gewesen wäre: Es war ausgiebig und enthielt wahrscheinlich alle Vitamine und Kalorien, die man braucht, um kerngesund zu bleiben, und das Bier – obwohl sie mir nicht anboten, das Glas nachzufüllen, wenn ich es geleert hatte – schmeckte genausogut wie jenes, das ich zuletzt bekommen hatte. Mein Magen jedoch war auf ein richtiges Sonntagsdinner mit Braten, Yorkshirepudding und Röstkartoffeln eingestellt, mit zwei trockenen Martinis zur Einleitung. Nichts davon kriegte ich, und ich kam mir vor wie jemand, der in das falsche Lokal geraten ist und plötzlich vor einem Nußkotelett und Karottenauflauf sitzt.

Passiert war aber folgendes: Ich teilte Sally mit, daß ich gern ein paar Minuten allein im Park spazierengehen würde, wenn sie nichts dagegen habe. Sie machte keinen Einwand, und ich zog daher in der unserem vorangegangenen Ausflug entgegengesetzten Richtung los, durchquerte den Obstgarten und stieg einen flachen Hügel hinauf, der etwa hundert Meter vom Haus entfernt war. Dort oben blieb ich stehen, um mich zu orientieren.

»So ist das also«, dachte ich: »Dort war einmal der Coq d'Or, und den Bach gibt's noch immer ... Und sieh an!

Da steht eine neue Mühle – genau dort, wo unsere Mühle war. Das heißt, daß ich auf dem Platz stehe, wo früher die Mairie war, hier auf dem höchsten Punkt dieses Hügels. Und mein Haus muß dort drüben gewesen sein, wo jetzt diese Kuh grast.« Es war eine etwas unheimliche Vorstellung, daß ich, wenn ich unter der Kuh graben würde, vielleicht auf die Grundmauern meines Hauses stieße, sehr wahrscheinlich auf den Zementboden des Kellers, aber sonst auf keine Spuren meines einstigen Daseins. Es sei denn, daß ein Bruchstück meines eigenen Grabsteins erhalten geblieben war – ja, ich war vermutlich hier gestorben und auf dem anglikanischen Friedhof begraben, den mein Vater als pensionierter Pastor gekauft und eigenhändig geweiht hatte. Vielleicht war ich aber auch aus dem Dorf fortgezogen, um in Oxfordshire zu leben, wie Antonia es sich immer gewünscht hatte, und war dort gestorben?

Mein Auge fiel auf ein anderes großes Gebäude, nicht weit von der Mühle. Die zwei ältlichen Chronisten, die ich schon am Vormittag gesehen hatte, kamen aus einer Seitentür und schlugen den Weg zur Brücke ein. Dort war früher das Haus des Doktors gewesen, und ich seufzte ein wenig schuldbewußt, als mir dabei Erica Turner einfiel, die bei ihm gewohnt hatte. Erica war ein wildes Mädchen gewesen, des Doktors Nichte und eine halbe Amerikanerin. Zwischen uns beiden hatte es eine heftige Liebesgeschichte gegeben, die eben in ihre letzte Phase getreten war, als Antonia mit ihren beiden Brüdern im Coq d'Or abstieg. Sozusagen im Rückprall stieß ich auf Antonia und heiratete sie fast auf der Stelle. Natürlich wußte sie alles über Erica, teils Dorftratsch und teils das, was ich selbst ihr erzählt hatte – zumindest fast alles, denn es gibt ja doch gewisse Dinge, über die man nicht spricht: Auf jeden Fall hatte ich damit abgeschlossen, und für Antonia wäre es nicht angenehm gewesen, sich das anzuhören. Ich war besten Willens, Erica zu vergessen. Nicht nur hatte sie mich gemein behandelt, sondern es überdies fertig gebracht, mich so ins Unrecht zu setzen, daß ich mir wie ein Schwein vorkam, als sie mich plötzlich stehenließ und mit einem Mann, den ich zutiefst verachtete, auf und davon ging. Außerdem hatte sie von unserem gemeinsamen Konto bei der Crédit Lyonnais alles abgehoben, so daß ich total pleite war. Jahrelang wußte ich nichts von ihr, bis ich ein paar Monate vor dem Ausbruch des Zweiten Weltkriegs von einem Freund hörte, daß sie in Florenz mit einem italienischen Grafen gesichtet worden war, sehr gealtert und magerer als zu unserer Zeit. Dann nichts mehr. Als ich nun zu dem Haus des Doktors – so jedenfalls nannte ich das Gebäude bei mir – ging, stellte ich überrascht fest, daß es auf den ursprünglichen Grundmauern gebaut war, ausgerichtet wie das alte Haus, nur diesmal aus Stein, nicht Ziegel, mit seltsam geschwungenen Giebelfenstern und einem sehr alten Weinstock, der an der Südwand hochgezogen war. Sogar der Nußbaum des Doktors hatte einen Nachkommen, der hinter dem Haus stand und den Wirtschaftshof beschattete. Genau an dieser Stelle war es geschehen – zum ersten Mal und ganz unvorbereitet: Ich ging mit einem entzündeten Finger zum Doktor, bog um die Ecke und prallte in –

»Erica! Gütiger Himmel! Das darf doch nicht wahr sein?!«

»Hallo, Teddy«, erwiderte sie ungezwungen. »Ich habe gehört, daß du um die Wege bist. Eigentlich wollte ich schon gestern hinüberschauen.«

»Aber – aber –«

»Aber was?«

Mir stand der Mund offen.

»Aber was?« wiederholte sie mit ihrem kryptischen Lächeln. Sie machte einen viel jüngeren, durchaus nicht gealterten Eindruck, gefährlich gesund und attraktiv.

»Ich habe geglaubt, daß ich der einzige Mensch aus unserer Zeit bin, den sie heraufbeschworen haben. Bist du kein Gespenst?«

»Überzeug dich und kneif mich. Oder kneif dich selber. Was liegt dir im Magen, Teddy? Richtig verbiestert hast du dreingeschaut, wie du da über das Feld gekommen bist.«

Ich suchte automatisch in meiner Tasche nach einer Zigarette.

»Oh – das ist alles? Nimm eine von mir!« Sie hielt mir

eine Dose mit sehr normal wirkenden französischen Zigaretten hin. »Schmuggelware«, erläuterte sie. »Wenn du darauf verzichtest, dich genau an die Regeln zu halten, muß du nichts entbehren. Feuer?«

Auch ein Feuerzeug hatte sie in ihrer Handtasche. »Sprich nur weiter, Erica«, sagte ich, »und laß mich die Gauloise auskosten. Mir ist das alles zu hoch.«

»Zuerst sag mir, worüber du dich geärgert hast – wenn es nicht nur die Zigaretten waren, die dir abgegangen sind. Das allein kann es nicht gewesen sein. Du schaust noch immer nicht fröhlich drein.«

»An dich hab ich gedacht. Natürlich.«

»Ich verstehe! Soll ich also in Erinnerungen schwelgen? Weißt du, Teddy: Wenn es nicht so absurd lange her wäre, hätte ich dir wohl kaum verziehen, wie du mich damals versetzt hast. So was hab ich dir nicht zugetraut. Dieser ordinäre Krach wegen des armen Emile, als ob der mir je etwas bedeutet hätte!«

»Immerhin soviel, daß du an einem Wochenende, das du angeblich bei deiner Mutter in Genf verbringen wolltest, mit ihm nach Cannes abgeflittert bist.«

»Um dich für deine Eifersucht zu bestrafen.«

»Obwohl ich da von Emile noch überhaupt nichts gewußt habe.«

»Nein, das stimmt. Du bist auf diesen großen schwarzen Iren mit der Jacht eifersüchtig gewesen, diesen Kapitän Dingsda – ich hab seinen Namen vergessen: ein Trottel. Aber getanzt hat er himmlisch.«

»Henty hat er geheißen. Und er war kein Kapitän, nur ein Zeitungsschmierer mit Jacht. Und alles andere als ein Trottel, sondern ein Gauner und ein Ekel: Was ich ihm mit ein paar wohlgesetzten Worten mitgeteilt habe.«

»Ja, da war es, daß dir die Sicherungen durchgebrannt sind! Wenn du es mir nur gesagt hättest! Aber in Harrys Bar eine Szene zu machen, als ob du mit mir verheiratet wärst . . .«

»Ich war betrunken. Er auch. Und du auch!«

»Wenn schon!«

»Bitte, Erica, lassen wir das! Reden wir nicht über Emile und Henty oder den Ausflug nach Cannes . . .«

»Nichts lieber als das. Auch nichts über meinen Gnadenakt.«

»Jetzt komme ich nicht mit: Was für einen Gnadenakt?«

»Hast du nicht in Oxford Geschichte studiert? ›Gnadenakt‹ war die Umschreibung, die der König Dingsda – Seine Majestät Dingsda der Ixte – für eine Zwangsanleihe zu verwenden beliebte. Hast du die hunderttausend Francs vergessen, um die ich dich erleichtert habe? Aber ich muß anerkennen, daß du mit Geld nie schäbig warst ... Reden wir also auch nicht über meinen Gnadenakt. Auch nicht über Antonia – das war bei dir nie ein besonders unterhaltsames Thema. Sprechen wir von uns und nichts anderem. Das alles ist eine Ewigkeit her: buchstäblich. Ich höre, du wohnst hier bei der Nymphe Saphira?«

»Allerdings.«

»Und hast dich auch schon in sie verknallt, nicht wahr? Verführung Minderjähriger, wenn du mich fragst ... Natürlich gut gebaut, wie die meisten Mädchen hier, aber sonst kann ich ihr nicht mehr abgewinnen als Antonia –«

»Du bist auch nicht besonders unterhaltsam!«

»Schon gut. Noch eine Zigarette?«

»Es ist nicht meine Art, solche Angebote zurückzuweisen. Aber, mein Schatz, vor allem möchte ich wissen, was du hier tust.«

»Ich? Eigentlich nichts. Ich lebe hier im Dorf – das ist alles.«

»Seit wann bist du hier?«

»Oh – seit Jahren und Jahrzehnten: Immer wieder.«

»Und wie heißt du jetzt?«

»Erica Yvonne Turner: Wie sonst? Nur daß ich die ›Yvonne‹ nie verwende.«

»Es sei denn als Deckname in einem Scheidungsfall.«

»Schnüffler! Ich habe nicht gewußt, daß du meine Karriere so aufmerksam verfolgt hast. Aber hier gibt es keine Scheidungsklagen.«

»Nein. Wahrscheinlich nicht. Dein Glück! Zu welchem Stand gehörst du?«

Sie funkelte mich an. »Stand! Wenn du noch einmal dieses Wort in meiner Hörweite aussprichst, fange ich zu schreien an!«

»Warum soll ich nicht? Du mußt doch, wenn du hier lebst, irgendeinem von den Ständen angehören.«

Sie reckte ihr Kinn vor und stieß einen langen, durchdringenden Schrei aus, wie der Pfiff eines Expreßzugs, der aus einem Tunnel kommt. Ich hätte das voraussehen müssen.

»Hör auf, um Gottes willen! Hör sofort auf, du Närrin! Du bringst uns beide in Schwulitäten!« Ich drückte ihr grob die Hand auf den Mund. Sie hörte sofort auf und lachte.

»Erinnerst du dich, Teddy, wie ich dir damals in Ronda gesagt habe, daß ich die goldene Armbanduhr, die du mir gerade gegeben hast, auf der Stelle kaputtschlage, wenn du noch ein einziges Mal über einen von deinen eigenen Witzen lachst?«

»Ich erinnere mich genau: Ich habe über einen gelacht, und du hast sie kaputtgeschlagen. Und ich war so wütend darüber, daß ich dich aufs Bett geworfen und mich mit dir geprügelt habe. Deinen Kopf habe ich gegen die Wand gedroschen – immer wieder ...«

»Und ich hab dir mit der Scherbe von dem Uhrglas die Pulsader aufgeschnitten, daß du fast verblutet bist.«

»Es hätte mir nicht viel ausgemacht, wenn ich verblutet wäre. Oder wenn ich dir das Hirn aus dem Schädel geschlagen hätte. Nie mehr in meinem Leben bin ich so wütend und unglücklich gewesen ...«

»Hör auf, dich zu bedauern, du Idiot ... Sag mir lieber, wie du das Ambiente hier findest.«

»Im großen und ganzen hat es mir sehr gut gefallen, bis du aufgetaucht bist und alles verkompliziert hast. Aber natürlich ist das Leben hier schon etwas zu schön, um wahr zu sein.«

»Freut mich, daß du das sagst. Was hältst du von den Männern?«

»Ein bißchen erinnern sie mich an die Helden von Jane Austen. Sie haben etwas Papierenes. Oder – jetzt weiß ich's! – etwas von großen Jungen in einer gemischten Schule.«

»Weißt du noch, daß ich in der Schweiz in eine gemischte Schule gegangen bin? Ich war die Klassensprecherin –«

»Genau! Deshalb sind mir auch deine Opfer eingefallen. Wo immer es den Weibern erlaubt ist, nach Belieben Männerblut aus Hirnschalen zu trinken –«

»Wie es hier der Brauch ist, meinst du?«

»Habe ich nicht recht?«

»Selbstverständlich. Das ist eine Frauenwelt, und darum bin ich hier.«

»Diese Dichter – Seestern und Feigenbrot: Wie schreiben die eigentlich?«

»Mist. Damit verglichen sind sogar deine Gedichte genial. Aber erzähl mir, wie du mit Sally zurechtkommst.«

»Nicht besonders gut. Sie hat anscheinend etwas gegen mich.«

»Hat sie dir schon peinliche Fragen gestellt?«

»Erst einmal. Sie wollte wissen, mit wie vielen Frauen ich bisher geschlafen habe.«

»Hast du zufällig eine gewisse Erica Turner erwähnt?«

»Nein.«

»Sehr ritterlich. Aber warum nicht?«

»Ich habe überhaupt keine Namen genannt. Ich fand ihre Frage einigermaßen geschmacklos.«

»Du meinst: Weil Sally in dich verliebt und auf Saphira eifersüchtig ist?«

»So ein Blödsinn, Erica! Tu nicht so! Bei den Frauen hier gibt es keine Eifersucht – jedenfalls zeigen sie es nicht.«

»Habe ich dich jemals angelogen, Teddy?«

»Oft – wenn auch mit Ausflüchten und Halbwahrheiten. Wahrscheinlich hast du deine richtigen Lügen nicht an mich verschwenden wollen. Aber das mit Sally und Saphira ist doch nicht dein Ernst?«

»Doch. Die nackte Wahrheit. Frag Sally!«

»Das werde ich bestimmt nicht tun. Woher weißt du überhaupt, was sie für Gefühle hat?«

»Ach, meine Spione sind überall, und auch ich selbst komme viel herum. Aber wir dürfen uns hier nicht verplaudern, Teddy: Du mußt jetzt sofort zurückgehen – die

Glocke läutet zum Lunch. Wir sehen uns wieder! Nein, nicht morgen oder übermorgen – ich will nicht, daß du dich verkrampfst. Aber du weißt, wo du mich finden kannst.«

Sie zog meinen Kopf zu sich hinunter, gab mir einen flüchtigen Kuß, drehte sich um und verschwand im Haus des Doktors.

Ich glotzte hinter ihr her, bis die Glocke zu läuten aufhörte. Selbstverständlich sagte ich bei meiner Rückkehr nichts davon zu Sally und Sieh-ein-Vogel und beschloß, auch gegenüber Saphira zu schweigen. Aber so ein Salat! Von allen Menschen der Welt – meiner Welt – ausgerechnet dieses schillernde, aschblonde Biest Erica! Etwas Schlimmeres hätte gar nicht passieren können, in den alten Tagen hatte sie mich mit ihrer Verwegenheit und Hemmungslosigkeit zu Dingen veranlaßt, deren ich mich nie fähig gehalten hätte. Ich wurde rot, wenn ich daran dachte, was wir zusammen getrieben hatten – und vielleicht wieder treiben würden, wenn ich nicht aufpaßte. Ich hätte sie nicht »mein Schatz« nennen dürfen, wie ich es vorhin getan hatte, trotz der paar Zigaretten. Es war auch falsch gewesen, daß ich mich von ihr hatte küssen lassen. Oder mit ihr über Sally und die zwei Brüder zu sprechen. Vielleicht sollte ich mich abschwören lassen – wenn das der richtige Ausdruck war – und mich schleunigst heimtrollen.

Bei Tisch pries ich die neukretische Sitte, wonach Gespräche während des Essens nicht erlaubt waren. Es gab mir eine kurze Frist, um meine Gedanken zu ordnen. Wie im Halbschlaf verdrückte ich einen Teller voll Dana mit grünen Bohnen und Tomatensoße. Ich war noch nicht in der Lage, der Frage – oder dem Knäuel von Fragen – ins Auge zu sehen: wie Erica hierher gekommen sein konnte, was für eine Stellung sie hatte und warum sie von niemandem mir gegenüber erwähnt worden war, wie ich mich zu ihr verhalten sollte, warum sie um so viel jünger war als drüben – sie wirkte keinen Tag älter als einundzwanzig, obwohl sie nur zwei Jahre jünger als ich war, also vierunddreißig – nein: fünfunddreißig. Statt dessen verbiß ich mich in etwas Nebensächlicheres, das jedoch für mein Gefühl irgendwie mit diesen Problemen zusammenhing: Ich versuchte, mich an das rechte Wort für den langen, weißgestreiften Mantel, den sie trug, zu erinnern. Waldbott ... Wagenschot ... Redingote ... so etwas Ähnliches war es. Es lag mir auf der Zunge. Ein grob gewobenes, aber merkwürdig feierliches Gewand, das in einer Grenzerballade oder einem schottischen Märchen erwähnt war – irgend etwas dergleichen.

An eine Schüssel mit Roastbeef, Meerrettichsoße mit einer halben Flasche Pommard und hinterher einen Cognac und eine lange Havanna wollte ich erst gar nicht denken!

Das Chronistenhaus

Der Dolmetscher bat Sally, ihn für diesen Nachmittag zu entschuldigen: Er hatte seinem Kollegen Quant versprochen, ihm die neuesten anglistischen Entdeckungen mitzuteilen, die der Vormittag gezeitigt hatte. »Mir platzt schon fast der Schädel«, ächzte er.

Sally beurlaubte ihn.

Sein Abgang war mir nur angenehm: Ich hatte mich schon ein wenig in die neukretische Sprache eingehört und durfte hoffen, daß ich es nach zwei oder drei Wochen ziemlich geläufig sprechen würde – mit Saphira als meiner Lehrerin (»Wenn du eine neue Art zu reden lernen willst, mein Junge, gibt's nur eines«, hatte mir Knut Jensen gesagt und dabei freundschaftlich den Ellbogen in die Rippen gestoßen: »Du mußt deine Matte mit dem Weib teilen, das die meisten Kupferdinger – aus Leitungsdraht natürlich – um den Hals gewunden und in der Unterlippe das größte Jojo stecken hat. Dann mußt du erst einmal ihre Finger und Zehen zählen: Damit hast du die Zahlworte bis zwanzig. Als nächstes lernst du die Wörter für die Körperteile – aus ihrem Gekicher wirst du heraushören, welche du in zivilisierteren Gesprächen verwenden darfst und welche nicht. Darauf kommen ein paar Eigenschaftswörter: hart, weich, warm, angenehm. Und dann ...« Knut war ein alter Schweinigel, der Großteil seiner Ratschläge ließ sich auf den Unterricht, den Saphira mir vielleicht erteilen wollte, bestimmt nicht anwenden.)

»Holla! Da donnert der furchtlose Nervo auf seinem Mustang vorüber«, bemerkte ich nach einem Blick aus dem Fenster zu Sieh-ein-Vogel. »Haben Sie etwas dagegen, wenn ich ihm nachgehe und bei seiner Arbeit zuschaue? Der Mann fasziniert mich.«

»Nein, nein. Wir haben zwar eine Regel: Schwatze nie mit einen Führer, aber solange Sie ihm in angemessenem Abstand folgen, auf fünfzig Schritt oder so ...«

»Ist er auch so sensibel?«

»Nein, die Führer sind von allen Leuten die am wenigsten sensiblen, nach ihrem angeborenen Wesen und nach ihrer Ausbildung. Trotzdem gilt es als sehr ungehörig, einen Führer von der Ausübung seiner Pflichten dadurch abzulenken, daß man seine Aufmerksamkeit auf sich zieht oder irgend etwas redet, was er vielleicht hören könnte.«

»Ich werde nicht einmal hüsteln. Was hat er mit diesen kleinen Jungen vor?«

»Schauen wir es uns an.« Wir gingen hinaus in den Park und weiter zu dem Flüßchen. Nervo hatte seinen Fuchs an einen Pfahl gebunden und kanzelte vier oder fünf Jungen in schwarzen Kitteln ab, die auf dem Heimweg von der Schule bei der Brücke ihre Schuhe ausgezogen hatten und Hölzchen um die Wette schwimmen ließen.

»Was sagt er zu ihnen?«

»Er erklärt ihnen, wie sie es machen sollen. ›Zuerst‹, sagt er, ›müßt ihr darauf schauen, daß alle Boote dieselbe Größe und dasselbe Gewicht haben und keines vor den anderen losfährt; dann müßt ihr euch einigen, wo das Ziel ist, und eure Schuhe an einer trockenen Stelle am Ufer versorgen ...‹«

»Ordentlich in Paaren?«

»Ja. Wie haben Sie das erraten?«

»Und weiter?«

»Und: ›Hängt eure Regenmäntel über das Geländer

und sagt nie ›mein Boot‹, sondern nur ›das schwarze Boot‹, ›das braune Boot‹ oder ›das krumme Boot‹ – damit es nicht zu einem Streit kommt.‹«

»Kommt es nie vor, daß jemand Nervo rät, sich nicht einzumischen und die Knirpse selber draufkommen zu lassen?«

»Ganz gewiß nie. Die Eltern sind nur froh und dankbar, wenn ihre Jungen gute Manieren beigebracht kriegen und lernen, wie man es richtig macht, ohne einen anderen zu übervorteilen. Diese Dinge muß ihnen der Führer beibringen.«

»Ja, gewiß ... Aber die Jungen selber? Mögen sie es, daß sie jemand herumkommandiert, wenn sie doch nur miteinanderspielen wollen?«

»Aber es handelt sich ja um einen Führer – nicht um irgendeinen Wichtigtuer aus einem anderen Stand!«

»Sie haben meine Frage nicht beantwortet: Mögen sie es, wenn man sie herumkommandiert?«

»Was macht es aus, ob sie es mögen oder nicht mögen? Sie sind jung und müssen lernen. Gehorsam ist der Vater der Sitte; Sitte ist die Mutter des guten Betragens – und gutes Betragen erzeugt Frieden.«

»Und Frieden?« fragte ich. »Was für ein Kind hat der Friede?«

»Der Friede hat keine Kinder.«

»Da haben Sie Glück! Bei uns hat er eine sehr zahlreiche Nachkommenschaft – das heißt: In Wahrheit bewegt sich das im Kreis. Friede erzeugt Wohlstand, Wohlstand erzeugt Müßiggang, Müßiggang erzeugt Langeweile, Langeweile erzeugt dumme Einfälle, dumme Einfälle erzeugen Gewalttaten, Gewalttaten erzeugen Angst, Angst erzeugt Gehorsam – und damit sind wir wieder am Anfang. Eins, zwei, drei, vier, fünf ... Ja: Für mich ergeben sich zehn Generationen.«

»Der Friede ruht in sich selbst«, beharrte er mit stärkerem Nachdruck als zuvor.

Inzwischen hatte Nervo seinen Silberpfeil bestiegen, winkte munter zum Abschied und sprengte davon. Ich schaute hoffnungsfroh auf die kleine Gruppe, weil ich erwartete, daß nun der größte Junge die Zunge herausstrecken und die kleineren höhnisch hinterherlachen und etwas Unanständiges nachrufen würden. Sie warteten, bis Nervo außer Sicht war, aber dann geschah nichts, als daß sie eine Weile unentschieden herumstanden. Dann nahm einer die sorgfältig abgepaßten, unpersönlichen Stöckchen, die Nervo für sie zugeschnitten hatte, legte sie in einer ordentlichen Reihe neben die Schuhe auf das Ufer und stieg hinunter, um unter der Brücke Schlammklöße zu formen. Die anderen schlossen sich ihm an. Als jeder etwa ein Dutzend vorrätig hatte, wurden sie wieder übermütig, bombardierten die auf dem Geländer hängenden Regenmäntel und schrien: »Meiner ist der dreckigste! Nein: Meiner!«

»In ein paar Jahren werden sie gelernt haben, wie man sich benimmt«, seufzte Sieh-ein-Vogel. »Jetzt sind sie im rebellischen Alter.«

Vom übernächsten Feld her, nahe beim Haus des Doktors, drang Nervos edler Bariton, zu Vorwurf und Mahnung erhoben.

»Was ist dort los?« fragte ich.

»Er sagt, daß am Ende der Wiese eine sumpfige Stelle ist, die unbedingt trockengelegt werden muß, und dringt darauf, daß der Bauer zwei Männer mit Spaten holt. Nein ... Ich glaube nicht, daß er das tun wird. Der Bauer schreit zurück, daß auf dieser Stelle ein Brutsch liegt und es gegen die Sitte ist, an einen Brutsch zu rühren.«

»Ein Brutsch?«

»Eine widrige Ausstrahlung. Manchmal die Folge einer vorübergehenden Behexung, fast immer aber ein Relikt aus ferner Vergangenheit.«

»Und stimmt es, daß dort ein Brutsch ist?«

»Uns ist noch nichts gemeldet worden.«

»Könnte es also einfach so sein, daß der Bauer faul war und sich jetzt dafür zu rechtfertigen versucht, daß er das Feld vernachlässigt hat?«

»Das wäre unaufrichtig. So benehmen sich Fünfjährige!«

»Vielleicht. Aber wenn ich der Bauer wäre und Nervo in diesem Ton mit mir reden würde, hielte ich es für meine Pflicht, unaufrichtig zu sein.«

»Lieber Freund«, entgegnete Sieh-ein-Vogel schlicht und nahm meine Hand in die seine. »Sie wollen doch nicht behaupten, daß Sie lügen würden, um Ihre Faulheit zu bemänteln?«

Echte Tränen standen in seinen Augen. »Nein«, beruhigte ich ihn. »Vielleicht habe ich es nicht so wörtlich gemeint. Ich wollte sagen, daß zu meiner Zeit ein Bauer, der wegen eines nassen Feldes von einem Führer angebrüllt wird, es für seine Pflicht hält, ihn anzulügen. Eine der Ursachen für den Zweiten Weltkrieg war, daß Hitler Schulen gegründet hatte, um Führer wie Nervo auszubilden – die uns, wenn er gesiegt hätte, herumkommandieren sollten –, wogegen wir an unserer persönlichen Freiheit hingen.«

»Hitler? Aber Hitler gehört doch nicht in den Zweiten Weltkrieg! Ich nehme an, daß Sie den einarmigen Stabschef der Orthodoxen meinen, der den Dichter Horsch umbringen ließ?«

»Nein. Nein! Adolf Hitler: Der Tapezierer mit dem lächerlichen Schnurrbart, der sich zum Führer der Deutschen gemacht hatte.«

»Ach so – der! Ja, jetzt erinnere ich mich. Der ›Abriß der Weltgeschichte‹ sagt wenig über diesen Hitler, abgesehen von der Beschreibung des gläsernen Schlosses unter dem Kyffhäuser, wo er dreißig Jahre gewartet hat, um Rache zu nehmen. Sein einarmiger Enkel gleichen Namens ist besser bekannt. Und sein Urenkel, der den Beinamen ›der Kuppler‹ führte –«

»Nein, bitte! Ich mag nicht von noch mehr Hitlern hören! Ich könnte das nicht ertragen: Der eine reicht mir für den Rest meines Lebens. Derzeit sind wir der angenehmen Illusion verfallen, daß der ursprüngliche Adolf in einem Bunker unter der Berliner Reichskanzlei Selbstmord begangen hat – und es sein einziger Pluspunkt ist, daß er ohne Nachkommen starb. Gehen wir hinüber zum Chronistenhaus. Nervo und Silberpfeil sollen allein mit dem Brutsch fertig werden.«

»Führer sind nicht befähigt, sich mit einem Brutsch auseinanderzusetzen.«

»Nicht einmal mit einem eingebildeten, der von einem faulen Bauern erfunden worden ist?«

»Bitte«, sagte Sieh-ein-Vogel: »Seien Sie doch ernst! Sie wissen jetzt nachgerade, daß es hier bei erwachsenen Menschen nicht Sitte ist, Lügen zu erzählen oder Ausreden zu erfinden.«

»Irgend etwas ist mir über die Leber gelaufen«, erklärte ich ihm. »Es tut mir leid.«

Er erwiderte nichts darauf, aber ich sah ihm an, daß er unter meiner Gesellschaft zu leiden begann.

Ich deutete beiläufig auf das Haus des Doktors: »Können Sie mir sagen, wer hier wohnt?«

»Da wohnt niemand. Es ist ein sogenanntes Narrenhaus: ein Klubhaus für die Senioren.«

»Woher kommt diese Bezeichnung?«

»Das habe ich eben erklärt: Es ist das Klubhaus der Senioren.«

»Soll das heißen, daß die Senioren sich gern närrisch benehmen? Daß man hier um die Sechzig schwach im Hirn wird?«

»Nein, darum geht es nicht. Die Senioren haben aber das Recht, innerhalb der vier Wände ihres Narrenhauses fast alles zu tun und zu sagen, was ihnen Spaß macht. Voraussetzung dieser ›inneren Freiheit‹, wie wir sie nennen, ist es jedoch nicht nur, daß die Senioren sich überall sonst einer beispielhaften Würde befleißen, sondern auch, daß keine ihrer Meinungen und Äußerungen für die jüngere Welt der Sitte von Belang sind.«

»Darf ich bei Gelegenheit in dem Haus Besuch machen?«

»Ich fürchte nein. Niemand außer den Senioren darf ein Narrenhaus betreten: Das ist streng verboten.«

»Aber heute vormittag habe ich gesehen, wie ein Mädchen in dieses Haus hineinging!«

»Sie irren sich.«

»Ich schwöre Ihnen, ich habe sie da hineingehen sehen, kurz bevor ich von meinem Spaziergang zurückgekommen bin! Sie war jung und schön und trug ein weißes – ein weißes –« Ich rang nach dem rechten Wort.

»Sie haben sich geirrt. Sie haben eine Narretei gesehen. Niemand hier bei uns schenkt den Erscheinungen oder Geräuschen, die aus einem Irrenhaus kommen, auch nur die geringste Beachtung.«

»Aber dieses Mädchen war heraußen und ist hineingegangen. Sie ist eine Weile bei der sumpfigen Stelle gestanden, wo der Brutsch –« Er nahm mich beim Arm und führte mich entschlossen weiter.

Wir schlenderten den Feldweg entlang zum Chronistenhaus, und Sieh-ein-Vogel bereitete mich auf das vor, was ich dort finden sollte. Keine Akten, keine Amtskalender, keine Formulare, keine Löschwiegen, keine Papierkörbe – denn Vives, ein berühmter neukretischer Dichter, der gegen Ende der sophokratischen Epoche lebte, hatte geschrieben:

Papier lebt von Papier
Und Menschenblut.
Ritzt das Dauernde
In Tafeln von Gold und Silber,
Auf daß es nicht vergessen werde!

Das übrige prägt in Lehm
Oder schnitzt es in Kerbholz –
Und meidet selbst da das Zuviel.
Hütet euch, Kreter, vor allem Papier
Und seinem ledrigen Bruder, dem Pergament!

Dieses Gedicht, das die Neukreter vor einer bürokratischen Zivilisation warnen sollte, beeindruckte sie so stark, daß die darin enthaltene Mahnung ein Bestandteil der Sitte wurde. Die Produktion von Papier und Pergament wurde fast von einem Tag zum anderen eingestellt – man verwendete Papier nicht einmal mehr zum Einpakken oder auf der Toilette –, und alle Aufzeichnungen von wirklichem Belang wurden hinfort in dünne Tafeln aus Gold und Silber geritzt. Für alles andere verwendete man Schiefertafeln, Lehmziegel, Kerbhölzer – und das Gedächtnis: dieses vor allem.

»Wirklicher Belang!« rief ich. »Ich habe mir oft vorgestellt, was für ein Segen es wäre, wenn man den Niederschlag allen Wissens auf faßbare Dimensionen brächte. Vier Jahrhunderte vor meiner Zeit konnte ein Mensch von ungewöhnlicher Intelligenz und Fleiß eben noch soweit gelangen, daß er auf allen damals zugänglichen Wissensgebieten eine solide Bildung besaß. Die Kirche hatte das, was man studierte, immer zurechtgestutzt und koordiniert, aber seit man in Deutschland und England die päpstliche Autorität nicht anerkannte, hatten sich die Wissensgebiete bald so vermehrt und ausgedehnt, daß niemand sich mehr erhoffen durfte, als von einigem ein wenig aufzuschnappen und sich vielleicht in einem Fach dazu noch ein Spezialwissen anzueignen. Natürlich führte das zu einer Aufsplitterung des Geisteslebens – ich weiß nicht, ob Ihnen klar ist, wie sehr man zu meiner Zeit unter den Folgen einer unzusammenhängenden und oft widersprüchlichen Entwicklung auf Gebieten wie etwa Biologie, Physik, Ästhetik, Philosophie, Theologie und Nationalökonomie gelitten hat! Das führte zu einer pluralistischen Moral, zu sozialer Unrast, zu Bürgerkriegen und Wirtschaftskriegen, die allmählich in Blut und Greuel übergingen. Ich habe mir oft gedacht, daß es, wenn von jedem Wissensbereich nur das Wesentliche aufbewahrt und aller übrige Ballast ausgeschieden würde, vielleicht wieder menschenmöglich werden könnte, eine gute Allgemeinbildung zu besitzen, daß sich die Gegensätze zwischen den Fächern aufheben und die Welt wieder zur Ruhe kommt. Und was soll uns daran hindern? habe ich mich gefragt.«

»Was hat euch daran gehindert?«

»Die Karten waren so gezinkt und die Würfel derart gefälscht, daß ein solcher Plan keine Chance hatte.« (Ich sprach mehr zu mir selbst als zu Sieh-ein-Vogel, der davon bestenfalls eine Art allgemeinen Tenor mitbekam.) »Zunächst einmal ist natürlich jeder Spezialist auf sein Fach eingeschworen und besteht darauf, daß jedes Jota von allerhöchster Bedeutung ist und nicht über Bord geworfen werden darf. Sie würden so wütend dagegen aufbegehren wie die Fachlehrer in einer Privatschule, wenn ihnen der Direktor sagt, daß er zu einer Vereinfachung der Lehrpläne entschlossen ist, weil sich die Eltern darüber beklagen, daß die Jungen überarbeitet sind. ›Wenn Sie von mir wollen, daß ich meinen Intensivkurs in Französisch aufgebe, Herr Direktor, werde ich überhaupt gehen!‹ – ›Wenn Sie meinen, Herr Direktor, daß ich mit drei Mathematikstunden in der Woche meine Jungen auf Abiturniveau bringen kann, täuschen Sie sich sehr!‹ In ihrem edlen Wettstreit, jedes Gebiet gründlich durchzuackern, würden sie den Lehrstoff eher aufblähen statt entschlacken. Auch würden sie die Gegensätze zwischen den Fächern noch mehr herausarbeiten. (Wenn ich nur daran denke, wie säuerlich mein Physiklehrer und mein Lateinprofax einander zu begrüßen pflegten, oder wenn ich mich an die hämischen Bemerkungen erinnere, die einer über den anderen im Unterricht machte!) Wenn man hingegen die Entschlackung einem Gremium von seichten Alleswissern überließe – Leuten ohne besonderes Verhältnis zu irgendeinem Fach –, hätten sie nicht die geringste Ahnung, wo sie mit dem Aderlaß anfangen sollten – oder wie sie den entstehenden Hohlraum auffüllen müßten. Wie hat man bei Ihnen dieses Problem gelöst?«

»Für uns war es einfacher. Als wir nach Kreta kamen, schleppten wir kein totes Wissen mit uns: Dafür hatten die Sophokraten gesorgt. Als unser System dann gefestigt war – ohne intellektuelle oder moralische Divergenzen, weil wir alle in Ehrfurcht vor der Göttin verbunden waren –, fingen wir an, nützliches Wissen von außen hereinzuholen. Allerdings importierten wir es in konzentrierter Form und in kleinen Dosen. Beispielsweise war man jenseits unserer Grenzen sehr stolz auf den Dichter Shakespeare. Als wir unsere Erhebungen vornahmen, zeigte sich, daß man zweihundertvierundsiebzigtausend Bücher über ihn geschrieben hatte, von denen es noch zwei- oder dreitausend gab, und darüber hinaus eine Unzahl von Aufsätzen und Artikeln. Wir erbaten uns nur drei Bücher: Einen vollständigen Originaltext der Dramen und Gedichte samt Konkordanz, Glossar und einem Verzeichnis der verschiedenen Lesarten; eine gut dokumentierte Biographie; und einen Überblick über die Sekundärliteratur. Später wurde dann die Biographie und der Überblick auf drei Seiten zusammengestrichen, die Dramen und Gedichte auf dreißig, nicht gerechnet die neukretische Übersetzung. Wir haben von Shakespeare nur behalten, was er unter

Inspiration geschrieben hat. Im allgemeinen war er ja, wie Sie wissen, nicht mehr als ein begabter Lohnschreiber fürs Theater.«

»Dann gibt es also kein vollständiges Stück von ihm?«

»Es wäre gegen die Sitte, so etwas aufzuführen.«

»Aber Sie könnten es lesen. Seine Stücke lesen sich fabelhaft.«

»Ein Schauspiel hat naturgemäß nur auf der Bühne seine Existenzberechtigung.«

»Ihr scheint Shakespeare nicht sehr zu bewundern.«

»Wir bewundern Dichter überhaupt nicht. ›Der Bewunderung wert ist nur die Göttin‹, sagt man bei uns. Trotzdem enthält der Englische Kanon eine Menge Shakespeare. Es heißt da von ihm: ›Mühevoll ist er bei Nacht hinaufgestiegen über eine geborstene Treppe, mit keinem anderen Licht als dem grausamen Lächeln der Göttin; er hat sie geliebt, wenn auch wider seinen Willen.‹«

»Womit beginnt der Englische Kanon?«

»Mit Tom dem Reimer, der die frühenglischen Preislieder zu Ehren der Göttin verfaßte, und mit Robin Hood dem Bogenschützen, der im selben Stil Balladen schrieb, einige davon über seine eigenen Taten. Dann kommt der geistreiche Hofpoet Henry Tudor, der dem Papst trotzte und im Asyl starb. Dann –«

Ich verzichtete darauf, ihn zu korrigieren. Auch die nachbabylonischen Juden hatten sich so über die historischen Tatsachen hinweggesetzt, alle frühere religiöse Lyrik dem König David, alle frühere Liebesdichtung dem König Salomo zugeschrieben und ihre Stammeschroniken zum Zweck moralischer Erbauung neugefaßt. Später habe ich herausgefunden, daß die Neukreter, die nie für irgend etwas ein Datum angaben, geschichtliche Ereignisse ineinander schachtelten, wie es ihnen paßte. So hatten sie historische Konglomeratfiguren wie den Hofpoeten Henry Tudor geschaffen, dem sie, soweit ich mich erinnere, die besten Arbeiten von Wyatt, Skelton und Dunbar andichteten, dazu noch ein paar Gedichte Henrys VIII., und für den sie eine glaubwürdige und brillante Tudorbiographie geschrieben hatten; Robin Hood war der englische Homer – so wie die Griechen dem halb legendären Homer alle frühe Epik untergeschoben hatten – und zugleich der geheime Liebhaber der Königin Berengeria, von deren kühnem Gemahl, König Richard Löwenherz, angeblich die moralisierenden Anekdoten von Alfred und den Kuchen, Bruce und der Spinne, Sidney und dem Glas Wasser und viele andere stammten. Ähnliche Freiheiten gestattete man sich mit dem Leben Shakespeares, das mit Sir Francis Drake, dem Grafen von Essex, Sir Walter Raleigh und Christopher Marlowe verquickt worden war. Ich will nicht behaupten, daß ich das alles billigte. Als Sohn eines Shakespeare-Forschers, der viele Jahre und einen Haufen Geld auf ein Buch mit dem Titel ›Irreguläre Schriftzeichen als Mittel zur Datierung einiger Shakespeare-Fälschungen des 18. Jahrhunderts‹ verwendet hatte, konnte ich mich doch nicht des Gefühls erwehren, daß man da die Vereinfachung etwas zu weit trieb.

»Und was ungefähr enthalten eure Goldenen Archive sonst noch?«

»Genau hundert Bände: Die kretischen Mythen; die Mythen der Antike; den ›Abriß der Weltgeschichte‹ in neun Bänden; den ›Kanon der Poesie‹ in fünfzehn; vier Bücher mit alten Musikstücken und zwei mit jüngeren; das ›Buch der Zahlen und Ziffern‹, achtundzwanzig Register mit Pflanzen, Vögeln, Fischen, Sternen und dergleichen; zwölf Wörterbücher, drei Atlanten, fünf Bände des ›Buchs der Beispielsfälle‹; fünf Bände des ›Buchs der Geheimnisse‹; das ›Buch des Todes‹. Das ist alles. Es hat ein Jahrhundert oder länger gedauert, bis alle diese Texte gesammelt, geordnet, vereinfacht und in die Goldplatten geritzt waren, aber als dies einmal geschehen war, gab es nicht mehr viele Ergänzungen und Verbesserungen. Die Herausgeber haben nicht weniger gründlich darüber nachgedacht, was nicht aufgenommen werden mußte, als über das, was hineinkommen sollte. Sie vertraten die Ansicht, daß es besser wäre, zu wenig aufzubewahren als zuviel.«

Als ich Sieh-ein-Vogel weiter befragte, hörte ich, daß es in den Archiven nichts über Philosophie, höhere Mathematik, Physik und Chemie gab, auch nichts über die

Prinzipien irgendwelcher Maschinen, die komplizierter waren als Mühlrad, Flaschenzug oder Hobelbank. Silbertafeln, sagte er, wurden für Aufzeichnungen verwendet, die man zwar für bewahrenswert hielt, aber noch erprobte. Beispielsweise wies man bei der »Erhebung zum Meister« jedem Dichter zwanzig kleine Silbertafeln zu, auf denen er die Gedichte seines Lebens aufzeichnen sollte; wobei man annahm, daß kein Dichter innnerhalb seiner Lebenszeit genug echte Gedichte schreiben werde, um mehr als die zwanzig Tafeln zu brauchen. Man erwartete von ihm, daß er alles, was er produzierte, auf Lehmtafeln vermerkte und sich von Zeit zu Zeit mit seinen Freunden beriet, welche Gedichte – wenn überhaupt – auf Silber übertragen werden sollten. Er konnte ihren Rat befolgen oder ausschlagen, nach seinem Belieben, und jedermann achtete ihn, wenn er »seine Tafeln sauberhielt«, bis er schließlich ins Seniorenalter kam und dann den Wert seiner Arbeiten objektiver beurteilen konnte. Wenn er seine Tafeln bis zum Ende sauberhielt, war das Anlaß für einen ehrenden Nachruf, gleichgültig ob man auf seinen Lehmtafeln ein Gedicht gefunden hatte, das auf Gold oder Silber geschrieben zu werden verdiente, oder nicht. Sieh-ein-Vogel zitierte das Beispiel eines Solero: »Die Göttin hatte ihn hart bedrängt, und als er durch eine stürzende Pappel am Schrein der Schweigenden Mari getötet wurde, fand man oben auf seinem Schrank einen Stapel von Lehmtafeln und Schiefertafeln. Heute tragen vierzig Goldtafeln die Gedichte jenes Solero, der seine Silbertafeln saubergehalten hatte.«

»Ist es nicht ziemlich billig, sich einen Namen als Dichter zu machen, indem man nie ein Gedicht auf Silber schreibt? Kommt es in der Praxis nie vor, daß jemand alle seine Tafeln verbraucht?«

»Der Dichter Robnet verschrieb alle seine Tafeln innerhalb eines Jahres, nachdem er sie bekommen hatte.«

»Da muß ihn aber die Göttin sehr arg bedrängt haben.«

»Das tat sie. Überdies gab sie seinen Dichterfreunden ein, daß sie ihm zusätzlich einundzwanzig Tafeln schenkten – drei von jedem –, damit sie ihn weiter bedrängen konnte.«

»Er hätte aber doch wie Solero seine Gedichte auf Lehmtafeln stehenlassen können?«

»Die Nymphe Fand, die er liebte, ließ das nicht zu.«

»Und was geschah dann?«

»Er verbrauchte alle neuen Tafeln innerhalb eines halben Jahres. Darauf nahm er sich das Leben und wurde Fands Diener.«

»Sagen Sie das noch einmal!«

»Wenn die Göttin einen Mann über seine Kräfte bedrängt, begibt er sich zu ihrem Hauptschrein, streicht seinen Namen aus der Liste und entschläft. Hierauf wird er unter einem neuen Namen als Diener wiedergeboren – abgesehen natürlich von den gelegentlichen Fällen, in denen er unwiderruflich entschlafen ist.«

»Und was hat Fand danach getan?«

»Sie hat einen anderen jungen Dichter zum Geliebten genommen und ist plötzlich verschwunden.«

»Sie meinen: Der eifersüchtige Robnet hat sie erwürgt und irgendwo verscharrt?«

Da hatte ich aber nun wieder einmal etwas Falsches gesagt und mußte mich entschuldigen. Nein: Es hatte den Anschein, daß Fand ganz einfach verschwunden war.

Die Neukreter, erfuhr ich, gewannen Edelmetalle nicht durch Bergbau, sondern verwerteten noch immer den immensen Schatz von Fort Worth in Nordamerika, den die Sophokraten entdeckt und ausgegraben hatten. Sie hatten auch keinen Grund, nach Metallen zu schürfen. Ihre Bevölkerungszahl hielt sich stabil auf niedrigem Niveau, und aus den Epochen der Pantisokraten, Logizisten und Sophokraten waren reichliche Vorräte an Kupfer und schmiedbarem, rostfreiem Stahl übrig, die ihnen zum Gebrauch im Haus und für die Landwirtschaft dienten.

Unser Feldweg führte über eine Eisenbahnbrücke, und wir beugten uns im Gespräch über das Geländer. Nach einer Weile krochen drei vierrädrige Frachtwaggons knapp hintereinander unter uns durch; elegante, schiffartige Vehikel mit einer Verkleidung aus bemaltem Holz und Flechtwerk, die bis auf etwa eine Handbreite über die Schienen reichte. Vorn auf dem Bug eines jeden der schwerbeladenen Wagen, die nicht mechanisch angetrieben, sondern von Ochsen gezogen wurden, saß ein Mann aus dem Dienerstand, an seinem kurzen Haarschnitt als solcher erkenntlich. Wie mir Sieh-ein-Vogel mitteilte, verbot es die Sitte, daß Passagiere auf den Lastwagen mitfuhren, ausgenommen in Sonderfällen und nie weiter als über kurze Strecken. Man reiste zu Fuß oder auf Eseln, Senioren benützten auch Eselkarren. Pferde waren den Magiern und den Führern vorbehalten.

»Die Eisenbahnen«, erläuterte er, »sind ein Erbteil der Vergangenheit. Mit den Wagen und Schienen hat man sich schon zur Zeit Kleopatras auf einem Konzil der Fünf Stände auseinandergesetzt. Es war klar, daß sie in ihrer Konstruktion nicht dem Prinzip der Liebe entsprachen, dennoch konnte die Grundidee als menschenfreundlich gelten. Kleopatra selbst griff in die Debatte ein: ›Wenn die Grundidee, die sich in diesem Schienenstrang und den Flanschrädern ausdrückt, für menschenfreundlich erachtet wird, sollte man das bewahren. Unsere Aufgabe wäre, das übrige – also die Kutschen und den Unterbau – durch Liebe zu veredeln und das Ganze dann in unser Königreich einzufügen.‹ Die Herstellung der neuen Wagen wurde den Kutschenbauern anvertraut, die dabei den Flansch der Originalräder kopierten.«

Als ich zum Bahndamm hinunterstieg und mit einem Prügel stocherte, fand ich, daß man die Stahlschwellen nicht entfernt, sondern mit einer Erdschicht überdeckt hatte, die mit einem moosartigen, gegen Trockenheit unempfindlichen Gras bepflanzt war. Die Waggons sahen eher wie Gondeln aus, und tatsächlich wurden auch die Fahrer als Gondoliere bezeichnet.

»Warum ist der Gebrauch von Pferden so eingeschränkt?«

»Menschen, die zu Fuß gehen, blicken instinktiv zu denen auf, die auf Pferden reiten, und das ist der Grund, weshalb wir den Führern dieses Vorrecht zuerkennen – nach der Sitte können sie Pferde aller Farben haben, nur keine Schimmel. Auf Schimmeln reiten die Magier, weil die Magie mit dem Mond zusammenhängt, dem der Schimmel heilig ist. Weiße Esel sind den Hohepriesterinnen, den Priestern und den Lehrerinnen vorbehalten.«

»Aber welchen Sinn haben die Beschränkungen im Passagierverkehr? Und warum nimmt man nicht schnellere Pferde und leichtere Wagen?«

»Der Dichter Vives schrieb:

Mit Rädern, Flügeln und Raketen
Machten die Drüberen, daß ihr Land
(Ein tausendmal größeres Land
Als das eure, ihr Kreter!)
Zu einem Anger und Ententeich schrumpfte.

So reitet nicht schneller, als ein Mensch läuft,
Und schwingt euch nicht höher, als ein Mensch springt,
Berechnet Entfernung nach Tagesreisen
Und achtet die fruchtbare Weite der Erde
Wie Jene, die über sie herrscht.«

»Ich habe den Eindruck, da schüttet ihr doch das Kind mit dem Bad aus.«

»Bereitet Ihnen ein langes, gehetztes Dahinreisen wirklich Vergnügen?«

»Nein, aber das Gefühl, daß ich etwa von New York nach Hollywood möchte und nur in Etappen von dreißig Meilen weiterkommen kann, statt in ein paar Stunden quer über den Kontinent zu fliegen, würde mich bedrücken.«

»Warum sollten Sie es so eilig haben, nach Hollywood zu kommen?«

Genau das hatte mich auch Antonia vor einer Woche erst gefragt, und mir war keine bessere Antwort eingefallen als ein schwaches: »Ich weiß es nicht.«

»Ich weiß es nicht«, antwortete ich Sieh-ein-Vogel.

Zu meiner Überraschung fanden wir Sally schon im Chronistenhaus vor. Sie befand sich im Archiv, wo sie dem Chefchronisten eine protokollarisch genaue Darstellung meiner Beschwörung gab. »– weiße Stierhäute über Haselgeflecht gespannt«, schnappte ich auf. »Eschenholz und Rebenwurzeln, in einer Sandgrube mit Reibfeuer angefacht . . . dann der Sirenenruf und neun Blutstropfen aus der linken Brust der Offiziantin, mit dem Induktionsgerät aufgefangen. Fünfmal hintereinander die Formel: ›Lebet, lebet, Leben strömt‹ . . . Und gleich nach dem Erscheinen seines Schattens die Fixierung und Verdichtung mit dem Zaubertrank, dazu Edwardkraut, Seeanemone und ein Netz aus weißem Roßhaar.«

Sie dämpfte ein wenig ihre Stimme, als sie mich kommen sah, und ging für ein paar Sätze ihrer Geschichte auf die Fingersprache über: Die Sache war um einiges makabrer, als man mich wissen lassen hatte. Ich kann es nicht leiden, wenn mich jemand zu hypnotischen Experimenten mißbrauchen will, und wehre mich bei jeder Operation gegen das Betäubungsmittel, aber sogar Äther oder Chloroform wäre nicht so erniedrigend gewesen wie dieser druidische Stumpfsinn. Plötzlich kam mir eine Welle von Ekel hoch: Warum nur war ich der Einladung in dieses Land gefolgt? Neugier hatte über meinen gesunden Menschenverstand gesiegt. Ich war fehl am Platz. Und ich hasse Utopien.

Der Chefchronist notierte den Bericht in Kurzschrift auf einer Lehmtafel und reichte sie Sally hinüber, um ihn überprüfen zu lassen. Sie las den Text aufmerksam durch, nahm ein paar Änderungen vor und sagte kurz: »Bis morgen mittag muß es in Silber geritzt sein.«

Als sie uns verließ, wandte sich der Chefchronist mit einer feierlichen Verneigung zu mir: »Mein Herr«, sagte er, »die gestrigen Ereignisse sind, glaube ich, Goldes wert.« Dann rieb er nachdenklich sein Kinn und betrachtete mich von Kopf bis Fuß. »Da ist soviel wie eine Zäsur. Unsere Graveure waren fast zwei Jahre müßig.«

»Es freut mich, daß meine Ankunft zur Arbeitsplatzsicherung beigetragen hat.«

»Sie mißverstehen mich«, erwiderte er einigermaßen steif. »Je weniger wir aufzuzeichnen haben, desto mehr ehrt es uns.«

»Auch recht. In diesem Fall tut es mir leid, daß ich Ihren Graveuren eine unnötige Arbeit bereitet habe.«

»Keine Ursache«, entgegnete er so steif wie zuvor. »Die Graveure lieben ihre Arbeit.«

»Tatsächlich? Sie lieben eine Arbeit, die sie entehrt? Wären Sie so gütig, mir dieses Paradox zu erklären?«

»Mit Vergnügen. Der Eintritt von aufzeichnenswerten Ereignissen ist nicht in striktem Sinn entehrend, obzwar saubere Tafeln in striktem Sinn ehrend sind. Die Graveure erfüllen gern eine notwendige Aufgabe, so wie die Leichenbestatter Ihrer Zeit stolz auf ihren Beruf waren, obwohl sie den Tod nicht mehr liebten als sonst jemand.«

»Vielen Dank für die Belehrung, obzwar ich den Vergleich nicht besonders glücklich finde: Ich komme mir vor wie ein aufwendig geschminkter Leichnam in einem gepolsterten Sarg.«

Fünf glatthaarige Gemeine in weißen Kitteln traten ein. Um den Hals hingen ihnen glänzend polierte Kupferbecken. »Bitte mich zu entschuldigen«, sagte der Chefchronist: »Das sind die Barbiere. Sie kommen jeden Sonntagnachmittag aus ihren Dörfern, um uns zu melden, was bei ihnen getratscht wurde. Wir kollationieren diese Berichte und händigen jedem eine Kurzfassung aus, die wir Prawda nennen (ein Wort von dunkler Herkunft, angeblich ein Findling aus der pantisokratischen Epoche) –, zur öffentlichen Verlesung in dem jeweiligen Dorf. Einmal im Monat werden die Prawdas der Bezirke zu einer Regionalprawda zusammengefaßt, die ebenfalls auf demselben Weg an die Dörfer zurückgelangt. Aus den monatlichen Prawdas unserer vielen Regionen wird in unregelmäßigem Abstand eine anekdotische Geschichte des gesamten Königreichs kompiliert. Die Sitte verlangt, daß ihre Verlesung nicht mehr als drei und nicht weniger als zwei Stunden in Anspruch nimmt. Hierauf wird sie in den mündlichen Erzählbestand des Bezirkshistorikers, der ebenfalls Chronist ist, aufgenommen. Die Geschichten der verschiedenen Königreiche werden dann ihrerseits in unregelmäßigem Abstand durchgearbeitet und verglichen, worauf man das Gold, das sie vielleicht beinhalten, mit unseren magischen, meteorologischen, landwirtschaftlichen und ähnlichen Aufzeichnungen verschmilzt und in den Abriß der Geschichte, in die Register oder die Nachschlagewerke aufnimmt.«

»Und der Rest geht unter?«

»Es sei denn, daß ihn die lokale Überlieferung bewahrt. Zu den Pflichten der Barbiere gehört es, die unterhaltsameren Anekdoten ihres Bezirks auswendig zu können. Wir besitzen Lokalhistorien in Knittelversen, die über viele Generationen zurückreichen.«

»Tragen sie diese Anekdoten vor, während sie die Haare schneiden?«

»Ganz gewiß nicht. Die Sitte gestattet uns nicht, mehr als eine Sache auf einmal zu tun. So kommt es beispielsweise nie vor, daß wir Chronisten während der Mahlzeiten über unsere Arbeit reden oder Musik hören, wie es anscheinend zu Ihrer Zeit ausnahmslos üblich war.«

»Nicht ganz ausnahmslos«, sagte ich. »Aber pfeifen hier die Bauern nicht vor sich hin, wenn sie hinter dem Pflug hergehen?«

Diese Vermutung schien ihn zu überraschen und zu entsetzen. »Hier pfeifen nur gewisse Damen«, entgegnete er. »Und auch die nur aus bedeutsamem Anlaß.«

Der Brutsch

Kurz nach dem Abendläuten hörte ich das Geräusch von Pferdehufen auf der Straße und beugte mich aus dem Fenster meines Schlafzimmers. Saphira und die zwei Brüder kehrten vom Königshof zurück. Sie ritt im Damensitz und sah wunderbar aus, nicht einmal entfernt den Damen mit den Dörrobstwängelchen in langen Reitkleidern ähnlich, die in meinen Kindertagen so zu reiten pflegten, sondern eher wie »die schöne Frau auf dem weißen Roß« aus einem Bilderbuch. Die kindertümliche Einfachheit der neukretischen Szenerie und die strikten Anstandsregeln zu ihrem Schutz forderten dazu heraus, immer wieder den bekannten Vers des dazugehörigen

Gedichts zu zitieren: »Mit Ringen am Finger und Schellen am Fuß …«

Ich winkte der Gruppe, aber sie schauten nicht zu mir herauf. Sie waren zu sehr beschäftigt, ihre nervösen Pferde zu beruhigen.

Seltsam, dachte ich. Der lange Ritt nach Dunrena heute morgen und Heimweg am Nachmittag sollte doch diesen Kleppern den Dampf abgelassen haben. Sie führen sich auf, als ob sie plötzlich einer Straßenwalze begegnet wären – nichts hassen Pferde so wie Straßenwalzen! –, aber solche Dinger gibt es in dieser Metazivilisation bestimmt nicht.

Die drei bogen in den Hof ein, stiegen ab und überließen die Pferde den Stallburschen. Sieh-ein-Vogel und Sally kamen heraus und begrüßten sie im Namen der Göttin. »Was haben die Tiere?« fragte Sally.

»Wir sind in einen Brutsch geraten«, erwiderte Feigenbrot lakonisch.

»Wo? Doch nicht hier in der Nähe?«

»Mitten im Dorf, unmittelbar vor dem Narrenhaus«, antwortete Saphira. »Wir haben die Abkürzung quer über den Mühlenacker genommen – da steigt plötzlich meine Stute hoch, als hätte eine Schlange sie gebissen. Und dann haben sich die beiden anderen wie verrückt benommen: Seestern ist abgeworfen worden, und wir mußten sein Pferd zweimal rund um den Park jagen, bevor wir es erwischten.«

Sally nickte. »Der Bauer hat mir gesagt, daß er an dieser Stelle schon seit einiger Zeit einen Brutsch vermutet: Er war vorhin hier, um die formelle Anzeige zu erstatten, und behauptet, es sei ganz plötzlich aufgeflackert. Ich habe ihm gesagt, daß wir uns die Stelle anschauen, sobald ihr zurück seid.«

»Dann gehen wir alle zusammen, gleich nach dem Rauchen«, sagt Saphira mit leicht besorgter Miene.

Während der Viertelstunde, in der ich schweigend meine Zigarette rauchte, dachte ich über den Brutsch nach. War ein Brutsch ein Fluch, mit dem etwas absichtlich verhext wurde? Nein, das war wohl nicht möglich, denn Sally hatte mir ja versichert, daß die hiesigen Hexen gutmütig waren. Oder konnte es das sein, was man zu meiner Zeit einen Spuk genannt hatte? Da ich kein Wissenschaftler, sondern ein Dichter bin, habe ich zu Spuk und Gespenstern ein unbefangenes Verhältnis. Ich finde, daß man sie so hinnehmen muß wie etwa das Feuer: ein geläufiges, aber ebenso geheimnisvolles Phänomen. Was ist eigentlich Feuer? Kein richtiges Element, auch kein Bewegungszustand, kein Lebewesen – nicht einmal eine Krankheit, obwohl ein Haus von seinen Nachbarn angesteckt werden kann. Es ist eher ein Ereignis als ein Ding oder ein Wesen. Auf ähnliche Weise scheinen Spuk und Gespenster eher Ereignisse zu sein als Dinge oder Wesen – und fast immer ungute Ereignisse.

Zum Spuk rechne ich etwa die undefinierbare und ungreifbare Angst, die einen an bestimmten Stellen einer Straße, auf Waldlichtungen oder kahlen Hügelkuppen überkommt. Zweimal habe ich sehr eindrucksvolle Beispiele dieses Phänomens erlebt. Das erste Mal war es auf einem Hügel in Nordwales, der oben einen alten Erdwall trug, das zweite Mal auf den Balearen, auf einer einsamen Uferstraße bei einem Dorf, wo vorzeiten ein Tempel der Diana gestanden hatte. Beide Male war es in der Dämmerung geschehen, bei zunehmendem Mond: Mich hatte dieses plötzliche, unerklärliche Grauen überfallen, bei dem sich die Haare auf dem Kopf sträuben wie das Fell einer gereizten Katze und die Beine ohne bewußte Willensanstrengung dahinlaufen, wie auf glattem Eis. Vorher hatte ich geglaubt, Shakespeare habe poetisch übertrieben, als er im ›Sturm‹ von dem verhexten Schiff schrieb:

> Keine Seele,
> Die nicht ein Fieber gleich den Tollen fühlte
> Und Streiche der Verzweiflung übte . . .
> Der Sohn des Königs, Ferdinand, sein Haar
> Emporgesträubt wie Binsen, nicht wie Haar,
> Sprang vor den andern, schrie: Die Höll' ist ledig,
> Und alle Teufel hier!

Seit damals weiß ich, daß er nur einen höchst unerfreulichen physischen Sachverhalt geschildert hat. Die Griechen hatten ein Wort für diese Art Angst: »Panik« – womit sie die Furcht meinten, die sie plötzlich in den Wäldern oder auf den Hügeln befiel, wenn der Gott Pan los war. Bei Ferdinand war es natürlich nicht Pan, sondern Sankt Elmo, und die einzige Erklärung, die ich für meine zwei Spukerlebnisse habe, ist die Wahrscheinlichkeit, daß an beiden Orten früher einmal abscheuliche Kulthandlungen stattgefunden hatten und die Felsen und Steine noch hin und wieder das Grauen ausschwitzten.

Aber zurück zu den Spukhäusern: Entweder scheinen sie etwas konkret Furchterregendes in sich zu haben, das von einem bestimmten Raum ausgeht, oder es handelt sich um eine allgemeine Stimmung von Elend, Sorge, Langeweile oder Laster, von der das ganze Gebäude verseucht ist. Sensible Menschen spüren den Unterschied zwischen einem glücklichen und einem unglücklichen Haus, sowie sie über die Schwelle treten. Allerdings würden sich in unserer Zeit die meisten schämen, dem Makler zu sagen: »Lieber zahle ich tausend Pfund, als daß ich dieses Haus miete: Es hat eine böse Ausstrahlung.« Statt dessen sagen sie lieber: »Ich fürchte, meinem Mann wird dieser Ankleideraum zu klein sein, und im Wohnzimmer ist nicht genug Platz für seine Bücher. Abgesehen davon ist der Garten für uns zwei allein viel zu groß.« Aber vielleicht ist dieser Stimmungsspuk nur etwas graduell Verschiedenes. In gewisser Hinsicht spukt es in jedem Haus, in dem einmal ein anderer Mensch gelebt hat.

Diese schreckliche Wohnung in Heliopolis, die der Häusermakler Angelides für mich aufgetrieben hatte, als ich in Ägypten ein Buch schreiben wollte! Antonia und ich hatten sie für einen Monat von einer syrischen Witwe gemietet, weil gerade nichts anderes zu haben war: eine Wohnung im obersten Stock eines modernen Blocks, den eine belgische Firma gebaut hatte, vollgestopft mit Kitschmöbeln aus Bambus und rotem Brokat; besonders deutlich erinnere ich mich an einen verglasten Bücherschrank mit hebräischer Literatur und einer kleinen Sammlung von französischen Gesetzbüchern. Hassan, unser sudanesischer Diener, sagte sofort, daß er die Wohnung nicht mochte, und behauptete dann, daß es darin

Ifrits gebe. Ich erwiderte ihm, daß es nur für einen Monat sei, worauf er nicht kündigte; natürlich schlief er außer Haus. Von einem Tag zum anderen wurde jedoch das Böse, das in der Luft lag, immer mehr fühlbar. Bald konnte man die Ifrits fast schon sehen – als große, bleiche Schemen, die sich halb schlafend, halb wachend herumbewegten, oder als kleine schwarze Wesen, die sich nur im Winkel meines Auges zeigten und abends im Schatten des Sofas oder des Bücherschranks allerhand Unanständiges trieben. Am meisten beunruhigten uns die Schwaden von Brandgeruch, die immer wieder die Wohnung durchzogen, auch wenn in der Küche kein Feuer brannte. Hassan erzählte mir später – für die Wahrheit kann ich nicht bürgen –, daß der Mann der Syrerin vor einigen Monaten in der Wohnung verbrannt sei und man sie seither als Absteige benützt habe. Aber selbst das erklärt nicht die Intensität unserer Eindrücke. Vielleicht hatte jemand mit schwarzer Magie herumgepfuscht: Schwarze Magie ist eine Methode, um das Böse vergangener Ereignisse wieder lebendig zu machen und gezielt einzusetzen, und jeder, der genug Zeit, bösen Willen und Neugier hat, kann mit geringer Mühe ganz Schreckliches bewirken. Da es sich nicht gelohnt hätte, sich auf Reklamationen einzulassen, zogen wir nach zehn Tagen aus der Wohnung aus und nahmen ein Zimmer in einem Hotel.

Oder das entzückende Château, das wir mit ein paar Freunden in der Nähe von Rennes gemietet hatten: Obwohl fünf von den Kaminen voll von Bienen waren, dazu Grillen hinter der Feuerstelle in der Bibliothek, Fledermäuse auf den Dachböden und Ratten in den Kellern, war die Atmosphäre ausgezeichnet. Eines Tages fand ich unter allerhand Kram in einer Schachtel ein altes Papier mit Kochrezepten und machte mich daran, sie zu entziffern und zu übersetzen. Eines – für *Blanc-Manger* – fing so an: »Man stelle am Abend vorher zwei Hausenblasen von Daumengröße (oder auch Gelatine) zum Schmelzen über die Glut und bringe sie am nächsten Morgen zum Kochen. Hierauf nehme man eineinhalb *quintons* süße Mandeln und einen halben *quinton* Bittermandeln ...« Spät in jener Nacht, als ich mich über das Küchenfeuer beugte und mit dem Blasbalg die Glut anfachte, um die Kaffeekanne aufzuwärmen, sagte ich zu mir: »Also die Hausenblasen über der Glut ... Aber Gelatine wird vermutlich doch besser schmecken ... Und wieviel mag wohl ein *quinton* Mandeln sein?« Plötzlich rief eine Frauenstimme hinter mir: *»Marthe!«* – *»Oui, Madame«*, antwortete ich automatisch. Aber natürlich war niemand da. Ich war nicht einmal sehr überrascht, denn ich habe nie geglaubt, daß die Zeit etwas Absolutes ist. Möglicherweise handelte es sich um eine kosmische Koinzidenz. Irgendwie war ich mit meinen Gedanken an Hausenblasen, Glut und Mandeln auf eine andere Zeitebene geraten. Natürlich hatte Marthes Herrin, als sie mich in dem ungewissen Licht, den Rücken gegen sie gekehrt, vor dem Feuer hocken sah, von mir angenommen, ich sei Marthe. Bestimmt war sie sehr erschrocken, als ich mich aufrichtete und sie einen großen, blassen Mann in schwarzen Kordhosen vor sich sah. Wahrscheinlich war ich für sie ein Geist, nicht sie für mich ...

Grundsätzlich, hielt ich fest, sind Gespenster ein unwichtiges und im Vergleich zu vielen anderen Erscheinungen – beispielsweise Poesie und Liebe – gar nicht sehr geheimnisvolles Phänomen. Menschen, die mit ihrem Leben gut zurechtkommen, hinterlassen eine ausschließlich wohltuende Ausstrahlung. Es sind die Nichtsnutze, die Langweiler und die bewußt Bösen, denen eine Stätte ihren schlechten Ruf verdankt: ihnen und den masochistischen Opfern ihrer eigenen Narrheit. Man sollte die Gespenster, die sie hinterlassen, so unnachsichtig ignorieren wie Betrunkene, wenn sie einen auf der Straße aufhalten und die mit Gefuchtel und Rülpsern garnierte Geschichte ihres Unglücks anbringen wollen. In keinem der beiden Fälle sollte man Mitgefühl, Verlegenheit oder Furcht zeigen.

Vielleicht war dieser Brutsch auf dem Acker neben dem Doktorhaus nur ein Konzentrat von allem Elend, Scham und Verzweiflung aus meiner Affäre mit Erica – mit diesem Teil meines Lebens war ich wahrlich nicht gut zurechtgekommen –, das weiß Gott wie viele Jahrhunderte dort latent vorhanden gewesen war, bis ich es durch unsere plötzliche Begegnung reaktiviert hatte. Nein: Ich durfte nicht vorschnell urteilen . . . Offenbar hatte ja der Bauer schon einige Wochen vor meiner Ankunft verabsäumt, den Acker trockenzulegen. Aber es reimte sich trotzdem: Ericas Auftreten hatte den Brutsch so stark reaktiviert, daß der Bauer diesen Winkel mied, obwohl er für sein Verhalten erst die richtigen Worte fand, als ich dazukam und es endgültig zündete. Trotzdem war es unsinnig, mir über die Natur dieses Brutschs den Kopf zu zerbrechen, solange ich mir nicht einigermaßen klar war, wie es um Erica stand. Wie war sie hergekommen? Was tat sie hier? Sie machte einen sehr wirklichen Eindruck, zumindest so wirklich wie ich selbst: Sie hatte meinen Kopf zu sich hinuntergezogen und mich mit warmen, festen Lippen geküßt. Ich konnte sie schwerlich als kosmische Koinzidenz abtun. Dennoch wußte Sieh-ein-Vogel anscheinend nichts von ihr und hatte sich hartnäckig geweigert, mir zu glauben, daß ich sie gesehen habe, wie sie in das Narrenhaus gegangen war.

Andererseits war es leicht möglich, daß sie das Haus als Versteck benützte. Hätte sie sich erst einmal hereingeschwindelt – und niemand auf der Welt hatte Erica aufhalten können, wenn sie wo hineinwollte –, gab es in der Außenwelt wohl kaum jemand, der Verdacht geschöpft hätte. Offensichtlich ging es niemanden etwas an, was die Senioren unter sich taten oder redeten – und wen sie bei sich beherbergten. Ich vermutete, daß so etwas nicht einmal im Tratsch der Barbiere erschien. Vielleicht sollte ich bei Gelegenheit doch mit Saphira über meine Begegnung sprechen.

Der letzte Zigarettenstummel war im Feuer verbrannt. Wir durften wieder reden. Saphira wandte sich mir zu und sagte sanft: »Ich habe über den Brutsch nachgedacht. Bist du vielleicht durch den Park gegangen, während ich fort war?«

»Ja«, antwortete ich. »Unmittelbar vor dem Lunch. Sally hat es mir erlaubt.«

»Und was für Gefühle hast du dabei gehabt?«

»Ich war ohne dich ziemlich einsam: Ich habe an die frühere Zeit gedacht, als mein Haus noch in der Mitte dessen stand, was jetzt euer Park ist, und ich die Kinder zum Schwimmen mitnahm, hinunter zum Meer, wo ihr jetzt nur Getreidefelder habt. Es hat mich auch verdrossen –«

»Und da ist Ihnen eine junge Frau erschienen, wie sie in das Narrenhaus ging?« gab mir Sieh-ein-Vogel das Stichwort.

»Es war keine Erscheinung. Sie war durchaus wirklich.«

»Wie hat sie ausgesehen?«

»Angehabt hat sie eine Art weißen – Wollkomm – Wittkomm ... Mir fällt das Wort nicht ein. Und dazu grüne Sandalen.«

»Grüne Sandalen? Sind Sie sicher?«

»Grasgrüne. Sie sind mir besonders aufgefallen. Aber ich gebe euch gern einen kompletten Steckbrief: Blond, ziemlich gekraustes Haar, spitzes Kinn, lange Oberlippe, die Augen blau wie Spatzeneier, gute Figur, mittelgroß, Beine wie eine Ballettänzerin, breite Hände – und wenn sie sich ärgert, beißt sie Nägel ...«

»Geärgert hat sie sich auch?«

»Nein, nicht bei unserem Zusammentreffen. Im Gegenteil: Sie war sehr fröhlich. Wenn ihr euch dafür interessiert, kann ich noch mehr über sie erzählen: Unter den Haaren hat sie eine Narbe, wo ihr einmal ein Mann mit einem Eispickel den Schädel einschlagen wollte; und eine andere von einem Streifschuß unten an den Rippen, wo eine Frau sie mit einem kleinen Revolver zu erschießen versuchte. Ist in Genf zur Schule gegangen, raucht am liebsten Gauloises; macht besonders gute Karamellen; gewinnt Preise im Eiskunstlauf; hat ihre eigenen, eigenartigen Moralbegriffe; und behauptet, daß sie in eurem Narrenhaus bei der Mühle wohnt. Sie kennt euch alle, will Feigenbrots und Seesterns Gedichte gelesen haben und beabsichtigt, uns demnächst zu besuchen. Ihr Name ist Erica Yvonne Turner, aber Yvonne verwendet sie nicht, und ich frage mich, weshalb ihr mir nicht schon vorher gesagt habt, daß man sie heraufgeholt hat. Ich habe sie früher gut gekannt – zu gut sogar. Aber vielleicht wart ihr euch dessen bewußt und habt mir sie deshalb vorenthalten.«

Alle wirkten verwirrt und ein wenig verängstigt. »Tatsächlich ein Brutsch«, sagte Saphira zu Sally. »Ich fürchte, er hat da versehentlich etwas mitgebracht. Vielleicht in einem Traum? Ich kann es mir nicht vorstellen ... Was meinst du? Es muß sich bei seiner Beschwörung ein anderer Geist – der einer Frau – in sein Haar verhängt und ihn auf der Zeitreise begleitet haben. Du erinnerst dich: So ein Fall wird im dritten Buch der Magie erwähnt, in dem Kapitel über Aldebaran. Aber diese grünen Sandalen gefallen mir gar nicht – und ich bin überrrascht, daß wir bei der Manifestation seines Schattens keine Spur von ihr bemerkt haben. Vielleicht hat sie sich hinten in der Grube versteckt gehalten?«

Dann sagte sie zu mir: »Ich schwöre im Namen der Großen Mutter, daß wir von all dem nichts wissen. Meinst du, daß diese Frau die Kühnheit aufgebracht haben könnte, mit dir zu kommen?«

»In meinen Haaren? Möglich. Dieses Mädchen ist imstand, jedem in die Haare zu geraten. Einmal hat sie sich, nur wegen einer Wette, beim Rennen von Ascot in die Königliche Loge geschmuggelt, indem sie sich beim Erzbischof von Canterbury einhakte und so tat, als wäre sie seine Tochter.«

Das schien sie alle zu überzeugen, sie erhoben sich zum Aufbruch. Als wir durch den Park zum Haus des Doktors gingen, besprachen sie, wie sich Erica einfangen und abschieben ließe. An der Ecke des Mühlenackers blieb Seestern plötzlich stehen und deutete auf etwas: »Das ist es, wovor dein Pferd gescheut hat, Saphira«, sagte er ernst.

»Was ist es?«

»Ein Zigarettenstummel – aber in Papier gerollt, nicht in ein Blatt.«

Sie alle zögerten, das Unglücksding zu berühren, also hob ich es auf. »Ich habe euch doch gesagt, daß Erica Gauloises raucht.«

Sie wichen vor mir zurück. »Es muß gleich verbrannt werden. Und nachher müssen wir Ihre Finger reinigen.«

»Aber der Brutsch?«

»Erst wird das Feld mit Schwefel geräuchert, den wir in

ein Feuer aus wildem Olivenholz werfen, und danach müssen wir es in beide Richtungen mit einem Birkenbesen kehren.«

»Wenn aber Erica fortfährt, euch mit Fleiß im ganzen Dorf ihre Kippen zu verstreuen?«

»Wenn sie, wie Sie sagen, im Narrenhaus wohnt«, meinte Sally, »müssen wir bis Mitternacht warten, bis die Senioren nach Hause gegangen sind. Dann werde ich sie mir vornehmen.«

Ich blieb hinter den anderen zurück und las heimlich den zweiten Stummel auf, den ich an der Grenze zum Obstgarten fortgeworfen hatte; dann zerkrümelte ich beide und verbrannte sie hinten auf dem Rost des Wohnzimmerkamins. Saphira reinigte meine Finger mit Rosenwasser in einer Silberschüssel und einem kurzen Gebet.

Wir setzten uns zu einem gemütlichen Abend um das Feuer. Anscheinend war man sich einig, das Thema Brutsch nicht weiter zu verfolgen. Sally stellte keine indiskreten Fragen und gab keine schnippischen Antworten. Aus Sallys freundlichem Benehmen zu mir und Saphira schloß ich, daß Erica wie immer versucht hatte, einen ihrer Streiche zu spielen, und daß an ihrem Gerede von Liebe und Eifersucht überhaupt nichts dran war.

Ich erkundigte mich, ob die Abschiedszeremonie bei Hof gut vorübergegangen war.

»In bester Stimmung«, erwiderte Seestern. »Die würdevolle Haltung des Königs war beispielhaft. Jeder hätte gemeint, daß er nur zu einem kurzen Urlaub aufbrechen will.«

»Aber was geschieht wirklich mit ihm?«

»Er wird sterben: Was sonst?«

»Und warum?«

»Weil am Freitag, wenn der Mond voll ist, seine Frist um sein wird.«

»Wird er sich selbst töten?«

»Nein. Sein anderes Selbst wird ihn töten.«

»Kommt das nicht auf dasselbe heraus?«

»Keineswegs. Wie es bei uns heißt: ›Der rechte Fuß paßt nicht in den linken Schuh.‹«

Als ich das verdaut hatte, fuhr ich fort: »Und wer wird der nächste König?«

»Sein anderes Selbst, das bis Mittwinter regiert: Der linke Fuß, der zum rechten Fuß gehört.«

»Vielleicht werde ich das besser verstehen, wenn Saphira mir gütigst erklären will, was eine Monatsnymphe ist.«

»Das ist so«, sagte Saphira: »Die Herrschaft des Königs beginnt an Mittwinter, und er hat dreizehn Gemahlinnen, die als Monatsnymphen bezeichnet werden. Alle sind aus dem Stand der Gemeinen, außer mir selbst und einer zweiten, und wir alle sind hintereinander Königin und teilen in unseren entspechenden Monaten sein Lager und leiten seine Schritte. Das Ritual ist recht kompliziert, und wir können es uns nicht leisten, die Göttin zu erzürnen, indem wir auch nur das Geringste auslassen. Im siebenten Monat stirbt er, und sein anderes Selbst regiert bis zum dreizehnten Monat. Dann stirbt auch das andere Selbst.«

»Und du hast den sechsten Monat?«

»Er war vor neun Tagen zu Ende. Wir sind jetzt im siebenten.«

»So warst du also im vergangenen Monat die Königin?«

»Ja.«

»Und der König war dein Geliebter?«

»Nicht in körperlichem Sinn. Der sechste Monat ist der Monat der strikten Keuschheit, und darum war zwischen ihm und mir in dem Bett, in dem wir lagen, eine Labra – eine Doppelaxt. Er durfte sich auch nicht die Haare oder die Nägel schneiden lassen oder neue Kleider tragen, und mußte mit einem Dornbesen in der Hand herumgehen und die Speisevorschriften der Magier einhalten. Dafür lebt er jetzt wieder in Saus und Braus: Die Königin gibt ihm, was immer er haben will – es bringt Unglück, ihm etwas zu verweigern, selbst wenn es gegen die Sitte wäre.«

»Jetzt hat er keine Doppelaxt im Bett?«

»Natürlich nicht.«

»Wein, Weiber und Tabak, soviel er will – bei Tag und Nacht?«

»Ja.«

»Wäre es einem König in seinem letzten Monat erlaubt,

eine lange Eisenbahnreise zu unternehmen, wenn er Lust hat, oder das ABC zu lernen, während des Essens zu reden oder im Bad zu pfeifen?«

»Ich denke schon.«

»Und wenn dann seine Zeit kommt, ist er so angefressen, vollgesoffen und durchgehurt, daß ihm nicht mehr viel daran liegt, ob er es ist oder sein anderes Selbst, das in der zweiten Jahreshälfte regiert? Ist das der Sinn, der dahintersteckt?«

»Die Göttin ist den Narren immer gnädig.«

Der Santrepod

Bei Sonnenuntergang, sagten sie mir, werde es Musik geben. Ich hatte schon mitgekriegt, daß man Musik nie beiläufig zur Unterhaltung, sondern nur bei bestimmten religiösen Anlässen spielte. »Wem zu Ehren?« fragte ich daher.

»Zu Ehren der Göttin«, antwortete Seestern. »Immer zu Ehren der Göttin. Man wird den Santrepod aufführen.«

»Und was, bitte, ist der Santrepod?«

»Eine Zusammenstellung von drei Liedern, in denen sich ihre dreifältige Macht erweist.«

»Und warum heute abend?«

»Um den Montag einzuleiten, den Tag der Magier und des Zaubers. In ähnlicher Weise dient Musik den Chronisten, um den Mittwoch als Tag der Gelehrsamkeit einzuleiten. Bei den Dienern ist es der Samstag als Tag der Demut, und bei den Gemeinen der Sonntag, der Tag des Königs. Wir beginnen unsere Tage beim Vesperläuten am vorangehenden Abend.«

»Und was ist mit Freitag und Dienstag?«

»Die sind keinem spezifischen Stand zugewiesen. Freitag ist der Tag der Liebe, Dienstag der Tag des Kriegs. In der Liebe wie im Krieg kann es vorkommen, daß man von Standesunterschieden absieht und ein Magier zur selben Gruppe gehört wie ein Gemeiner.«

»Soll das heißen, daß man am Freitag ein Liebesverhältnis mit einer Frau aus einem anderen Stand haben darf?«

»Ja. Nur daß wir es andersherum sagen: Eine Frau darf sich einen Geliebten aus einem anderen Stand wählen.«

»Und geschieht das jemals wirklich?«

»Sehr selten – abgesehen von der üblichen Verbrüderung der Führer mit den Gemeinen. ›Rauch mischt sich nicht‹, wie Sie wissen, und wenn sich beispielsweise eine Magierin in einen Chronisten oder ein Chronist in eine Dienerin verliebt und sie ein Freitagspaar bilden, müssen sie für die Dauer dieser Vereinigung auf die ›Standesvorteile‹ verzichten. Viele unserer Geschichten handeln davon, aber es ist eine sehr unangenehme Situation, in der man sich da befindet. Bei Anbruch des Samstags wenden sich die beiden an die Göttin, deren Spruch sie folgen müssen, was immer sie befiehlt. Manchmal drückt sie ein Auge zu, manchmal quält sie die zwei. Also, wie gesagt: Beim Vesperläuten haben wir einen Santrepod. Sieh-ein-Vogel hat mir übrigens erzählt, daß es zwischen Ihnen und Sally Spannungen gibt. Der Santrepod sollte das beheben.«

Ich wetzte verlegen auf meinem Stuhl hin und her. »Heute morgen hatten wir ein kleines Mißverständnis«, sagte ich. »Vermutlich war ich daran schuld. Ich habe Sally sehr gern.« Ich wollte ihr freundlich zulächeln, aber das war ein Fehler. Ericas Stachel steckte tiefer in mir, als ich vor mir selbst zugeben wollte, und wahrscheinlich bemerkten alle, daß mein Lächeln recht gezwungen war. Möglicherweise las sogar Sally meine Gedanken und spürte, daß ich ihr einen Knochen hinwerfen wollte. »Sie sind sehr großzügig«, stellte sie fest und rückte sichtbar ab.

Seestern schaute sie betroffen an, beugte sich hinunter, um ihr einen Schuh auszuziehen, und begann sanft ihren Fuß zu massieren. Sie seufzte zufrieden. Ich erkundigte mich nicht, ob es sich dabei um eine bei den Magiern oder überhaupt in Neukreta gebräuchliche Beruhigungstechnik handelte oder eine Eigenheit Sallys, daß sie sich gern die Füße massieren ließ. Ich habe das sonst nie mehr beobachtet.

Mit einem dankbaren Blick auf Seestern fragte ich Saphira, ob es zwischen der Musik der einzelnen Stände grundlegende Unterschiede gebe.

»Natürlich«, sagte sie und erläuterte mir, daß die Gemeinen für mehrstimmige Lieder, Märsche und Tanzweisen schwärmten, mit Fiedeln, Dudelsack und Trommeln als Instrumenten, und für andere Spielarten traditioneller Volksmusik, wovon nichts in den Archiven aufgezeichnet war: Sie spielten ausschließlich nach Gehör und erhielten keine musikalische Erziehung. Allerdings gab es regionale Unterschiede, weil nach der Sitte bestimmte, gern verwendete Instrumente nur in einzelnen Königreichen gespielt werden durften. Ich erfuhr, daß die Flöte zu unserem Frankreich, die Mandoline zu Italien, Gitarre und Kastagnetten zu Spanien und die Ziehharmonika zu Deutschland gehörten.

»Armer Bach!« rief ich. »Ausgerechnet Ziehharmonika!«

»Das deutsche Klima fördert geistigen Hochmut – und die Ziehharmonika ist das bescheidenste aller Instrumente.«

»Und wer kriegt das Saxophon?«

Aber von einem Saxophon wußten sie nichts.

Die Chronisten, fuhr sie fort, kannten weder Tanz noch Gesang, sondern beschränkten sich auf Klaviervorträge (wobei jedoch das neukretische Klavier weniger Oktaven hatte) und Streichquartette. Ihre Musik war intellektuell und emotionslos in der Manier des achtzehnten Jahrhunderts; nichts passierte in ihr – Saphira meinte, daß sie jede Melodie sorgfältig vermieden –, aber sie zogen viel Genuß aus einer geistreichen Anwendung musikalischer Theorien. Sie waren darin weit fortgeschritten und im Besitz von genug Literatur, so daß sie nichts Neues brauchten: Ihr Kanon war komplett. Die Führer teilten sich in die Musik der Gemeinen, waren jedoch auf Trompete spezialisiert. Die Diener sangen einstimmige Lieder aus einem begrenzten Repertoire und spielten überhaupt keine Instrumente.

»Und wie steht es mit den Magiern?«

»Darüber wirst du dir gleich selbst ein Urteil machen können. Wir tanzen nicht und haben auch keine Chöre und Orchester, sondern konzentrieren uns auf die reine Melodie und singen entweder zur Harfe oder zur Laute; nur eine Stimme und ein einziges Instrument, und nie in Gegenwart von mehr als vier oder fünf Leuten. Unsere musikalische Erziehung ist recht streng, sie beruht auf den Liedern in unseren drei Büchern der Musik und einem gründlichen Studium des Kontrapunkts.«

Es wurde dunkel. Man zog die Vorhänge zu und zündete die Kerzen an. Alle hörten auf zu reden, als Saphira eine Truhe öffnete und ihre Laute herausnahm. Sie sprach einige ehrfurchtsvolle Weiheworte, wartete danach eine halbe Minute und begann schließlich zu singen. Die Worte waren neukretisch, die Melodie aber stammte zu meiner Überraschung aus der Elisabethanischen Zeit. Ich erkannte sie sofort: ›Flow not so fast, ye Fountains‹ von John Dowland,

. . . des Engelsfinger auf der Laute
Der Menschen Sinn entrücken

wie Barnfield (oder, nach anderen, Shakespeare) von ihm behauptet hatte.

Sally saß vollkommen bewegungslos, aber die Männer waren aufgestanden und hatten ihre Hände in Gebetshaltung erhoben, mit den Handflächen nach oben. Absurderweise fiel mir ein, was Knut Jensen mir geraten hatte: »Wenn sie dann anfangen herumzuhopsen und ihren Schwanz schlenkern und sich Dreck in die Haare schmieren und mit den Augen rollen, mußt du daran denken, daß es viel weniger auffällt, wenn du mittust, statt sie anzuglotzen und mit deinem Notizbuch herumzufummeln. Immer mitmachen, mein Junge, immer mitmachen! Dann kann nichts schiefgehen.« Also stand auch ich auf und erhob die Hände. Tatsächlich war mir nach Beten zumute: Saphiras Stimme und ihre Finger auf den Saiten meisterten die Melodie so perfekt, daß ihr ganzer Schmerz – Dowland hatte es »lachrymae« genannt – unverfälscht und unvermindert hervorbrach. Bald begannen mir die Augen zu brennen, und ich weinte ohne Hemmung und war sehr erleichtert, daß keine Rücksicht auf meine britische Männlichkeit mich verpflichtete, den Impuls zu unterdrücken.

Saphira sang noch zwei weitere Lieder: Das erste stammte von der berühmten Kleopatra, sehr getragen und voll Weltverachtung, aber mit spaßigen kleinen Verzierungen an ganz unerwarteten Stellen. Es hieß ›Heidekrauts Spott über Stechpalme‹, und war darauf angelegt, daß die Zuhörer lachen sollten. Das taten wir alle – ich auch –, denn Saphira ließ wiederum das Lied für sich selbst sprechen. Es bedurfte keiner pantomimischen Untermalung, um den trockenen Witz herauszuarbeiten.

Das letzte Lied, ›Das müde Paar‹, war ein Werk Alysins, des am meisten gefeierten Komponisten der jüngeren Vergangenheit. Ich will nicht behaupten, daß ich viel von Musik verstehe, aber Musik und Dichtung sind, wie schon Barnfield in jenem Sonett ausführt, »Schwester und Bruder«, und ich habe die Erfahrung gemacht, daß ich selten danebenschieße, wenn ich Musik nach poetischem Maßstab beurteile. Kleopatras Lied gehörte zwar einer ganz anderen Kategorie an als das Lied Dowlands, aber es hielt sich auf demselben meisterlichen Niveau; ›Das müde Paar‹ ließ mich hingegen kalt. Es sollte bewirken, daß wir uns schläfrig fühlten, und Saphira wies uns darauf hin, indem sie ein Gähnen unterdrückte. Alle außer mir reagierten dementspechend. Die drei Männer schwankten auf ihren Beinen und glitten schließlich anmutig zu Boden, Sallys Kopf sank auf ihre Brust, und als Saphira zuletzt mitten in einem Takt abbrach, lagen alle in Schlaf, wie es von ihnen erwartet wurde.

Ich stand nach wie vor mit erhobenen Händen da, in untadeliger Haltung, die meine Achtung vor der Göttin ausdrückte, zugleich aber meine Kritik an der Musik, die mir nicht annähernd gut genug gewesen war, technisch vielleicht perfekt, für mein Gefühl jedoch synthetisch. Als Alysin das Lied komponiert hatte, war er nicht auf die gleiche Weise verliebt und müde gewesen wie Dowland den Tränen nahe oder Kleopatra mit trockenem

Witz geladen – er war hellwach gewesen und hatte beflissen aus seinem Gedächtnisvorrat an beliebten Schlummerliedern die Kombinationen destilliert, die in Modus, Tonlage und Rhythmus die am meisten einschläfernde Wirkung versprachen. Zweifellos hatte er in der bewährten Form die Göttin angerufen, aber sie war in diesem Lied nicht zugegen, so wie in den beiden anderen – Ja! Ich erinnerte mich, daß Dowland sich vom Protestantismus abgewandt und seine Inspiration wieder von der Heiligen Jungfrau bezogen hatte –, und ich weigerte mich, auf den Betrug einzugehen. Da jedoch alle anderen, einschließlich Saphira, sanft entschlummert waren – durch Autosuggestion natürlich –, bemerkte niemand mein obstinates Wachbleiben. Ich fand, daß ich mich nun, ohne den Anstand zu verletzen, wieder in meinen Sessel setzen dürfe. Da saß ich also und wußte nicht recht, was ich tun sollte. Instinktiv schlüpfte mir die Hand in die Hosentasche und suchte nach einer Zigarette.

Ein leises Lachen ließ mich aufblicken. Ich wandte mich um und sah, wie Erica auf Zehenspitzen in das Zimmer kam. Ich gestikulierte heftig, um sie zurückzuscheuchen, aber sie ließ sich nicht beirren.

»Warum schläfst du nicht?« flüsterte sie wie auf einer Bühne. »War das nicht Alysin, was sie eben gespielt haben?«

Ich schnitt eine Grimasse. »Ja.«

»Du findest ihn mies?«

»Ja. Wenn mir das Gähnen gekommen ist, war es vor Langeweile.«

»Fällt ein bißchen ab gegen Kleopatra, nicht wahr? Die hat noch gewußt, wie man's macht ... Zigarette?«

»Nein, danke. Mit den letzten zwei bin ich in so scheußliche Schwulitäten geraten, daß ich sie dir angedichtet habe.«

»Ich hätte dir sagen können, daß du sie nicht überall in der Landschaft verstreuen darfst. Aber warum nimmst du nicht ein paar von diesen hier und rauchst sie in den Kamin hinein, wenn du allein in deinem Zimmer bist?«

»Ich möchte bei meinen Gastgebern nicht Anstoß erregen. Es sind sehr nette Leute.«

»Wie du willst: Ich ziehe mein Angebot zurück. Hast du etwas dagegen, wenn ich selbst rauche?«

»Um Himmels willen, Weib: Verschwinde! Sie werden gleich aufwachen, und dann drehen sie mir alle fünf durch, jeder in eine andere Richtung!«

»Nein, das wird nicht geschehen. Erst wenn ich in meiner Güte bereit bin zu gehen.«

Sie nahm in Feigenbrots Sessel Platz und gab sich Feuer. Ich versuchte, sie mit wilden Blicken einzuschüchtern, aber sie schien unbeeindruckt. Also ging ich zu sanftem Zuspruch über.

»Liebste«, sagte ich. »Es wäre unfair, wenn ich dich nicht warnen würde, daß sie dich deportieren wollen.«

»Ja, davon habe ich gehört. Aber warum? Hast du ihnen meine Personalien geliefert?«

»Nur eine Skizze, aber schon das hat sie schrecklich beunruhigt. Sie behaupten, daß du bei meiner Beschwörung mit mir heraufgekommen bist, indem du dich tückischerweise mir ins Haar gehängt hast. Und aus irgendeinem Grund sind sie ganz außer sich geraten, wie ich ihnen von deinen grünen Sandalen erzählt habe.«

»Idioten! Vermutlich wird jetzt Sally morgen früh antanzen und ein Muster rund um das Narrenhaus ziehen, um mich herauszuekeln.«

»Was ist ein Muster?«

»Das weißt du nicht? Sie zieht sich splitternackt aus und umkreist gegen den Uhrzeigersinn das Haus; dazu macht sie seltsame Geräusche. An deiner Stelle würde ich mir den Anblick nicht entgehen lassen: Sie hat einen hübschen Popo und bewegt sich wie eine Raubkatze.«

»Nein, danke. Mir genügt es, mit Saphira das Lager zu teilen – oh, danke«, fügte ich geistesabwesend hinzu, indem ich eine von ihren Zigaretten nahm und sie an der ihren anzündete. »Aber ich schließe daraus, daß du heute nacht nicht daheim sein wirst?«

»Warum nicht? Ich habe ein schalldichtes Apartment im Oberstock. Meinetwegen kann Sally die ganze Nacht herumhopsen und knurren. Ich werde mich durch sie nicht stören lassen. Schlimmer als ein Rudel von Pariser Flics wird sie bestimmt nicht sein.«

»Warum bist du hierhergekommen?« wollte ich wissen.

Sie warf mir einen unergründlichen Blick zu und sang:

»In einer Zeit, da selbst die tumbe Imme sprach,
Da war ich eine solche tumbe Imme,
Und nährte mich von Thymian, bis mein Herze brach.

Ebenfalls Dowland«, erläuterte sie. »Der Text allerdings ist vom Grafen von Essex. Könntest du dir vorstellen, daß auch dir das Herz bricht, wenn du lange genug hier bleibst und dich von Thymian nährst? Essex ist zuletzt übergeschnappt, und die Königin hat ihm den Kopf abgesäbelt.«

»Wann bist du gekommen? Willst du mir wenigstens das verraten?«

»Vor einer Ewigkeit. Das habe ich dir schon heute früh gesagt.«

Aber ich blieb hartnäckig: »Dein Zigarettenvorrat hat sich erstaunlich gut gehalten.«

»Schmuggelware. Soll ich dir die Adresse geben?«

»Nein, vielen Dank.« Erst da wurde mir bewußt, daß ich rauchte, und ich warf eine kaum angesengte Gauloise ins Feuer.

»Nimm lieber eine Old Gold!« sagte sie und klappte ihre Dose auf. »Ich habe sie speziell für dich beschafft. Nimm dir zwei oder gleich drei – nimm dir alle!« Ungeachtet meines Protests leerte sie mir den Inhalt der Dose in den Hemdkragen.

Ich fischte sie alle heraus und verbrannte sie, ohne zu zögern. »Noch etwas wollte ich dich fragen, Erica«, fuhr ich fort: »Was ist die richtige Bezeichnung für diesen weißen Mantel?«

»Wie soll ich das wissen? Ich habe ihn vor Jahren in Edinburgh von der Stange gekauft, in einem Geschäft in der Princes Street – mehr kann ich dir nicht sagen. Es war damals, als ich mit Andrew zusammenlebte . . . Du erinnerst dich an Andrew? Der Andrew Mann, der für ›Transition‹ und das ›Little Magazine‹ apokalyptische Verse geschrieben hat. Zerbrich dir selbst den Kopf: Ich muß jetzt fort. Tschüs, Teddy – ich habe ein Rendezvous mit zwei Senioren, unten am Feldweg. Sei jetzt artig, mach die Augen zu und tu so, als ob du schlafen würdest. Und wenn du meinem Rat folgst, erwähnst du meinen Besuch vor niemandem, sonst glauben sie, du spinnst, und sperren dich ein.«

»Leb wohl, du Teufelsbraten!«

Sie schlich hinaus, eben als Saphira sich, noch schlafend, bewegte, dann streckte, die Augen rieb und die anderen aufweckte.

Es schien, daß sie alle von dem Intermezzo nichts bemerkt hatten, und ich hütete mich, sie aufzuklären oder auch nur gegenüber Sally anzudeuten, daß sie sich möglicherweise bei ihrem Muster im feuchten Gras nur unnütz verkühlen würde. Wir wünschten einander Frohen Montag, dann zogen sich Saphira und ich in unser Schlafzimmer zurück.

Lange lagen wir noch wach und unterhielten uns über die Ereignisse des Tages, ohne jedoch Erica oder den Brutsch zu erwähnen. Saphira erlaubte mir, ihre Haare und Schultern zu streicheln, sprach aber dabei ruhig weiter und verriet durch nichts, daß meine Zärtlichkeiten ihr angenehm oder unangenehm waren. Zuletzt versickerte die Konversation, sie legte, wie schon einmal, meinen Kopf in ihre Armbeuge, und ich schlief sofort ein.

Das einzige, was in der Nacht passierte, geschah kurz vor dem Morgengrauen: Jemand schüttelte mich am Arm, und ich hörte, wie Antonia sagte: »Sally ist gerade von ihrem Muster heimgekommen, Edward. Sie behauptet, daß im Doktorhaus niemand ist. Gute Nachricht, nicht wahr?«

Als ich mich am Morgen daran erinnerte, gleich nach dem Aufwachen, konnte ich mir keinen Reim darauf machen. Es war kein Traum gewesen, und ich war sicher, daß ich Antonias Stimme gehört hatte. Aber wie konnte Antonia von Sally und dem Muster gewußt haben? Beziehungsweise – wenn Antonia jetzt Saphira war: Wie war es zu erklären, daß Saphira vom »Doktorhaus« gesprochen hatte?

»Warum hast du das Narrenhaus heute nacht ›Doktorhaus‹ genannt?« fragte ich Saphira schroff, indem ich sie weckte.

Sie sah mich aus großen Augen an.

»Das habe ich nicht getan«, sagte sie.

»Doch! Du hast mit Antonias Stimme gesprochen, aber du warst es! Du hast mich aufgeweckt, um mir von Sally und ihrem Muster zu berichten.«

Sie setzte sich auf und blickte verwirrt. »Ich habe dich nicht aufgeweckt. Nachdem du eingeschlafen warst, habe ich überhaupt nichts mehr mit dir geredet.«

»Ist das wahr?«

»Natürlich.«

»Aber in der Nacht vorher: Hast du da nicht gelacht und etwas Wichtiges – ich weiß nicht mehr was – mit Antonias Stimme gesagt?«

»Nein.«

»Irgendwer war es aber . . . Du mußt es gewesen sein! Jemand anderer kommt nicht in Betracht. Du hast mir deine Arme entgegengestreckt!«

Saphira erbleichte. »Jemand hat uns einen Streich gespielt«, sagte sie.

»Wer könnte das sein? Sally? Oder gibt es hier noch eine andere Hexe?«

Sie starrte mich voll ratlosem Entsetzen an. »Sally? Aber Sally ist doch meine liebste Freundin! Warum glaubst du, daß es Sally war?«

»Ich will es dir sagen, wenn du mir versprichst, daß du es niemandem verrätst.«

Sie blieb stumm, sah mich aber weiter so entsetzt an, mit weit offenem Mund wie ein Kind. »Stimmt es nicht«, fragte ich daher, »daß sie sich in mich verliebt hat und wahnsinnig eifersüchtig auf dich ist? Es gehört sich nicht, daß ein Mann so etwas fragt, aber wir müssen das klarstellen, bevor wir ihr das nächste Mal begegnen.«

Als sie noch immer nichts sagte, fuhr ich fort: »Ich bin hier fremd. Ich kenne eure Bräuche nicht und weiß nicht, wie wirksam eure Zauberei sein kann. Wenn uns aber jemand einen Streich gespielt hat – und soviel ist sicher, daß es eine Frau war! –, deutet alles auf Sally. Sie zumindest scheint ein Motiv zu haben, und ich kann mir nicht vorstellen, wer sonst es gewesen sein sollte.«

Erica erwähnte ich nicht. Immerhin war Erica keine Hexe, und es war absurd, sie zu verdächtigen, daß sie Antonia nachgemacht haben könnte.

»Wir verstoßen gegen die Sitte«, sagte Saphira schließlich. »Es gehört sich nicht, daß wir so vor dem Frühstück reden. Nur eines: Um dieses Haus war nach Einbruch der Dunkelheit ein Bannkreis gezogen, den niemand ohne das Losungswort, das nur Sally und ich wissen, überschritten hätte. Wir haben ihn gemeinsam gelegt, weil wir das Haus gegen den Brutsch abschirmen wollten.«

Sollte ich ihr mitteilen, daß der Bann offenbar sehr wenig gewirkt hatte? Nein: Ich brauchte noch Zeit, um mir über einiges klar zu werden.

»Ich muß mich geirrt haben«, log ich beschwichtigend. »Ich muß einen besonders lebhaften Traum gehabt haben. Vergiß das alles!«

Aber ich konnte sehen, daß ich Saphira nicht gänzlich überzeugt hatte, und ihr Verhalten gegenüber Sally war spürbar reserviert, beim Frühstück und auch später.

Markttag in Sanjon

Meine Freunde mußten den Montag – Arbeitstag mit ihren privaten Studien verbringen, dichten, komponieren oder zaubern. Das traf sich günstig, dachte ich: Es gab Saphira Gelegenheit, sich mit der Göttin ins Einvernehmen zu setzen, bevor sie etwas zu Sally sagte, und vielleicht auf diese Weise das Rätsel um Antonia zu lösen. Nach dem Frühstück teilte mir Sally mit, daß wir erst zur abendlichen Rauchstunde zusammentreffen würden und ich Erlaubnis hatte, mit dem Dolmetscher auszugehen und andere Stände zu besuchen, wenn ich es nicht vorzog, die Sitte zu beobachten und daheim meinen Studien zu obliegen.

Ich argumentierte, daß es Zeitvergeudung wäre, wenn ich dabliebe, weil ich die Kurzschrift, in der ihre Bücher geschrieben waren, nicht lesen konnte. Außerdem hätte ich gern mehr von den Gemeinen gesehen. Darauf empfahl sie mir, Sanjon zu besuchen, das man über einen Fußweg von ein paar Meilen entlang der Küste – oder dem, was einmal Küste gewesen war – erreichen konnte und Markttag hatte. Ich vermutete, daß es sich bei Sanjon um die kleine Stadt St. Jean-des-Porcs handelte, in die Antonia und ich jeden Samstag mit dem Autobus zum Einkaufen gefahren waren. Ich war neugierig zu sehen, was die Neukreter aus dem Ort gemacht hatten.

Wieder einmal stieß ich gegen die Schranken der Sitte. Der Dolmetscher mußte zu Fuß gehen, weil er nicht zu einem berittenen Stand gehörte, daher konnte auch ich, wenn ich mich an seiner Seite halten wollte, nicht gut ein Pferd ausborgen, wie es meine Absicht gewesen war. »Nein«, sagte Sally. »Das hätten Sie auf keinen Fall tun können. Wenn die Gemeinen Sie an einem Montag auf einem weißen Pferd sähen, wären sie darüber so entsetzt, daß man Sie zwingen würde, abzusteigen und zu Fuß heimzugehen.«

Wir marschierten also zusammen los, entlang der Bahnlinie. Es war ein sehr schwüler Tag, aber auf Gras geht es sich gut, und ich hatte nichts zu tragen. Der Dolmetscher trug über seiner Schulter eine Art Milchmädchenjoch, von dessen Enden geräumige Weidenkörbe herabhingen. Das hatte zumindest den Vorteil, daß er sich nicht in mich einhaken konnte, wie es die Höflichkeit bei einem Mitreisenden sonst geboten hätte. Ich gehe nicht ungern Arm in Arm mit einer Frau, obwohl es mir schwer fällt, ihretwegen meinen Schritt zu verkürzen, aber ich finde es peinlich, wenn ich auf solche Weise mit einem Mann zu inniger Bruderschaft verbunden sein soll.

»Wozu brauchen Sie das Joch?« fragte ich.

»Ich werde auf dem Markt einkaufen«, sagte er. »Ich hoffe, dort gewisse pflanzliche Spezialitäten zu finden, die in unserem Dorf nicht angebaut werden, nämlich Alligatorbirnen und rote Kartoffeln.«

»Einkaufen? Ich hatte gedacht, daß man hier kein Geld verwendet?«

»Das ist richtig. Aber ich habe das Wort nicht unbedacht gebraucht. Wir Dörfler gehen nicht mit leeren Händen auf den Markt von Sanjon.«

»Wollen Sie damit sagen, daß man etwa Erbsen gegen Alligatorbirnen tauscht – oder Körbchen mit Erdbeeren gegen Flaschenbier?«

»Ich werde Ihnen das System erklären: Gestern und heute vormittag haben die Gondoliere Wagenladungen mit Gütern aus den umliegenden Dörfern nach Sanjon befördert. Es handelt sich um Erzeugnisse, die über den Bedarf der Dorfbewohner hinausgehen: denn durch die Sitte ist geregelt, wieviel Nahrung zum Verzehr im Haus behalten werden soll. In Sanjon werden die Wagen entladen, und man bringt die Fracht auf den Markt, wo alles arrangiert wird und jeder sich nehmen darf, was er zufällig benötigt. Was übrigbleibt, wenn der Markt zu Mittag schließt, wird eingesammelt und von den Chronisten aus Sanjon sortiert; was sich zur Aufbewahrung für eine künftige Verteilung eignet, in Salz eingelegt oder konserviert werden kann, wird den Leuten ausgehändigt, die für den Nachschub in den Lagerhäusern verantwortlich sind; der Rest geht zu den Schweinen und zum Federvieh. Die meisten Dörfer erzeugen genug eigene Nahrung, und jene, die das nicht tun, haben irgendwelche anderen Produkte anzubieten, beispielsweise Wolle oder Leinen, Holzkohle, Körbe, Schuhe oder Seife, die sie auf denselben Markt schicken. Aufzeichnungen über die angelieferten und abgesetzten Gütermengen werden aber nicht geführt, weil die Sitte gewährleistet, daß jeder seine Wirtschaft nach den fortschrittlichsten Prinzipien ausrichtet und es niemandem an dem gebricht, was zum Leben nötig ist. Die Gemeinen versorgen die anderen Stände mit solchen lebensnotwendigen Gütern, jene müssen aber irgendeine symbolische Gegenleistung erbringen, die in einer für die Göttin bestimmten Gabe besteht, um damit zu zeigen, daß sie nicht ›müßiges Brot essen‹. In meinem linken Korb trage ich ein Geschenk in Gestalt einer Pfauenfeder; im rechten Korb ein anderes in Gestalt eines Straußes von Rittersporn. Die Regel ist: ›Gabe für Gabe‹. Darum habe ich Ihr Wort ›einkaufen‹ verwendet.«

»Kann auch ich etwas einkaufen? Ich habe nichts zu geben.«

»Sie können, wenn Sie es wünschen, mit einem Gedicht oder einem Gebet bezahlen.«

»Und im Austausch für mein Gebet darf ich mir nehmen, was zufällig feilgeboten wird?«

»Soviel Sie wollen. Was Sie nicht mit sich heimzutragen wünschen, können Sie bei dem Gondoliere lassen, damit er es auf seiner Rückfahrt bei Ihrem Dorf ablädt.«

»Das ist fabelhaft großzügig. Aber sichern sich auf diese Weise nicht manche Leute mehr als ihren gebührenden Anteil?«

»Warum sollten sie das? Es gehört zu unserer Religion, niemals Nahrung oder andere Früchte der Erde zu vergeuden, und da für alle genug vorhanden ist, trägt niemand mehr von den verderblichen Gütern mit sich fort, als er bis zum nächsten Markttag braucht.«

»Das hört sich sehr schön an, aber es fällt mir schwer zu glauben, daß religiöse Skrupel oder sogar gesunder Menschenverstand verhindern können, daß eine Familie ihrer Selbstsucht nachgibt: daß sie mehr nimmt als ihren gerechten Anteil an, sagen wir, Zucker und Obst – und daraus eine größere Menge Konfitüre macht, als sie aufessen kann. Konfitüre hält jahrelang.«

»Aber warum sollten sie mehr Konfitüre machen, als sie essen können?«

»Um sie gegen etwas von bleibendem Wert einzutauschen, das man auf dem Markt nicht kaufen kann – Schmuck oder Silberlöffel oder ein Speiseservice.«

»Sie haben recht mit der Annahme, daß Schmuck, Silberlöffel und Porzellan nicht auf dem Markt zum Kauf angeboten werden; das gibt es in den Geschäftsstraßen der Stadt beim Goldschmied, beim Silberschmied und in der Geschirrhandlung.«

»Aber doch bestimmt nicht gratis?«

»So gratis wie Obst und Zucker. Wenn eine Frau heiratet und dafür ein halbes Dutzend Silberlöffel und Gabeln braucht, oder wenn sie eine goldene Brosche verloren hat, braucht sie nur ihre Wünsche zu nennen, und schon werden sie erfüllt. Sie empfindet dabei auch gar keine Hemmungen. ›Gabe für Gabe‹ wird sie sagen, im Vertrauen darauf, daß auch der Goldschmied und der Silberschmied nicht müßig Brot essen.«

»Wenn sie aber nun drei Dutzend Silberlöffel verlangen würde?«

»Warum sollte sie so viele haben wollen? Es sei denn, sie hätte etwa nach einer Überschwemmung oder einem Brand eine beträchtliche Anzahl Obdachloser in ihr Haus aufgenommen.«

»Vielleicht will sie nur, daß es ihr besser geht als ihren Nachbarn.«

»Wie sollte es ihr mit drei Dutzend Silberlöffeln und Gabeln besser gehen, wenn sie nur ein halbes Dutzend braucht? Silber muß man putzen. Es ist gegen die Sitte, wenn man es schwarz werden läßt.«

»Gut – also ein halbes Dutzend goldene Broschen. Die laufen nicht an.«

»Aber sie braucht doch nur eine!«

»Bestimmt gibt es Frauen, die gern an jedem Tag der Woche eine andere Brosche tragen würden?«

»Nicht bei uns. Die Brosche ist so gearbeitet, daß ihre Form den Übernamen der Eigentümerin ausdrückt. Sie trägt immer dieselbe Brosche, solange sie nicht etwa ihren Namen ändert.«

»Und Kleider? Kann eine Frau so viele Kleider kaufen, wie sie haben möchte?«

»Sie kann den Stoff kaufen, aber sie muß ihn selbst oder mit Hilfe ihrer Nachbarinnen bearbeiten. Die Sitte bestimmt, daß sie tragen darf, was sie braucht und für sich selbst herzustellen bereit ist, nachdem sie bei den Gewandfeiern, die im sechsten und zehnten Monat gehalten werden, die Göttin um Erlaubnis gebeten hat. Allerdings darf eine Frau bei den Gemeinen nicht mehr besitzen als zwei leichte Sonntagskleider, zwei warme Sonntagskleider und ein großes Festtagskleid, also insgesamt fünf, abgesehen von den einfachen Arbeitskleidern, deren Zahl durch die Sitte nicht beschränkt ist.«

»Und wer macht zum Beispiel Ihre Kleider?«

»Ich selbst.«

»Das habe ich vermutet.«

Er nahm das als Kompliment und blickte zufrieden an seinem recht seltsam geschnittenen weißen Leinenanzug hinunter. »Diesen hier und seinen Kollegen trage ich nun schon sieben Jahre. Aber Sie sollten meinen Galaanzug sehen! Regengraues Leinen, besetzt mit kleinen Perlknöpfen. Heute werde ich mir ein halbes Dutzend kaufen, um die zu ersetzen, die von der Rückseite abgegangen sind.«

»Und was kaufen Sie sonst noch?«

»Für mich selbst nichts. Aber man hat mich beauftragt, zwei Torflügel aus Schmiedeeisen für unseren neuen Garten zu bestellen; ich habe die Maße auf einem Kerbholz in meiner Tasche. Der Schmiedemeister von Sanjon wird es für mich schmieden.«

Er hatte, um mir das mitzuteilen, ein Verbum »wright« verwendet, offensichtlich von »wrought-iron«-»Schmiedeeisen« abgeleitet. »Verzeihen Sie eine kleine Korrektur Ihres sonst tadellosen Englisch«, sagte ich, »aber ein Verbum ›wright‹ gibt es nicht.«

»Tatsächlich? Aber gewiß ist doch ›wrought‹ das Partizip von ›wright‹, so wie beispielsweise ›fought‹ aus ›fight‹ gebildet wird? Auch kommt ›wright‹ in vielen Berufsbezeichnungen vor, wie ›playwright‹, ›wheelwright‹, ›wainswright‹ und ›cartwright‹.«

»Haben Sie diese falsche Ableitung von Ihrem Kollegen Quant?«

»Leider nein! Quant vertritt die Ansicht, daß ›wrought‹ von ›wreak‹ kommt. Ich nehme daher an, daß ›wreak‹ die Tätigkeit bezeichnet, zu der ich den Schmiedemeister mit meinem Auftrag veranlasse?«

»Nein, diesmal ist auch Quant ausgerutscht. Man kann ›wreak‹ nicht auf Torflügel beziehen, nur auf Rache und Zerstörung, also ›vengeance‹ und ›havoc‹. ›Wrought‹ ist ein sehr irreguläres Perfektpartizip von ›work‹.«

»Oh! Quant wird so froh sein, wenn er hört, daß er nicht recht gehabt hat!«

»Froh?«

»Außer sich vor Freude! Es kommt so selten vor, daß er unrecht hat – ebenso selten, wie er ein Krocketmatch gewinnt: Wenn das geschieht, winden wir ihm alle einen Siegeskranz aus den Margeriten, die im Gras um den Spielplatz wachsen.«

»Kehren wir wieder zu eurem volkswirtschaftlichen System zurück: Sie wollen behaupten, daß hier jedermann im Schweiße seines Angesichts arbeitet, ohne Aussicht auf Lohn zu haben?«

»Mein Herr! Könnten Sie mir einen höheren Lohn nennen als das Bewußtsein, daß die Arbeit von der Göttin mit Zustimmung bedacht wird und der Nächste davon Nutzen hat?«

»Gut und schön: Aber der Arbeiter selbst?«

»Wie schon Kleopatra so hintergründig feststellte, ist jeder Mensch sich selbst der Nächste.«

»Genau das meine ich! Das Hemd ist mir näher als der Rock. Wie erreicht man, daß die Leute genug auf den Markt bringen, statt sich auf die faule Haut zu legen?«

»Darauf zu schauen, ist Sache der Führer.«

»Indem sie mit der Knute drohen?«

»Sie haben keine Knuten: Sie mahnen nur zu Tugend und sinnerfülltem Lebenswandel.«

»Vielleicht bin ich pervers, aber in der Schule waren mir die Lehrer, die mir ihre Bücher um die Ohren geschlagen haben, immer lieber als die Tugendmahner. Für mich sind wahrscheinlich die Führer das Ärgste an eurem Gesellschaftssystem.«

»Nicht so schnell! Sie wissen doch noch sehr wenig über unser Gesellschaftssystem. Gerade die Führer sind besonders freundlich und hilfsbereit.«

»Das macht es in gewisser Hinsicht noch schlimmer.«

Aber natürlich wollte er mich nicht verstehen. »Sie werden doch nicht Sklaventreiber lieber haben als Freunde?« fragte er mit großen Augen.

»Nein, aber mir ist eine Ohrfeige lieber als eine Moralpauke.« Ich ließ ihn das verdauen und fragte inzwischen: »Und was würde geschehen, wenn es den Führern nicht gelingt, die Gemeinen auf Vordermann zu halten?«

»Dann würde man sich an die Magier wenden. Sie würden die Diagnose stellen und eine Therapie verordnen.«

»Und wenn auch das nichts nützt? Wenn es sich um einen allgemeinen Verfall handelt? Wenn nicht einmal mehr die Magier daran interessiert sind, einen sinnerfüllten Lebenswandel aufrecht zu erhalten?«

Er blieb stehen, nahm sein Joch ab und setzte sich unter eine Eberesche. »Verzeihen Sie«, sagte er, »aber es fällt mir schwer, diese letzte Frage im Gehen zu beantworten.«

»Es hat keine Eile.«

Er machte ein paarmal den Mund auf und zu, als ob er Angst hätte, ein Geheimnis auszuplaudern, zugleich aber dringend wünschte, mir die Wahrheit zu sagen. Plötzlich fiel sein Auge auf irgend etwas in der Ferne, und seine Miene hellte sich auf.

»Dort!« rief er aufgeregt. »Schauen Sie dorthin!

»Was soll dort sein?«

»Jetzt fliegt er über den Hügel, mit gestreckten Beinen!« Er verneigte sich neun Mal.

»Ach, der Reiher? Was hat der mit uns zu tun?«

»Kein Reiher! Es ist ein Kranich!«

»Meinetwegen. Was hat der Kranich mit uns zu tun?«

»Er bringt die Antwort auf Ihre Frage.«

»Ich bin anscheinend total vernagelt. Würden Sie bitte deutlicher werden?«

»Es ist die Göttin.«

»Der Kranich ist eure Göttin?«

»Nein, aber ein Zeichen dafür, daß sie gegenwärtig ist. Wenn vier Stände an einer seelischen Krankheit leiden und der fünfte nicht imstand ist, sie zu heilen, muß die Göttin höchstselbst eingreifen.«

»Wie? Mit einem Unwetter, einer Überschwemmung oder einem Erdbeben, wie das früher bei den Göttern üblich war?«

»Nein. Sie selbst ist es, die erscheint: In irgendeiner Gestalt, die sie anzunehmen beliebt. Sie allein steht über der Sitte. In ihrer ersten Offenbarung erklärte sie aus einer Akazie: ›Ich bin, die ich sein will.‹«

»Dann könnte es also geschehen, daß wir, während wir

hier den Bahndamm entlangwandern, der Göttin begegnen – in irgendeiner Verkleidung?«

»Falls wir einer solchen Ehre zuteil würden.«

»Dann bleibt nur zu hoffen, daß wir sie rechtzeitig erkennen. Aber das möchte ich doch noch in aller Klarheit feststellen: Was euer System aufrechthält, ist, kurz gesagt, die Macht der Sitte, die sich hauptsächlich auf geisterfüllte Wahrsprüche der Dichter gründet und durch die Furcht vor einem plötzlichen, willkürlichen Erscheinen der Göttin gestützt wird?«

»Nicht Furcht allein, sondern Liebe, die ihrer Liebe antwortet. Wie es Kleopatra im Namen der Göttin ausgedrückt hat:

Wo Wasser fault, zerbreche ich den Damm:
Jedoch in Liebe brech' ich ihn.

Das unterscheidet sich grundsätzlich von dem Verhalten des Donnergotts, an den sie für eine Weile ihre Macht delegiert hatte. Nach euren ›Sagen der Alten Welt‹ pflegte er Naturkatastrophen einfach aus übler Laune auszulösen, ob die Menschen tugendhaft lebten oder nicht ...«

»Ja – ein abscheulicher Rabauke, nicht wahr? Ich stelle ihn mir immer vor wie den General Vicomte de Martinbault, meinen früheren Hausherrn, ein bärtiges Ungeheuer mit der Rosette der Ehrenlegion im Knopfloch, der im Suff seine Diener die Treppen hinunterwarf und Schnapsgläser zerbiß, daß ihm das Blut aus dem Mund über das Hemd und die weiße Weste lief: ein Vicomte de Martinbault, der auf einer Wolke sitzt und besoffen mit seinem Donnerkeil fuchtelt, während ein verschüchterter Ganymed in weißem Samt ihn mit Hennessy versorgt. Mir sind Göttinnen lieber: Sie halten wenigstens Frieden.«

Er erläuterte hierauf, daß sich der Handel zwischen den Königreichen nach etwa denselben Regeln wie zwischen Dörfern abwickelte: Jedes Königreich exportierte seine überflüssigen Güter nach Übersee und sandte Käufer aus, die im Austausch dafür irgendwelche anderen Güter erwarben, die daheim benötigt wurden. Feilschen gab es nicht, nur Geschenke und Gegengeschenke. Ein neukretischer Grundsatz dabei war, daß sich die Verpflichtung zur Gastfreundschaft gegenüber einem Fremden entsprechend der Entfernung steigerte, die er zurückgelegt hatte, so daß nur die erlesensten Erzeugnisse eines Königreichs als gut genug für den Export galten. Anscheinend funktionierte das System ganz gut, wozu vermutlich die Beschränkung der Weltbevölkerung auf eine vernünftige Dichte und die Tatsache beitrug, daß es keine Knappheit an Nahrungsmitteln, Metallen, Textilien oder Arbeitskräften gab – und, natürlich, auch keine Fakturen, Empfangsbestätigungen, Konten, Zölle, Tarife, Steuern, Handelsbilanzen und andere Hindernisse, die einem freien Austausch des Überflusses entgegengestanden wären. Vom Ökonomischen her war es wohl das ungesundeste System, das man jemals erfunden hatte: Es ließ nicht einmal eine wissenschaftliche Betrachtung des Wirtschaftslebens zu, weil es keine statistischen Daten ausschied.

Während wir unsere Rast hielten, überholte uns eine Gruppe von fünf Dorfleuten, zwei Frauen und drei Männer. Sie trugen Festtagskleidung, die Frauen gingen voran, die Männer, mit Jochen auf den Schultern, folgten ihnen im Gänsemarsch. Sie sangen einen melancholischen Kanon, der vom Leid der Liebe handelte, brachen aber ab, als sie uns sahen, und riefen einen Gruß herüber. Offensichtlich wußten sie, wer ich war, denn einer der Männer sagte: »Ich kann nicht glauben, daß er nur ein Schatten ist, Schwester – er ist nicht durchsichtig!« – »Sei still!« verwies ihn die Frau, die voran ging. »Es heißt, daß er unsere Sprache versteht.« Sie wären stehengeblieben, aber der Dolmetscher bedeutete ihnen, daß wir in ein wichtiges Gespräch vertieft seien, und so marschierten sie weiter, drehten sich aber um und gingen hinterwärts, uns noch immer beobachtend, bis eine Biegung uns ihrem Blick entzog. Ihre Körbe waren voll kleiner roter Radieschen.

»Sie sind aus Rabnon«, sagte der Dolmetscher. »Gute Leute, aber sehr heißblütig und so liebeshungrig, daß ihr Fußballteam sich in der Pause nach der Halbzeit mit den Mädchen ins Bett legt, wenn es ein wichtiges Match ist.«

»Sie meinen: Sogar dann, wenn es ein wichtiges Match ist?«

Er jedoch schüttelte nachdrücklich den Kopf. »Nein, das meine ich nicht.« Dann fügte er hinzu: »Man wird Sie, fürchte ich, in der Stadt wie eine Sehenswürdigkeit bestaunen, wenn Sie nicht dagegen vorsorgen und sich unsichtbar machen.«

»Das klingt nach einem nützlichen Zaubertrick. Was muß ich dazu tun?«

Er holte einen Stummel Fettkreide aus einer seiner vielen Taschen und malte mir etwas auf die Stirn.

»Was ist das?« fragte ich.

»Ein Mund mit einer herausgestreckten Zunge: Unser Zeichen für ›Schaut weg!‹ Wenn ein Mensch Kummer hat oder tief in Gedanken ist – oder wenn er sich nicht wohl fühlt und mit den Leuten, denen er vielleicht begegnet, nicht reden möchte, malt er sich dieses Zeichen auf die Stirn und wird unsichtbar, weil niemand wagt, ihn anzusprechen, solang er es trägt.«

»Fabelhaft! Diesen Brauch möchte ich bei uns einführen, wenn ich zurückkomme!«

Er erhob sich, nahm sein Joch wieder auf, und wir gingen weiter. Ich machte eine Bemerkung über das üppige Gemüse auf den Feldern. »Was immer der Erde genommen wird, erstatten wir ihr auch wieder zurück«, entgegnete der Dolmetscher. »Die Kanalisation war es, was zu Ihrer Zeit fast die Menschheit ausgerottet hätte. Die eine Hälfte der Bevölkerung lebte in großen Städte, die andere Hälfte versorgte sie mit Nahrung im Austausch gegen Industriegüter. Die Nahrung wurde dabei in Gestalt der Exkremente durch die Kanäle ins Meer geschwemmt und ging verloren. Zum Ausgleich gab man Kunstdünger auf die Äcker, die dadurch allmählich denaturiert wurden. Hierauf folgte eine Nahrungsknappheit, die ihrerseits Kriege auslöste, und die Kriege verwüsteten den Boden noch mehr. Die Sophokraten waren die ersten, welche die drei größten Feinde der Menschheit erkannten: das Wasserklosett und den Müllverbrenner, welche der Erde ihre Fruchtbarkeit raubten, und den Traktor, der es den Bauern ermöglichte, gewaltige Flächen von minderwertigerem Boden aufzupflügen und in Wüste zu verwandeln, statt ihn zu Ehren der Göttin als Wiesen und Wälder zu belassen. Dennoch haben sie es uns überlassen, die Verehrung der Erde in unserer Religion zu verankern. Wir rühmen uns, daß mit jeder neuen Generation die Krume noch schwärzer und tiefer wird.« Sein Exkurs über das landwirtschaftliche Brauchtum dauerte bis ans Ende der Bahnlinie. Offenbar gab es viele Parallelen zwischen den neukretischen Bauern und den Mauren von Granada, den am weitesten fortgeschrittenen Wirtschaftern des Mittelalters, deren Errungenschaften von den spanischen Christen mit solchem Eifer vernichtet worden waren. Auch hatten die Neukreter das Glück, daß sie von dem vorangegangenen Wissenschaftlichen Zeitalter die besten Züchtungen an Obst, Mutterpflanzen und Gemüse geerbt hatten. Trotzdem erschienen mir einige ihrer Methoden absurd altmodisch. Es reizte mich zu Widerspruch, daß der Dolmetscher den Ochsen als Zugtier pries, obwohl er wie üblich einen ihrer vertrackten Gewährsmänner zitierte, diesmal einen verhältnismäßig modernen Dichter namens Dodet:

Der Ochs ist nicht schnell,
Aber willig und nicht so bald müde.
Sein Schritt hält Takt
Mit dem Atem der Erde.
Seine Schultern sind stark,
Süß ist sein Schnauben,
Und reichlich düngt er die Felder.

»Aber das Pferd ist für die Landwirtschaft in jeder Hinsicht verwendbarer«, sagte ich.

»Das Pferd ist den Führern und den Magiern als Reittier vorbehalten«, entgegnete er steif. »Wollten Sie etwa wagen, ein Pferd zwischen die Deichseln eines Heuwagens zu spannen? Ein Pferd?! Was für ein Gedanke!«

Noch im Weitergehen murmelte er vor sich hin: »So etwas Verrücktes! Pferd – Heuwagen!«

Die Stadt Sanjon erwies sich als kleiner, hübscher und höher am Hang gelegen als in den alten Tagen. Auch war sie viel sauberer, und die Alys – das Flüßchen, das sie durchquerte – war überraschend klar, wie Trinkwasser. Aus religiösen Gründen hatte man die üble Gewohnheit der Franzosen, allen Mist und Abfall in die Bäche zu werfen, abgelegt. Fließendes Wasser war der Göttin besonders heilig. Als wir den Hügel hinanstiegen, vermißte ich allerdings den gelben Ziegelbau der Bahnstation, die Zementfabrik, die Sodawasserfabrik, das Château aus dem vierzehnten Jahrhundert und die Landesirrenanstalt, die alle zu dem bunten, schmuddeligen Charme von St. Jean-des-Porcs beigetragen hatten. Dafür kamen wir an einem prächtigen Footballplatz vorüber, und der Dolmetscher erklärte mir, daß die Gemeinen eine an Besessenheit grenzende Leidenschaft für Rugby entwickelt hatten, seit die Spiele in einen religiösen Kontext eingebaut waren. »Solang sie hier ernsthaft Rugby spielen, ist alles halb so schlimm«, versicherte er mir. Auch gegen die Bauweise der Häuser in den Straßen und auf den Plätzen ließ sich nichts sagen, sie waren solid und gut proportioniert aus dem lokalen Stein erbaut, ohne sinnlose Zutaten oder *petit-bourgeois fantaisie*. Keines war ein Abklatsch eines anderen, und da die Gemeinen nicht lesen konnten, hatte jedes ein Hauszeichen, sei es ein gemaltes Schild, einen geschnitzten Kopf oder eine Figurengruppe.

Das Symbol auf meiner Stirn war so wirksam, daß ich auf dem Weg zum Markt immer wieder dummen Leuten ausweichen mußte, die sonst versucht hätten, durch mich hindurchzugehen. Der Markt selbst erinnerte an eine Blumenschau in einer Kirche. Wunderbares Obst und Gemüse aller Art war kunstvoll in bunten Abteilen aufgebaut, da es aber keine Preise, kein Gefeilsche und keine Konkurrenz gab und es öffentliche Beamte und nicht die Eigentümer waren, welche die Aufsicht über die Kojen hatten und nichts anderes tun mußten, als für Nachschub sorgen, wenn das Angebot zur Neige ging, fehlte das dramatische Element. Wir Käufer gingen bei der einen Tür hinein, ließen unsere Gaben auf einem dazu bereitstehenden Altar in der Nähe des überwölbten Eingangs, wurden mit unseren Körben rundherum geschleust, nahmen uns schweigend, was uns beliebte, wobei wir die

Ware nicht einmal abwogen; und nach vollendetem Rundgang kamen wir wieder heraus. Der Ablauf war mit einem amerikanischen Supermarkt vergleichbar, nur daß uns beim Hinausgehen keine wachsame Kassiererin aufhielt, um unsere Einkäufe zu addieren und unser Geld entgegenzunehmen. Für meine Person habe ich es nie leiden können, mit Gemüsefrauen um Centimes herumzustreiten. Ich hatte das immer Antonia überlassen, die dafür begabt war, während ich bei den Ständen mit Fixpreisen kaufte. Noch weniger gefiel es mir aber, daß ich alles gratis kriegen sollte; mir war dabei, als ob meine persönliche Freiheit bedroht wäre.

Nein, auf dem Markt ging es nicht annähernd so lebhaft zu wie ehedem. Wo war die Witwe Koko, das pockennarbige alte Weib, das immer einen zahmen Affen und eine Bombayente mitgebracht hatte, um Kunden für die Patentmedizinen ihres verewigten Gatten anzulocken? Wo war der gelähmte Junge, Le Petit Vulcain, der Feuerwerkskörper und mechanisches Spielzeug verkaufte? Wo der alte Monsieur Démosthène mit seinen Schachteln voll antiquarischer Bücher und seiner hübschen Enkelin, die den Zeitungskiosk betrieb? Sie alle hatte die neukretische Sitte abgeschafft. Andererseits hatte sie aber auch mit Dorftrotteln, Betrunkenen, streunenden Hunden, Polizisten, Dreck, Gestank, Prügeleien und kniehohen Pissoirs voll Hinweisen auf Mittel gegen Syphilis aufgeräumt. Dennoch . . .

Schweigend half ich dem Dolmetscher, seine Körbe zu füllen, schweigend folgte ich ihm aus der Markthalle hinaus auf den Kirchplatz, wo gut zweihundert Tische aufgestellt waren, an denen die Besucher aus den Dörfern von beamteten Dienern mit Gratisbier und Brezeln versorgt wurden. Wir setzten uns an einen Tisch und hörten der überaus höflichen und melodischen Unterhaltung rund um uns zu; aber das einzige Thema, das in den schlimmen alten Tagen die Leute von St. Jean wirklich interessiert hatte – Geld und Preise –, kam nicht auf, und obwohl Bauern ihre Ansichten über das Wetter, die Heuernte und Schweine austauschten, fehlte ihren Gesprächen die Würze. Da half es nicht einmal, als schließlich die Rede auf das gestrige Rugbymatch und das Pferderennen der Führer kam, denn in einer Welt ohne Geld gibt es selbstverständlich auch keine Wetten.

Nie vorher war mir klar geworden, wie gern ich Geld ausgebe; ich hatte mir immer etwas darauf zugut gehalten, daß ich über Geld erhaben sei. Meine Vernunft teilte den Standpunkt der Neukreter, daß es eine Katastrophe erster Ordnung gewesen war, als die religiöse Motivation hinter das Profitdenken zurücktrat, meine Gefühle aber waren auf Seiten des Hanswurst in dem altenglischen Weihnachtsspiel, der seinen Söhnen Pickelhering, Pfefferhos und Kuchenbüchs zuruft: »Kinder, die Zeiten sind schlecht! Da tut's wohl, wenn einer die Taschen voll Geld hat.«

Trotzdem beeindruckten mich die würdevollen alten Männer und Frauen, die heiteren Mädchen und artigen Jünglinge, die um mich herum vor Bier und Brezeln saßen. Meine Ururur-etc.-Enkel! Gott segne sie! Menschliche Gegenstücke zu dem Paradegemüse auf den Markttischen. Coleridge fiel mir ein:

Selbst wir alten, schwarzen Sünder
Sind die Väter braver Kinder,
Und aus dem Mistbeet böser Taten
Sprießt uns Lavendel und Tomaten.

»Gehen wir nach Hause«, sagte ich zu dem Dolmetscher. »Ich fühle mich nicht wert, in solcher Gesellschaft zu trinken.«

Er setzte sich ab, um seine Perlknöpfe zu kaufen und das Schmiedeeisengitter zu bestellen. Ich schaute mir inzwischen die Auslagen eines Porzellanladens und eines Goldschmieds an. Es war erfrischend, hier Dinge angeboten zu sehen, die nicht das gemeine, gewissenlose Stigma der Massenproduktion trugen; zu meiner Zeit waren Menschen von Vernunft und Geschmack in ihren Erwerbungen auf die Vergangenheit abgedrängt worden. Hätte ich nur diesen Anhänger mit dem kleinen Vogel im Gezweig oder die goldene Brosche mit roten und grünen Emaileinlagen als Mitbringsel für Antonia kaufen können! »Red and green should never be seen, except upon an Irish Queen.« Antonia ist eine Irin, wiewohl nicht besonders königlich, und hat eine angeborene Vorliebe für Rot und Grün, die ich immer gern fördere. Oder dieser an spanische Keramik erinnernde Teller mit den gelben, blauen und schokoladebraunen Streifen, dem Segelschiff in der Mitte und den drei spielenden Delphinen! Antonia wäre hingerissen. Aber als der Dolmetscher erschien, belehrte er mich, daß es sich um Muster handle, die für die Gemeinen bestimmt waren. Woraus ich entnahm, daß es mir als Dichter nicht zustand, daran Gefallen zu finden.

Auf dem Heimweg wechselten wir uns beim Tragen des Jochs ab. Als wir an dem Footballplatz vorbeikamen, fing gerade ein Match an. Die Spieler waren bis auf bunte, kurze Hosen nackt, trugen auch keine Schuhe. Die Gästemannschaft – in Narzissengelb – sang ein mir vertrautes Lied zu Ehren der Göttin, als sie einander den Ball zuspielten.

»Warum lachen Sie?« erkundigte sich der Dolmetscher.

»Aus Vergnügen«, entgegnete ich. »Das beste Spiel, das ich je sah, war in Murrayfield bei Edinburgh, als Wales die Schotten mit einem Abseitselfer schlug – im ärgsten Match, das Sie sich vorstellen können. Die Gäste sangen auch dort: ›Oh, Land unsrer Väter‹.«

»Oh, Land unsrer Mutter, Herrin des Balls«, berichtigte er mich. »Aber wir dürfen hier nicht herumstehen, wenn wir uns das Spiel nicht bis zum Ende anschauen wollen. Es wäre unhöflich, nur für kurze Zeit zu bleiben.«

Wir gingen weiter.

»Wieviele Einwohner hat Sanjon jetzt?« fragte ich nach einer Weile.

»Das ist eine unzukömmliche Frage, selbst wenn ich darauf antworten könnte.«

»Warum?«

»Es bringt Unglück, wenn man Menschen zählt oder auch nur ihre Zahl zu schätzen versucht. So sagen wir beispielsweise nie ›eine tausendköpfige Menge‹, sondern: ›Etwa so viele, wie in die Kirche von Sanjon hineingehen würden.‹ Was der Dichter Vives vor langer Zeit schrieb, gilt bei uns als Gesetz. Sein ›Spottlied auf die Zahlen‹ beginnt so:

Köpfe zählen war Verbrechen:
Da gab man jedem eine Zahl
Und raubte ihm den Namen,
Der seine Seele war.
Als alles mit Zahlen versehen war –
Oh, die gesichtslose Masse
Mit den unseligen Nullfratzen
Voll der blinden Erregung
Des Kollektivs!

Vives vertrat die vernünftige Ansicht, daß der soziale Faktor, der sich in der Vergangenheit am verheerendsten ausgewirkt hatte, als kollektive Emotionalität definierbar sei, die sich als Nationalismus, Faschismus, Kommunismus, Neokommunismus, Pantisokratismus, Logizismus usw. geäußert hatte und darauf beruhte, daß man mehr in Kategorien des Gesamtinteresses dachte als Einzelinteressen folgte. In Zeiten, als die Reichen ihre armen Nachbarn unterdrückten, die vergebens nach Gerechtigkeit schrien, hatte der Einsatz für ein Gesamtinteresse scheinbar einen höheren moralischen Anspruch für sich gehabt als die Rücksicht auf Einzelinteressen, und deshalb hatte man es für notwendig gehalten, durch einen Vergleich der Kopfzahlen zu beweisen, daß es viel mehr arme Leute gab, die darum auch mehr Rücksicht vedienten als die wenigen Reichen. Als jedoch der Grundsatz allgemein anerkannt war, daß sich der einzelne, ob reich oder arm, dem nach Millionen zu zählenden Staat als dem Generalnenner des Kollektivinteresses zu unterwerfen habe, lief alles in die falsche Richtung. Da dieser Staat ein soziologischer, kein metaphysischer Begriff war und nicht auf Liebe, sondern auf Gesetzen gründete, gab es zu ihm keine natürliche Bindung. Er war ein zu ungefüges Konglomerat aus heterogenen und beziehungslosen Elementen, als daß der einzelne sich darin ausgekannt hätte: Weshalb sich nur Scharlatane vordrängten, um ihn zu lenken.

Schaumschläger drängten sich vor
Und maßen sich Titel an
Von mathematischen Gnaden:
Wurzel aus Minus Eins
Warf sich zum Herrscher auf
Und blähte durch arithmetische Progression
Das Hühnchen, das sie rupfen wollte,
Zu einem rabiaten Doppeladler.

Vives' Autorität hat bewirkt, daß unsere Welt ein überschaubares Gefüge von kleinen Gemeinschaften geblieben ist, wo jeder den Übernamen und das Gesicht seines Nachbarn kennt und Menschen nicht gezählt werden. Staaten gibt es nur insoweit, als diese Gemeinschaften durch das gemeinsame Band der Sitte zusammengehalten werden und denselben König anerkennen.«

»Aber Sie stellen doch wenigstens fest, wieviele Bezirken, Landesteile und Königreiche es gibt?«

»Wie wir die Tage eines Monats oder die Maschen beim Stricken zählen. Aber Menschen dürfen nicht gezählt werden, abgesehen davon, daß man, ohne sie abzuzählen, sich natürlich bewußt ist, wieviele Menschen in einem Raum sind. Da wir somit nicht zu gesichtslosen Millionen werden, sondern unterscheidbare Einzelwesen mit eigenen Namen bleiben, bewegen uns auch keine aufrührerischen politischen oder ökonomischen Ideologien, wie das zu Ihrer Zeit geschah. Nur lokale Ereignisse können uns berühren.«

»Dort fliegt schon wieder der Kranich«, sagte ich. »Schauen Sie! Er fliegt den Mühlbach hinauf und – ja: jetzt! – jetzt sitzt er auf dem Dach des Narrenhauses. Was hat das zu bedeuten?«

Das Gesicht des Dolmetschers war grau vor Schreck. »Oh, du meine Güte – oh, du meine Güte!« stieß er hervor und verneigte sich wie eine Marionette. »Oh, mein lieber Herr! Da kann ich nur hoffen, daß uns die Göttin gnädig sein wird.«

Ich versuchte herauszukriegen, was ihn so aufregte, aber er war derart durcheinander, daß er nur mehr unzusammenhängend stammelte. Als wir die Brücke erreichten, setzte er sich auf das Geländer und vergrub das Gesicht in den Händen.

»Soll ich Ihnen das Joch auf den Hügel tragen?« fragte ich. Er starrte mich nur verzweifelt an, als ob ich ihm zum ersten Mal begegnete. Ich empfahl mich also und kehrte zum Zauberhaus zurück, wo mir die Diener einen einsamen Lunch, bestehend aus Brot, Käse und Salat, servierten.

Später versuchte ich, im Kopf ein Gedicht zu konzipieren, stellte jedoch fest, daß ich ohne Feder und Papier nicht über die drei ersten Zeilen hinauskam.

Kriegserklärung

Meine Freunde wirkten bedrückt und blaß, als sie abends zum Rauchen hereinkamen, besonders Saphira, aber ich schob das auf ihre anstrengenden Studien. Man begrüßte mich so herzlich wie immer.

»Wie hat Ihnen Sanjon gefallen?« fragte Sieh-ein-Vogel, als die Zigarettenkippen verbrannt waren.

»Auf seine Art ist es vollkommen«, entgegnete ich ohne große Begeisterung. »Wenn ich älter und ein ehemaliger Offizier mit einer knappen Pension wäre, der weder liest noch raucht und die Gesellschaft von anderen älteren pensionierten Offizieren meidet, aber viel auf gute Manieren und gute Laune seiner Umgebung hält, gern mit einem Glas Bier in der Sonne sitzt und zum Zeitvertreib allerhand Volksbräuche beobachten will, wäre mir Sanjon wahrscheinlich wie an den Leib geschneidert . . . Wie hat sich Ihr Studium angelassen?«

Sieh-ein-Vogel schüttelte resigniert den Kopf. »Halbwegs am Vormittag hat eine kleine Wolke die Sonne verdunkelt und sie den ganzen Tag quer über den Himmel verfolgt.«

»Deshalb habe ich die letzte Zeile meines Gedichts nicht zustandegebracht«, fügte Feigenbrot niedergeschlagen hinzu. »Ich habe auf den heutigen Tag große Hoffnungen gesetzt: Seit Mittwinter laufe ich Montag für Montag dieser einen Zeile nach.«

»Wie lang ist Ihr Gedicht?«

»Die üblichen fünf Zeilen. In unserer friedlichen Zeit versuchen wir keine längeren Gedichte. Es handelt von Sternen, die ich zwischen den Zweigen eines Olivenbaums sehe.«

»Keiner von uns ist weitergekommen«, sagte Seestern. »Meine Saiten waren verstimmt. Die Göttin ist uns ferngeblieben.«

Sally blickte finster. »Es wäre dumm gewesen, etwas anderes zu erwarten«, sagte sie: »Mit so einem ungelösten Problem im Haus . . .«

»Ist jemand krank?« fragte ich.

»Krank ist niemand: Nimuë sei gepriesen!«

»Probleme mit den Dienern?«

»Diener machen nie Probleme: Sie erleichtern Probleme.«

Ich blickte fragend von einem zum anderen. Sallys Miene war gereizt, Sieh-ein-Vogel schaute freundlich-besorgt drein, Feigenbrot wirkte schlechthin verängstigt, Seestern erregt und Saphira völlig gebrochen.

Ich hielt es für meine Pflicht als Gast, sie aufzuheitern. »Ihr seid mir aber ein trübseliges Häufchen!« spaßte ich: »Wie die Verwandten bei einem französischen Begräbnis, nachdem ihnen der Notar eröffnet hat, daß die teure Verblichene ihr ganzes Geld dem jungen Pfarrer hinterlassen hat, der so entzückend stottert.«

Niemand nahm sich die Mühe, auch nur aus Höflichkeit zu lächeln.

Ich wandte mich an Saphira: »Wahrscheinlich hätte ich dir ein Geschenk aus Sanjon mitbringen sollen«, sagte ich nervös. »Irgendein Schmuckstück. In den Läden habe ich ein paar wirklich hübsche Sachen gesehen. Aber der Dolmetscher hat mir erklärt, daß ich mit einem Gebet oder einem Gedicht zahlen müßte. Ich nehme zwar an, daß die Göttin auch eines auf Englisch akzeptiert hätte, aber ich wollte bei dem diensthabenden Priester keinen Anstoß erregen und sagte daher nichts. Davon abgesehen hätte ich ja auch nicht gewußt, was dir gefällt: Vielleicht hätte ich dir etwas ganz Unpassendes gebracht. Ihr seid hier alle so konventionell in eurem Geschmack.«

»Nicht alle«, bemerkte Sally, indem sie vermied, Saphira anzublicken.

»Um Himmels willen! Sagt mir doch endlich, was heute abend mit euch ist!« brach es nun doch aus mir heraus. »Ist der Brutsch wieder los?«

Sally bedeutete den anderen, daß man ihre Erklärung nicht unterbrechen möge, aber sie hatte kaum drei Worte gesagt, als ein Diener hereinkam und eine mündliche Botschaft bestellte, die er ein zweites Mal wiederholte, um sicher zu sein, daß er sie ordnungsgemäß weitergegeben hatte. Es handelte sich um eine an alle gerichtete Bitte, sofort zum Dorfanger von Rabnon zu reiten und einer Versammlung der Fünf Stände beizuwohnen.

»Und was passiert dort?« fragte ich.

»Wahrscheinlich wird es jetzt zu dem Krieg kommen, von dem wir Ihnen erzählt haben: zwischen Rabnon, dem übernächsten Dorf an der Bahnlinie, und Zapmor, das auf halbem Weg zwischen uns und dem Meer liegt. Ich fürchte, wir werden uns nicht gut heraushalten können, obwohl diese Bitte heute besonders ungelegen kommt. Haben Sie Lust, uns zu begleiten?«

Somit waren Sallys Enthüllungen vertagt.

Sie borgten mir ein Pferd, und wir ritten sofort los. Als wir den von schattigen Bäumen gesäumten Reitweg nach Rabnon entlangzuckelten, räusperte sich Seestern: »Vorspiel und erster Akt«, begann er: »Rabnon ist ein munteres Dorf mit roten Ziegeldächern und grünen Fensterläden, wo man der Vielmännerei anhängt –«

»Bekannt wegen seiner Radieschen und Hitzköpfe?« warf ich ein.

»Ja, das ist gut gesagt –, während Zapmor ein karges monogames Dorf mit Schieferdächern und braungestrichenen Läden ist, berühmt wegen der breitgeschnittenen Schuhe, die man dort erzeugt.«

Dem folgte die eigentliche Geschichte: Drei kleine Jungen aus Zapmor waren vor etwa zwei Wochen von zu Hause fortgelaufen und lange nach Vesperzeit in einem

Wald bei Rabnon aufgegriffen worden. Befragt, was sie da trieben, teilten sie mit, daß sie nicht nach Zapmor zum Abendbrot gehen wollten.

»Aber warum nicht?« fragte der Holzfäller aus Rabnon, der sie aufgestöbert hatte. »Sind eure Eltern nicht lieb zu euch?«

Sie zuckten höflich mit den Achseln.

Was sonst paßte ihnen nicht?

Anscheinend hatte man ihnen tagaus, tagein am Abend Brot, Milch und Pflaumenmus gegeben, und das stand ihnen nachgerade bis über den Hals.

Rabnon ließ sogleich durch einen Läufer in Zapmor bestellen, daß die Jungen wohlbehalten seien und heimgebracht würden, sobald man sie abgefüttert habe. Sie bekamen Tee, Käsestangen, Salat und Radieschen, worauf man sie kurz vor Mitternacht glücklich und satt nach Zapmor beförderte: Ende des ersten Akts.

Zweiter Akt: Eine Woche später tauchten die Jungen wieder in Rabnon auf, zur Vesperzeit und in demselben Haus, wo man sie damals verköstigt hatte. »Was? Schon wieder Pflaumenmus zum Abendbrot?«

»Ja, immer das gleiche Pflaumenmus.«

»Schmeckt es euch inzwischen nicht besser?«

»Es kommt uns schon zu den Ohren heraus.«

Also hatten die Eltern den Wink nicht verstanden! Man mußte ihnen nun klarmachen, wie ernst die Lage war. Eine Woche lang hatte man in Rabnon darüber nachgedacht, bis man schließlich die Versammlung der Fünf Stände einberief, zu der wir als die neutralen Magier, die am nächsten wohnten, eingeladen waren.

»Ende des zweiten Aktes«, schloß Seestern.

»Darf ich etwas dazu bemerken?« sagte ich, als er nicht weitersprach. »Ohne die Versammlung zu präjudizieren, möchte ich doch meinen, daß sich die Geschichte nicht so recht zusammenreimt.«

»Was wollen Sie damit sagen?«

»Kleine Jungen haben, was das Essen betrifft, einen konservativen Geschmack: Wenn es ein einzelnes Kind wäre, das etwas auszusetzen hat, würde ich das noch glauben, aber drei sind zuviel.«

»Als Gast werden Sie das bei der Versammlung leider nicht vorbringen können.«

»Vielleicht kommt jemand anderer darauf.«

Dritter Akt: Wir fanden ganz Rabnon auf dem Anger versammelt. Man hockte im Halbkreis vor dem Totempfahl und unterhielt sich gedämpft. Die Senioren saßen auf Stühlen mit Sitzen aus Binsengeflecht im Hintergrund. Ein Priester von asketischem Äußeren, in weißer Robe mit goldener Leibbinde und scharlachrotem Umhang, brach einen Zweig von einem Baum und schritt innen den Halbkreis ab, wobei er jeden mit Wasser aus einem grünglasierten Topf besprengte. Als man eine mehrstimmige Hymne zu Ehren der Göttin abgesungen hatte, eröffnete ein Führer die Tagesordnung, indem er mit dem Daumen auf einen Mann namens Hammerzeh wies. »Sprich!« befahl er lakonisch.

Hammerzeh war der Holzfäller. Er sprang auf und schilderte dramatisch, wie er die Jungen gefunden hatte, als sie sich in seinem Wald herumtrieben und Ackerbeeren aßen. Die Wiedergabe des folgenden Dialogs war geradezu bühnenreif: Seine eigenen Fragen brachte Hammerzeh in gewichtigem Baß vor, worauf er die Jungen mit piepsigen Stimmen antworten ließ. Pflaumenmus kehrte als Refrain immer wieder, jedesmal mit stärkerer Betonung.

Danach wurden weitere Zeugen angehört, bis die ganze Geschichte dargelegt war. Das lange Schweigen, das hierauf folgte, wurde schließlich von Mach-doch-auf gebrochen, dem langen, schlaksigen Torhüter von Rabnon. »Pflaumenmus ist gut«, sagte er bedächtig, »wenn man es zweimal oder dreimal in der Woche zum Abendbrot ißt. Besonders erpichte Pflaumenmusliebhaber mögen sich sogar zu viermal versteigen.«

Als man diesen Einwurf gründlich bedacht hatte, klatschte sich eine dicke, fröhliche Frau, die einen Rebhuhnfederhut trug, entschlossen auf die Hüften und sagte: »Es ist eine Schande, wenn kleine Jungen zur Abendbrotzeit von zu Hause fortlaufen und im Wald nach Beeren suchen müssen! Eine Schande für die ganze Umgebung! Ist so etwas jemals in Rabnon vorgekommen?«

Keine Antwort. Offensichtlich hatte sich in Rabnon nichts Vergleichbares ereignet.

Darauf meldete sich ein alter Mann, der Rammler hieß und trotz seines würdigen Äußeren, das durchaus einem Senior angestanden hätte, noch immer der ärgste Schürzenjäger des Dorfes war. Er sprach das Wort aus, das man bis dahin vermieden hatte: »Zur Zeit meiner Großmutter hat es in Grünhügel wegen einer geringeren Sache einen Krieg gegeben.«

Der Führer deutete auf den Ersten Chronisten, der sich erhob und einen knappen, leidenschaftslosen Überblick über den Krieg von Grünhügel gab, der wegen eines heulenden Hundes ausgebrochen war. Rammler untermalte die Darstellung mit drastischen Gesten, die schütteres Gelächter auslösten. Der Führer rief darauf zur Ordnung und wies auf ein hübsches bezopftes Mädchen, das Pfirsich hieß. Sie stand auf und wandte besorgt ein: »Ein Krieg ist immer voll Gefahren – für die Seite, die ihn erklärt, geradeso wie für die andere Seite, der er erklärt wird.«

»Viel schlimmer ist es, wenn man stilles Wasser faulen läßt«, hielt ihr die dicke Frau mit dem Rebhuhnfederhut entgegen.

»Ich«, fuhr Pfirsich fort: »Ich hätte mich lieber am Abend mit Brot und Milch begnügt, statt meinen Eltern Unannehmlichkeiten zu bereiten.«

Hier schaltete sich jedoch Pfirsichs Mutter ein: »Du vergißt, meine Liebe, wie heikel du als Kind mit dem Essen warst! Du hast weder Gemüse noch Obst, nicht einmal Süßigkeiten essen wollen, wenn ich nicht stundenlang mit dem Löffel bei dir gesessen bin. Nicht einmal Radieschen und Käsestangen hast du mögen!« Allgemeines Gelächter folgte, in das auch Pfirsich einstimmte. Die Atmosphäre entspannte sich, der Führer nahm wieder Platz und polierte gedankenvoll seine Fingernägel, während das Gespräch alsbald auf Fußball und Kegeln umschwenkte. Die Senioren humpelten heimwärts.

»Ist das alles?« fragte ich enttäuscht.

»Was wollen Sie noch mehr?« schnauzte Sally.

»Ich habe erwartet, daß sie nun beschließen, ob sie Krieg erklären sollen oder nicht.«

»Aber sie haben ja darüber beschlossen.«

»Wann?«

»Nach der Wortmeldung von Pfirsichs Mutter.«

»Aber da war doch kein Handheben oder sonst etwas dergleichen!«

»Wozu hätte jemand die Hand heben sollen?«

Ich beschrieb, wie man bei einer Ortsversammlung in einem englischen Dorf über Anträge abgestimmt hatte.

»Haben sie uns nicht erst gestern erklärt, daß in Ihrem Land bestenfalls einer unter fünf die nötige Bildung hat, um in einer politischen Frage eine vernünftige Entscheidung zu treffen? Daraus folgt doch, daß bei so einem Handheben die Minderheit eher im Recht ist als die Mehrheit! Abgesehen davon begreife ich nicht, wieso eine Ortsversammlung die ordnungsgemäße Durchführung irgendeines Beschlusses erwarten kann, wenn bei der Abstimmung herausgekommen ist, daß nicht alle dafür sind. Wenn eben jetzt auch nur ein einziger – aus welchem Grund auch immer – gegen Rammlers Vorschlag gewesen wäre, hätte man ihn sofort fallen gelassen. Wir alle wissen, daß ein Dorf, das sich über eine Kriegserklärung nicht einig ist, den Krieg verloren hat, bevor noch der Kampf beginnt.«

»Aber wie ist der Beschluß gefaßt worden?«

»Haben Sie das nicht gespürt? Mit dem allgemeinen Gelächter war die Diskussion zu Ende. Mehr Worte waren nicht nötig. Wenn nun Zapmor nicht zugibt, daß es im Unrecht ist, wird der Krieg bei Sonnenaufgang anfangen. Wir führen unsere Kriege immer an einem Dienstag.«

»Kommt es jemals vor, daß ein Königreich einem anderen den Krieg erklärt?« fragte ich.

»Natürlich nicht. Nur Nachbarn kennen einander gut genug, um sich zu bekriegen. Die Menschen zweier Königreiche sind einander völlig fremd, und selbst innerhalb eines Reichs sind die Beziehungen etwa zwischen den Bezirken nicht so eng, daß ein Krieg größeren Umfangs möglich wäre: Was schade ist, denn so ein Krieg wäre bestimmt sehr lustig.«

Dann kündigte der Führer an, daß die formelle Kriegserklärung noch am selben Abend erfolgen sollte. Ich fragte Saphira, ob ich mir die Zeremonie anschauen dürfe. Vor allem wollte ich mich aus der gespannten, ungemütlichen Stimmung im Salon heraushalten und tat daher, als bemerkte ich das deutliche Zögern nicht, mit dem sie mich beurlaubte.

»Du wirst kaum zum Schlafen kommen, wenn du auch dabei sein willst, sobald es dann richtig losgeht«, sagte sie.

Seestern erklärte sich bereit, mich zu begleiten, und die anderen ritten nach Hause. Ich wollte von ihm hören, was im Zauberhaus nicht stimmte, aber er entgegnete, daß er darüber nicht sprechen dürfe. Nur soviel brachte ich heraus, daß es mit Saphira zu tun hatte: In diesem Fall wollte ich mir allerdings erst einmal anhören, was sie zu sagen hatte, bevor Sally ihre Version lieferte.

Nach etwa einer halben Stunde waren die wehrfähigen Männer von Rabnon bereit und zogen im Gänsemarsch mit fliegenden Fahnen und Wimpeln gegen Zapmor los, voran der Führer, die Fußballmannschaft, der Barbier und verschiedene andere Honoratioren des Dorfes. Alle trugen ihre Festgewänder aus geschlitzter Seide, jeder Fünfte hielt eine brennende Fackel. Eine Blaskapelle spielte einen mir vertrauten Marsch, dessen Titel ich vergessen hatte. Aber der Text, den man zu meiner Zeit dazu sang, war mir geläufig:

»Links-rechts, links-rechts –
Hinterm Hauptmann riechts's schlecht.
Auch dem Leutnant seine Hosen
Duften nicht nach Rosen.
Taram-tata, taram-tata,
Ta, ta, taram-tata.«

Dazu Geschrei, Hurragebrüll und Gescherze. Der Dorfpriester, der den Zug beschloß, lächelte geistesabwesend und bekreuzigte sich hin und wieder. Seestern und ich ritten in diskretem Abstand hinterdrein.

Als wir nach einer weiteren halben Stunde die Grenze

von Zapmor erreichten, fingen unsere Krieger an, Pauken zu schlagen und Muschelhörner zu blasen, bis die Männer von Zapmor, die schon vorgewarnt waren, ihnen in ihren Festgewändern aus schwarzem Samt entgegenkamen. Nun traten die Priester beider Seiten vor, begrüßten einander mit einem Friedenskuß und tauschten Geschenke aus: eine Figur der Göttin, die einen Rettich in beiden Händen hielt, gegen eine Figur der Göttin, die sich bewundernd zu ihren breitgeschnittenen Schuhen hinunterbeugte. Zugleich sangen beide Dörfer im Verein einen Hymnus auf die allumfassende Freundschaft.

Hierauf erkundigte sich der Barbier von Zapmor – Barbiere sind in den Dörfern auch deren Wortführer – höflich: »Warum habt ihr Pauken und Drommeten an diese Grenze gebracht, liebe Freunde und Rettichzüchter?«

»Oh, geneigte Schuhmacher«, erwiderte der Barbier von Rabnon, »wir blasen die Drommeten, weil wir euch eine Frage stellen wollen, die ihr freilich nicht beantworten müßt: Schmeckt Pflaumenmus am siebenten Abend einer Woche noch immer so gut wie am ersten?«

»Das ist eine Frage, auf die wir mit Stolz unsere Antwort geben: Je mehr man davon ißt, desto besser schmeckt es. Nach siebenmal sieben Tagen schmeckt Pflaumenmus sogar noch köstlicher.«

»Aber drei kleine Jungen aus eurem Dorf scheinen diese Ansicht nicht zu teilen.«

»Sie haben eure Radieschen und Käsestangen rühmen gehört. Als sie heimkamen, fürchteten wir schon, daß sie uns ganz verlassen würden, weil euer üppiges Leben sie anzog. Wir haben uns bemüht, sie zu überzeugen, daß es nichts besseres gibt als Pflaumenmus und der Appetit darauf mit dem Essen nur zunimmt.«

»Und ist euch das gelungen?«

»Wir haben die Hoffnung nicht aufgegeben. Eine so alte Sitte wird nicht leichthin durchbrochen.«

»Ist es aber nicht eine etwas lieblose Sitte?«

»Diese Unterstellung können wir nicht gutheißen: Zapmor ist ein Hort dauerhafter, unanfechtbarer Liebe!«

Mehr war darüber nicht zu sagen. Sobald feststand, daß Zapmor von seinem Standpunkt nicht abrückte, gab der

Priester von Rabnon das Freundschaftsgeschenk zurück und sagte: »Bruder, bei Tagesanbruch wird es Krieg zwischen eurem und unserem Dorf geben. Habt acht auf eure Brücken und Wege und seht zu, daß eure Kinder nur aus den oberen Fenstern der Häuser zuschauen!«

Nun verhandelten die Führer beider Seiten über die Absteckung des Kriegsschauplatzes: welche Obstgärten und Felder aus landwirtschaftlichen Rücksichten ausgenommen seien und wie lange man um die Mittagszeit und zur Stunde des Nachmittagsgebets einen Waffenstillstand halten wollte. Auch bestimmten sie, an welchen Stellen, die eine gute Übersicht boten, die Bezirkschronisten zu postieren seien und wie viele Magier man benötigen würde, um Kombattanten, die sich von der Hitze des Kampfes zu weit hinreißen ließen, voneinander zu trennen.

Als das alles in bestem Einvernehmen geregelt war, bliesen die Männer von Rabnon abermals ihre Muschelhörner, erhielten aber von Zapmor keine Antwort, worauf sie einen wilden Kriegstanz aufführten, bei dem sie so taten, als schüttelten sie irgendwelche Waffen, und greuliche Gesichter gegen Zapmor schnitten. Die Männer von Zapmor salutierten gelassen, drehten sich um und schlenderten heimwärts.

Als ich gegen halb zwölf nach Hause kam, war niemand mehr im Salon. Ich fand Saphira im Schlafzimmer: Sie saß wie ein Häufchen Elend mit geschwollenen Augen in einem Lehnstuhl.

»Saphira! Du armer Schatz!«

»Endlich! Ich bin so froh, daß du hier bist«, sagte sie. »Ich wollte so gern mit dir reden, aber du hast mich nicht verstehen wollen. Ein schrecklicher Tag war das für mich – der schlimmste Tag meines Lebens!«

»Himmel! Was ist denn passiert?« fragte ich. »Du wirst doch nicht mit Sally gestritten haben?«

»Natürlich nicht. Wir streiten hier nie. Aber als du nach Sanjon aufgebrochen warst, habe ich sie gefragt, ob sie eine Erklärung für diesen mitternächtlichen Spuk in unserem Schlafzimmer habe: Worauf sie erwiderte, daß sie nichts von deiner Antonia wisse, aber keineswegs überrascht sei, wenn sich seltsame Dinge ereigneten; und sie fragte mich, ob es nicht doch etwas voreilig von mir gewesen sei, einen so primitiven Menschen wie dich in mein Bett zu lassen. ›Hättest du nicht dasselbe getan, wenn er gesagt hätte, daß er dich liebt?‹ fragte ich sie. Da wurde sie ganz rot. Aber ich habe ihre Gefühle so wenig verletzen wollen, wie sie die meinigen.«

»Gewiß nicht, Liebste. Ich könnte mir nicht vorstellen, daß du absichtlich boshaft wärst – nur rutschen dir vielleicht in aller Unschuld manchmal Sachen heraus, die selbst eine Elefantenhaut verätzen würden. Und was weiter?«

»Sie hat mich gefragt, ob sie dem Spuk nachgehen dürfe, bevor wir uns zu unserer Arbeit zurückzögen, und selbstverständlich hatte ich nichts dagegen, obwohl es eigentlich meine Aufgabe gewesen wäre, weil es in meinem eigenen Schlafzimmer geschehen war. So zog sie also ihr Hexenkleid an, holte aus dem Kräutergarten einen Schwarzdornzweig, mit dem wir böse Ausflüsse feststellen, und schälte ihn. Dann kam sie herein, hielt den Zweig mit dem Zeigefinger in Schwebe und sprach die Gebete. Sofort begann er zu kreisen, drehte sich dreimal und zeigte, als er zur Ruhe kam, mit dem dünnen Ende auf den Wandschrank dort – über deinem Kopf. In diesem Schrank habe ich das Wichtigste aufbewahrt, das mir allein gehört: meine Kristallkugel, meine Silbertafeln, meinen Monatsstein und die Neun Geheimen Dinge, die ich bei meiner Einweihung bekommen habe. Ich sagte: ›Gib her, Sally! Rasch!‹, denn ich konnte meinen Augen nicht trauen ... Sie schaute mich seltsam an und gab mir das Ding. Ich wiederholte die Gebete, und als ich den Zweig auf meinen Zeigefinger setzte, fing er sofort zu kreisen an und zeigte wieder auf den Schrank. ›Was ist da drin, Saphira?‹ fragte sie. ›Weißt du es?‹ – ›Nur meine Silbertafeln und meine geweihten Sachen‹, sagte ich. ›Gut‹, sagte sie: ›Wenn etwas in dem Schrank nicht stimmt, bist du damit im Bund. Es gibt nur einen Schlüssel, und den trägst du um den Hals.‹

Ich sagte: ›Gewiß, Sally, es ist mein Schrank. Überlaß das bitte mir.‹ Sie ging hinaus, und als ich den Schrank aufschloß und sah, was darin war, wurde mir richtig übel: So abscheulich war es! Ich schrie auf, und Sally kam sofort herein – sie mußte draußen gewartet haben – und sah es auch. Ich werde ihren Blick nie vergessen!«

»Bitte, Saphira«, sagte ich: »Bevor du weitersprichst, mußt du dir darüber klar sein, daß ich mit deinem Schrank nichts zu tun und von dieser ganzen Geschichte nicht die geringste Ahnung habe.«

»Natürlich nicht, Liebster. Man kann sagen, was man will, aber mit dir hat es nichts zu tun.«

»Aber was war eigentlich das Abscheuliche, das du entdeckt hast?«

»Da«, sagte sie und deutete angeekelt auf eine Art Dekkel aus Porzellan, der auf einem Tisch in der fernsten Ecke des Zimmers lag. Drei häßliche Gesichter waren auf den Deckel gemalt.

»Wie? Dieser Deckel?«

»Nein: Das Ding darunter. Ich habe es mit den Drei Häßlichen Gesichtern abgedeckt, um Unheil zu verhüten, bis ich mit dir darüber sprechen konnte. Heb den Deckel auf, schau es dir an – aber leg es sofort zurück. Bitte!«

Ich ging zu dem Tisch hinüber und hob den Deckel vorsichtig an seinem Schlangengriff. Dann lachte ich befreit los. »Da laust mich doch der Affe!« rief ich. »So ein blöder Witz! Wie in aller Welt ist es Erica gelungen, dir das unterzujubeln?«

»Erica? Diese Brutschfrau?«

»Erica Yvonne Turner, von der ich dir schon mehr als genug erzählt habe. Es handelt sich um ihr Scheusal von Zigarettendöschen.«

Ich nahm das Ding und ließ es aufschnappen. Es war dieselbe Dose, die sie am Abend vorher bei sich gehabt hatte: Billiges Weißblech mit einer sehr steifen Schließe und einer Applique aus gestanztem Messing: ein geil grinsendes, nacktes Weib, das sich den Busen quetscht und die Milch in einem Champagnerglas auffängt. In der Dose waren zwölf Zigaretten.

»Die muß sie mir zugedacht haben«, sagte ich. »Sie weiß, daß ich Old Golds mag. Ein ekelhaftes Ding, nicht wahr? Auch mir war, als ich es zum ersten Mal sah, nicht sehr wohl. Ich werde dir alles erzählen, was es darüber zu sagen gibt: Es war einmal eine Zeit, da fand ich Erica wunderbar und machte ihr die teuersten Geschenke, die ich mir leisten konnte – darunter auch eine Zigarettendose aus getriebenem Gold von Cartier, einem Londoner Juwelier. Ich gab sie ihr in Marseille, als wir uns eben nach Algier einschifften. ›Vielen Dank, Teddy‹, sagte sie. ›So ein Erbstück läßt sich immer für zwei- oder dreihundert Dollar versetzen. Aber zu mir paßt es nicht, du machst dir ein völlig falsches Bild von mir: Ich bin kein englisches Landedelfräulein.‹ Am selben Nachmittag noch ging sie hinunter zum Alten Hafen und kaufte in einem Laden im Negerviertel dieses Scheusal. ›Ja, ist es nicht schön grauslich?‹ sagte sie. ›Ganz wie ich – wie mein wahres Selbst. Die schnöde Geschmacklosigkeit ist das Amerikanische, die alberne Obszönität das Französische.‹ Sie hat es dann immer mit sich herumgetragen, nur um mich zu ärgern. Die goldene Dose habe ich nie mehr wiedergesehen, die hat sie wahrscheinlich einem Schnorrer namens Emile gegeben.«

»Aber wie und wann kann sie in mein Schlafzimmer gekommen sein und die Dose in meinen Schrank gelegt haben?«

»Das weiß ich nicht. Möglicherweise hat sie es getan, als ihr euch nach dem Santrepod in Morpheus' Arme zurückgezogen hattet. Auf jeden Fall war es nicht gegen dich gerichtet – der Scherz gilt mir allein. Sie hat mir bei unserer letzten Begegnung die Zigaretten in der Dose angeboten, und ich habe sie abgelehnt.«

»Aber, Liebster –: Du scheinst nicht zu begreifen, was das bedeutet!«

»Wenn du die Dose loswerden willst, ist das für mich kein Problem. Ich habe keine Spur Angst davor: Das Ding kenne ich schon zu lang! Morgen werde ich zum Meer hinausreiten – Nein: Morgen haben wir ja den Krieg. Übermorgen also, noch vor dem Frühstück – und dort werfe ich die Dose hinein. ›Das Meer wäscht alles rein‹ – ist das nicht von irgendeinem Dichter, den einer von euch zitiert hat? Ich glaube nicht, daß mich das Pferd deshalb abwirft, zumindest nehme ich an, daß du mir dagegen einen Zauber geben kannst. Wenn ich dann heimkomme, gießt du mir Rosenwasser über die Finger, und die Sache ist erledigt.«

»Aber du begreifst überhaupt nicht, was das für mich bedeutet! Ich bin für immer entehrt! Mit diesem abscheulichen Ding im Schrank habe ich jeden Anspruch auf die Achtung meiner Standesgenossen verloren. Ich kann mich nur mehr fortschleichen und sterben.«

»Unsinn! Du warst es ja nicht, die es hineingelegt hat. Und dir gefällt es ebensowenig wie allen anderen.«

»Nein – aber mein Zauber hat versagt. Er hat total versagt.«

»Das gilt aber dann geradeso für Sallys Zauber. Sie hat es nicht nötig, sich als Tugendheldin aufzuspielen! Daß dieses Haus frei von Brutschen gehalten wird, war auch ihre Aufgabe. Nimm es nicht so schwer, Liebling! Es ist doch absurd, von Sterben zu sprechen, nur weil eine hinterlistige Nutte, in die ich vor einer Ewigkeit verliebt war, dir so einen Schulmädchenstreich gespielt hat. Wenn sie mir das nächste Mal über den Weg läuft, breche ich ihr den Hals, das verspreche ich dir! Sie gehört zu den Weibern, die es nicht mitansehen können, wenn einer ihrer abgehalfterten Verehrer mit einer anderen glücklich ist – vor allem dann nicht, wenn die andere so eindeutig schöner ist als sie. Jetzt putz dir die Nase, wasch dir die Augen und schwöre mir, daß du nicht mehr von fortgehen redest, bis ich eine Gelegenheit gefunden habe, diese Sache mit ihr auszuräumen!«

»Gut, ich schwöre«, sagte sie niedergeschlagen. »Es tut mir leid, daß ich so ausschaue. Das war mir auch schon egal. Aber wer ist diese Frau wirklich?«

»Ich habe es dir doch gesagt.«

»Du kannst mir nicht alles gesagt haben. Wenn sie einfach eine schlechte Frau aus deiner Zeit wäre: Wie kann sie da herkommen und hier ihren Zauber wirken lassen?«

»Ich kenne mich mit diesen Praktiken nicht aus und kann dir daher auch nicht erklären, wie sie es angestellt hat. Und wenn auch du nicht dazu imstand bist – nun, dann wirst du dich vermutlich an eure Göttin wenden müssen. Sie hat höchstpersönlich dem Dorf einen Besuch abgestattet, als der Dometscher und ich eben von Sanjon heimkehrten.«

»Edward! Lästere nicht!«

»Fällt mir nicht ein, Liebste! Sie ist in Gestalt eines Kranichs den Mühlbach hinaufgeflogen, die Beine hinter sich gestreckt, und dann auf dem Dach des Narrenhauses gelandet. Leider war ein Baum im Weg, so daß ich nicht sehen konnte, was sie dort tat, aber ich glaube nicht, daß sie weitergeflogen ist – und doch war sie fort, als wir hinkamen. Der Dolmetscher war ganz bestürzt und –«

Saphira war ohnmächtig zurückgesunken. Ich trug sie zu ihrem Bett und klopfte dann bei Sally, die hellwach und voll bekleidet aus ihrem Zimmer kam.

»Wo fehlt's«, fragte sie eisig.

»Saphira ist ohnmächtig.«

»Das geht mich nichts an. Dafür sind Sie verantwortlich. Es liegt bei Ihnen, die Ursache aus der Welt zu schaffen.«

Da platzte mir der Kragen. »Nein, Sally, so einfach werden Sie sich nicht drücken! Sie waren es, die mich hierher gebracht hat, Sie waren es auch, die mich an Saphira abgeschoben hat, und Ihre Sache wäre es gewesen, mit dem Brutsch fertigzuwerden! Saphira ist Ihre beste Freundin, und angeblich ist doch die vollkommene Liebe das Prinzip, das eure Welt beherrscht. Wenn Sie nicht sofort mit mir kommen und diese Geschichte aufklären, werde ich etwas so Ätzendes über Sie schreiben – in Englisch, aber darum nicht weniger wirksam! –, daß Ihnen Blaubeeren auf der Nase wachsen und die Haare ausfallen! Saphira ist eine über jeden Verdacht erhabene –«

Sie unterbrach mich: »Eine Frau, die über jeden Verdacht erhaben ist, hat keine schweinischen Sachen in ihrem Schrank!«

»Sie ist das Opfer eines bösen Streichs.«

»Das kann einer anständigen Frau nie passieren!«

»Dem werden wir noch auf den Grund gehen! Wenn Sie sich aber nicht sofort dazu bequemen, Saphira aus ihrer Ohnmacht zu holen, werde ich allen erzählen, daß Sie es waren, die ihr diese Zigarettendose untergeschoben hat!«

Sie lachte verächtlich, läutete einer Dienerin und gab

dieser eine knappe Anweisung, was sie mit Saphira zu machen habe. Dann sagte sie »Gute Nacht« und verschwand in ihr Zimmer.

Ich hätte sie am liebsten erwürgt. Statt dessen wickelte ich rasch die Zigarettendose in mein Taschentuch und gab sie derart verpackt der Dienerin. »Bitte stecken Sie das unter Sallys Kissen, wenn Sie morgen ihr Bett machen«, sagte ich beiläufig. »Es ist das Geschenk eines Dichters.«

Die Dienerin steckte das Ding ohne ein Wort ein, nickte, holte irgendwoher aus dem Erdgeschoß etwas wie Riechsalz und deutete mir, daß ich sie mit Saphira allein lassen möge.

Als ich wieder hineindurfte, war Saphira nicht mehr so totenbleich und zeigte wieder Spuren ihrer heiteren Schönheit. Sie lag in tiefem Schlaf, atmete jedoch normal.

»Die Nymphe wird nicht vor morgen mittag erwachen«, sagte die Dienerin: »Sofern man sie nicht stört.«

Ich dankte ihr, und sie empfahl sich mit respektvollem Gutenachtgruß.

Dann zog ich mich aus, legte mich neben Saphira und betrachtete beim Kerzenlicht ihr liebliches, kindliches Gesicht. Irgendwie, spürte ich, war sie keine richtige Magierin. Gewiß verfügte sie über Talent und intuitive Begabung, war ohne Falsch und hatte viel studiert – aber war das genug? Zur Magie gehört ein gespaltener Charakter, nicht etwas so Geradliniges. Sally beispielsweise ... Aber war ich vor mir selbst ganz ehrlich? Fühlte ich mich von Saphira nur körperlich angezogen, trotz dieser mysteriösen Hemmungen, die mich davon abhielten, sie auf die übliche Weise zu begehren? Zwischen uns gab es keine Neckereien, keine Privatsprache, kein oberflächliches Geplauder, keine gemeinsamen Erinnerungen oder Freunde, und doch war ich jenseits aller Vernunft bestürzt gewesen, als ich sie weinend in ihrem Lehnstuhl gefunden hatte ... Wie ging doch diese Paraphrase auf das Hohelied, die man nach der Melodie von ›Kommt, ihr Kindlein allzumal‹ im Brasenose College beim Festschmaus röhrte, wenn die Rudermannschaft das Tapprennen gewonnen hatte?

Warum bist du so wunderschön,
Was macht dein Aug so blau?
Laß mich die Perlenzähne sehn,
Der Griechennase Bau!
Dein Bauch ist wie ein Weizensack,
Dein Busen hüpft so froh –
Oh, leg zu mir dich splitternackt:
Ich bin dein Salomo!

Wie einfach für Salomo und stramme Ruderer! Meine Gefühle für Saphira waren anderer Natur – sonst hätte sie mich gar nicht so weit vorgelassen: Sie rechnete damit, daß ich mich als Dichter mit ihr von meinem Flügelroß in einen psycho-erotischen Siebenten Himmel tragen ließe, der meinen Horizont weit übersteigt. Ich war dazu völlig ungeeignet. Und nun steckte sie auch noch in einer ganz bösen Klemme – und das, zumindest mittelbar, meinetwegen! Sie stöhnte und murmelte etwas im Schlaf. Wieder überkam mich eine Welle von Zärtlichkeit.

»Hab keine Angst, Liebste«, flüsterte ich. »Ich bin vielleicht kein Zauberer, aber solange ich hier bin, soll niemand wagen, dich zu kränken.«

Die Schlacht

Hoch zu Roß kamen Sieh-ein-Vogel, Feigenbrot, Seestern und ich bei Tagesanbruch an die Grenzen zwischen den beiden Dörfern. Daß ich Saphira allein gelassen hatte, machte mir kaum Gewissensbisse; offenbar war bis zum Mittag nichts zu befürchten, dann wollte ich heimreiten und nach ihr sehen.

Wir trafen die Kombattanten bereits in Schlachtordnung an. Die Reihen waren nicht eben schnurgerade ausgerichtet. »Eine sehr eindrucksvolle Streitmacht«, bemerkte ich sachverständig zu Seestern. »Es fehlt nur ein guter Feldwebel, der sie auf Vordermann bringt. Haltet ihr hier nichts von Drill?« Aber das war wieder eine von meinen dummen Fragen. Es stellte sich heraus, daß ein Krieg zwischen Dörfern hier viel mehr mit einem karnevalesken Freistilmatch vergleichbar war als mit einem Krieg, wie ich ihn kannte. Die Kämpfer, im Alter von etwa sechzehn bis sechzig, waren allesamt gut eingefettet und nackt bis auf lederne Kniehosen, Handschuhe, Mokassins und runde Lederhelme, bewaffnet nur mit leichten, langen Stecken, die an einem Ende mit Fetzen umwickelt waren. Die Männer von Rabnon, etwa um die Hälfte mehr als ihre Gegner, trugen am ganzen Körper eine scharlachrote Kriegsbemalung mit weißen Zickzackstreifen; die von Zapmor waren unregelmäßig mit rotem Ocker gescheckt und hatten sich die Gesichter mit angerußten Korken geschwärzt.

Die Sonne stieg über den Hügeln im Osten auf, eine Trompete blies, und die Priester schritten feierlich, wie bei der vorangegangenen Zeremonie, aufeinander zu. Der Priester von Rabnon hielt ein Bündel von hölzernen Pflaumen hoch und verkündete: »Dies, Bruder, ist unser Kriegszeichen, das wir, wenn uns die Göttin geneigt ist, über euren Dorfanger tragen werden.«

Der Priester von Zapmor entgegnete: »Wenn uns die Göttin geneigt ist, werden wir es dorthin zurücksenden, woher es kam.«

»Das Kriegszeichen ist ein Symbol für den Konflikt«, erklärte mir Feigenbrot. »Rabnon will es mit List oder Gewalt über die Grenze auf das Gebiet Zapmors tragen. Erinnern Sie sich an unseren Totempfahl mit dem breitmäuligen Gottling an der Basis und das Gegenstück auf dem Anger von Rabnon? Jedes Dorf hat seinen Gottling, den es als lokalen Schutzgeist verehrt. Der Krieg ist aus, wenn der Gottling der einen oder der anderen Partei das Kriegszeichen schlucken muß. Eine der vielen Regeln unseres Kriegsrechts schreibt vor, daß das Zeichen immer offen und über der Erde geführt werden muß; nach einer anderen muß ein Mann, dem sein Stecken abgenommen wurde, sich solange aus dem Kampf heraushalten, bis seine Kameraden ihn zurückgeholt haben, und er scheidet überhaupt aus, wenn der Stecken zerbrochen wird.

Auch dürfen Führer nur mit Führern kämpfen: Aber Sie werden nicht lange brauchen, um einigermaßen mitzukommen.«

Außer uns waren noch zehn andere Magier aus nahegelegenen Häusern aufgetaucht, sechs Männer und vier Frauen. Als Feigenbrot mich ihnen vorstellte, fragten sie interessiert: »Wie gefällt Ihnen Neukreta?«

»Es ist über jede Kritik erhaben«, antwortete ich höflich. (Das war auch meine Routineantwort auf die Frage »Und wie finden Sie unser Neues Deutschland?« gewesen, als ich 1937 Freunde in Freiburg besucht hatte.)

Darauf erkundigte man sich besorgt nach Saphira und Sally: Warum waren sie nicht erschienen? »Saphira? Saphira schläft, und Sally ist bei ihr«, erwiderte Feigenbrot, der allein die Unterhaltung bestritt. »Es ist nichts Ernstes – überhaupt nicht. Wenn es der Göttin gefällt, werden sie beide am Nachmittag hier sein.«

Trotzdem war den Kollegen anzusehen, daß sie schon von den Schwierigkeiten, die es bei uns gab, gehört hatten.

Feigenbrot benahm sich an diesem Morgen irgendwie seltsam. Ich beobachtete ihn genauer und stellte eine gewisse Fahrigkeit in seinen Bewegungen fest, auch sprach er lebhafter, und seine gewöhnlich melancholischen Augen blitzten. Ich fragte mich, ob er vielleicht unter Drogen stand. Schon auf dem Herweg hatte er pausenlos geschwatzt, vor allem über das Tempo und die Schönheit berühmter Pferde aus der Vergangenheit, wobei er einiges Lob für seine eigene Stute abfallen ließ. Etwas mußte mit ihm geschehen sein – oder stand vielleicht bevor ... Wollte er sich freiwillig zum Kampf melden, wie es bereits zwei andere junge Magier, je einer auf jeder Seite, getan hatten? Oder drückte sich in seinem Verhalten nur seine Sorge um Sally aus? Er erinnerte mich sehr stark an jemanden – aber an wen nur? Keine äußerliche Ähnlichkeit, sondern dasselbe Gehabe ... Natürlich! »Legs« Doughty-Wyllie war es gewesen, am Abend vor unserem Angriff auf Montecassino! »Legs«, ein Berufssoldat, der humorloseste und schweigsamste von unseren Offizieren, hatte sich plötzlich in hymnischen Tönen über die

Vorzüge des Großen Schwarzschweins im Vergleich zu den übrigen englischen Schweinerassen ausgelassen. Merkwürdig, daß niemand anderem das veränderte Benehmen Feigenbrots aufzufallen schien.

Die Hörner bliesen zur Attacke: Die Schlacht begann. Zapmor unternahm einen energischen Vorstoß, um sich des Zeichens zu bemächtigen, aber die Männer von Rabnon spielten es einander zu, bis es zu Gansfleisch gelangte, ihrem schnellsten Läufer, der damit zu einem Wäldchen rannte, das schon innerhalb der Grenzen von Zapmor lag. Ein Vorposten Zapmors stand dort Wache, aber Gansfleisch schlug einen Haken an ihm vorbei und war alsbald zwischen den Bäumen verschwunden.

Der Führer von Zapmor schickte schnelle Läufer zu dem Wäldchen. Sie schwärmten aus und kreisten ihn ein, aber es war nicht sicher, ob sich Gansfleisch noch immer dort befand oder die Rufe, die von einem fernen Beobachtungsstand kamen, vielmehr besagen wollten, daß er schon weiter war und sich zu einem anderen Wäldchen, noch tiefer im Gebiet von Zapmor, durchschlug. Späher machten sich zur Verfolgung auf, und tatsächlich wurde Gansfleisch gefangen und entwaffnet, als er aus dem zweiten Wäldchen hervorkam. Allerdings fanden sie das Kriegszeichen nicht bei ihm, und das Kriegsrecht verbot, ihn einem Verhör zu unterziehen.

Danach folgte ein Wechselspiel von Täuschungsmanövern. Zapmor tat, als habe es das Zeichen entdeckt, und brüllte Hurra; Rabnon, bei dem es die ganze Zeit über war – weil Gansfleisch nicht mit dem wirklichen Zeichen sondern mit einem Rosenstrauß in den Wald gespurtet war –, tat so, als fiele es darauf herein und verfolgte die jubelnden Gegner. Dann schlug eine Patrouille Zapmors einen Bogen und durchsuchte das erste Wäldchen, bis sie die Rosen aufstöberten, begrüßt vom höhnischen Gelächter eines Spähers aus Rabnon, der auf einem Baum saß.

Im zweiten Wäldchen war ein heftiger Kampf mit den Stecken entbrannt. Seestern und ich galoppierten hinüber, und der Anblick lohnte sich wirklich: Die Kämpfer benützten ihre Stecken als stumpfe Lanzen zum Stechen, als Knüttel zum Schlagen, als Sprungstäbe und als Prügel, um dem Gegner ein Bein zu stellen. Sie waren dabei unglaublich geschickt, die Schläge von Holz auf Holz prasselten nur so, untermalt von Geschrei, Lachen, Kriegsrufen und hin und wieder einem dumpfen Knall, wenn ein wohlgezielter Hieb auf einen Lederhelm traf. Rabnon war bei diesem Scharmützel in der Minderzahl und mußte sich bald, um zehn Entwaffnete ärmer, zurückziehen. Als Verstärkung herankam, bemühte man sich vor allem, die erbeuteten Stecken zu retten, bevor sie nach Zapmor gelangten, verlor dabei aber noch einige mehr.

Die Männer aus Zapmor waren die stärkeren und diszipliniertereren Kämpfer, aber Rabnon war noch immer im Besitz des Kriegszeichens. Rabnon tat nun einige Male, als stieße es mit dem Zeichen über die Grenze vor, und Zapmor bekam es erst gegen acht Uhr zu Gesicht, als es zum Mittelpunkt eines heftigen Kampfs wurde, der entlang eines Bachs hin und her wogte, nur eine halbe Meile von dem Dorf Zapmor entfernt. Rabnon entschloß sich zum Sturmangriff, aber der Führer von Zapmor war so klug gewesen, seine Reserven auf einem Hügel zusammenzuziehen, der auf der Seite Rabnons über dem Bach lag, und als er kurz darauf einen massiven Gegenstoß führte, gelang es ihm, das Zentrum des Feindes aufzubrechen. Zapmor bemächtigte sich des Zeichens und trug es etwa eine Meile weit über die Grenze, traf dann aber auf Rabnons Ersatztruppe und wurde von ihr aufgehalten. In dieser Phase wurde Seestern dringlich angefordert, um zwei Kämpen, die augenscheinlich einander erwürgen wollten, zu trennen. Seine Methode war einfach und wirksam: Er nahm sie bei den Ohren und sagte: »Im Namen Nimuës! Laßt los!« Worauf die beiden sofort, atemlos und lachend, voneinander abließen.

Gegen zehn war Zapmor nach erbittertem Kampf bis auf eine halbe Meile gegen das Dorf Rabnon vorgedrungen. Fast fünfzig Feinde waren entwaffnet worden, ihre Stecken hatte man nach Zapmor gebracht, wo sie im Schrein verwahrt wurden. Danach waren beide Seiten ungefähr gleich stark.

Zapmor bewies hierauf nicht viel taktische Raffinesse,

sondern bildete eine Art makedonische Phalanx – das Zeichen baumelte an einem Stecken in der Mitte – und kämpfte sich Schritt um Schritt über eine breite Wiese vor. Der Grund war allerdings schlammig, und Rabnon leistete heftigen Widerstand. Um elf war Zapmor nur eine Viertelmeile weitergekommen, bald darauf wurde jedoch die Verteidigungslinie Rabnons abermals durchbrochen, und um zwölf befand sich das Kriegszeichen schon in Sichtweite des Totempfahls von Rabnon. Nun blies eine Trompete zum Waffenstillstand, worauf man sich beiderseits zum Verschnaufen lagerte und die Frauen herbeieilten, um ihren Männern mit Küssen, Ratschlägen, Massage, Pflastern, Speis und Trank beizustehen. Ein Mann aus Zapmor hatte sich das Schlüsselbein gebrochen, ein anderer einen Knöchel verstaucht; Sieh-ein-Vogel und Feigenbrot nahmen sich ihrer an. Abgesehen von geringfügigeren Kratzern und Beulen und einem Fall von leichter Gehirnerschütterung waren bis dahin keine Verluste zu verzeichnen.

Ich hatte mein Lunch aus Brot und Käse im Sattel verzehrt und wollte nun auf einer Abkürzung durch einen Eichenwald und über ein paar sumpfige Wiesen heimreiten. Mein Pferd sank bis zu den Fesseln im Schlamm ein, und plötzlich sah ich, daß ich in einen Hain von Erlen geriet, die in einer lockeren Spirale gepflanzt waren. Unweit stand ein Kranich auf einem Bein und beobachtete nachdenklich mein Herankommen. Er legte den Kopf schief, schien aber nicht beunruhigt. Gebäude waren nicht zu sehen, auch keine Votivgaben, aber mir war klar, daß ich in einen heiligen Hain gestolpert war und auf kürzestem Weg wieder hinaus mußte, um auf die richtige Straße zu gelangen. Als ich mein Pferd wendete, war mir, als hätte mir der Kranich auf Englisch nachgekrächzt: »He! Warte einen Augenblick!«

Eine Gänsehaut überlief mich. Nie zuvor war ich von einem Vogel angerufen worden – abgesehen von Papageien, Wellensittichen und einem einsilbigen zahmen Raben.

Als ich jedoch hinter mich blickte, stellte sich heraus, daß es nicht der Kranich gewesen war. Der Kranich war verschwunden: An seiner Stelle stand da eine hochgewachsene alte Frau, die älteste und ungewaschenste Vettel, die mir jemals untergekommen war – selbst Gran'mère Michel, die pfeifenrauchende Hundertjährige aus St. Jean-des-Porcs hätte neben ihr wie eine gepflegte Dame in reiferen Jahren ausgesehen. Sie mußte sich hinter einem der Bäume im Sumpf verborgen gehalten haben.

Mein scheckiges Schaukelpferd begann zu schnauben und zu zittern. »Ruhig, Alter – ruhig!« sagte ich, aber es half nichts. Der Gaul war wie vom Teufel besessen, drehte völlig durch und benahm sich so tückisch und verrückt wie ein Mustang bei einem Rodeo im Wildesten Westen – er bockte, stieg, brach aus, versuchte, mich an Bäumen abzustreifen, sprang seitwärts wie ein Kater, wollte mich in die Füße beißen. Und die Alte stand da und meckerte.

»Hol dich der Satan, Hexe!« schrie ich. »Kannst du mir nicht dieses Vieh beruhigen?!«

Sie meckerte noch lauter. »Satan! Was für ein Wortschatz! Was für ein erlesener Wortschatz! ›Hol dich der Satan‹, sagt er!«

Ende der zwanziger Jahre, als ich mit Oxford fertig gewesen war, hatte ich ein paar Jahre auf einer Ranch in Arizona verbracht, und da ich dort im Umkreis von zweihundert Meilen der einzige Brite war, fühlten sich allerhand Witzbolde zu Mordanschlägen bemüßigt, indem sie mich von Zeit zu Zeit auf irgendein besonders rabiates Biest setzten. Die Situation war mir daher nicht fremd, aber der Schlamm war wie schwarzer Kleister, und ich hatte nicht die Absicht, mich abwerfen zu lassen. Irgendwie gelang es mir im Sattel zu bleiben, bis die alte Hexe herangehumpelt kam, dem Pferd eine knochige Hand auf die Nüstern legte und ihm etwas auf Neukretisch zubrummte. Sogleich wurde es lämmchenfromm, wieherte freundlich und begann, im saftigen Gras zu seinen Füßen zu zupfen.

»Gott sei Dank! Hat Sie der Sumpf hochgespuckt?« fragte ich, noch atemlos und wütend.

»Erst Satan und jetzt der liebe Gott!« krächzte sie. »Mein lieber Teddy, du vergißt dich!«

»Verzeihen Sie mein rüdes Benehmen, aber Sie haben mich erschreckt. Woher wissen Sie meinen Namen?«

»Namen zu wissen ist mein Geschäft«, erwiderte sie. »Ich weiß hier von allen Leuten, wie sie heißen. Wie kommst du dazu, durch meinen Kranichhain zu reiten? Das ist streng verboten!«

»Ich bin hier fremd. Ich wollte eine Abkürzung nehmen ...«

»Du brauchst dich nicht um Saphira zu sorgen. Sie ist ganz in Ordnung. Wenn du jetzt dort auftauchtest, würde das Schlamassel nur noch ärger: Wegen dieser Zigarettendose unter Sallys Kissen wird man noch einige Hühnchen rupfen müssen ... Nicht daß das Mädchen so ganz unschuldig wäre: Aber für dich ist es besser, wenn du hierbleibst und dankbares Publikum spielst.«

»Was wissen Sie von der Zigarettendose?«

»Ich weiß alles, was ich wissen möchte.«

»Ist das nicht eine etwas starke Behauptung? Wissen Sie vielleicht auch, was ich wissen möchte?«

»Ja.«

»Das glaube ich nicht!«

»Schau mir in die Augen!«

Ich tat es. Ihre Augen waren blau wie Türkise und durchdringend wie zwei Dolche.

»Nun? Glaubst du mir?«

»Ich kann nicht anders. Wenn ich aber in meine eigene skeptische Welt zurückkehre, wie soll ich dann wissen –«

»Willst du mich auf die Probe stellen?«

»Wenn ich Ihnen damit nicht zu nahe trete –«

»Nichts und niemand kann mir nahe treten.«

Bevor ich den Mund aufmachen konnte, nahm sie die Frage vorweg, die mir auf der Zunge lag. »Du willst von mir wissen, wer diesen Vicomte Dingsbums de Martinbault umgebracht hat, nicht wahr?«

Ich schnappte nach Luft. »J-a«, stammelte ich schließlich. »Wer war es?«

»Ich selbst. Ich habe ihm mit seinem eigenen Jagdmesser die Kehle durchgeschnitten. Danach habe ich ihn kastriert. Das Messer habe ich in die Alys geworfen.«

»Oh!«

»Wieso ›Oh!‹?«

»Wer – wer sind Sie?«

»Ich bin, die ich sein will.«

Ich meinte Knut Jensens Stimme im Ohr zu hören: »Hopp, Junge, vergiß deine Kinderstube nicht, sonst geht's dir schlecht!« Ich sprang von meinem Pferd, entblößte das Haupt, hob die geöffneten Hände und verneigte mich tief.

Sie grinste spitzbübisch. »Hast du mich nicht noch etwas fragen wollen? Etwas im Zusammenhang mit Erica und dem Mantel, den sie getragen hat?«

»D-d-das stimmt«, stieß ich hervor, indem ich wieder wie ein kleiner Junge stotterte. »W-w-wie h-heißt er doch?«

»Wirst du sie nicht erwürgen, wenn ich es dir sage?«

»Ich schwöre!«

»Es war ein weißer Walicot.«

Walicot! Plötzlich wußte ich alles wieder: Irgendwo hatte ich von dem Hexenprozeß in Aberdeen gelesen, Anno 1597, bei dem Andro Man gestand, daß er mit der Königin von Elphame, die »in jeder Kunst erfahren« war und auf einer weißen Mähre beim Hexensabbath erschien, fleischlichen Umgang gepflogen hatte. »Sie ist von großem Liebreiz und vermag nach Belieben alt oder jung zu sein«, hatte Andro Man bezeugt. »Und sie macht jeden zum König, der ihr gefällt, und schläft mit jedem, der ihr gefällt.« Die Hexen nannten sie Unsere Herrin, und sie trug einen weißen Walicot, unter dem man sich wohl einen Mantel mit eingewobenen Streifen oder »wales« vorzustellen hat. »Aber wer ist dann Erica?« fragte ich verwirrt.

»Gestern abend hast du behauptet, daß du alles von ihr weißt. Mehr als alles gibt es nicht. Wie gefällt dir Neukreta?«

Ich errötete und zögerte. »Warum fragst du mich, Mutter?«

»Mütter stellen ihren Kindern oft eine Frage, auf die sie schon die Antwort wissen.«

»Oh, nun – es ist nicht wirklich über jede Kritik erhaben. Das Brot ist gut und die Butter auch, aber irgendwie fehlt das Salz.«

»Darum habe ich dich kommen lassen.«

»Du hast mich kommen lassen?«

»Sicher. Du wirst dir doch nicht einbilden, daß sich die Magier ohne meinen Auftrag an etwas so Gefährliches herangewagt hätten.«

»Und was ist dein Auftrag für mich?«

»Nichts im Augenblick. Bis jetzt machst du dich ganz brav. Wenn du in Schwierigkeiten kommst, ruf mich an.«

»Hier?«

»Wo immer – Nein, warte: Ich gebe dir mein Erkennungszeichen. Vielleicht willst du einmal einen Schrein besuchen oder ein Narrenhaus. Oder gar ein Bordell.« Sie wühlte eine Weile in ihren schmierigen Lumpen herum und zog schließlich ein eiförmiges Medaillon aus Bergkristall hervor. Dann bückte sie sich mühsam, pflückte die Halsfeder eines Kranichs von einem Grasbüschel, schloß sie in das Medaillon und gab es mir.

Ich nahm den Talisman dankbar in Empfang und küßte ihre klauendürre, schmutzige Hand. »Du bist ein guter Junge«, sagte sie. »Auf bald!«

Ich machte eine tiefe Verbeugung und griff nach dem Zügel meines Pferds. Dann aber – kaum daß ich wieder im Sattel war – gab sie dem Tier unversehens einen schmerzhaften Tritt in den Bauch. Es bäumte sich auf, warf sich vor und schoß in vollem Galopp davon. Ich hatte solche Mühe, mich oben zu halten, daß ich nicht einmal eine Hand zu einem Abschiedsgruß heben konnte.

Das Friedensmahl

Nach wenigen Minuten war ich wieder in Rabnon: Seestern eilte auf mich zu. »Wo sind Sie gewesen?« fragte er besorgt.

»Ich wollte über eine Abkürzung heimreiten, wurde aber aufgehalten.«

»Das hätten Sie nicht tun sollen: Sie hätten in den Erlenhain geraten können. Fehlt Ihnen nichts? Haben Sie schon etwas zu essen gehabt?«

»Danke, mir fehlt nichts. Auch mein Lunch habe ich gehabt. Ich hoffe, man hat nicht auf mich gewartet.«

»Nein, nein! In Kriegszeiten werden derlei Formalitäten hintangestellt. Was halten Sie von der Entwicklung?«

»Natürlich gefällt mir der spontane Stil der Leute aus Rabnon, weil er einem Zuschauer mehr bietet. Aber vermutlich hätte ich das auch von den Hochländern gesagt, die dann bei Killiecrankie so zusammengeschlagen wurden. Wer wird siegen?«

»Das weiß nur die Göttin.«

»Damit haben Sie recht«, pflichtete ich ihm aus aufrichtiger Überzeugung bei.

Die Trompete blies zum Sammeln, und die Kämpfer beider Parteien rannten, um ihre vorherigen Stellungen einzunehmen. Nach einem zweiten Signal ging es wieder los. Zapmor hatte seine Streitmacht formiert und unternahm – mit dem Kriegszeichen als Standarte – einen Vorstoß.

Rabnon setzte sich mutig zur Wehr, wurde aber immer weiter zurückgedrängt. Die Mädchen von Rabnon kreischten – um ihre Männer anzufeuern und wohl auch vor Schreck –, als der Feind bis an den Saum des Angers vordrängte. Hinter der Front erhob sich die Stimme des Barbiers von Zapmor zu einem improvisierten Triumphgesang:

Ein Hoch auf die Pflaumen von Zapmor,
Wir tragen sie vorwärts zum Sieg!
Denn Käsegestängel und Rettich
Hat keine Chancen im Krieg!

Mach-doch-auf, der als Torhüter Rabnons den ganzen Tag beim Totempfahl postiert gewesen war, um Einzelaktionen zu verhindern, begann plötzlich aufgeregt herumzutanzen und die Arme gen Himmel zu recken, als flehte er um Hilfe. Dann küßte er seinen Stecken und stürzte sich mit gesträubtem Haar und weit aufgerissenen Augen in das Gewühl. Er war offensichtlich in Trance, trunken von der Göttin, die er laut anrief, während er vorwärtsstürmte.

Ein Hoch auf die Schuster von Zapmor!
Ein Hoch auf Ocker und Schwarz!

sang der Barbier. Mit einem tollkühnen Satz sprang Mach-doch-auf der dicht geschlossenen Phalanx Zapmors auf die Schultern, ergriff das Kriegszeichen, sprang wieder herunter, dann seitwärts und verschwand, hakenschlagend wie ein Hase, quer über den Hang, über dem das Dorf lag. Das Lied des Barbiers riß ab, aber Mach-doch-auf war bereits nicht mehr zu sehen, bevor die übrigen Männer von Zapmor überhaupt begriffen, was geschehen war. Er rannte vier Meilen, ohne auf ein Hindernis zu stoßen, und befand sich schon in Sichtweite der ersten Häuser von Zapmor, als sich ihm die Ersatztruppe der Gegner in den Weg stellte. Auch da aber zeigte er keine Ermüdungserscheinungen: Er rannte zwei Männer über den Haufen, erledigte zwei weitere durch kräftige Hiebe auf ihre Helme und brach durch. Endlich – in einem engen Heckenweg und nur etwa fünfzig Meter von seinem Ziel – lief er drei Männern in die Arme, die ihn aufhielten: Aber auch die mußten ihren Torhüter und dessen Ersatzmann vom Anger herbeirufen, bevor sie Mach-doch-auf zu überwältigen und entwaffnen vermochten. Als letztes warf er in seiner Raserei das Kriegszeichen über eine niedrige Hecke in eine Koppel, wo ein paar Schafe unbeaufsichtigt grasten.

Die Männer aus Zapmor liefen nicht gleich hinter dem Zeichen her – sie waren zu sehr mit Mach-doch-auf beschäftigt, holten in ihren Helmen kaltes Wasser aus einem nahen Teich und gossen es ihm über den Kopf, bis er aus seinem Rausch erwachte. Als sie schließlich nach dem Zeichen suchten, war es nirgends zu finden. Sie suchten die Hecke ab, suchten im Gras, ließen auch das Gezweig eines Apfelbaumes, der in der Koppel stand, nicht aus. Weit konnte es nicht sein – aber wo nur?

Niemand sonst war zu sehen. Sie suchten systematisch eine halbe Stunde lang und hatten noch immer nichts gefunden, als die Späher von Zapmor eintrudelten. Der Führer sprengte auf seinem Pferd herbei und befahl ihnen, die Suche fortzusetzen, während er seine Stürmer wieder vorschickte und die gleichen Täuschungsmanöver ausführte wie früher am Tag die Leute von Rabnon. Bis zum Ende des Krieges waren es noch ein paar Stunden, und selbst wenn das Zeichen bis dahin nicht gefunden war, hatte Zapmor zumindest seine Ehre gewahrt und konnte darauf verweisen, daß es die größere Zahl an Gefangenen gemacht hatte.

Gegen fünf Uhr bliesen die Trompeten zum Nachmittagsgebet, an dem alle teilnahmen; danach nahm der Führer von Zapmor aus taktischen Erwägungen seine Frontlinie um eine halbe Meile zurück. Die Männer von Rabnon waren durch das Verschwinden des Kriegszeichens verwirrt und vermuteten eine Kriegslist. Aber nichts dergleichen geschah. Der Tag neigte sich, die Schlacht wogte sinnlos hin und her. In zunehmend gereizter Stimmung wurde die Prügelei immer heftiger und rücksichtsloser. Auf beiden Seiten wurden einige Männer entwaffnet, aber bald mußten alle einsehen, daß der Krieg nach Mach-doch-aufs heldenmütigem Alleingang nicht mehr nach menschlichen Spielregeln verlief.

Das einzige spannende Intermezzo in diesem wirren Gerangel war ein Duell, zu dem der Führer von Zapmor seinen Kollegen von der Gegenseite herausforderte, der mit Vergnügen darauf einging. Sie begannen hoch zu Roß, indem sie zuerst die Stecken als Lanzen verwendeten, dann jedoch im Sattel rangen. Sehr bald riß einer den anderen mit herunter, worauf sie zu ebener Erde aufeinander losgingen. Sie rangen im Freistil, allerdings behindert durch ihre Stecken, die sie beide nicht fahren ließen, obwohl sie als Waffen für einen solchen Ringkampf durchaus ungeeignet waren. Für die Dauer des Duells hatte der diensthabende Magier einen allgemeinen Waffenstillstand angeordnet, und nun wälzten sich die Führer im Mittelpunkt eines dicht geschlossenen Kreises, zuinnerst die Frauen aus Rabnon, die sich vor Erregung kaum halten konnten. Der Kampf blieb unentschieden, bis endlich Pfirsich durchdrehte, vorstürzte und dem Führer von Rabnon zuschrie: »Wenn du ihn fertigmachst, kannst du mich haben! Noch heut, wenn du willst! Hörst du? Ich versprech's dir!«

Seine Kräfte ließen bereits nach, aber er nahm sich noch einmal zusammen, ließ seinen eigenen Stecken fahren und packte den seines Gegners, der zuunterst lag, klemmte das dicke Ende zwischen Füße und Knie und hob an, daß ihm die Adern an den Schläfen vortraten. Ein berstender Knall, das Holz splitterte – der Zweikampf war gewonnen! Pfirsich lief aus dem Kreis, um ihre Gefühle zu verbergen, verfolgt von ihren Freundinnen, die sie mit Küssen fast erstickten. Das war ein Sieg, der sich gegen die Ausbeute Zapmors an Gefangenen aufrechnen ließ, aber er beendete noch nicht den Krieg, der sich eine weitere halbe Stunde dahinschleppte.

Bei Sonnenuntergang wurde zur Waffenruhe geblasen. Die beiden Armeen stellten sich Front gegen Front auf. Die Priester küßten einander wieder, tauschten wieder die Figuren als Symbole der Freundschaft aus und intonierten die Friedenshymne, in die alles einstimmte.

»Gehen wir jetzt nach Hause?« fragte ich Sieh-ein-Vogel.

»Das wäre sehr unhöflich. Erst muß noch der Kriegsbericht erstellt und das Ergebnis verkündet werden, nach dem großen Friedensmahl. Das wird in Zapmor stattfinden. Unabhängig vom Ausgang muß immer das Dorf, gegen das die Kriegserklärung gerichtet war, das Friedensmahl bereiten. Von uns erwartet man selbstverständlich, daß wir teilnehmen.«

»Aber ich habe das Gefühl, daß ich nach Saphira schauen sollte.«

»Damit hat es keine Eile. Sie ist in guten Händen. Apropos –: Seestern? Wo ist eigentlich Feigenbrot?«

»Ich habe ihn nicht gesehen, seit er vor etwa einer Stunde den zweiten Fall von Gehirnerschütterung übernommen hat.«

»Doch nichts Ernstes?«

»Kaum. Eigentlich müßte er schon zurück sein.«

»Irgend etwas hat meinen Bruder bedrückt«, erinnerte sich Seestern. »Vielleicht hat er sich Sorgen um Sally gemacht und ist zurückgeritten? Das hätte er uns aber sagen sollen ... Er war den ganzen Tag über nicht so wie sonst.«

»Was erwartest du«, seufzte Sieh-ein-Vogel. »Vielleicht ist es besser, wenn wir nicht nach ihm fragen, so daß seine Abwesenheit nicht auffällt.«

Ich sagte nichts von meinen Vorahnungen, weil ich ihnen nicht das Fest verderben wollte, konnte jedoch einen besorgten Blick in Richtung des Kranichhains nicht zurückhalten.

»Haben Sie eine Ahnung, wo er ist?« fragte mich Seestern.

»Das weiß nur die Göttin!« antwortete ich nachdenklich.

Wir beobachteten den Abmarsch der Männer von Zapmor, die nach Hause gingen, um sich zu waschen und ihre Festgewänder anzuziehen. Die Männer von Rabnon folgten ihrem Beispiel. Hierauf ritten wir nach Zapmor und berichteten den Leuten im Dorf von den letzten Phasen des Kriegs. Sie waren schon bei den Vorbereitungen für das Fest, und ich sah ihnen mit sehr angelegentlichem Interesse zu. Sie hatten Hunderte von niedrigen, herzförmigen Tischchen, jedes mit dem Besteck für ein Mahl von vier Gängen und einer kleinen Öllampe, auf den Anger getragen und in verschieden großen Kreisen arrangiert. Nun schleppten Kinder schwarze und rote Kissen herbei, auf denen die Speisenden nach Landessitte mit ausgestreckten Beinen, den Tisch zwischen den Knien, sitzen sollten. Dienerinnen betreuten eine lange Reihe von irdenen Töpfen, die munter brodelnd über Holzkohlenfeuern standen, monoton vor sich hinsingende Diener würfelten Fleisch für Bratspieße oder klopften Schnitzel für die Grillroste. Berge von langen französischen Broten, Türme von Käsen, Tiegel mit eingelegten Gemüsen in dichten Reihen, Tragbretter voll bereits aufgeschnittenem kalten Fleisch, gewaltige Haufen von zart-frischem Salat, randvolle Körbe mit Kirschen, Erdbeeren, Reineclauden und Nektarinen, übereinandergeschichtete Kisten mit Flaschenbier ... Pasteten und Strudel, den Tag über in den Herden der Hausfrauen von Zapmor knusprig gebräunt, wurden jetzt von ihnen herbeigetragen und im

Gemeindebackofen warmgestellt. Der Totempfahl wurde mit Blumen bekränzt, und über unseren Köpfen schwebte ein phantastisches Heer von illuminierten Drachen, die allerhand Vierbeiner, Vögel und Fische darstellten.

Bald trafen auch schon vollzählig die Einwohner von Rabnon ein, aber sie warteten höflich in einem Wäldchen nahe beim Anger, bis sie mit einem Gong zum Essen gerufen wurden. Erst kamen die Frauen, dann die Männer und die Kinder, zuletzt die Senioren, einer hinter dem anderen und jeder im Festgewand. Sie setzten sich an die Tischchen, vor denen sie rote Kissen sahen; die schwarzen Kissen, die mit den roten abwechselten, waren für Zapmor bestimmt. Die Diener waren zu sehr mit Kochen, Vorschneiden und anderen Hilfsdiensten beschäftigt, um auch noch aufzuwarten, aber die Leute aus Rabnon – nicht etwa, wie ich erwartet hatte, umgekehrt – sorgten dafür, daß die Teller und Becher ihrer Nachbarn aus Zapmor nicht leer wurden. Vom Beginn an gab es zwischen den roten und den schwarzen Kissen nichts Trennendes, keine Mißstimmung, allerdings auch keine Gespräche. Wie bei den Magiern war es auch bei den Gemeinen verpönt, sich während der Mahlzeiten zu unterhalten.

Ich hatte mich wohl oder übel damit abgefunden, daß ich bei der vegetarischen Diät der Magier bleiben sollte, als ich bemerkte, wie sich Seestern und Sieh-ein-Vogel über etwas hermachten, das einer Wildpastete sehr ähnlich sah. Großartig! Hieß das, daß das Fleisch-Tabu für die Magier aufgehoben war, wenn sie sich mit den Angehörigen anderer Stände zu Tisch setzten? Ich sicherte mir eilends eine ausgiebige Portion Braten mit Röstkartoffeln, Rosenkohl und Meerrettichsoße – auf den Danabrei verzichtete ich – und fügte daran drei oder vier dikke, mit Nelke gewürzte Schinkenscheiben, Mayonnaise und Krabben in Aspik. Das alles spülte ich mit einem Liter gutem, starkem, dunklem Flaschenbier hinunter. Zapmor, fand ich, hatte durchaus seine Reize. Darauf folgte Pflaumenkuchen, ein süßer Auflauf, Obst und Mokka. Zapmor, fand ich, war selbst in der besten aller

Welten konkurrenzlos Spitze. Kein Wunder, daß die Männer von Zapmor so gut fochten!

Endlich kam eine gewisse geräuschvolle Unruhe über die Festversammlung, als man die Dessertlöffel und Messer beiseitelegte. Danach absolute Stille. Auf Ersuchen des Führers von Zapmor erhob sich Seestern, um sein Urteil über den Verlauf des Kampfs abzugeben: »Ihr Frauen und Männer, Kinder und Senioren der Fünf Stände, hört mich an! Zu Beginn war dies ein artiger Krieg, mit Liebe ausgetragen vom Morgen bis in den frühen Nachmittag. Dann allerdings schwanden Liebe und Kampfgeist, abgesehen von dem hochgemuten Zwischenspiel, in dem die Führer ihre Kräfte maßen. Das Ergebnis ist noch ungeklärt und ohne Beispiel, denn das Kriegszeichen ist spurlos verschwunden.«

Er warf einen strengen Blick auf den Führer von Zapmor, der sofort aufstand, um sich zu rechtfertigen: »Das Verschwinden des Zeichens hat uns keinen Vorteil gebracht. Wäre es möglich, daß der Torhüter von Rabnon, als er das Zeichen nicht durch eigene Kraft in den Mund unseres Gottlings bringen konnte, die Kriegsregeln vergessen und es durch einen Zauber verschwinden lassen hat?«

Aller Augen wandten sich zu Mach-doch-auf, der aufgebracht erwiderte: »Ich habe nach den Regeln gekämpft. Als ich das Zeichen von mir warf, habe ich die Göttin angerufen, daß sie es in ihre Obhut nehmen wolle. Ich habe mich nie mit Zauberei abgegeben. Ich bin ein Gemeiner und halte mich zu meinem Stand.«

»Auf der Koppel, wo er das Zeichen hingeworfen hat, ist es nicht gefunden worden«, hielt dem der Führer von Zapmor entgegen. »Wenn sich dort jemand herumgetrieben hätte, wäre sein Kopf über der Hecke zu sehen gewesen.«

»Das stimmt«, erwiderte der Führer von Rabnon. »Da somit Zapmor das Zeichen dort gefunden haben müßte – kein Krieger aus Rabnon hat es vorher entdeckt – und da es wegen des Kriegs auch keinen Neutralen gestattet war, den Bezirk zu passieren, und alle Kinder und Senioren das Haus hüten mußten; da Zapmor andererseits das Zeichen, wenn es gefunden wurde, nicht wider allen Anstand verborgen oder vernichtet haben kann –« Er brach ab, schaute über die Runde ausdrucksloser Gesichter, dann wieder auf Seestern – und setzte sich.

Seestern dachte eine kurze Weile angestrengt nach, wobei er zur Inspiration den kleinen Finger in den Mund steckte; offenbar jedoch erfolglos. »Ist jemand hier«, fragte er, »den der Geist erfüllt, so daß er den Satz des Führers zu Ende führen kann?«

Es war mir peinlich, daß ich aussprechen sollte, was auf der Hand lag: Diese arglosen Leutchen brauchten eine Einführung in die Kriminalliteratur des zwanzigsten Jahrhunderts. Aber irgend etwas mußte ja nun wohl geschehen. Ich stand also auf, gab dem Dolmetscher einen Wink und hielt eine kurze Ansprache auf Englisch. Dann setzte ich mich wieder und ließ ihn übersetzen. Was ich gesagt hatte, war Folgendes: »Meine Achtung vor den Kriegern aus Rabnon und Zapmor ist so hoch, daß ich nicht anzunehmen vermag, einer von ihnen sei fähig gewesen, gegen Sitte oder Anstand zu handeln. Daher kann der Satz des Führers nicht anders als mit den Worten schließen: ›– steht fest, daß Rabnon den Krieg gewonnen hat‹.«

Ein paar Mädchen kicherten, einige Senioren lachten leise, alle übrigen aber starrten mich an und warteten, daß ich fortführe.

»Erklärt Euch!« forderte der Führer von Zapmor ein wenig beunruhigt von mir.

Ich stand wieder auf. »Logischerweise«, sagte ich, »gibt es nur zwei Orte, wo das Kriegszeichen sein kann: der Bauch des Gottlings von Zapmor oder der Bauch des Gottlings von Rabnon. An jedem anderen Ort hätte man es längst gefunden. Da es jedoch zuletzt in Wurfweite dieses Angers gesichtet worden ist, spricht die Wahrscheinlichkeit dafür, daß nicht Zapmor, sondern Rabnon den Krieg gewonnen hat.«

Der Priester von Zapmor setzte an, zum Totempfahl hinüber zu gehen, besann sich aber und ließ sich wieder nieder.

»Klagt also auch Ihr Mach-doch-auf an, daß er einen Zauberwurf getan hat?« fragte der Barbier von Rabnon.

»Keineswegs: Obwohl ich nicht bestreiten kann, daß er vom Geist erfüllt war, als er handelte. Ihr alle werdet mir beipflichten, daß er von der Göttin trunken war.«

»Aber wie soll dann nach Eurer Meinung das Zeichen in den Bauch des Gottlings gelangt sein?«

»Da kein Fremder vorbeigekommen ist und es beim Verschwinden des Zeichens auch in meilenweitem Umkreis keinen von den Männern aus Rabnon gegeben hat, da Schafe nicht mit Vernunft begabt sind, der Apfelbaum auf der Koppel nicht hohl ist und alle Senioren sich in den Häusern aufgehalten haben, ist der einzig mögliche Schluß, daß ein Kind auf der Koppel war, als das Zeichen dort, nahe bei ihm, ins Gras fiel, und daß dieses Kind es im Schutz der Hecke forttragen und, ohne dabei gesehen zu werden, in den Mund des Gottlings stecken konnte. Allerdings kann es kein gewöhnliches Kind gewesen sein, sonst wäre es, wie es sich gehört hätte, zu Hause an einem der oberen Fenster geblieben. Es muß ein intelligentes Kind gewesen sein – und da gibt es wohl in Zapmor nur ein einziges Kind, das fähig ist, soviel Mut und Kühnheit aufzubringen.«

Damit war meine Rede zu Ende. Der Junge aus Zapmor, der die Pflaumenmusrevolte angeführt hatte, stand auf, und ich setzte mich wieder, nun doch recht erleichtert, daß ich mich nicht blamiert hatte.

Er war etwa sieben Jahre alt und trug, da vor der Pubertät zwischen Gemeinen und Führern nicht unterschieden wurde, drei Litzen statt einer an den Aufschlägen seines schwarzen Schulkittels; aber jeder wußte sofort, daß es sich um einen geborenen Führer handelte.

»Der Dichter aus der Vergangenheit ist sehr klug«, anerkannte er ohne irgendwelche Verlegenheit. »Er ist sich bewußt, daß es ehrenwerte Leute sind, die in Zapmor leben, sogar die Kinder. Meinetwegen ist gegen unser Dorf ein Krieg geführt worden, und als ich von meinem Schlafzimmerfenster aus sah, wie Mach-doch-auf, den Stecken in der Hand, so heldenmütig über die Hecken sprang und vier von unseren besten Männern niederstreckte, rührte er mein Herz. Ich machte das Fenster auf, ließ mich zur Gartenmauer hinunter, lief an ihr entlang, rutschte über das Dach eines Schuppens und eilte über unsere Koppel. Dort spähte ich durch die Hecke und sah zu, wie er gegen die Übermacht focht. Da kam das Zeichen über die Hecke geflogen. Ich fing es und rannte damit zum Anger. Der Totempfahl war verlassen, nicht einmal unser Torhüter oder sein Hilfsmann waren um die Wege: Sie halfen beide den anderen, Mach-doch-auf zu überwältigen. Ich verneigte mich vor dem Gottling und sagte: ›Gottling, du hast nichts dagegen, daß ich an sieben Abenden in der Woche Pflaumenmus essen muß: Jetzt schluck du diese Pflaumen für mich, bitte, und mögen sie dir nicht wieder so hochkommen, wie es mir geschehen ist! Amen!‹ Ich ließ das Zeichen in seinen Mund fallen und rannte heim, und weil die Göttin mit mir war, hat niemand mein Gehen und Kommen gesehen.«

»Warum hast du keinem deine aberwitzige Tat gestanden?« fragte der Priester mild, während er sich auf die Hinterseite des Totempfahls begab, dort eine Tür öffnete und die Holzpflaumen hervorholte.

»Es war eine persönliche Auseinandersetzung zwischen mir und dem Gottling. Um der Ehre willen war ich für diesen einen Tag sein Feind, und die Göttin war auf meiner Seite.« Er setzte sich. Alles schwieg.

Seestern resümierte: »Das Kriegszeichen ist nun im Bauch des Gottlings von Zapmor gefunden worden, und damit hat Rabnon den Krieg gewonnen, wie es die Regel vorsieht. Auf diesen Fall treffen die goldenen Verse des Dichters Vives zu:

> Des Freundes Hand ist gleich der meinen,
> Des Freundes Fuß mein Fuß.

Niemand widersetze sich meinem Richtspruch, der da lautet: Weil Rabnon der Ruhm zukommt, daß es in dem von ihm erklärten Krieg gesiegt hat, müssen die Leute von Rabnon einen ganzen Monat hindurch jeden Abend Pflaumenmus essen, um die Kinder von Zapmor von der Pflicht zu entbinden, jemals wieder Pflaumen zu essen. Zapmor hingegen wird die Gasse, wo Mach-doch-auf entwaffnet wurde, hinfort ›Pflaumenweg‹ und die Koppel, in die er das Zeichen warf, ›Kriegszeichenfeld‹ nennen, zur Erinnerung an dieses Geschehen. Was aber den Jungen betrifft, der seinen eigenen Gottling Pflaumen essen machte: Er hat seiner Sippe den Krieg erklärt und darf nicht eine Nacht mehr in Zapmor bleiben.«

Der Führer von Rabnon erhob sich und blickte in die Runde. Nach einer Pause teilte er mit: »Unser Dorf wird den Jungen willkommen heißen. Eines Tages wird er mir als Führer nachfolgen.«

»Er kann, wenn er will, bei mir wohnen«, fiel die Frau mit dem Rebhuhnfederhut ein, »bis er seinen Stand wechselt. Meine Käsestangen schmecken ihm.«

»Nimm ihn – mit meinem Segen!« erwiderte die Mutter des Jungen ruhig. »Du kannst ihn gern haben. Mein Haus könnte diesen Jungen nie halten.«

So war alles zur allseitigen Zufriedenheit geregelt, und nun begann man zu singen und zu tanzen. Das Fest dauerte bis tief in die Nacht hinein.

Der Erste Chronist von Zapmor heftete sich an meine Seite und bombardierte mich mit Fragen über wilde Tiere meiner Zeit, die seither ausgestorben waren.

Ich bemühte mich, ihm, so gut ich es vermochte, Auskunft zu geben, aber meine Gedanken waren nicht bei der Sache. »Wann«, fragte ich mich immer wieder, »wird herauskommen, daß Feigenbrot tot ist?« Denn am Abend vor unserem Angriff auf Montecassino, während »Legs« sich über die Qualitäten des Großen Schwarzschweins ausließ, hatte mich MacWhirter, unser Regimentsarzt, beiseitegenommen und gesagt: »Venn-Thomas, mein Junge, paß auf: Morgen um diese Zeit wirst du es sein, der die Truppe führt. Yon puir fule's fey!«

Die Tänze waren nicht mit dem lässigen Ballgeschiebe zu vergleichen, bei dem ich gern mitgemacht hätte. Es handelte sich um eine entmutigend professionelle Volkstanzerei, bei der sich Gruppen aus den zwei Dörfern abwechselnd im hellen Schein von pechgespeisten Bogenlampen produzierten. Man erzählte mir, daß die Kinder im Alter von vier oder fünf Jahren anfingen, die Schritte und Drehungen zu üben, aber erst nach zwölf oder mehr Jahren als wirklich perfekte Tänzer gelten konnten. Der Stil entsprach den unterschiedlichen lokalen Heiratsbräuchen: Das monogame Zapmor beschränkte sich auf Tänze, bei denen entweder die Männer allein mit ihren Stekken zu Flötenmusik hohe Sprünge und schnelle Drehungen ausführten oder die Frauen allein sich blumenhaft wie Inderinnen mit vielen Verrenkungen von Armen und Händen in komplizierten Kreisen bewegten: Das polygame Rabnon verlegte sich auf orgiastische Tänze: Ich erinnere mich besonders gut an die »Bienenkönigin«, eine sehr wüste Angelegenheit, bei der, vom Dudelsack begleitet, eine Frau nacheinander von dreizehn Männern umworben wurde und sie alle befriedigte, und an die »Neun Damen«, wobei neun Frauen, die in einem Kreis tanzten, einen berauschten Eindringling verfolgten und attackierten. Das es sich durchwegs um religiöse Tänze handelte, kam Beifall ebensowenig in Betracht wie beim komplizierten Ritual eines Hochamts in einer katholischen Kathedrale.

Der Mangel an Bewegung und mein voller Bauch machten mich schläfrig. Ich überlegte, ob man mir gestatten würde, mich nun nach Hause abzusetzen, als ein Senior auf mich zukam und am Ellbogen berührte. Es war ein ehemaliger Gemeiner, der einen blauen Leinenkittel zu einem breitkrempigen Hut und kirschroten Strümpfen trug: offensichtlich ein Mann aus Rabnon, der sich wortlos wieder entfernte. Aus bloßer Neugier erhob ich mich von meinen Kissen – die Tische hatte man vor dem Beginn des Tanzes fortgeräumt – und folgte ihm ins Dunkel.

»Ich habe eine Botschaft für Euch«, sagte er nach einer Weile, gähnend und mit Schluckauf.

»Von wem?«

»Von einer Frau, zu der Ihr sofort kommen sollt.«

»Vielen Dank – aber muß ich, da Ihr doch ein Senior und überdies ganz hübsch angeheitert seid, Eure Botschaft ernst nehmen?«

»Ihr könnt tun, was euch beliebt.«

Bestimmt ist es Erica, dachte ich bei mir. Sie hat Freunde unter den Senioren. Soll ich zu ihr gehen – oder soll ich nicht? Warum eigentlich nicht? Ich habe zwar versprochen, daß ich sie nicht erwürgen werde, aber es kann nicht schaden, wenn ich sie zu überreden versuche, daß sie etwas von dem Unfug, den sie gestiftet hat, wieder in Ordnung bringt. Ich fragte daher den Senior: »Wo wartet sie auf mich?«

»Ich bin nicht verpflichtet, Euch darauf zu antworten«, sagte er, gähnte wieder und schlenderte zum Anger zurück.

»Sehr richtig«, stimmte ich ihm zu. »Gute Nacht!«

Geschieht mir ganz recht, dachte ich und blieb unentschlossen stehen. Als sich meine Augen an die Dunkelheit gewöhnten, stellte ich fest, daß ich mich auf einem Fußpfad befand, der zwischen Hecken aus irgendwelchen stark duftenden Sträuchern verlief. Warum sollte ich nicht weitergehen und mich für eine Weile dem Festestrubel entziehen? Wenn ich wieder zurück wollte, würde ich nur umkehren müssen. Nach etwa fünf Minuten hielt ich an. Der Nachtwind trug ferne Flötentöne herüber; vermutlich waren das wieder die Frauen von Zapmor. Ich setzte mich auf einen Baumstumpf.

Das war eine ideale Gelegenheit, ein wenig mein Gewissen zu erforschen. Was für eine Art Mann war ich nach meinen instinktiven Gefühlen? Würde ich, wenn alles andere gleich war, lieber in Zapmor oder in Rabnon leben wollen? Ich wünschte mir, daß ich mich selbst besser verstünde. Ich hatte nie die Chance dazu gehabt, denn zu meiner Zeit hatte es keine so eindeutige Wahl gegeben: Die Borniertheit, Heuchelei und Dummheit der durchschnittlichen Monogamisten und die seichte, hochgeputschte Prahlerei der üblichen Polygamen hatten die Verhältnisse kompliziert. Noch genauer gesagt: Hatte ich Antonia, die für einen einzigen Mann geschaffen war, jemals so sehr geliebt wie Erica, dieses Urbild einer Bienenkönigin? Vielleicht nicht so leidenschaftlich, auf jeden Fall nicht so wahnsinnig – aber wie sonst ließe sich Liebe messen, wenn nicht nach Leidenschaft und Wahnsinn? Andererseits hatte ich Antonia nie auch nur einen Augenblick lang gehaßt, wie ich Erica gut die Hälfte der Zeit gehaßt hatte, die wir zusammen gewesen waren. Es schien mir Jahre her zu sein, seit ich Antonia gesehen hatte (und natürlich waren es wirklich Jahre – Jahrhunderte, vielleicht gar Jahrtausende), während ich Erica erst vorgestern gesehen hatte, jünger und boshafter denn je. Mein Herz gehörte Antonia: Aber ehrlicherweise mußte ich zugeben, daß Erica bei unserer jüngsten Begegnung nicht an mir ausprobiert hatte, was ich früher ihr Glühwurmlicht genannt hatte – eine beinahe phosphoreszierende Aura von Weiblichkeit, die ihre keineswegs makellosen Züge verklärte. In unseren alten Tagen konnte sie das nach Belieben an- und abschalten, und wenn sie es auf volle Stärke drehte, war ich ihr hilflos ausgeliefert. Ich hoffte inständig, daß sie den Trick verlernt hätte; ich hasse es, alte Lieben wieder aufzuwärmen, so wie ich es nicht leiden kann, wenn ich in ein Haus zurückkehren soll, von dem ich einmal endgültig Abschied genommen habe. In meiner Liebe für Antonia war Friede – Friede und Vertrauen, das ich mir ungestört erhalten wollte. Antonia war gut, im schlichtesten Sinn des Wortes, ihr Humor war gelassen und konstruktiv; Erica war böse, und ihr verführerisch destruktiver Witz entsprach dem heftigen Widerwillen, den ich gegen mein Zeitalter empfand.

Jetzt verwirrte Saphira das Bild – und auch Sally. Bei Saphira fühlte ich mich sicher, so zwiespältig mein Verhältnis zu ihr sein mochte: Sie und ich waren hier, zufolge allgemeiner Anerkennung, ein Paar. Dennoch dürfte das auslösende Moment meiner bündigen Liebeserklärung ein instinktiver Wunsch gewesen sein, mich in Sicherheit zu bringen, weil ich spürte, daß mich sonst Sally kriegen würde. Sally war eine Hexe, und ich wußte, auch sie verfügte über einen Glühknopf für den Fall, daß sie ihn für mich drücken wollte; vorher allerdings würde sie Saphira beiseite schaffen müssen, und dem wollte ich nicht untätig zuschauen.

Ich dachte noch einmal das Problem Erica durch: Sie war nur allzu wirklich, in gewissem Sinn sogar der einzige wirkliche Mensch, der mir seit meiner Beschwörung begegnet war, und dennoch kam es mir vor, als sei sie sozusagen eine Über-Erica; tatsächlich hatte ja auch die Alte angedeutet, daß es nicht die Erica sei, die ich gekannt hatte, sondern die Königin von Elphame in Verkleidung. Ich wußte, daß im späten sechzehnten Jahrhundert die Königin von Elphame jenen Andro Man zu ihrem Geliebten gemacht und »ihn das mit sich machen lassen hatte, was ein christliches Ohr nicht hören soll« – Apropos: War nicht Andrew Mann der Name des Schriftstellers, mit dem Erica ein Verhältnis in Schottland gehabt haben wollte? –, und Tom der Reimer hatte ein Jahrhundert zuvor behauptet, daß er sie geliebt habe. »Sie vermag alt und jung zu sein, wie es ihr beliebt.« Aber wer oder was war dann diese über den Tod erhabene, aller Natur spottende Figur?

In dem grasverwachsenen Graben, nur ein paar Meter von mir, bewegte sich etwas, flüsterte es zärtlich. Pfirsich und der Führer von Rabnon lagen dort, beide nackt und ineinander verschlungen. Ich sprang auf und wollte mich verlegen zurückziehen, aber Pfirsich rief mich hin. »Gebt uns einen Dichtersegen!« bat sie.

Ich war gerade so weit bezecht, daß ich mich der Situation gewachsen fühlte, hob also die Hand und deklamierte feierlich auf Englisch:

»O selig Schwanenpaar! Daß doch die Lust, einander euch zu spenden,
Für immer währ', nie in Gesang zu enden!
O lebet fort, bis euch kein Wunsch mehr plagt,
Bis daß die Ehr', die Weisheit gar versagt
Und eure Sehnsucht, höher noch zu steigen,
Das Ziel euch weise: Tod und Schweigen . . .
Nie soll der Glanz der Augen, niemals soll dies Herz
Des Alters Kälte spüren noch des Irrtums Schmerz.

Das walte Nimuë, Mari und Ana«, schloß ich fromm auf Neukretisch.

»Es hört sich sehr schön an«, fand Pfirsich.

»Lassen Sie sich bitte durch uns nicht stören!« sagte der wohlerzogene Führer.

»Tut mir leid: Ich bin weiter oben mit jemandem verabredet«, entgegnete ich rasch und empfahl mich, von ihrem dankbaren Abschiedsgruß beschleunigt. Als absurdes Gegenstück fiel mir der milde Sommerabend in Crosby Links bei Liverpool ein, wo ich mich an einem Schuppen hingesetzt hatte, um eine Zigarette zu rauchen: Ein Matrose und sein Mädchen hatten dort schon gelagert. Was für ein wüstes Geschimpfe aus verletztem Schamgefühl!

Die Frau erwartete mich unter einer Eiche. Ich hörte das Rauschen eines Wasserfalls. Sie trat aus dem Schatten auf mich zu. Ich konnte ihr Gesicht, das von einer Kapuze verdeckt war, nicht sehen, aber für Erica war sie zu groß und für die Alte zu jung. Sie schluchzte still. Die klassische romantische Situation: Ein unbekanntes – und natürlich schönes – Mädchen, das im Wald unter einer Eiche weint, wie die Geraldine bei Coleridge oder die Zauberin aus einem mittelalterlichen Ritterroman. Der Held nähert sich mitfühlend-höflich, worauf sie ihr zerfetztes Gewand vorweist, sich an die Brust schlägt und über einen exotischen Ritter beklagt.

Als sie dann zu sprechen anfing, begriff ich, daß es sich um Sally handelte. »Kommen Sie – rasch!« sagte sie. »Ich brauche Ihre Hilfe!«

»Noch mehr Ärgernisse?«

»Ja. Es ist Feigenbrot ...«

»Oh? Wie ist er gestorben?«

»Sie wissen es schon? Ich dachte, daß ich ihn als erste gefunden hätte. Wer hat es Ihnen gesagt?«

»›Mein kleiner Finger‹ hätte man in Frankreich gesagt. Im Grund nichts anderes als Eingebung, wofür Sieh-ein-Vogel und Seestern offenbar merkwürdig unbegabt sind. Sie hätten schon heute morgen erkennen müssen, daß Feigenbrot ein Gezeichneter war. Aber erzählen Sie, was geschehen ist.«

»Sein Pferd muß verrückt geworden sein; es hat ihn abgeworfen und auf der Erde zertrampelt. Vor etwa zwei Stunden ist das Vieh heimgekommen, schuldbewußt und niedergeschlagen, Maul und Hufe voll Blut. Als ich es bestieg und ihm freien Lauf ließ, trug es mich hierher, wo ich Feigenbrot hinter diesem Baum fand. Dann wandte es den Kopf zur Seite und wartete, daß ich es töte. Das tat ich.«

»Was hat Ihnen Feigenbrot bedeutet?«

»Es wird Ihnen nicht entgangen sein, daß er mich geliebt hat – und natürlich kann eine Frau nicht anders, als mit einem Menschen zu fühlen, der sich in sie verliebt und dabei untadelig benimmt.«

»Aber Sie haben ihn nicht wiedergeliebt?«

»Wie hätte ich das gekonnt?« fragte sie vorwurfsvoll.

Sie zitterte am ganzen Leib, und natürlich erriet ich – »aus dem Jucken in meinen Daumen«, sagt eine der Hexen in ›Macbeth‹ – den Grund. Mir war sehr unbehaglich.

»Eines nach dem anderen«, sagte ich hastig. »Morgen können wir, wenn Sie wollen, den ganzen Tag über unsere Gefühle sprechen. Aber was sollen wir jetzt mit dem Toten tun?«

»Wir zwei müssen ihn begraben.«

»In Ordnung. Zu dumm, daß Sie das Pferd umbringen mußten, aber ich werde sofort meines aus Zapmor holen. Ich werde mir etwas wie ein Leichentuch borgen und Feigenbrot über den Sattel binden. Wenn wir keine Zeit verlieren, können wir noch vor Tagesanbruch zu Hause sein. Gibt es in eurem Dorf einen Friedhof?«

»In Neukreta gibt es keine Friedhöfe. Wir müssen ihn hier begraben. In der Hütte, an der Sie weiter unten vorbeigekommen sind, finden Sie Spitzhacke und Schaufel.«

»Und wie ist es mit einem Priester für den Totendienst?«

»So einen Brauch haben wir nicht. Was stirbt, wird unter die Erde gebracht und ohne religiöses Zeremoniell und Zuschauer mit Gras bedeckt.«

»Oh – wie Sie meinen ... Es kommt mir ein wenig überstürzt und herzlos vor, aber wenn es so der Brauch ist ...«

Ich ging den Weg zurück, fand die Hütte, ertastete darin die Geräte und war bald wieder zur Stelle.

Sally stand an dem Wasserfall und ließ das Wasser über ihre Hände fließen. Feigenbrots Leichnam lag nicht weit davon, in gräßlichem Zustand: Das Gesicht eine formlose Masse, eine Hand gänzlich abgebissen. Sein totes Pferd lag neben ihm; es zeigte keine Spuren von Gewaltanwendung. Aus dem, was mir Sally über den zur Seite gewandten Kopf gesagt hatte, schloß ich aber, daß sie ihm den descabello gegeben hatte – den Nackenstich, mit dem die Toreros einen erschöpften Stier erledigen; wahrscheinlich hatte sie das Skalpell verwendet, das sie immer mit sich führte.

»Müssen wir auch das Pferd begraben?«

»Ja.«

»Bitte, Sally! Ich bin nicht sehr begabt im Umgang mit Spaten. Das ist eine Arbeit, die mich viele Stunden kosten wird. Ich habe nichts dagegen, den armen Feigenbrot zu begraben, aber das Pferd werden wir doch irgendwelchen Leuten aus dem Dorf überlassen können?«

»Nein, das ist unmöglich. Beide Leichen müssen vor Sonnenaufgang begraben sein, und wir können niemanden vom Fest wegrufen, um uns zu helfen. Die Göttin wird Sie stärken. Als erstes heben Sie die Grasnarbe ab und legen die Stücke vorsichtig zur Seite.«

Sally löste ihr Haar und begann sich zu kämmen, wobei sie leise sang. Ich machte mich nicht eben freudig an die Arbeit, aber die Erde unter der Grasnarbe war weich, ich brauchte die Spitzhacke nicht. Während Sally sich kämmte, sang sie eine Ballade von Abenteuern in den Schlimmen Ländern. Die zwei ersten Strophen sind mir entfallen, aber die folgenden gingen so:

Wir segelten durch den Kanal
Über den Atlantik,
Durch den mächtigen, großen Kanal
Mit den Flanken aus Stein,

Und segelten sechs Wochen lang
Von einer Insel zur anderen.
Unsere Fracht war Danay
Und Butifaron.

Als wir nach New York kamen,
Wo die Seelöwen bellen
Und laut auf den öden Sänden
Die Möwen schreien,
Sagten wir lebewohl
Der Mannschaft und dem Käpten
Und zogen flußaufwärts,
Den Bogen in der Hand.

Da waren Seehund und Distel,
Rotarm und Pflaumrich,
Der alte Fels, Nie-sollst-du-mich-sehen
Und Muntere-Antwort,
Kußmund, Klein Bettstroh
Schneck, Wolke und Blitz;
Der Führer war Holla,
Der Dichter war ich.

Die Baumbären purzelten
Unter die Blaubeeren;
Die erste Nacht schliefen wir
Unter einem Tulpenbaum,
Aber ein plötzlicher Wirbelwind
Fiel von Westen her ein
Und riß eine weite Schneise
Durch das Herz des Waldes.

Wir stritten mit Wilden,
Wir jagten den Büffel,
Pflaumrich stürzte verwundet,
Als wir den Hyde Park querten.
Wir legten ihm Pflaster auf
Und flehten zur Göttin,
Doch er sagt' seinen letzten Wunsch
Und starb noch vor Abend.

Im kühlen Saratoga
Ward uns ein Zeichen:
Ein Adler riß
Ein Kitz mit zwei Köpfen;
Wir blieben fünf Tage
Und ich tanzte zur Sühne
Den Schädel geschoren, den Körper bemalt
Mit rotem Zinnober und Gelb.

Als wir zum Lake Champlain kamen
Und die Zwillingssteinbilder sahen,
Spuckten wir aus,
Um dem Übel zu wehren;
Dort trafen wir einen Wilden,
Der war tätowiert wie ein Lindwurm
Und bot Trauben uns an
Und Wildentenbrüste.

Sonst kann ich mich nur noch an ein paar einzelne Zeilen dieses Teils der Ballade erinnern – die Abenteurer hatten unerwartete Gefahren zu bestehen, als sie bei den Niagarafällen auf menschenfressende Bären stießen –, nicht an ganze Strophen, denn obgleich ich ohne abzusetzen drauflosgrub, nahm ich außer dem Rhythmus nur wenig auf: Die Worte und sogar die Töne verschwammen, bis ich zuletzt in einen Schlafzustand geriet und Sallys Stimme wie das leichtfüßige Ticken eines billigen Weckers klang. Ich hätte schwören können, daß ich daheim neben Antonia im Bett lag. Regen prasselte ans Fenster, und nun hörte ich auch das Dröhnen eines Motorrads auf der Straße zum Bahnhof, darauf ein schläfriges Winseln aus dem Kinderzimmer nebenan und Antonias Stimme: »Es ist nichts, Schatz: Schlaf weiter!« Dann: »Der Teufel soll den jungen Doktor und sein Motorrad holen!« Aber das Ticken wurde lauter und melodischer, ich wachte wieder auf und hörte, wie Sally ihr Lied beendete:

Mit Freude im Herzen,
Trotz der Knoten im Gürtel,
Schoben wir die Laufplanke aus

Und eilten zum Ufer hinüber.
Eine lange, mühselige Zeit war's gewesen
Dort drüben in den Schlimmen Ländern,
Die wir – Ana sei Dank! –
Nie mehr aufsuchen müssen.

»Wer hat das geschrieben?« fragte ich, um ihr zu zeigen, daß ich zugehört hatte.

»Feigenbrot.«

»Glauben Sie, daß es auf Gold bewahrt werden wird?«

»Selbstverständlich nicht. Es handelt sich um eine sogenannte Barbierballade. Ich habe sie gesungen, um seinen Geist zu beschwichtigen. Er hat keine richtigen Gedichte hinterlassen. Er war so gewissenhaft, daß er seine Arbeit nicht einmal der Lehmtafel anvertraut hat – keine einzige Zeile eines Gedichts, keine zwei Takte eines Musikstücks.«

»Nun ja ... Mir scheint, ich habe Feigenbrot schon unter die Erde gebracht. Ich habe nie geahnt, daß ich so ein Talent zum Totengräber habe. Und was machen wir jetzt mit diesem unseligen Pferd? Wo soll ich ihm die Grube graben?«

»Die haben Sie schon gegraben und übergrast. Schauen Sie doch auf die Blasen an Ihren Händen!«

»Du meine Güte! Was ich so im Schlaf tue ... Sieht auch recht ordentlich aus. Ich hätte mir das nie zugetraut, obwohl ich einmal als kleiner Junge aus dem Bett gestiegen bin, meine Rollschuhe anzog und dann im Dunkeln die langen Korridore im Pfarrhaus entlangraste. Was nun?«

»Wir werden sofort heimreiten. Sie können sich hinter mich auf Ihr Pferd setzen.«

»Wie? Keine Tränen, keine Gebete, kein Grabstein, keine Rede – kein garnichts?«

»Er ist tot. Ana hat seinen Körper, und der Mörder hat gebüßt. Ich werde morgen seinen Tod in Sanjon melden; dann wird sein wahrer Name bekanntgegeben, und jeder darf ihn gebrauchen und kann von Feigenbrot sagen, was ihm in den Sinn kommt.«

»Und seine Seele? Geht die ins Jenseits?«

»Ein Jenseits gibt es nicht, nur Neukreta, wo sein Name vielleicht noch durch einige Generationen genannt werden wird – bei den Barbieren.«

»Ich stelle mir gern vor, daß beim Tod meine befreite Seele –«

»Sie stellen sich gern vor! Das hat nichts mit Wissen zu tun. Kinder stellen sich gern vor, daß es jenseits des Meers eine Insel gibt, wo ihr kaputtes Spielzeug zur Reparatur hinversetzt wird.«

»Soll das heißen, daß eure Religion nicht den Trost der Unsterblichkeit bietet?«

»Nur die Göttin ist unsterblich.«

»So haben wir uns Gott vorgestellt.«

»So habt ihr euch vorgestellt! Alle Götter müssen am Ende sterben. Sie vergreisen und verlieren die Zähne: Ihre Priester stehlen ihnen die Opfergaben und erzählen Lügen über sie. Dann stürzen ihre Tempel ein, und sie schließen die Augen. Nur die Göttin lebt ewig – gepriesen sei ihr Name!«

»Was um Himmels willen haben Sie vor, Sally?!«

Sie hatte ihren Mantel abgeworfen und über Feigenbrots Grab gebreitet, hakte den Gürtel auf und trat ihre Schuhe von sich. Jetzt streifte sie Kleid und Unterhemd ab. Sie erwiderte nichts, sondern legte sich, nackt wie Eva, auf den Mantel und streckte gebieterisch die Arme nach mir aus.

Ich war unter dem Schock dieser völlig unerwarteten Aktion wie gelähmt.

»Komm her!« befahl sie. »Komm und teil mit mir den Mantel: Das ist unsere Pflicht! Wenn ein Mensch gewaltsam stirbt, hat sein Geist ein Recht auf Wiedergeburt. Wir würden uns schuldig machen, wenn wir ihm das verweigern.«

Ich starrte sie entgeistert an. »Ach, so ist das also?« sagte ich endlich. »Sie machen mir da ein Angebot, das man bei Ihnen als ›Recht auf Vaterschaft‹ bezeichnet?«

Ihr Gesicht war vor Leidenschaft verzerrt, die ausgestreckten Hände flatterten. »Komm zu mir, süßer Wilder!« keuchte sie. »Ich liebe dich! Ich liebe dich mehr als alles in der Welt!«

»Nein, meine liebe Sally!« erwiderte ich, so kalt und brutal ich es herausbrachte. »Ich gebe zu, daß die Göttin dich mit wohlgeformten Beinen, schlanken Armen, vollen Lippen und einem verführerischen Busen gesegnet hat. Ich gebe auch zu, daß mein Blut nicht lauer ist als das von anderen Männern: Aber ich habe nie auf dem Grab eines Ermordeten seine Mörderin beschlafen – und ich habe auch nicht die Absicht, es hier und jetzt zu tun! Nicht daß ich Feigenbrots Chance auf eine Wiedergeburt im Weg stehen möchte – er war ein wenig linkisch, aber sonst ein netter Kerl. Aber ich kann deine Einladung nicht annehmen. Wir sind vielleicht Wilde, aber dort, wo ich herkomme, tut man so etwas nicht. Such dir einen anderen, der deinen Mantel teilt – hol dir Seestern, wenn du magst. Vielleicht ziert er sich weniger. Saphira hat mir gesagt, daß auch er zu deinen Verehrern gehört. Wenn Feigenbrot dann wiedergeboren wird, hat er dann immerhin die Chance, daß er eine Art Familienähnlichkeit mit sich selbst mitkriegt.«

So hatte noch niemand mit ihr gesprochen. Es ernüchterte sie sofort. »Aber ich war doch sicher, daß du mich willst«, sagte sie, indem sie sich seitlich auf einen Ellbogen stützte. Ihre Stimme klang unsicher, wie gebrochen. »Du hast der Dienerin gesagt, daß sie dein unheimliches Liebesgeschenk unter mein Kissen legen soll, und mittags, als Saphira dich erwartete, bist du nicht zu ihr zurückgekommen. Und, bitte, sorge dich nicht um Feigenbrot! Er hat mir oft versichert, daß er bereit wäre, für mich in den Tod zu gehen. Er hat das im Ernst gemeint.«

»Gütiger Himmel! So hast du das Pferd behext und Feigenbrot wissentlich in den Tod geschickt, um dir einen frommen Vorwand zu verschaffen, für mich den Mantel zu breiten?«

Sie nickte, wälzte sich auf den Bauch und vergrub ihr Gesicht in den Händen. Dann geschah etwas mit mir: Ich spürte, wie ich weich wurde. Ich befand mich in einer anderen Weltzeit, sagte ich mir, und Sally zeigte kein Schuldbewußtsein wegen ihrer Tat. Wenn sie sich tatsächlich so stark zu mir hingezogen fühlte, und ich die religiöse Pflicht hatte, ihr beizustehen, vielleicht –

»Sally?« sagte ich.

Sie sah auf, und da strahlte auch schon der gewisse Glühwurmschimmer von ihr aus, so hell und böse, daß ich einen richtig körperlichen Schmerz in der Magengrube spürte.

Teufel! Nein – das nicht noch einmal! dachte ich. Damit habe ich an dem Tag Schluß gemacht, als Antonia mir sagte, daß sie mich heiraten werde. Lieber lasse ich mich wie der arme Feigenbrot von einem Roß zertrampeln als in diesem grünen Feuer verheizen – Laut sagte ich: »Ich gehe nach Hause, Sally. Wenn du Feigenbrot umbringst und die Schuld diesem Pferd anhängst, mag das deine eigene Sache sein, aber Saphira ist auch noch da, und für sie bin ich zuständig. Du hast sie abscheulich behandelt, und ich hoffe nur, daß dir die Göttin zusetzen wird, wie du es verdienst.«

»Wie kann sie mir noch mehr als jetzt zusetzen?« jammerte sie. »Daß ich, eine Hexe aus Neukreta, mich gegen jede Scham und Sitte in ein barbarisches Gespenst aus der Vergangenheit verlieben muß!«

»Möchtest du, daß ich mich nach Seestern umschaue und ihn dir schicke?« erkundigte ich mich kühl.

Der Hieb saß. Sie sprang hoch und fing an, mich zu behexen, indem sie hinterwärts, rasend schnell und splitternackt, mit fliegenden Haaren und einem irren Blick in den Katzenaugen rund um die Lichtung rannte. Es war grauenhaft. Kalter Schauder überlief mich – ich wußte plötzlich, wie sich ein von einer Schlange hypnotisiertes Kaninchen fühlt: Ich konnte mich nicht von der Stelle rühren, wie sehr ich mich auch anstrengte. Trotzdem blieb mein Kopf klar, und ich stellte fest, daß ich auch Hände und Stimme noch in meiner Gewalt hatte.

Ich versuchte es mit Hohn: »Erst gestern abend hat mir Erica Turner versichert, daß du durchaus sehenswert bist, wenn du dein Muster ziehst, obwohl sie von dem Zauber dabei nicht viel hielt. Sie hat völlig recht. Für gutes Geld habe ich in Kairo und Alexandria schon schlechtere Bauchtänze gesehen.«

Aber sie umkreiste mich nur noch schneller, brachte mit Zunge und Fingern seltsame Schnalzlaute hervor, klatschte sich nach jeder Runde auf die Brüste und kam mir allmählich immer näher.

Verzweiflung packte mich. Es war abzusehen, daß sie mich entweder in Stücke reißen oder vergewaltigen würde, vielleicht auch beides. Wer möchte ein Spinnerich sein, wenn das mordgierige Weibchen zum Hochzeitstanz ansetzt?

Ich überlegte in fiebriger Hast, was ich als Gegenzauber gebrauchen könnte. Die heimliche, intime Schutzgeste gegen den bösen Blick, welche die Bauern von St. Jean gemacht hatten, wenn der Vicomte de Martinbault vorbeiging? Der Versuch blieb erfolglos. Sollte ich mich bekreuzigen? In hoc signo vinces?

Ich versuchte auch das, ebenfalls ohne Wirkung. Entweder hatte das Zeichen seit dem Ende des Christlichen Zeitalters seine Kraft verloren oder mir gebrach es bei seiner Anwendung am rechten Glauben. Christ bin ich nur, weil man bei uns schon als Säugling getauft wird.

Schon berührte sie mich fast, da fiel mir plötzlich meine Begegnung mit der Alten ein, ich griff in die Taschen und tastete nach dem Medaillon. Es war noch da. Ich hob es über meinen Kopf und beschwor Sally: »Im Namen der Mutter! Laß mich frei und gib mir sicheres Geleit bis nach Haus!«

Sie umkreiste mich noch zweimal – so nahe, daß mich der Wind ihres Laufs streifte – und dann noch einmal zur Hälfte, bevor meine Worte zu ihr durchdrangen und sie stolpernd abbremste. Ruhig und ganz nüchtern drehte sie sich um und löste das Muster, eine Schlinge nach der anderen, wobei sie, den Blick zu Boden gerichtet, lustlos-mechanisch ihr Haar ordnete.

»Danke, Sally«, sagte ich, als sie fertig war und ich feststellte, daß ich mich wieder bewegen konnte. »Und jetzt sei ein braves Mädchen und zieh dir etwas an.«

Sie gehorchte widerstandslos und bescheiden, suchte auch die Schuhe zusammen, nahm den Mantel auf und harrte dann meiner weiteren Befehle.

»Jetzt schauen wir, wo Sieh-ein-Vogel und Seestern stecken, und dann reiten wir heim.«

Sie reichte mir den Arm. So gingen wir gelassen den Weg hinunter nach Zapmor.

Pfirsich und der Führer lagen noch immer im Graben, als wir vorbeikamen.

»Verzeiht, meine Lieben«, sagte ich. »Ihr könntet mir einen großen Gefallen tun, wenn ihr bei dem Wasserfall am Ende des Wegs weitermachen würdet. Ihr werdet dort zwei frisch begraste Hügel finden: Breitet eure Mäntel auf dem kleineren und bietet ein liebendes Willkomm für einen Geist, dem Böses angetan wurde. Es war ein guter Mensch – und mein Freund.«

Die Trennung

Von der Kuppe eines kleinen Hügels, wo auch die Pferde abgestellt waren, beobachteten Sally und ich zusammen mit anderen Zuschauern die Tänze, bis die Vorzeichen des grauenden Morgens am Himmel erschienen. Dann verabschiedeten sich die Vertreter der beiden Dörfer formell voneinander, und das Fest war zu Ende. Gleich darauf kamen auch schon Sieh-ein-Vogel und Seestern um ihre Pferde. Sie begrüßten uns sehr überrascht und erwarteten offenbar von Sally, daß sie eine Erklärung für ihre Gegenwart abgebe, aber sie sagte nur: »Ich bin sehr müde. Gehen wir jetzt heim ...«

Wir ritten zusammen, wobei Seestern und ich abwechselnd hinter Sally saßen. Offensichtlich sitzt in Neukreta immer die Frau vorne, wenn Magier verschiedenen Geschlechts ein Pferd teilen. Als wir die Menge hinter uns hatten, hörte ich, wie Seestern, der als erster mit Sally ritt, sie fragte, ob Feigenbrot nach Hause gekommen sei. Sie antwortete mit einem schlichten »Nein«.

Nach einer Pause frage Seestern sie, ob sie den ganzen Weg nach Zapmor zu Fuß gegangen sei. Wieder sagte sie »Nein«, und der Ton ihrer Antwort ließ ihn von weiteren Fragen Abstand nehmen.

Da Sally sich beruhigt hatte und zumindest nach außen anständig benahm, hatte ich mich entschlossen, nichts zu sagen, was sie reizen oder ihr schmeicheln könnte. Obwohl ich gern gewußt hätte, wie es Saphira in meiner Abwesenheit ergangen war, hatte ich sie um des lieben Friedens willen nach dem Verlassen der Lichtung nicht einmal erwähnt. Ich fragte mich, ob auch Saphira schon von Sally behext worden war, entsprechend bedrängt vielleicht ihr Versprechen gebrochen hatte und davongegangen war. Sally war an diesem Tag alles zuzutrauen. Ich machte mir Vorwürfe, daß ich dem Rat der Alten gefolgt und nicht nach Hause gegangen war.

Sieh-ein-Vogel nahm mir die Frage ab. »Wie geht es Saphira?«

Sally zuckte mit den Achseln. »Ich kann nicht mehr für sie sprechen. Sie ist fort. Gestern abend, als ich eben aufbrechen wollte, ist sie abgeritten.«

»Wohin?«

»Vermutlich nach Dunrena, um die Göttin Ana im Tempel des Königs um Rat zu bitten.«

»Warum Ana und nicht Mari? Das gefällt mir nicht. Es muß schlimm um sie stehen.«

»Nicht durch meine Schuld.«

Mehr wurde darüber nicht gesprochen. Wir sprengten durch Rabnon, das von Siegesfeuern beleuchtet war, und bogen in den Weg ein, der zu unserem Haus führte. Ich ritt nun hinter Sally. Als es lichter wurde, tauschten wir Grüße mit Bauern aus Gehörntes Lamm, die schon auf den taufeuchten Feldern arbeiteten, und der Holzrauch, der von den Schornsteinen der Bauernhäuser herüberkam, stieg in unsere Nasen. Es war Rauch von Kastanienholz: Der Nikotinentzug hatte meinen Geruchs- und Geschmackssinn abnorm geschärft.

»Normal, meinen Sie: Nicht abnorm«, sagte Sally über ihre Schulter zurück.

»Wie bitte?«

»Das ist auch der Grund, weshalb wir am Tag nicht mehr als eine Zigarette rauchen. Ständiges Rauchen würde unseren Genuß an den Gaben der Göttin abstumpfen. Es ist durchaus normal, wenn man den Rauch verschiedener Holzarten auseinanderkennt.«

»Aber ich habe doch kein Wort gesagt?«

»Sie haben zu sich selbst gesprochen. Aber ich habe es gehört.«

»Wie in aller Welt stellen Sie das an?«

»Ich bin doch eine Hexe, nicht wahr?«

»Und Sie haben meine Gedanken belauscht, seit Sie mich beschworen haben?«

»Ach nein: Erst seit Sie hinter mir reiten.«

»Sie hätten mich zumindest warnen können, daß Sie mir zuhören.«

»Ich habe vergessen, daß Sie nicht wissen, warum die Frau immer vorne reitet. Wenn ein Mann das täte, würde er die Gedanken der Frau hören, und das wäre ungehörig. Ich habe mich schon gewundert, warum Sie mir gegenüber so offen sind ... Wenn Sie irgendwelche Gedanken haben, die Sie nicht mit mir teilen wollen, sollten Sie lieber absteigen: Aber wir sind ja allesamt Freunde, und es wäre sehr unliebenswürdig von einem Mann, wenn er sein Inneres vor einer Frau verschließen wollte. Auf der Straße von Zapmor nach Rabnon habe ich Seestern zugehört: Er hat sehr schmeichelhaft von mir gedacht.«

Wir waren fast beim Haus, daher wollte ich kein Aufsehen erregen, indem ich abstieg. Als wir am Narrenhaus vorüberkamen, entschloß ich mich, einige von Edward Lears absurderen Nonsensgedichten stumm zu rezitieren, um meine innerlichen Blößen zu decken. Aber die Stirn, die dieses Weib hatte! Ich hatte Mühe, mich auf die Verse zu konzentrieren.

Ich ging sofort hinauf ins Schlafzimmer. Eine gründliche Nachschau ergab zu meiner Erleichterung, daß Saphira von ihren Toilettensachen nichts als eine Zahnbürste mitgenommen hatte; offenbar war es kein Abschied für immer. Seit ich das Medaillon hatte, fühlte ich mich den Umständen überhaupt viel besser gewachsen: Damit konnte ich Sally in Schach halten. Zu dumm, daß ich die ideale Chance für seine Anwendung versäumt hatte! Wenn das Ding für alle Zwecke gut war, hätte ich es ja auch vorhin herausziehen und Sally zwingen können, mir den Vordersitz zu überlassen: Dann hätte vielleicht ich gehört, was sie dachte ... Die Theorie, daß es wohl einer Frau zusteht, einen Mann zu belauschen, nicht aber umgekehrt, mißfiel mir sehr.

Ich zog mich aus, legte mich ins Bett und schlief bald darauf ein. Immerhin hatte ich mir vorsichtshalber das Medaillon mit einem Stück Band von Saphiras Frisiertisch an den einen Knöchel gebunden. Ich traute Sally durchaus zu, daß sie versuchen könnte, es mir zu stehlen.

Nicht lange danach weckte mich ein leises Klopfen an der Tür. Antonia kam herein.

»Hallo, Antonia«, sagte ich verschlafen.

»Hallo, Ned.«

»Wie bist du hergekommen?«

»Eine Frau mit blauen Beinen und einem komischen Tütenhut hat mich beschworen.«

»Sehr nett von ihr. Du hast einiges versäumt in diesen letzten fünf Tagen.«

»Wieso fünf Tage? Wir waren doch gestern alle zusammen –«

»Fünf von ihren Tagen. Und bei der Zigarettenknappheit hier kommen sie mir doppelt so lang vor wie bei uns. Wie geht's dir?«

»Ich kenne mich noch nicht recht aus, aber jetzt, nachdem ich dich gefunden habe, ist mir schon viel leichter. Mir war, als ob ich träumen würde.«

»Mitnichten. Hier ist alles sehr wirklich. Wer schaut auf Muni?«

»Niemand, aber das Fräulein Blaubein hat mir versprochen, daß ich nur von einem Herzschlag bis zum nächsten fort sein werde, und so rasch fällt nicht einmal Muni aus dem Gitterbett. Hübsch ist es hier. Ich wollte, wir hätten auch solche Diener. Schau nur, wie die Kommode dort glänzt!«

»Dazu müßte ich mich aufsetzen.«

»Soll ich zu dir ins Bett kommen? Es ist noch sehr früh.«

»Nichts lieber als das. In diesem Neuen Jerusalem erwartet man von uns Dichtern, daß wir uns mit dem Astralleib der Geliebten begnügen und in der Luft herumschaukeln.«

»Süß! Wie Lottie und ihre Knaben, wenn sie Levitation spielen?«

»Genauso. Zur Abwechslung müssen wir dann unsere Unschuld gegen splitternackte Mänaden verteidigen.«

»Entsetzlich! Ich darf doch hoffen, daß es dir gelungen ist, sie zu bewahren?« Sie schlüpfte zu mir ins Bett.

»Bis jetzt schon. Mari sei Dank!«

»Was sagst du da?«

»Mari sei Dank!«

»Soll das heißen, daß denen hier gelungen ist, was nicht einmal Ronnie Knox fertiggebracht hat? Haben sie einen Katholen aus dir gemacht? Oh, Ned, das hätte ich nie von dir erwartet!«

»Nein, schaudre nicht vor mir, du Ketzerin! Hier in Neukreta sagt jeder ›Mari sei Dank!‹ Es hat überhaupt nichts zu besagen.«

»Schwöre mir, daß du mich nicht anschwindelst! Ich würde es mir nie verzeihen, wenn ich mit einem dreckigen Papisten im Bett läge. In dieser Beziehung bin ich sehr abergläubisch.«

»Ehrenwort! Wenn du darauf bestehst, singe ich sogar ›Geweihtes Wasser ist auch nicht nasser‹ mit dir. Aber wirklich, Tonia: Du solltest mich nachgerade besser kennen. Auf meiner Hundemarke steht noch immer ›Anglik. Bek.‹.«

»Oh, ist es das, was du da am Knöchel hast?«

»Ich spreche metaphorisch. Das Ding an meinem Knöchel ist eine Art neukretischer Freipaß. Wenn wir dann aufstehen, werden wir uns damit alles anschauen.«

»Und diese hübschen Bürsten auf dem Frisiertisch! Du solltest mir wirklich eine neue Elfenbeinbürste kaufen: Seit die meinige mit der Karfreitagsbombe damals in die Luft geflogen ist, habe ich mich nie mehr so ganz wie eine Dame gefühlt. Wem gehört eigentlich das Schlafzimmer?«

»Einem lieben Mädchen, das Saphira heißt. Sie ist heute nicht hier. Dir wird sie gefallen: Sie hat etwas von einer Stipendiatin aus Lady Margaret Hall.«

»Bist du in sie verliebt?«

»Was für eine unzeitgemäße Frage!«

»Oh, Ned! Ist das nicht komisch?! Laß mich einmal den Freipaß sehen: Stehe auch ich darin? Und schaust du auf dem Foto vielleicht nicht ganz so kriminell aus wie sonst?«

»Es ist nicht so ein Paß. Und ich werde ihn nicht von meinem Knöchel abnehmen – Nein! Laß ihn in Ruhe oder ich kitzle dich, daß du kreischst! Er bleibt, wo er ist! Nicht einmal dir würde ich ihn anvertrauen. In diesem seltsamen Land lebt es sich gefährlich, und ich möchte mich auf kein Risiko einlassen. Ein Fehltritt, und wir sind fort, als wären wir nie gewesen.«

»Wenn du so sprichst, komme ich mir vor wie die Mrs. Discobbolus mit ihrem Mr. Discobbolus an der Wand.«

»Ich habe nicht gewußt, daß du deinen Lear so gut kennst. Du hast doch immer behauptet, daß du eine Kindheit ohne Märlein und Sprüche gehabt hast? Aber jetzt hör auf zu schwatzen und rühr dich nicht: Ich schreite hiermit zu ernsten Maßnahmen, indem ich dich auf deine durchaus glühglanzlose Nasenspitze küsse.«

»Warum durchaus glühglanzlos?«

»Psst, Schatz ...«

Ich schlief fast bis zum Dinner. Als ich aufwachte, hatte sich Antonia schon angezogen und war nicht mehr im Zimmer. Bestimmt hatte sie auch schon gefrühstückt. Wir hatten Mittwoch, da gab es für sie keinen Dolmetscher, weil die Chronisten ihren freien Tag hatten. Aber sie konnte sich immerhin mit ihrer Zeichensprache durchschlagen, wenn ihr Französisch nicht reichte – Französisch war ja nah mit dem Katalanischen verwandt, auf dem das Neukretische aufbaute –, oder etwas auf ein Stück Papier zeichnen. Nein, nicht auf Papier, erinnerte ich mich, aber es ist ihr immer gelungen, sich verständlich zu machen, sogar bei unserem blöden sudanesischen Koch in Heliopolis.

Während ich mich anzog, dachte ich darüber nach, warum Sally auch Antonia beschworen hatte. Aus Bosheit? Ging es ihr darum, daß ich nach dem Korb, den ich ihr gegeben hatte, auch nicht Saphiras Mantel teilen sollte? Nein – so einfach war es nicht: Bestimmt war es nicht

Sallys eigener Entschluß gewesen. Ich mußte mich bei der Alten für mein Glück bedanken. Wenn jemand beschworen werden sollte, kamen die Anweisungen von ihr; Sally konnte da nur Vollzugsorgan gewesen sein. Trotzdem begriff ich nicht, wie Sally es so im Handumdrehen getan haben konnte. Sie war die ganze Nacht fort gewesen, und nach unserer Rückkehr konnte ich kaum mehr als eine halbe Stunde geschlafen haben, bevor Antonia klopfte. Nach den Angaben des Dolmetschers hatte meine eigene Beschwörung von Sonnenaufgang bis Mittag gebraucht, und selbst dann war ich erst spät am Nachmittag aufgewacht. Offenbar hatte Sally ihre Technik vervollkommnet und benötigte jetzt nur mehr ein paar Minuten. Oder verhielt es sich vielleicht so, daß Frauen leichter zu beschwören waren als Männer?

Ich ging hinaus, um Antonia zu suchen. Sie war weder im Eßzimmer noch im Salon, auch nicht auf der Veranda oder in dem Arbeitszimmer, wo ich mich am Anfang wiedergefunden hatte. Von einem Fenster sah ich Sieh-ein-Vogel, der im Garten auf und ab ging, und rief hinaus: »Haben Sie meine Frau gesehen?«

»Nein, leider. Sie ist noch nicht vom Königshof zurück.«

Ich hatte das Wort ›dona‹ verwendet, das im Neukretischen sowohl ›Herrin‹ oder ›Geliebte‹ als auch ›Gattin‹ bedeutet, so daß Sieh-ein-Vogel meine Frage mißverstanden hatte.

»Ich meine Antonia«, sagte ich. »Nicht Saphira.«

»Oh, Edward! Ist sie gestorben?«

»Wovon reden Sie?«

»Ich glaubte Ihren Worten zu entnehmen, daß Saphira nicht mehr Saphira, sondern Antonia heißt.«

»Wenn sie tot wäre, würde ich Sie nicht fragen, ob Sie sie gesehen haben. Nein – das war ein totales Mißverständnis: Ich will von Ihnen wissen, ob Sie hier eine junge Frau gesehen haben – nicht Saphira, auch sonst ohne Beziehungen zu Saphira: Eine sehr zielbewußte junge Frau mit langen Beinen und dunklem, gewelltem Haar. Sie trägt einen gelb-schwarz gestreiften Rock, eine weiße

Bluse mit kurzen Ärmeln, dazu schwarze Schuhe mit hohen Absätzen und heißt Antonia.«

»Seit dem Frühstück war niemand dergleichen herunten.«

»Dann muß sie das Frühstück versäumt haben.«

In diesem Augenblick kam Seestern hinzu, und Sieh-ein-Vogel gab meine Frage an ihn weiter.

»Nein, ich habe niemanden gesehen«, antwortete er. »Es kann auch niemand vor dem Frühstück durch eine von den Türen hinausgegangen sein. Alle zwei haben das Haltezeichen auf beiden Seiten.«

»Dann kann sie nur in Sallys Zimmer sein. Antonia ist nämlich meine Frau – aus meiner eigenen Zeit. Ist Sally schon auf?«

»Nein.« Jetzt wirkte Sieh-ein-Vogel beunruhigt.

Ich ging zu Sallys Tür und klopfte. Sie öffnete sofort, zerzaust und munter, in einem roten, kimonoartigen Schlafrock. Ihre Beine zeigten keine Spur von Färberwaid. »Na? Wie steht's heute morgen?« fragte sie.

»Gut. Danke.«

»Fein. Haben Sie einen Wunsch?«

»Ja: Ich möchte Antonia. Ist sie bei Ihnen?«

»Warum so eilig?«

»Anscheinend hat sie noch kein Frühstück gehabt.«

Sally maß mich mit einem rätselhaften Blick. »Nein, keinen Bissen. Ich komme gleich. Es muß ja schon fast Lunchzeit sein.«

»Aber wo ist Antonia? Ich will sie sehen.«

»Ich habe doch gesagt, daß ich gleich kommen werde.«

»Machen Sie sich nicht über mich lustig, Sally. Sie ist doch in Ihrem Zimmer, nicht wahr?«

»In gewissem Sinn – ja!« Mit einem unterdrückten Lachen schloß sie die Tür, öffnete sie dann wieder einen Spalt weit und fragte mich: »Warum durchaus glühglanzlos?«

Nun freilich begriff ich. Es war nicht Antonia gewesen: Sally hatte mich hypnotisiert, so daß ich mir aus den Bruchstücken meiner Erinnerung eine künstliche Antonia – wie die falsche Helena, jenes Idolon, das den trojanischen Krieg ausgelöst hatte – zusammenbaute, der sie dann mit ihrem eigenen Körper die physische Realität verlieh. Sie hatte damit schon in der ersten Nacht angefangen, als ich bei Saphira schlief. Das Gespräch mit Antonia hatte ich selbst erfunden, nach Art der einseitigen Unterhaltungen, die man gelegentlich im Geist mit abwesenden Freunden oder Geliebten führt – Beweis dafür waren Mr. und Mrs. Discobbolus, die Antonia zitiert hatte. Als ich diese Anspielung dem Idolon in den Mund gelegt hatte, war mir sofort bewußt geworden, daß die wirkliche Antonia so etwas nicht gesagt hätte, worauf ich es unverzüglich berichtigte.

Ich warf einen Blick auf Sally, der sie durchbohren sollte. »Du Biest!« stieß ich zwischen den Zähnen hervor.

»Es tut mir leid, daß es dir doch nicht gelungen ist, deine Unschuld zu bewahren, Schatz!«

Sie schlug mir vor der Nase die Tür zu und schob den Riegel vor. Wenn in diesem Moment nicht zufällig Sieh-ein-Vogel dahergekommen wäre, hätte ich mich vermutlich dagegengeworfen, die Tür aufgebrochen und Sally erwürgt. Aber da stand Sieh-ein-Vogel, sein freundliches Schafsgesicht hilfesuchend auf mich gerichtet, und winkte. Er machte einen Eindruck, als hätte man ihm die Luft ausgelassen.

»Wo brennt's jetzt wieder, alter Junge?« fragte ich, indem ich ihm in den Salon folgte.

»Die neuesten Nachrichten vom Dorfbarbier: Zwei frische Gräber am Wasserfall von Zapmor. Man vermutet –«

Die Stimme versagte ihm, er sank auf das Sofa.

»Ich bin zu alt, um diesen Prüfungen noch länger standzuhalten«, flüsterte er. »Bis vor drei oder vier Tagen waren wir eine so glückliche Familie ...«

»Ich hoffe, daß Sie nicht damit sagen wollen, ich habe euren Frieden gestört? Ich habe nicht gebeten, daß ihr mich beschwört –«

Er lächelte schwermütig. »Nein, Edward, nicht Sie sind es: Es ist das, was Sie mit sich gebracht haben.«

»Sie meinen Erica Turner, diesen Brutsch?«

»Ja, das meine ich. Sally hat mir von dem obszönen

Metallbehälter erzählt, der in Saphiras Schrank gefunden wurde.«

»Dann erlauben Sie mir aber, bitte, eine Berichtigung: Ich habe Erica nicht mit mir hergebracht. Sie lebt hier schon seit Jahren. Sie hat es mir selbst gesagt.«

»Das kann nicht wahr sein, wir müßten von ihrer Anwesenheit schon lange vorher gewußt haben. Sie muß mit Ihnen gekommen sein, in Ihr Haar verfilzt. Und nun geht anscheinend noch ein zweiter Brutsch aus Ihrer Zeit um, diese Frau mit dem gelb-schwarzen Rock, von der Sie behaupten, daß sie Ihre Frau sei.«

»Diese Erscheinung kann Sally erklären, wenn Sie sie fragen wollen. Sie hat das Gespenst selbst geschaffen – aus Gründen, die sie selbst am besten kennt.«

»Aber Sallys Aufgabe ist es doch, Brutsche auszutreiben – nicht sie zu schaffen!«

»Der Meinung bin auch ich, und da ich sehe, daß Sally noch immer Ihr Vertrauen hat, will ich nichts weiter darüber sagen.«

»Natürlich hat Sally mein Vertrauen! Wir leben doch nicht zu Ihrer Zeit! Bei uns vertraut jeder dem anderen und erwartet von ihm, daß auch er dieses Vertrauen erwidert.«

»Möge es Ihnen wohl bekommen!«

»Wie?«

»Mein lieber Sieh-ein-Vogel, darf ich Ihnen einen freundschaftlichen Rat geben?«

»Ich bitte darum.«

»Gut: Ich rate Ihnen, auf Ihr Zimmer zu gehen, Ihr Bündel zu schnüren, sich darauf an wen immer zu wenden, der dafür zuständig ist, und ihm anzukündigen, daß Sie die Absicht haben, zu den Senioren überzutreten. Sie sind doch bestimmt alt genug, daß man Sie nimmt? Ausgezeichnet. Von jetzt an werden sich die Verhältnisse in diesem Haus zwangsläufig immer mehr verwirren – wahrscheinlich bis zu meiner Rückkehr in meine Vergangenheit und dann noch für lange Zeit. Halten Sie sich heraus, solange das noch geht. In einem Narrenhaus, wo Sie nichts ernst nehmen müssen und von niemandem ernst genommen werden, sind Sie bestimmt am glücklichsten.«

»Oh – aber, Edward: Lieber Freund –«

»Sie meinen, daß Sie das hiesige Etablissement meiden wollen, weil Sie Angst haben, dort Erica in die Arme zu laufen? Nein, Sieh-ein-Vogel, davor brauchen Sie sich nicht zu fürchten. Erica ist überall und nirgends. Sie sind dort vor ihr so sicher – oder nicht sicher –, wie am anderen Ende der Welt.«

»Aber wer ist sie dann?«

»Jemand, den Sie sehr gut kennen.« Als ich sprach, war mir nämlich klar geworden, daß Erica kein Idolon wie die künstliche Antonia war und auch sonst nichts mit Sally und ihren Kunststückchen zu tun hatte. Die Zigarettendose, die Saphira während meines Ausflugs nach Sanjon in ihrem Schrank gefunden hatte, bewies es. Nein: Hinter Erica verbarg sich eine stärkere Zaubermacht als jene, über die Sally verfügte – die Macht der fleischgewordenen Göttin selbst, an die ich, so absurd es klingen mag, nach meinen jüngsten Erfahrungen wohl oder über glauben mußte.

Sieh-ein-Vogel zögerte. Dann kam er auf die Gräber zurück und fragte mich ängstlich: »Ist es wahr, daß das Grab – daß Feigenbrot nicht mehr in dieses Haus zurückkehren wird?«

»Hier passieren in letzter Zeit so seltsame Dinge, daß ich nichts zu prophezeien wage, was seine Rückkehr betrifft. Wenn es möglich war, mich aus einer sehr fernen Vergangenheit zu beschwören, möchte ich nicht ausschließen, daß dergleichen mit Feigenbrot über vierundzwanzig Stunden hinweg geschehen kann.«

»Dann ist er also tot? Und Sie haben ihn begraben?« Er bot ein Bild des Jammers.

»Ja. Sally hat mich gebeten, die beiden Gräber zu graben. In dem größeren liegt sein Pferd. Das Pferd hat ihn angegriffen und zu Tod getrampelt, dann hat es Gewissensbisse bekommen und Sally an den Tatort gebracht. Sie hat es getötet. Darauf ist einiges vorgefallen. Zuletzt hat ein Liebespaar die Mäntel über Feigenbrots Grab gebreitet.«

Er erholte sich ein wenig. »Ach! So war es doch das Pferd, das den Mord begangen hat: Mari sei gepriesen! Es ging ein Gerücht um, daß Feigenbrot vom Schlag eines

Mannes aus Zapmor, den er von seinem Gegner trennen wollte, getroffen worden und an seinen Verletzungen gestorben sei. Jetzt verstehe ich alles! Als Sie versuchten, die Abkürzung über die Wasserwiesen zu nehmen, muß er versucht haben, Ihnen nachzureiten, um Sie von dem heiligen Hain abzuhalten, und hat dabei, ohne es zu wollen, den Kranich in der Meditation gestört. Eindringlinge, die unwissentlich die Grenze überschreiten, werden immer mit gewaltsamem Tod bestraft; auch schon in anderen Fällen hat die Göttin ein Pferd als Werkzeug ihrer Rache verwendet. Dennoch war es ein ehrenhafter Tod, die Liebe zwischen den Menschen ist nicht verletzt worden, und Feigenbrots Name kann noch immer einen Ruhmesplatz in den Listen erhalten. Er hat in guter Absicht gesündigt.«

Ich verzichtete darauf, ihn aufzuklären. »Ihr hättet mich vor dem Kranich warnen sollen«, sagte ich.

Er wollte in den Garten gehen, um Seestern Bericht zu erstatten, blieb aber mit der Hand an der Klinke stehen. »Nur eines noch, Edward: Ich muß Sie inständig bitten, Sally zu vertrauen! Der Mangel an Liebe, den Sie ihr gegenüber zeigen, hat uns allen viel Kummer bereitet.«

»Mangel an Liebe!« rief ich. »Das ist die Höhe! Vielleicht interessiert es Sie zu hören, daß Sally erst letzte Nacht so gütig war, mir das Recht auf Vaterschaft anzubieten, und ich es inzwischen auch konsumiert habe.«

»Sie war es also!«

»Was wollen Sie damit sagen?«

»Aber ich dachte doch, daß Sie und Saphira ein Liebesverhältnis eingegangen seien!«

»Das stimmt. Wenn Saphira hier gewesen wäre, hätten die Dinge eine andere Wendung genommen.«

Er kehrte gebrochen zum Sofa zurück. »Nach all dem wird es wahrscheinlich doch das Beste sein, wenn ich Ihrem Rat folge und mich bei den Senioren bewerbe«, stammelte er.

»Wo fehlt es jetzt wieder?« fragte ich.

»Seestern ist sterblich in Sally verliebt, und ich weiß – sofern ich überhaupt etwas weiß –, daß dieser zweite Schlage ihn ins Herz treffen wird.«

»Sie meinen, daß er auf mich eifersüchtig sein wird?«

»Nein, das ist es nicht. Er war auch auf Feigenbrot nicht eifersüchtig, als sie ihn letzten Freitag in ihr Bett einlud. Dichter sind nie eifersüchtig. Aber er wird sich sehr kränken, weil er das Gefühl haben muß, daß die Einladung, Sallys Mantel auf dem Grab seines Bruders zu teilen, nicht Ihnen gebührt hätte, sondern ihm.«

Er lag zwar nicht ganz richtig, aber ich konnte keine Berichtigung anbringen, wenn ich nicht mehr sagen wollte, als ich beabsichtigte. »Genau das habe ich Sally klarzumachen versucht«, knurrte ich und setzte meinen Hut auf.

»Wohin gehen Sie jetzt?« fragte er.

»Ich reite nach Dunrena und suche Saphira. Die Situation hier wird nachgerade unmöglich vertrackt.«

»Und wenn Sie sie gefunden haben?«

»Dann werde ich ihr raten, nie wieder hierher zurückzukommen, nicht einmal um ihre Sachen zu holen. Das können die Diener besorgen. Auch ich werde nicht wiederkommen. Ich halte mich an Saphira.«

»Aber das klingt ja, als ob Sie Sally nun doch nicht lieben würden – als ob Sie . . . Ich begreife das nicht!«

»Bemühen Sie sich nicht, es geht über Ihren Horizont. Versuchen Sie auch nicht, Seestern eine Erklärung zu geben: Das wird Sally tun. Packen Sie Ihre Siebensachen und verschwinden Sie so rasch wie möglich. Lassen Sie die beiden hier allein mit den Dingen fertigwerden, so gut sie es können.«

Ich ging zu den Ställen und rief einen Burschen. »Sattle mir ein Pferd und laß etwas zum Essen und Trinken für zwei Tage in meine Satteltaschen geben.«

Als der Stallbursche aus der Küche zurückkehrte, fragte er: »Glauben Sie, daß die Hexe heute vormittag noch das Pferd der Nymphe bewegen wird?«

»Was? Saphira ist zu Fuß fortgegangen?«

»Ich vermute es, Herr – ich war nicht dabei, als sie aufbrach. Sie hat auch gestern ihre Stute nicht geritten; das Tier wird schon unruhig.«

»Aber die Hexe hat mir ganz deutlich gesagt, daß Saphira zum Königshof geritten ist!«

»Sie müssen sie mißverstanden haben, Herr.«

Das war schlimm. Es sah aus, als hätte Saphira nun also doch vor, zu den Gemeinen überzutreten – oder sich zu töten; als hätte Sally sie überredet, das Wort, das sie mir gegeben hatte, zu brechen. »Ich werde die Stute mit mir nehmen«, sagte ich zu dem Burschen. »Ich komme mit beiden Pferden zurecht.«

»Wird ein Halfter genug sein?«

»Nein, leg ihr den Sattel auf.«

Ein Fenster über uns öffnete sich. Ich spürte, wie Sallys Blick sich mir in den Rücken bohrte, aber ich schaute nicht auf.

Quant

Nach einer Meile sah ich den Dolmetscher vor einem Heckendurchstieg an der Straße sitzen und hielt an, um seinen Gruß zu erwidern. Neben ihm stand ein kleiner, alter Mann mit einem Gesicht wie ein schrumpeliger Apfel und betrachtete mich aus listigen Äugelchen.

»Ihr gelehrter Kollege Quant, nehme ich an?« sagte ich auf Englisch. (Sein Name bedeutet »Wieviel«, aber für mich wird er immer »Quant« bleiben.)

Quant sprach für sich selbst: »Ja, der bin ich – und freue mich ganz besonders, Sie kennenzulernen, Mr. Venn-Thomas. Mein Freund Hammerkopf hat regelmäßig in allen Einzelheiten über Ihren Wortschatz und Ihre Syntax im Englischen berichtet und in vielen strittigen Punkten Klarheit geschaffen. Wir sind Ihnen sehr dankbar für Ihre Hilfe. Haben Sie vielleicht ein paar Sekunden Zeit für mich?«

»Nicht für eine Plauderei über irreguläre Perfektpartizipien – so leid es mir tut. Ich bin auf dem Weg nach Dunrena, um meine Freundin Saphira zu suchen.«

»Ja, das ist ihre Stute. Kennen Sie jemanden bei Hof?«

»Keine Seele.«

»Ist es überhaupt gewiß, daß sie dorthin gegangen ist?«

»Nein, nicht hundertprozentig. Können Sie mir sagen, was mit ihr geschehen ist, nachdem sie das Haus verlassen hat?«

»Das kann ich. Sie ist geradewegs zu mir gekommen, um mich um Rat zu fragen.«

Eine neukretische Magierin, die sich an einen männlichen Chronisten um Rat wendet! Aber schon schaltete sich der Dometscher ein: »Zwischen ihm und ihr besteht geistliche Verwandtschaft«, erläuterte er, vor Bewunderung strahlend. »Das heißt, er ist der Bruder ihrer Mutter. Allerdings, ceteris paribus, kommt auch sonst jedermann zu Quant, um sich bei ihm Rat zu holen, weil es keinen praktischeren Menschen gibt als ihn – und auch keinen sympathischeren.«

Quant blinzelte mir fast unmerklich zu, aber da es das erste Mal war, daß mir so etwas in Neukreta widerfuhr, war ich wie entgeistert. Es bedeutete ja, daß es hier ein Geheimnis gab, von dem sein Kollege ausgeschlossen war, und darin lag für mich etwas ganz und gar Unkretisches: Seit meiner Ankunft hatte jeder, dem ich begegnet war, mir versichert, daß uneingeschränkte Offenheit zwischen den Menschen der Eckpfeiler der Gesellschaft sei.

Holla! sagte ich zu mir: Endlich ein verwandter Geist!

»Nun ja«, sagte ich zu Quant. »Wenn es nicht sicher ist, daß ich Saphira in Dunrena finde, wäre es sinnlos, ihr Pferd dorthin zu führen. Vielleicht sollten wir uns da doch ein Plätzchen suchen, wo wir uns über die spätchristliche Konjugation unregelmäßiger und unvollständiger altenglischer Verben unterhalten können?«

»Großartig! Nichts lieber als das!« Quant wandte sich zu dem Dolmetscher: »Du mußt dich beeilen, sonst kommst du zu spät!«

»Bist du sicher, daß ich mich hier nicht nützlich erweisen könnte, lieber Freund?« bettelte der Dolmetscher.

»Deine Pflicht ruft dich ins Musikzimmer«, erwiderte Quant dezidiert. »Ich würde es mir nie verzeihen, wenn du meinetwegen das Konzert aufhalten würdest.« Er drehte sich wieder zu mir und erklärte: »Mein Kollege Hammerkopf spielt die Oboe – sehr korrekt und distanziert. Dafür ist er ein glänzender Krocketspieler, denn beim Krocket sind es genau diese Qualitäten, mit denen man gewinnt.«

Glücklich lächelnd zog der Dolmetscher ab: Ganz offensichtlich war ihm die kritische Einschränkung, die in Quants »dafür« steckte, nicht bewußt geworden.

»Saphira ist nicht nach Dunrena gegangen«, sagte Quant, als wir schließlich allein waren. »Sie hat nicht einmal das Dorf verlassen: Das sollte ich Ihnen unter vier Augen mitteilen. Sie werden die Pferde nicht brauchen. Wollen Sie die Tiere nicht in die Koppel dort oben am Waldrand bringen und absatteln? Ich warte hier auf Sie.«

Ich folgte seinem Vorschlag. In der Koppel gab es Hindernisse für Sprungtraining; die Pferde liefen, als ich sie sich selbst überließ, fehlerfrei zusammen den Parcours und wieherten bei jedem Wenden vor Vergnügen. Dann querten Quant und ich bei dem Durchstieg die Straße und gingen über die Felder, bis wir zu einer kleinen Bretterhütte kamen, die zwischen Quittenbäumen stand.

»Hier können wir ungestört reden«, sagte er und stieß die Tür auf. »Wobei ich nicht an die Perfektpartizipien denke.«

Die Einrichtung der Hütte bestand aus einem Tisch, zwei Stühlen, einem Holzkohlenofen und einer Pritsche.

»Machen Sie's sich gemütlich«, forderte er mich auf, indem er sich selbst hinsetzte.

»Wem gehört das hier?« fragte ich.

»Es ist eine Malerhütte. Darum steht sie in einem Quittengarten.«

»Dieser Zusammenhang leuchtet mir nicht ein.«

»Die Quitte ist Mari heilig, und Mari inspiriert unsere Maler zu Zauberbildern. Sie müssen dazu wissen, daß es bei uns zwei Arten von Bildern gibt: die Zauberbilder und die für den Hausgebrauch bestimmten. Die Gemeinen malen ihre Hauszeichen und schmücken ihre Kaminvorsätze und Truhen mit Blumen, Früchten und Tieren oder lebhaften Szenen aus Barbierballaden, aber das ist auch schon alles. Porträts von lebenden Menschen dürfen sie nicht malen: Das dürfen nicht einmal die Magier, weil es Unglück bringen könnte. Zauberbilder werden in

Quittenhütten gemalt. Auf dem Bord über Ihrem Kopf finden Sie, falls Sie sich inspiriert fühlen, die Farben, Pinsel und Bretter.«

»Ich habe nicht die Absicht. Aber erklären Sie mir, wie man ein Zauberbild malt.«

»Es ist eine Methode, den Willen der Göttin zu erkunden. Der Magier malt ein Bild über ein mythisches Thema, und wenn es fertig ist, enthält das Bild die Antwort auf das Problem, was immer das sein mag.«

»Was für eine Art von Problem?«

»Irgendeines. Beispielsweise etwas Diagnostisches, wie die Ursache und Therapie einer Seuche. Es kann auch mit Liebe zu tun haben. Oder es betrifft irgendeine Frage der öffentlichen Moral. Ich werde Ihnen einen einfachen Fall schildern: Vor ein paar Jahren hat man in einem Torfmoor die unverweste Leiche eines Menschen gefunden, der eine Weste mit goldenen Knöpfen trug, von denen einer fehlte. In seiner Tasche war eine Flasche und eine Schnupftabakdose. Die Knöpfe waren aus Münzen gemacht, aber der Finder kam um Erlaubnis ein, sie zu tragen. Er brachte vor, daß sie schon vor langem aus Münzen zu Knöpfen verarbeitet worden, überdies handgeprägt und daher nicht unsittlich seien. Das Problem wurde vor eine Versammlung der Magier gebracht, und alle fünfzehn Anwesenden saßen einen ganzen Vormittag lang herum und starrten die Knöpfe an, ohne daß einer von ihnen sich zu einer Aussage inspiriert fühlte. Schließlich erhob sich Bienenflug – die Mutter von Sieh-ein-Vogels Kindern und inzwischen eine Seniorin – und sagte: ›Vielleicht haben die Quitten eine Botschaft für uns.‹ Darauf gingen die anderen hinaus in den Garten und spielten Cambeluk. Es war ein Donnerstag.«

»Was ist Cambeluk?«

»Es hat gewisse Ähnlichkeiten mit Schach und Mühle und wird von zwei Spielern mit je neun Figuren – acht Gemeinen und einem Führer – gespielt. Sie müssen es lernen. Bienenflug begab sich sofort hierher in diese Hütte, betete zu Mari und machte sich ans Werk. Sie malte die Legende von Nimuë, Dobeis und den goldenen Scheiben, und als sie aus ihrer Entrückung erwachte, band sie das Bild hinter sich auf den Sattel und ritt nach Hause. Dort wartete sie, bis das Cambelukturnier zu Ende war – ein Spiel wird bei uns nur in sehr dringenden Fällen unterbrochen –, worauf sich die Magier wieder zusammensetzten, um das Bild anzusehen: Da stand Nimuë, die Hand zum Schlag gegen Dobeis erhoben; der Hintergrund zeigte eine Schnapsbutike. Der Mann mit der Weste stand dort, das Gesicht von Alkohol gedunsen. Er hatte sich einen der Knöpfe abgeschnitten und reichte ihn mit der einen Hand über die Theke, während die andere gierig nach einer Flasche griff. Von der Butike weg wand sich ein Pfad durch Marschland, am Himmel war ein Rabe zu erkennen. Damit war natürlich die Entscheidung gefallen. Ganz offensichtlich hatten die Knöpfe als Geld gedient, und einer davon hatte den Tod des Mannes verursacht – er hatte sich auf dem Heimweg betrunken und war im Moor versunken.«

»Und was geschah zuletzt mit den Knöpfen?«

»Man schickte sie zur Hexenkönigin, um sie reinigen zu lassen, und dann wurde aus ihnen eine Goldtafel für das Archiv gehämmert. Die Schnupftabakdose hingegen durfte der Finder behalten, weil man zu dem Ergebnis kam, daß es sich dabei um ein Werk der Liebe handelte.«

»Und warum haben Sie mich in diese Hütte geführt? Ich kann nicht malen, und Sie sind kein Magier.«

»Ich hoffe, daß Saphira herkommen wird.«

»Sehr gut: Erzählen Sie mir von ihr!«

»Zuerst, wenn Sie gestatten, ein wenig über mich selbst. Oder haben Sie noch einen Wunsch, bevor ich anfange?«

»Doch: Ich möchte von Ihnen, daß Sie Ihre Hand auf dieses Medaillon legen und schwören, daß Sie wirklich der Kollege Quant sind, von dem mir der Dolmetscher erzählt hat, und nicht eine von diesen lästigen Halluzinationen, die mich seit ein paar Tagen heimsuchen. Ihr Englisch ist so korrekt und natürlich, daß ich Ihnen nicht ohne weiteres über den Weg traue.«

Er schmunzelte und schwor auf Neukretisch.

»Hat SIE Ihnen das gegeben?« erkundigte er sich, höchst beeindruckt von dem Medaillon.

Ich nickte. »Im Erlenhain.«

»Und sie schien mit Ihnen zufrieden?«

»Sie ließ mich wissen, daß ich ihre Erwartungen erfülle.«

»Da haben Sie Glück. Nun aber, bitte, hören Sie zu – und unterbrechen Sie mich, wann immer Sie wollen. Zunächst zu meiner eigenen Person: Ich bin, was man hierzuland einen Margoton nennt – soweit mir bekannt ist, gibt es im Englischen nichts Entsprechendes. Ein Margoton ist ein Mensch, der in allen Ehren einem bestimmten Stand angehört, aber zufolge seiner Fähigkeiten auch in einem anderen Stand zu Hause ist. Wir Margotons sind äußerst selten, immerhin war jedoch der Dichter Vives einer von uns und hat den nötigen Präzedenzfall geliefert. Er war in den Stand der Magier hineingeboren, übernahm aber zur Zeit der zypriotischen Flut, als alle Führer seines Bezirks umgekommen waren, das Kommando und leitete die Rettungsarbeiten zur allgemeinen Bewunderung. Hernach ritt Vives einen Schecken, heißt es im ›Abriß der Weltgeschichte‹. Ich selbst bin als Magier geboren, aber mit allen Merkmalen eines Chronisten, abgesehen von einer temperamentmäßigen Unfähigkeit für Krocket, gegen die ich nie aufkommen konnte. Als ich dann – zugleich mit meiner Schwester – bereits als Chronist eingekleidet worden war, entdeckte ich plötzlich, daß ich auch ein Dichter bin. Ich bin darauf mit mir zu Rat gegangen, ob ich um eine Überweisung in meinen ursprünglichen Stand ersuchen sollte, aber ich kam zu dem Schluß, daß ich ebenso sehr Chronist wie Dichter sei und ein Wechsel mir nichts bringen würde. Davon abgesehen hatte ich, als ich mich auf das Englische spezialisierte – eine Sprache, die man für mein Gefühl nicht ohne dichterische Intuition lesen kann – auch begriffen, daß die Zeit, zu der man wahre Poesie in meiner eigenen Sprache schreiben konnte, vorbei ist ... Hammerkopf hat, glaube ich, unseren jüngsten Fund erwähnt – die Weihnachtskarten von Liverpool?«

»Ja. Es war ungefähr das erste, was ich nach meiner Beschwörung hörte.«

»Abenteurer haben die Schachtel in einer Höhle entdeckt. Ich habe Hammerkopf die Texte abschreiben lassen, bevor die Karten vernichtet wurden: Alles Papier muß zum Jahresende vernichtet werden. Die Sammlung enthielt jedoch auch ein handgeschriebenes Buch mit Gedichten, das ich selbst abschreiben wollte. Als ich die Gedichte entzifferte – die Tinte war stellenweise arg verblaßt –, fand ich, daß sie um vieles überzeugender und geschliffener waren als alles, was unser Englischer Kanon enthält; zugleich begriff ich freilich, daß ihre Aufnahme eine zersetzende Wirkung auf die neukretische Denkungsart haben würde. Auf dem Vorsatzblatt des Buchs standen zwei Namen: Der Ihre – und ›Erica Turner‹.«

»Es hatte einen bunten Umschlag, nicht wahr?«

»Nein, der Umschlag fehlte.«

»Jedenfalls erinnere ich mich gut daran.« (Wie, zum Teufel, war es nach Liverpool geraten? Das mußte lange nach meiner Zeit geschehen sein. Ich hatte es 1932 in Algier gekauft, als ich mit Erica dort gewesen war. Ich hatte meine Bücher mitgenommen, und eines Tages, nach einer Auseinandersetzung über poetische Lauterkeit, hatte sie von mir verlangt, daß ich alle mir bekannten englischen Gedichte herausschreiben sollte, in denen ein Dichter vollkommen ehrlich gegen sich selbst war, ohne etwas zu verschweigen. Viele, stellte ich fest, waren es nicht, und selbst dann noch verhöhnte mich Erica wegen meiner Auswahl. »Kein einziger Mann ist darunter, der aus Liebe zu einer Frau zweimal in den Tod gegangen wäre«, sagte sie. »Warum zweimal?« fragte ich. Worauf sie behauptete: »Einmal ist kein Beweis für die Lauterkeit eines Gefühls.« Erica war ein seltsames Mädchen.)

»Ich habe die Gedichte weder Hammerkopf noch jemand anderem gezeigt, aber selbst angefangen, englische Gedichte zu schreiben. Ich hielt es für harmlos, da ja Englisch eine tote Sprache ist und meine Gedichte nicht für ein Publikum bestimmt waren; auf jeden Fall löste ich auf diese Weise mein persönliches Problem als Margoton und war froh, daß ich nicht wieder meinen Stand gewechselt hatte: Als Magier hätte ich auf Neukretisch schreiben und meine Gedichte herumreichen müssen. Und dann kam eines Tages die Göttin, um mit mir über Sie zu sprechen.«

»Also bitte, Quant! Sie sind jetzt in der Lage, in den Begriffen meiner Zeit so zu denken und zu sprechen wie in Ihren eigenen: Kein anderer Mensch in Neukreta kann das. Daher schulden Sie mir auch eine für den gesunden Menschenverstand akzeptable Erklärung, was es heißen soll, wenn Sie behaupten: ›Die Göttin kam, um mit mir zu sprechen.‹«

»Aber Sie haben doch dieselbe Erfahrung gemacht! Sie hat Ihnen im Erlenhain dieses Medaillon gegeben.«

»Erfahrung und Erklärung ist nicht dasselbe. Für mich war die Alte eine Stellvertreterin der Göttin, nicht die Göttin selbst.«

»Das ist Haarspalterei, wo es nichts zu unterscheiden gibt. Die Göttin nimmt immer die Gestalt eines Geschöpfes an. Kennen Sie zufällig die ›Ilias‹, eine der großen Mythen der Antike?«

»Allerdings: Wir haben sie auf Griechisch in der Schule gelesen.«

»Dann erinnern Sie sich vielleicht, daß die Göttin – in Wahrheit handelt es sich ja um eine einzige Göttin, nicht um mehrere – gelegentlich während des trojanischen Kriegs in menschlicher Gestalt erschienen ist, einmal sogar als Mann: als der trojanische Prinz Deiphobos, unmittelbar vor Hektors Kampf mit dem griechischen Helden?«

»Bei allem Respekt vor Homer ist mir nie eingefallen, diese Geschichte wörtlich zu nehmen.«

»Wenn Sie beim trojanischen Krieg dabeigewesen wären, hätten Sie anders gedacht.«

»Mag sein. Was weiter?«

»Nun: Sie werden mir wohl zugestehen, daß es nicht Ihrem natürlichen Wesen entspricht, einen Vater-Gott zu verehren?«

»Moment: Das ist doch eine etwas kühne Unterstellung. Meinem Vater beispielsweise ist es durchaus natürlich erschienen.«

»Tatsächlich? Und war er ein glücklicher Mensch?«

»Soweit ihm sein Seelenheil oder sein Kontostand keine Sorgen machten.«

»Ja: Ich wollte mit meiner Behauptung sagen, daß der

Vater-Gott uns nicht so im Blut ist wie die Göttin. Er ist eine Konstruktion, die Ihre Vorväter, so gut es ihnen gelang, mit Leben erfüllten, aber im Interesse der geistigen Gesundheit hättet ihr ihn längst aufgeben müssen. Das Hauptübel der Spätchristlichen Zeit war ein hemmungsloser Wissenschaftskrieg, den niemand wollte, alle aber als unvermeidbar hinnahmen: Das ist ein typisches Nebenprodukt der Vatergottverehrung. Natürlich hat auch die Göttin in den archaischen Zeiten ihren Anhängern erlaubt, untereinander Kriege zu führen, wenn das Stammesleben zu eintönig wurde; aber sie hielt das in vernünftigen Grenzen, mochten diese auch nicht so klar gezogen sein wie jetzt. Als jedoch eure Ahnen sich gegen die Göttin auflehnten, erfanden sie einen Vatergott, der nichts als Krieg im Kopf hatte – Sonntag, Montag, Dienstag, Mittwoch und so weiter: ein blutrünstiger Dämon, der der Göttin ihr Kriegsbeil entwendet hatte und sich nun aufmachte, die Menschheit zu unterwerfen. Er verdrängte die Göttin aus ihrer souveränen Stellung, machte sie zu seiner Vasallin und verkündete eines Tages, daß es sie nicht mehr gebe.«

»Warum hat sie das geduldet, wenn sie wirklich so mächtig ist, wie ihr Neukreter glaubt?«

»Sie hat es nicht nur geduldet, sondern sogar selbst herbeigeführt. Ein paar chaotische Jahrtausende bedeuten für eine Unsterbliche sehr wenig – und ganz offensichtlich verfolgte sie zwei Ziele: Vor allem liebte sie die Männer und wollte nicht, daß sie sich beengt und unterdrückt fühlten. Sie sollten frei sein und (wie sie es ironisch ausdrückte) sich selbst verwirklichen, indem sie selbst herausfänden, wie absurd es ist, sich einen obersten Gott nach dem eigenen phallischen Bild zu schaffen; zu guter Letzt würden sie freiwillig unter ihre Herrschaft zurückkehren. Außerdem hatte sie die Absicht, am Mann gewisse intellektuelle Fähigkeiten zu demonstrieren, die von der Frau bis dahin nicht erkannt worden waren: Die Frau nahm ihre geschlechtliche Überlegenheit zu selbstverständlich und behandelte ihn wie ein Spielzeug.«

»Theoretisch ist für mich die Verehrung eines Vatergottes genauso natürlich wie die Verehrung einer Göttin.«

»Stimmt: Sie mußte dem Mann die Fähigkeit zu theoretischen Erörterungen zugestehen – und das war eine seiner Theorien. Aber in der Praxis ist eine männliche Gottheit eine contradictio in adjecto. Alsbald verloren eure Ahnen allen Glauben an die Weisheit und Gerechtigkeit des Vatergottes, ja sie begannen sogar, an seiner Existenz zu zweifeln. Einige wandten sich wieder heimlich der Göttin zu, andere aber wurden Rationalisten und erfanden einen Gott der Vernunft und Wissenschaft als Ersatz für die Göttin der Liebe und Weisheit.«

»Auf welchen Abschnitt unserer Geschichte spielen Sie damit an?«

»Auf die Zeit von Sokrates und Aristoteles. Vielleicht kennen Sie schon die Verse:

Sokrates und sein Daimon
Lehnten sich auf . . .

Wenn nicht, werde ich sie Ihnen später geben. Der Kriegsgott hielt sich noch in seiner Stellung, und da bis auf geheime Bruderschaften, die noch unter dem Schutz der Göttin standen, die Liebe zwischen den Männern verloren gegangen war, wurde er auch zum Gott der Räuber. Den Dritten in dem schurkischen Bund machte der Gott des Geldes, den wir Dobeis nennen.«

»Damit klammern Sie aber das Christentum aus.«

»Es ist nicht so wichtig, wenn man davon absieht, daß es ein Symptom für den überhitzten Geisteszustand der Männer war: Es hat eher zerstreut als verändert. Das Christentum ist aus dem von vornherein zum Scheitern verurteilten Versuch ein paar jüdischer Weiser hervorgegangen, die Vatergott-Religion durch eine totale Unterdrückung des Kults der Göttin eindeutig auszurichten und zu säubern; sie verteufelten den Gott des Geldes und setzten den Vatergott mit höchster Liebe, Weisheit und Gerechtigkeit gleich. Aber diese Weisen wurden sehr bald von konvertierten Heiden verdrängt, die in das Christentum alle möglichen und einander widersprechenden Glaubensinhalte hineintrugen – von der perversen philosophischen Theorie einer Scheinexistenz über eine halbherzige Verehrung der Göttin als keusche Jungfrau bis zur unverhüllten Anbetung eines Kriegsgottes. Zu Ihrer Zeit herrschten die Drei Schurken de facto unangefochten. In unseren ›Neukretischen Mythen‹ gibt es da einen berühmten Absatz:

> ›Das Schwert entscheidet‹, polterte der Gott der Räuber; ›Wissenschaft ist Wahrheit‹, piepste der Gott der Vernunft; ›Und jeder Mensch hat seinen Preis‹, jubelte Dobeis; ›Alles andere ist Wahn‹, brüllten die Schurken im Chor. Nimuë hörte den Lärm ...

Ich habe den Eindruck, daß ein Dichter der spätchristlichen Zeit verpflichtet war, im Namen der Lauterkeit sich zu verweigern, zu zweifeln, zu höhnen, zu zerstören und den Narren zu machen; nur wenn er einem gleichgesinnten Kollegen oder einer Frau begegnete, auf die heimlich der Geist der Göttin herabgekommen war, konnte er ahnen, daß noch nicht alles verloren war. Habe ich recht?«

»Mehr oder weniger.«

»Hammerkopf hat Ihnen erzählt, wie Neukreta entstanden ist. Als nahezu alle an allem verzweifelten und die Sophokraten an die Macht kamen, ließen sie sich von Ben-Yeschus Argumenten überzeugen und gründeten die Kolonien, aus denen sich unser heutiges Gesellschaftssystem entwickelt hat. Der Anthropologische Rat schloß sich der Behauptung an, mit der Ben-Yeschu sein berühmtes, wenn auch etwas schwerfällig geschriebenes Buch einleitete: ›Als Ergebnis des Versuchs, aus der psychischen Erbmasse der dominanten Alpenrassen ein lebenswichtiges Element des Religiösen zu tilgen, befindet sich die Zivilisation in einer globalen Nervenkrise.‹ Man war sich, mit anderen Worten, also darüber einig, daß die Göttin wieder ihre alte Machtstellung erhalten mußte, wenn die Menschheit irgendwie überleben wollte, und hatte genug archäologische Daten gesammelt, um ihren Kult bis in alle Einzelheiten überzeugend zu rekonstruieren.«

Er legte eine Pause ein und schrieb zum Zeichen, daß er

mit seiner historischen Einführung fertig war, mit dem Finger drei Sterne in die Luft.

»Da seid ihr jetzt also wieder dort, wo wir vor dem trojanischen Krieg waren«, sagte ich, »allerdings mit dem Vorteil, daß die Menschen gelernt haben, wie gefährlich es ist, sich gegen die Göttin zu erheben – und mit einigen nützlichen Erfindungen aus der Zeit dieser Rebellion, von denen ihr noch immer profitiert.«

»Das ist die Habenseite der Bilanz:

Denn sicher sind wir geleitet
von der fünffingrigen Sitte,

wie Solero feststellte. Daß es auch eine Sollseite gibt, ist mir erst bewußt geworden, nachdem ich Ihr Buch gelesen hatte. Da begriff ich, daß wir seit den drei letzten mißlungenen Versuchen, das neukretische System von außen her zu zerstören – Revolten im Inneren hat es nie gegeben –, ein Leben führen, wie es euch damals im Ideal eines ›Goldenen Zeitalters‹ vorschwebte – und das ist in der Tat ein sehr bequemes Leben. Ich will damit nicht sagen, daß wir nicht hart gearbeitet und hingebungsvoll gespielt hätten: Wir haben uns körperlich und geistig gesund erhalten, unsere Eintagskriege mit viel Begeisterung ausgefochten und gelegentlich Abenteuer in den Schlimmen Ländern gesucht. Aber irgendwie genügt das nicht.«

»Ist Ihnen jemals der ›Bienenstaat‹ von Bernard de Mandeville untergekommen? Anscheinend hat Ben-Yeschu versäumt, ihn in seine Liste der Utopien aufzunehmen.«

»Nein, das Werk ist nicht erhalten geblieben.«

»Es trifft ziemlich genau den Kern Ihrer Frage. Mandeville behauptete, daß Tugend – als welche er jedes Handeln ansah, durch das ein Mensch, entgegen seinem natürlichen Trieb, dem Mitmenschen Gutes tun will, weil er aus Vernunftgründen gut sein möchte – auf lange Sicht für die Menschheit schädlich ist. Er beschreibt eine Gesellschaft, die alle Tugenden aufweist, aber in lähmende Apathie verfällt, und verkündet laut, daß private Laster dem Wohl der Allgemeinheit dienen.«

»Das ist natürlich eine Übertreibung, mit der man im Chaos landet. Wahr ist aber doch, daß es heute nichts gibt, was sich mit der leidenschaftlichen Liebe vergleichen ließe, wie sie eure Dichter in der Spätchristlichen Zeit für die Göttin empfunden haben. Als Kleopatra ihre Gedichte schrieb, war es noch ungewiß, wer die Oberhand gewinnen würde: Die alte Zivilisation bestand noch neben der neuen, und unsere Handelsschiffe segelten noch nach Korinth und brachten zweifelhafte Waren herüber. Kleopatras Gedichte sind ein leidenschaftlicher Appell, nicht in den einstigen Wahnsinn zurückzufallen. Aber was haben wir nach Solero, Vives und den anderen Gesetzesdichtern schon vorzuweisen: Gerade noch Robnet, der zwar viel später gelebt hat, aber als Kind aus den Schlimmen Ländern von Amerika hergebracht worden ist und bis zu seinem Tod etwas von seiner natürlichen Wildheit bewahrt hat; und er ist jung gestorben. Aber sonst?«

»Letzthin beim Santrepod ist Erica Turner ins Zimmer gekommen – Sie wissen doch schon von Erica?«

Er nickte. »Aber diesen Teil der Geschichte kenne ich noch nicht.«

»Saphira hatte etwas von Alysin gespielt; ich fand es unaufrichtig und sagte das auch Erica. Sie vertrat denselben Standpunkt wie Sie: Daß es mit Musik und Dichtung seit Kleopatras Tagen bergab gegangen ist.«

»Und was haben Saphira und Sally dazu gemeint?«

»Nichts. Sie haben geschlafen. Alle außer mir haben geschlafen, als Erica den Bannkreis, den sie gegen sie gezogen hatten, wie nichts durchbrach und hereinkam.«

»Es war die Göttin«, sagte Quant.

»Das habe ich vermutet. ›Sie vermag nach Belieben alt und jung zu sein.‹ Aber für mich, der mit dem Begriff von einem Gott aufgewachsen ist, dessen übernatürliches Wesen sich in blendendem Licht, ehrfurchtgebietender Größe und Donnerstimme ausdrückt, ist es schwer, vor einer Göttin Respekt zu haben, wenn sie als Erica Turner erscheint.«

»Sie hat nicht versucht, Ihnen Respekt einzuflößen«, sagte Quant. »So wenig wie Athene versucht hat, Hektor

Respekt einzuflößen. Hätten Sie wirklich Respekt vor einem himmlischen Monstrum mit Donnerstimme? Das traue ich Ihnen nicht zu, Mister Venn-Thomas!«

Ich lachte. »Touché!« sagte ich. »Aber jetzt möchte ich von Saphira hören! Sie haben erwähnt, daß sie zu Ihnen um Rat gekommen ist: Was hat sie Ihnen erzählt?«

»Von Erica im Narrenhaus und von dem obszönen Blechdöschen in ihrem Schrank – und von Ihrem Verdacht gegen Sally. Sie hat nichts zurückgehalten.«

»Und was haben Sie ihr geraten?«

»Ich habe ihr gesagt, daß sie keine Angst haben muß: daß sie bei Ihnen im Auge des Wirbelsturms am sichersten sein würde. Ich habe diese Metapher absichtlich gebraucht und will Ihnen auch den Grund erklären: Eines Abends nämlich, als ich das letzte der Gedichte aus Ihrem Buch übertrug, trat die Göttin in mein Arbeitszimmer. Sie trug einen Mantel mit weißen Streifen und grüne Sandalen. Ich wußte, wer sie war, und fiel auf die Knie. Sie stand über mir und schrieb unmittelbar unter Ihren Namen in den Lehm: ›Ehe das Jahr zu Ende geht, werde ich diesen Wind zu einem Sturm anfachen, der die dürren Äste von meinen Bäumen bläst.‹ Ich war daher auch nicht besonders überrascht, als ich Sallys Bericht über Ihre Beschwörung las, hielt mich aber im Hintergrund, beobachtete die Federwolken am Himmel und horchte auf den Wind in den Akazien – bis gestern, als Saphira von der Göttin zu mir um Rat geschickt wurde.«

»Saphira tut mir leid«, sagte ich, »aber Sally noch mehr. Ihr hat die Göttin in diesem Spiel die schwierigste Rolle zugewiesen.«

Quant seufzte tief. »Ich muß jetzt zum Abendrauch nach Hause gehen«, sagte er nach einer Weile. »Hammerkopf wird schon warten, mir die Pfeife zu stopfen. Er ist ein guter Bursche und ein fleißiger Kollege. Guten Abend, Mister Venn-Thomas! Es war nett, mit Ihnen zu plaudern ...«

Ich hielt ihn zurück. »Darf ich Ihre englischen Gedichte sehen, Quant?«

Seine Hand tauchte in die Brusttasche. »Ich habe mir erlaubt, eines mitzubringen. Ich habe es vor einiger Zeit geschrieben, als Saphira von Vorahnungen ihres gegenwärtigen Leids verfolgt wurde: Die geistliche Vaterschaft bewirkt eine sehr starke Bindung, und ich drücke in dem Gedicht mein Mitgefühl aus. Wie Sie sehen, ist es bereits in Silber geritzt, mit der neukretischen Übersetzung auf der anderen Seite.«

»Aber Sie können doch keine Tafeln zugeteilt erhalten haben? Offiziell sind Sie ja kein Dichter!«

»Als Kurator der spätchristlichen Texte übertrage ich alle Gedichte, die man auffindet, auf Lehm – und die Magier beurteilen sie. Ein Magierrat hat angeordnet, daß dieses Gedicht in Silber geritzt werden soll: Sie haben es dem Dichter Marvell zugeschrieben.«

»Was doch alles in einem Margoton drinsteckt!«

Er lachte vergnügt. »Ich darf nicht hoffen, daß Ihr Urteil auch so günstig ausfällt«, sagte er. »Vielleicht finden Sie, daß es überhaupt kein Gedicht ist, aber der Magierrat meint, daß es verdient, in den Englischen Kanon aufgenommen zu werden.«

Die verlegene Sorge um sein Geschöpf, mit der er davoneilte, rührte mich. Als er die Tür hinter sich geschlossen hatte, las ich das Gedicht, das sich zwar im charakteristischen Stil des siebzehnten Jahrhunderts hielt, aber mit Marvell nicht das geringste zu tun hatte; die Herausgeber des Kanons hatten Marvell allerdings auch anderes untergeschoben, nicht alles so gut wie das Gedicht Quants.

So dicht verdunkelt dieser Saal
Auch war, gab's dennoch Ritzen
Durch die ein schlanker Sonnenstrahl
Ins Balkenwerk konnt blitzen:
Ein Kringel Gold verspricht
Mir eine Welt voll Licht.

Durch eine solche Ritze möcht ich dringen
Ins gramverhangne Herz auch dir
Das Licht von meiner Liebe bringen,
Damit du mich erkennst und mir
Dich auftust, bis du ganz
Erfüllt bist von der Wahrheit Sonnenglanz.

»He! Quant!« rief ich ihm nach.

»Ja?« antwortete er vom Wiesenrand herüber.

»Ich danke Ihnen: Das Gedicht ist in Ordnung.«

Er kam zurück, drückte mir dankbar die Hand, steckte die Silbertafel in die Brusttasche. Als er wieder ging, summte er leise vor sich hin.

Wahrhaftig, auch dieser Quant war in Ordnung!

Wer ist Edward?

Während Quant zu mir sprach, hatte ich beschlossen, fortan in der Gegenwart zu leben und möglichst wenig an meine eigene Zeit zu denken. Vielleicht blieb ich noch jahrelang in Neukreta oder ging überhaupt nie mehr zurück, und unter diesen Umständen war es nicht mehr als recht und billig, wenn ich daraus das Beste zu machen versuchte. Zumindest konnte ich mich hier nicht über gewisse Begleiterscheinungen unserer abgewirtschafteten Pluto-Demokratie beklagen. Dazu gesundes Essen, höfliche Menschen und eine bezaubernd schöne Gegend, ein gutes Pferd zu meiner Verfügung und soviel Unterhaltsames und Spannendes, daß es wirklich absurd gewesen wäre, St. Jean-des-Porcs nachzuweinen, wie ich es von früher kannte, mich nach dem irren, anonymen Trubel zur Stoßzeit in der Londoner U-Bahn zu sehnen oder nach einem Liegestuhl, einer Schachtel Old Gold, einem guten Sherry und Simenons jüngstem Roman in meinem ungepflegten Gärtchen in Sainte Véronique. Insbesondere mußte ich mich von den Gefühlen freimachen, die mich mit Antonia verbanden; Antonia hatte mit dem Leben hier nichts zu schaffen, und nur das sentimentale Kreisen meiner Gedanken um sie hatte es Sally ermöglicht, mich zu überlisten. Es war dumm von mir gewesen, Saphira mit Antonia gleichzusetzen, die beiden waren grundverschieden. Und geschmacklos war es auch: Ich hatte mich wie ein Witwer benommen, der seine neue

Frau zwingt, in den Kleidern und der Unterwäsche der teuren Verblichenen herumzulaufen und ihr Parfum zu benützen, um das Andenken an sie warm zu halten.

»Nun? Was gibt es Neues?« sagte Saphira, indem sie gelassen eintrat und sich in Quants Sessel setzte.

»Ich bin hier – du bist hier: Nur das zählt.« Ich stand auf und legte ihr meine Hände auf die Schultern.

»Wirklich nur das?«

»Du mußt mir vertrauen.«

Sie seufzte erleichtert. »Irgendwie bist du anders, Edward. Ich spüre es in deinen Händen. Sie sind nicht mehr so nervös und elektrisch.«

»Ich habe dich nicht richtig behandelt«, sagte ich. »Von jetzt an werde ich es besser machen.«

»Das ist gut. Ich habe nicht erwartet, daß über Nacht aus dir ein Neukreter wird, und das Gespuke hat für uns alles sehr kompliziert gemacht.«

»Ich glaube nicht, daß es weiterspuken wird.«

»Wenn du es sagst, ist es vorbei. Wie steht's daheim? Wie hat man auf meinen Abgang reagiert?«

»Ich weiß nur von Sieh-ein-Vogel, was er darüber denkt. Er ist ziemlich deprimiert und spricht davon, daß er zu den Senioren übertreten will.«

»Meinetwegen? Das wäre ein arger Fehler, wenn ihm auch Bienenflug eben erst vorangegangen ist. Wir müssen ihn unbedingt davon abhalten, er ist noch zu jung und vital, um jeden Abend im Narrenhaus Billard zu spielen und die übrige Zeit sonstwie totzuschlagen.«

»Ich finde, er hat recht. Wie schon sein Name sagt, kann er die Geier sehen, die über den Wolken kreisen. Auch tut er es nicht deinetwegen: Die Ursache ist eher Seestern gewesen.«

»Was ist mit Seestern?«

»Um es dir möglichst schonend beizubringen: Seestern findet, daß er ein Recht gehabt hätte, Sallys Mantel auf einem frischen Grab zu teilen.«

Saphira griff sich entsetzt an die Kehle. »Wessen Grab?«

»Feigenbrots Grab: Es tut mir leid –«

»Oh, der arme Feigenbrot! Ist er im Krieg getötet worden?«

»Nein, sein Pferd hat ihn zu Tod gebissen.«

»Ana sei uns gnädig! Aber er war doch immer so stolz auf seinen Gehorsam, und es war so ein sanftes Tier!«

»Solange es nicht verhext war.«

»Verhext? Ist das dein Ernst? Von wem?«

»Kannst du es nicht erraten?«

»Ich will nicht«, flüsterte sie.

»Sally war es. Wer sonst?«

»Nein, Liebster, das kann ich nicht glauben! Ich will es nicht glauben! Es ist vollkommen unmöglich. Rede mir nicht so etwas Schreckliches ein – wie eine von den Schauergeschichten aus der Alten Welt. Feigenbrot hat Sally geliebt – und sie hat ihn wiedergeliebt.«

»Tut mir leid, Schatz, aber es ist die Wahrheit.«

»Aber warum nur? Was für einen Grund hätte sie gehabt?«

»Sie wollte sich einen frommen Vorwand verschaffen, um ihren Mantel für einen anderen Mann auszubreiten.«

»Einen anderen Mann?« fragte sie mit erstickter Stimme. »Welchen?«

»Für mich natürlich.«

»Das hat sie –? Und du hast –? Oh, das ist wie ein böser Traum! Sag, daß du es nicht getan hast!«

»Natürlich nicht. Jedenfalls nicht auf dem Grab. Aber heute morgen, als ich noch schlief, hat sie mich drangekriegt. Sie hat sich wieder als Antonia ausgegeben und ist zu mir ins Bett gekommem. Ich habe ihre Wünsche vollauf befriedigt.«

»Aber in Wahrheit liebst du mich?« flüsterte sie. »Bist du ganz sicher?«

»Nur dich«, sagte ich. »Daß ich auch Antonia geliebt habe, weißt du ja – aber das war, wie es einer von unseren Dichtern so hinterlistig ausgedrückt hat, ›in einem andern Land, und zudem ist die Dirne tot‹. Jetzt bist es du. Und ich werde mich bemühen, daß ich deine Warnung nicht vergesse: Was du mir in unserer ersten Nacht gesagt hast – Nicht weinen, bitte! Ich kann dich nicht weinen sehen!«

»Ich glaube, es wird das letzte Mal sein, daß ich weine«, sagte sie leise.

Schweigend aßen wir zu Abend. Beide dachten wir angestrengt nach. Zunächst allerdings zeichneten wir mit Kreide das Zeichen an die Tür, das unwillkommene Besucher abhielt – drei Kraniche mit drohend erhobenen Flügeln – und heizten den Ofen an, denn der Abend war kühl, und Regen raschelte im Quittenlaub. Nun, nach meinem Entschluß, um Saphiras willen meine alten Denkgewohnheiten aufzugeben und ein Neukreter zu werden, fiel mir der Tag ein, als ich meinen Insulanerstolz hinuntergewürgt und versucht hatte, Französisch wie die Franzosen zu sprechen, mit allen ihren typischen Gesten und Sprachmätzchen. Bin ich unaufrichtig? hatte ich mich gefragt. Spiele ich nur Theater? Oder ist das wirklich mein wahres Selbst? Ich hatte es nicht gewußt.

In meinem früheren Leben – ich mußte wieder darauf zurückkommen, wenn auch mit der Betonung auf »früher« – hatte es drei deutlich unterschiedene Edwards gegeben, deren jeder sich in Relation zu drei unterschiedlichen Frauen und aus seiner Liebe zu ihnen entwickelt hatte. Die erste von einigem Gewicht war Virgilia gewesen, die Tochter eines Staatsanwalts aus Süd-Carolina: blaue Augen und Ringellocken, bezauberndes Genäsel, das Höchste für sie waren Pferde, Tanzen und Erfolg. Ihr zuliebe hatte ich mich so lange im Sattel und auf dem Parkett bewegt, bis ich besser war als meine Rivalen und somit auch beschränkten Erfolg erzielte. Ihr zuliebe hatte ich auch den Amerikaner gespielt, hatte sogar literweise – obwohl ich das Zeug eigentlich nicht leiden kann – Bourbon getrunken und voll verbissenem Enthusiasmus die Abenteuer des kleinen Katzenjammers in Virgilias Lieblingscomic verfolgt. Sie nannte mich »Ward« und fand, daß ich für einen Engländer sehr interessant und pflegenswert sei, bis sie eines Tages den Entschluß faßte, mich zu heiraten und bei einer offenen Aussprache über unsere Zukunft befremdet feststellte, daß ich ihr Erfolgsideal nicht zu teilen vermochte. Erfolgreich war für sie ein Mann, der etwas, das jemand anderer billig erzeugt hat, zu hohen Preisen verkauft, auf diese Weise rasch zu viel Geld kommt und dann sein Leben so einrichtet, wie es der auf solche Großverdiener ausgerichtete Luxusjournalismus vorschreibt. Ich konnte sie nicht von ihrem Standpunkt abbringen, obwohl ich ihr ganz Europa samt Kultur und Ahnen zu Füßen zu legen versuchte; ebensowenig konnte sie mich bekehren, nicht einmal mit der Drohung, mich an die Luft zu setzen. Ich versicherte ihr, daß ich nach meinem Studium in Oxford – von Oxford hatte sie schon gehört – nicht einmal bei einer Hungersnot auch nur einen Sack Getreide verkaufen könnte, aber sie erwiderte: »Unsinn!«, in einem solchen Fall würde mich ihr Onkel Henry im Limonadengeschäft unterbringen und mit einflußreichen und wichtigen Leuten zusammenführen. Worauf ich für einen Augenblick vergaß, daß es Worte gibt, die man im Umgang mit netten amerikanischen Mädchen nicht ungestraft verwendet, und ihr mitteilte: »Auf deinen Onkel Henry sch – ich!« Das war das Ende.

Ich fuhr am nächsten Tag ab und war zwei Wochen später wieder bei meinem Vater in Europa, wo ich auf Erica stieß – Erica mit ihrem messerscharfen Witz, ihrer totalen Mißachtung jeder Konvention, ihrer seltsamen Mischung aus Pedanterie und Schlamperei, Verlogenheit und Sturheit, ihrem mühelosen und beiläufigen Beherrschen alles für den zwischenmenschlichen Verkehr Nützlichen, soweit sie sich dazu herabließ, vom Skispringen bis zum Entwerfen von Damenhüten. Sie hatte Ballett gelernt, und bei meinem ersten Rumba mit ihr kam ich mir vor wie ein Holzknecht, obwohl ich mich für einen guten Tänzer gehalten hatte; als ich das erste Mal mit ihr pokerte, zog sie mich bis aufs Hemd aus, obwohl ich mir auf mein Pokern einiges eingebildet hatte. Ich verfiel ihr total und versuchte, mich ihr anzupassen, indem ich den rauhbeinigen Bürgerschreck spielte und mich an Pernod gewöhnte, für den ich ebensowenig geschaffen war. Damals wurde ich zu »Teddy«; »Ward« war vergessen. Dennoch verfügte ich als Gegengewicht zu der Anpassungs- und Begeisterungsfähigkeit meiner katalanischen Mutter über den Yorkshire-Dickkopf meines Vaters – und nicht zuletzt war ich eben in Rugby und Oxford zur Schule gegangen. Erica fand schließlich, daß ich unverbesserlich war – weder wollte ich bei ihrem makabren Plan, den Vicomte de Martinbault umzubringen, mitmachen noch mich an einem profitablen Drogenschmuggel beteiligen –, und so ließ sie sich etwas besonders Abscheuliches und Erniedrigendes einfallen, um mit mir zu brechen. Zum Verständnis muß ich erwähnen, daß sich der Vicomte in Erica verknallt hatte und damit in unserem kleinen Kreis sehr lästig geworden war. Als er bald hierauf eines gewaltsamen Todes starb, verdächtigte die Polizei einen seiner Diener, einen Mann aus Korsika, der zwar gestand, daß er, um sich an ihm zu rächen, den Körper des Vicomte verstümmelt habe, aber daran festhielt, daß seine Kehle schon durchschnitten gewesen sei, als er ihn entdeckte. Weder Erica noch ich wurden als Zeugen einvernommen, und der Diener erübrigte dankenswerter Weise weitere Nachforschungen, indem er sich noch am Tag seiner Festnahme in der Zelle erhängte. Trotzdem muß Erica etwas gewußt haben, denn sie war zwei Stunden vor dem Bekanntwerden des Mordes in die Schweiz abgeflogen.

Dann kam Antonia. Sie stammte aus einer anglo-irischen Familie, deren Schloß in der Grafschaft Sligo allerdings von den Republikanern niedergebrannt worden war, worauf ihre Eltern mit der kleinen Antonia in ein Dorf bei Oxford auswanderten. Antonia war ein Jahr nach meinem Abgang an die Universität gekommen und hatte Geschichte studiert. Mir gefiel an ihr, daß sie keine besonderen Begabungen hatte. Sie spielte zwar ganz gut Tennis, schwamm und tanzte nicht schlecht, konnte mit Pferden umgehen, nähen und leidlich kochen, aber sie schrieb nicht, malte nicht, sang nicht, spielte weder ein Instrument noch Theater, und Bridge langweilte sie. Gelegentlich trank sie einen Dubonnet oder einen trockenen Sherry – ihr zuliebe hörte ich auf, mir meine Drinks zu mixen und kehrte zu meinen englischen Gewohnheiten zurück – und nährte weder Illusionen noch Ehrgeiz. Ihre Vorurteile – etwa ihre Abneigungen gegen Pelzmäntel, gegen jede Unaufrichtigkeit im Verkehr mit

Zollbeamten oder gegen intimere Freundschaften mit Katholiken – nahm sie nie ganz ernst. Obwohl ihr spezifische Talente fehlten, begriff ich, daß sie etwas wie Genialität besaß: die nur schwer faßbare, eigenartige Fähigkeit, sie selbst zu sein, sich selbst zu kennen und immer über der Situation zu stehen. Wenn sie – und das kam ziemlich oft vor – etwas Geistreiches von sich gab, kam das so schlicht und beiläufig heraus, daß man es zu spät begriff, um ihr dafür Beifall zu spenden. Um es auf einen Nenner zu bringen: Antonia war eine Lady. Genie macht zur Lady, Damen haben Talente. Erica hatte mich terrorisiert, Antonia beherrschte mich mit ihrer Liebe; Virgilia hatte nie Macht über mich gehabt – das war nicht mehr als ein Spiel zwischen zwei überständigen Kindern gewesen.

Eines Nachts hatte Antonia ohne besonderen Anlaß und ohne bedeutsamen Unterton etwas festgestellt, dessen Gewicht mir erst am folgenden Morgen klar wurde: »Natürlich müssen wir davon ausgehen, daß wir im Grund zwei verschiedene Menschen sind: Liebe ist nicht alles.« Sie hatte damit nicht gemeint, daß einer von uns wahrscheinlich den anderen überleben würde und dann entweder allein zu leben oder nach einem anderen Partner auszuschauen hätte, sondern einfach das, was die Worte besagten. Für sie war es kein Problem, sie hatte immer ein klar abgegrenztes Selbstbewußtsein – wie es vermutlich auch Virgilia und Erica auf ihre ganz andere Art gehabt hatten: Ich dagegen war nacheinander Ward, Teddy und Ned geworden, und obwohl diese Rollen in ihrer zeitlichen Folge nicht unvereinbar waren, fiel es mir schwer, mein wahres Selbst herauszuschälen. Vielleicht bot mir Neukreta dazu Gelegenheit ... Oder war der Edward, der sich allmählich aus der Beziehung zu Saphira bildete, nur eine weitere zeitverhaftete Variation des wohlbekannten Themas?

Wir räumten den Tisch ab, setzten uns an das Feuer und blickten einander an. Endlich räkelte sich Saphira, lächelte mir zu, und ich fühlte, daß es nun an mir sei, den Beginn zu machen. Ich sprach von mir selbst. »Wer ist eigentlich dieser Edward?« fragte ich. »Das müssen wir zunächst einmal klären.«

Es schien, daß sie diese Frage erwartet und die Antwort schon bereit gehalten hatte.

»Weil du ein Dichter bist«, sagte sie, »wendest du dich nach der Göttin hin wie eine Blume, die sich der Sonne zukehrt. Kleopatra hat es anders ausgedrückt, indem sie in ihrem ›Gesang des Lichts‹ die Göttin sagen ließ:

> Den Dichter aber wirken meine Hände
> Aus vielen bunten Fäden, die zu reinem
> Weiß verschmelzen.

Kleopatra meint damit, daß die Göttin fähig ist, in unzählig vielen Masken zu erscheinen – und der Dichter paßt sich nacheinander einer jeden an, bis zuletzt die Farben des Regenbogens in klarem Himmelslicht aufgehen, das wir Weiß nennen.«

»Und wie steht es mit der Schwärze, dem Schwarz der Sonnenfinsternis?«

»Warum fragst du das?«

»Weil die Göttin nicht nur Gnaden spendet. Sie kann auch verdammen.«

»Aber Sie verdammt nur das Schlechte.«

»Macht ihr keinen Unterschied zwischen bloß Schlechtem und wirklich Bösem?«

»Als Sie ihren Fuß auf Neukreta setzte, hat Sie das Böse aus unserer Welt getilgt. Das Böse war ein Trugbild des Guten und als solches von den Drei Großen Schurken erzeugt. Es ist vergangen, ohne eine Spur zu hinterlassen – nur das Gute hat Dauer: So haben wir immer geglaubt.«

»Und du glaubst es auch jetzt noch?«

»Ja.«

»Würdest du Sally schlecht nennen?« fragte ich, um zur Sache zu kommen.

»Nach dem, was du mir erzählt hast, muß sie sehr schlecht sein.«

»Eben darin hast du nicht recht. Sally ist nicht schlecht; wenn sie schlecht wäre, könnte sie keine Hexe sein. Ist es nicht die Aufgabe der Hexen, das Schlechte zu vernichten?«

»Dann würde ich sagen, daß sie eine schlechte Hexe ist. Wie sonst kannst du dir ihre Grausamkeit und Lieblosigkeit erklären?«

»Gestern abend hat sie mir erklärt, daß das Schlechte soviel wie eine Abnormität oder ein Irrtum ist, ein Zurückbleiben hinter der natürlichen Bestimmung, ein Abweichen von der Regel. Aber sie weiß auch, daß das Gute nicht einfach das Normale ist. Es gibt ein Gutes, das sich so hoch über das Normale erhebt, wie das Schlechte dahinter zurückbleibt, und dieses Gute läßt sich im Verhältnis zu einem entgegengesetzten Begriff erkennen: Das ist das Böse. Die Göttin hat das Böse im Namen des höheren Guten aus Neukreta verbannt – ein Ereignis, das in der freiwilligen Rückwendung der Menschen zur Verehrung der Göttin sichtbare Gestalt fand. Viele Jahrhunderte hindurch habt ihr nun in Neukreta Frieden gehabt, Frieden und Liebe, und wo immer das Schlechte auftauchte, haben eure Hexen es vernichtet; als aber eure Erinnerung an das Böse der Vergangenheit verblaßte, ist euer Verständnis des Guten allmählich vom höheren Guten zum Normalen abgesunken. Eure Dichter und Musiker preisen die Göttin nicht mehr so, wie sie es verdient; Ihr Entschluß, einen Wind zu säen, um Sturm zu ernten, ist ein klarer Beweis dafür, daß Ihr das Normale nicht genügt.«

»Aber du hast das Böse noch nicht definiert. Wenn es nicht ein Zurückbleiben hinter der natürlichen Bestimmung und auch nicht das Normale ist: Was ist es dann?«

»Es ist ein Mittel, durch das der Gegensatz zwischen dem höheren Guten und dem nur Normalen hergestellt wird.«

»Du meinst also, daß Sally für die Göttin ein Mittel ist, durch das sie das Böse wirken läßt?«

»Ja, das meine ich.«

Sie schwieg eine Weile. »Nun ja«, sagte sie schließlich, »das wird es wohl sein, was Kleopatra mit den Worten

Wo Wasser fault, zerbreche ich den Damm;
Jedoch in Liebe brech' ich ihn

ausdrücken wollte. Das gewöhnliche Gutsein wird zur sterilen Gewohnheit, und die Göttin beweist ihre Liebe, indem sie die Sitte aufhebt – indem sie das Böse wieder zuläßt.«

»Ich fürchte, so ist es.«

»Aber was weiter? Werden wir in der Folge wieder in dasselbe lieblose Grauen zurückfallen, das dir die Linien ins Gesicht und in die Händen gekerbt hat? Werden die Drei Schurken wiederkehren?«

»Ich bin sicher, daß das nicht geschehen wird. Die Göttin wiederholt sich nie. Es wird etwas völlig Neues kommen.«

»Was?«

»Ich habe keine Ahnung. Aber was hast du von den Linien in meinen Händen gesagt?«

»Deine Hände sind kreuz und quer von Furchen durchzogen, aus denen Leid und Sorge spricht; unsere Hände haben nur die vier Hauptlinien. Als ich deine Hände und dein Gesicht sah, habe ich mich in dich verliebt – irgendwie hat es mich an den Rock meines Großvaters erinnert. Als junger Mann ist mein Großvater nach Afrika in die Schlimmen Länder auf Abenteuer gegangen, dort durch einen Sandsturm von seinen Kameraden getrennt worden und war monatelang verschollen; bei seiner Rückkehr war der Rock von unzähligen Dornen zerfetzt, aber jeden Riß hatte man sorgfältig geflickt. Er hat den Rock im Tempel der Nimuë in Sanjon aufgehängt, und dort ist er bis zu Großvaters Tod geblieben.«

»Mich hat dein Gesicht aus dem genau entgegengesetzten Grund angezogen. Du kannst dir nicht vorstellen, wie verblüffend es für mich war, eine erwachsene Frau mit einem Gesicht zu sehen, das so faltenlos und ungetrübt wie ein Kindergesicht ist.«

»Wirst du mich noch lieben, wenn es jetzt Falten bekommt?«

Ich lachte. »Willst du wirklich von mir, daß ich dich immer so wie im ersten Augenblick sehe?«

»Wenn es deine Liebe zu mir jung erhält, habe ich nichts dagegen.«

»Bleiben wir über Nacht hier?«

»Ich muß bleiben. Ich muß etwas malen.«

»Dann wirst du allein sein wollen. Jedenfalls regnet es nicht mehr, und ich werde die Pferde heimbringen müssen; sie stehen in der Koppel auf der anderen Straßenseite. Soll ich den Dienern etwas wegen deiner Sachen sagen?«

»Nein, Edward, geh nicht zum Haus! Ich habe Angst, es könnte etwas geschehen. Führe die Pferde auf die Straße und sage ihnen, daß sie nach Hause laufen sollen. Sie werden es verstehen.«

»Wirst du bis Mitternacht mit deinem Bild fertig sein?«

»Hoffentlich. Ich brauche Schlaf.«

»Soll ich dann zurückkommen?«

»Nein, bitte, das darfst du nicht. Es ist nur die eine Pritsche da, aber am Vormittag werden wir zusammen nach Dunrena reiten. Morgen beim Abendläuten fängt der letzte Tag des Königs an, und da ich mich entschlossen habe, um deinetwillen zu bleiben, die ich bin, muß ich dabeisein. Gute Nacht – geh nicht zu spät ins Bett! Du wirst in jedem Haus willkommen sein. Und sei früh wieder hier! Vergiß es nicht, ja?«

Ihre Lippen zitterten.

»Ich verstehe dich nicht. Warum können wir nicht zusammen auf der Pritsche schlafen? Wie die Dinge stehen, mag ich nicht von dir getrennt sein.« Ich wollte sie umarmen.

»Nein«, keuchte sie: »Nein! Du darfst mich nicht berühren! Noch nicht. Du bist jetzt an Sally gebunden.«

»An Sally? Was für ein Unsinn! Ich habe nicht die Absicht, sie jemals wiederzusehen.«

»Sie hat dir das Recht der Vaterschaft gewährt, und du hast es angenommen: Daher können wir zwei erst wieder in demselben Bett schlafen, wenn –«

»Wenn was?«

Ihre Stimme, mit der sie den Satz zu Ende führte, war so eisig und gelassen, daß mir eine Gänsehaut kam: »Wenn ich für dich meinen Mantel auf Sallys Grab breite.«

Ich ritt, mit Saphiras Stute hinter mir, zur Brücke hinunter, stieg dort ab und scheuchte die beiden Pferde heimzu. Als ich dann durch die verlassenen Straßen von Gehörntes Lamm wanderte, fühlte ich mich recht verloren – und auch unglücklich. Saphiras Abschiedsworte klangen mir wie eine Drohung im Ohr, aber die Absicht, Sally zu ermorden, beunruhigte mich dabei viel weniger als ihre Entschlossenheit, danach unsere Liebe zu konsumieren. Klarer als je zuvor war mir bewußt, daß ich das nicht wollte; es würde alles verderben. Wieder fielen ein paar Tropfen. Gab es ein Dorfwirtshaus? Ich erinnerte mich nicht, hier oder in einem der anderen Dörfer, in die ich gekommen war, dergleichen gesehen zu haben. Die Tür eines Bauernhauses stand offen. Ich warf einen Blick hinein. Das Bild, das sich mir bot, war wie ein Abklatsch des Titelblatts eines frühen viktorianischen Romans ›Die Weberhütte‹, den ich als Kind gelesen hatte: Eine Szene häuslichen Friedens, bevor der Nachbar völlig aufgelöst hereinstürzt und meldet, daß die Truppenwerber aus Bristol im Dorf sind. Die Hausfrau am Spinnrad, ein junger Mann am Webstuhl, ein rotwangiges Mädchen, das ein Hemd flickt, ein anderes, das an einer Weste stickt, und ein älterer Mann am Kamin, der ihnen mit dramatisch erhobenem Zeigefinger eine Geschichte erzählt; der Kessel summt über dem Feuer, die Katze schläft auf der Matte. Ich blieb eine Weile stehen und hörte der Geschichte zu:

»Eines Tages um die Mittagszeit geschah es, daß ich auf dem Weg zu meinem Boot völlig unerwartet am Ufer den Abdruck eines nackten Menschenfußes entdeckte, ganz deutlich im Sand zu erkennen. Ich stand wie vom Donner gerührt, als wäre mir ein Gespenst erschienen. Ich horchte und schaute um mich, aber es war nichts zu hören oder zu sehen. Ich stieg auf eine Anhöhe, um einen weiteren Rundblick zu haben, dann ging ich wieder ans Ufer und am Wasser entlang, aber alles vergeblich. Nur dieser eine Abdruck war zu sehen ...«

Ich wollte nicht an dieser jedesmal so spannenden Stelle stören und ging ruhig weiter. Diese Dorfbewohner arbeiten wahrhaftig Tag und Nacht, sagte ich zu mir. Und das nicht, weil sie von einem tyrannischen Grundherrn oder Fabrikbesitzer ausgebeutet werden, sondern – vermutlich – deshalb, weil ihr antiquiertes Wirtschaftssystem ihnen nicht gestattet, die Hände hin und wieder in den Schoß zu legen. Oder sogar aus Freude an der Arbeit, die armen Hascherl! Keine Abendzeitung mit dem Rennprogramm des nächsten Tages, kein Totoschein zum Ausfüllen, kein Kino um die Ecke, kein Bunter Abend im Radio, keine Neun-Uhr-Nachrichten, nicht einmal Neun Uhr! Nichts als Arbeit, Sitte und wieder Sitte, zur Abwechslung gerade noch ein Onkel, der eine Gutenachtgeschichte vom Fußabdruck im Sand erzählt. Schauderhaft! Damit verstieß ich freilich gegen meinen Vorsatz, die Vergangenheit ruhen zu lassen. Andererseits war ich nicht einmal sicher, ob es meine frühere Zeit oder Neukreta war, wogegen sich mein Sarkasmus richtete. Heute abend passe ich noch am ehesten in ein Narrenhaus, schalt ich mich. Der Freipaß der Alten wird mir Eintritt gewähren.

Beim Narrenhaus hielt ich mich zunächst unter dem Vordach und lauschte. Drinnen ging es lautstark her, aus Geschrei und Schimpfen hob sich hin und wieder kreischendes Lachen. Ich klopfte, und als niemand kam, um mich einzulassen, stieß ich die Tür auf und trat in eine weite Diele, wo es fünf Kleiderständer gab, jeder mit anderen Hutmodellen bestückt, einen Tisch mit kaltem Buffet – darunter auch Anchovisbrötchen, von denen ich mir eines nahm –, ein Faß mit Bier, einen mannshohen Spiegel, mehrere hochbeinige Hocker und etwa hundert geräumige Schließfächer, auf deren Klappen Symbole gemalt waren, die den Übernamen der Inhaber entsprachen. Ich drückte vorsichtig eine von drei mit Seidenvorhängen verspannten Glastüren auf und blickte in einen großen Raum voll älterer Frauen. Neun von ihnen hockten im Kreis, die Hände in Höhe des Gesichts vorgestreckt. In ihrer Mitte, etwa vier Fuß über dem Boden, drehte sich langsam ein blutiger Menschenkopf um sich selbst, anscheinend von einem hochsteigenden Luftstrom getragen. Ich zog mich sofort zurück, aber eine von den Zuschauerinnen lief mir nach. »He!« rief sie, indem sie mich am Kragen packte. »Was suchst du hier, junger Mann?«

»Ich statte einen Besuch ab«, erwiderte ich beschwichtigend.

»Zurück mit mir ins Frauenzimmer!« befahl sie und schleifte mich mit.

»Schaut, meine Lieben, was wir da haben!« schrie sie. »Das gibt's nicht jeden Abend!« Fröhliches Gelächter wallte hoch, der Kreis löste sich auf, der Kopf fiel auf den Boden und rollte unter einen Stuhl, während sich an die vierzig Weiber um mich drängten. Erst küßten und streichelten sie mich, dann machten sie aber bereits Anstalten zu peinlicheren Liebkosungen.

»Ich möchte nicht gegen die Sitte verstoßen, meine Damen«, versicherte ich mit gehobener Stimme, »aber ich wäre doch sehr verbunden, wenn Sie mir wenigstens eine Chance ließen, mich Ihnen vorzustellen. Ihre Liebenswürdigkeit überwältigt mich.«

Sie bogen sich vor Lachen und fingen an, mir Rock und Hose aufzuknöpfen und mir die Schuhe auszuziehen.

»Schmetterling kommt als erste dran!« schrie jemand. »Sie hat ihn zuerst gesehen. Dann kommen Zweikuh, Kopfoben und Packfest!«

»Nein, Liebste: Heute abend ist Packfest die erste auf der Liste.«

»Ich bitte! Meine Damen!« flehte ich, verzweifelt bemüht, mich wieder zuzuknöpfen. »Geben Sie mir doch eine Chance!«

Inzwischen hatte mir jedoch Schmetterling mit zwei anderen den Rock ausgezogen, und eine Alte mit mahagonifarbenem Gesicht und silbernen Ohrgehängen hatte meinen Gürtel gelöst und ließ mir die Hose herunter. Ich versetzte ihr einen Kinnhaken, der sie hintüber warf. Sie schrie vor Wut, aber ich ließ ihr keine Zeit, mich erneut zu attackieren, sondern tauchte mit der Hand in die Hosentasche, zog das kristallene Medaillon hervor und schwenkte es über meinem Kopf.

»Haltet ein!« brüllte ich gegen den tobenden Lärm an. »Im Namen der Göttin! Haltet ein!«

Sie wichen sofort zurück. Zwei Weiber, die bereits drohend mit Geißeln schnalzten, die sie von einem Wandhaken herabgeholt hatten, hängten die fiesen Dinger wieder reumütig an ihren Platz. Alle wandten mir höflich den Rücken, um mir Gelegenheit zu geben, meine Kleider zu ordnen.

Ich atmete erleichtert auf. »Das war knapp!« So ähnlich muß sich der Soldat bei H. C. Andersen gefühlt haben, als er unter dem Galgen das Feuerzeug hervorholte.

»Ihr müßt uns verzeihen«, sagte Schmetterling. »Wir haben Euch verständlicherweise für einen Unbefugten gehalten und wollten mit Euch verfahren, wie es bei uns der Brauch ist. Wir konnten nicht ahnen, daß Ihr unter dem Schutz der Göttin steht.«

»Nein, ich muß um Verzeihung bitten«, entgegnete ich. »Ich hätte nicht hier eindringen dürfen, ohne mich vorher auszuweisen. Ihnen, Gnädigste, habe ich hoffentlich mit meinem Schlag keine Verletzung zugefügt?«

Die Alte mit dem Mahagonigesicht strich sich über das Kinn und grinste. »Eine Lappalie, Kleiner, mach dir keine Sorgen. Du solltest einmal sehen, wie es hier am Dienstagabend die Haken und Schwinger hagelt, wenn der Whisky zum dritten Mal herumgegangen ist! Aber du kannst von Glück reden, daß ich's dir nicht sauer gegeben habe, bevor du die Hand in die Hose gekriegt hast! Da hättest du eine Weile die Engel singen gehört.«

»Bist du nicht der Bursche aus der Vergangenheit?« fragte die Frau, die sie Packfest nannten. »Das hab ich mir gedacht! Wir haben in letzter Zeit viel von dir gehört. Ich wette, du hast allerhand auf Lager: so eine kleine Schweinigelei, die wir noch nicht kennen, oder ein drekkiges Spielchen – echte Schmuggelware? Eigentlich müßtest du uns doch dafür entschädigen, daß du kein Unbefugter bist.«

»Oh, seid doch still, ihr alten Säue!« fuhr eine würdige Dame dazwischen, die sich als Bienenflug herausstellte. »Spricht man so zu jemandem, der unter dem Schutz des Kranichs steht?«

»Danke für den Beistand, Seniora«, sagte ich. »Im Augenblick kann ich nicht behaupten, daß ich in der rechten

Stimmung wäre, um Ihre Freundinnen zu unterhalten. Abgesehen davon habe ich nicht den Eindruck, daß ich ihnen etwas Neues beibringen könnte. Was haben Sie mit dem Kopf dort unter dem Stuhl getan?«

»Ach, das ist Clauds Kopf.«

»Und wer war Claud?«

»Ihr habt ihn gut gekannt: Feigenbrot. Nachdem sein Tod ins Register genommen war, haben wir uns seinen Kopf aus dem Grab bei Zapmor geborgt – die Hexe Sally hat ihn für uns ausgegraben – und ihn auf ein paar Fragen antworten lassen. Eben vorhin hat er über die Zustände im Zauberhaus erzählt. Köstlich! Aber er ist sehr schlecht zu sprechen auf Euch, weil Ihr ihm keine Gelegenheit geben wolltet, als Sallys Kind wiedergeboren zu werden. Möchtet Ihr ihn um Verzeihung bitten?«

Sie fischte den Kopf unter dem Stuhl hervor und hielt ihn mir hin. Feigenbrots ernste Augen starrten mich blicklos an.

Ich lehnte schaudernd ab. Obwohl mir bewußt war, daß man irgendeine einleuchtende Stellungnahme von mir erwartete, brachte ich nur hervor: »Niemand hat auch nur angedeutet, was ich hier zu erwarten hätte!«

»Niemand weiß das vorher«, sagte Bienenflug. »Nicht einmal die Leute, die sich zu den Senioren melden und auf eine gemächliche Fortsetzung ihres früheren Lebens freuen. Natürlich ist bekannt, daß wir innerhalb der Wände dieses Hauses nicht an die Sitte gebunden sind, und manchmal dringen durch die geschlossenen Läden seltsame Geräusche, auf die zu lauschen Unglück bringt. Aber für jeden Neuling ist es ein Schock, wenn er findet, daß das Treiben hier von dem, was draußen vorgeht, so verschieden ist wie Ana und Nimuë. Von Mittag bis Mitternacht dürfen wir mehr oder weniger alles tun, was uns beliebt, dann gehen wir wie artige Kinder hinüber ins Dormitorium, wo wir Bett und Frühstück haben. Das unterliegt der Sitte, und so können wir uns immer gut ausschlafen. Am Vormittag machen wir Besuche – vorausgesetzt natürlich, daß es nicht regnet.«

»Wenn ich Packfest recht verstanden habe, geht es hier einmal in der Woche ziemlich wüst zu?«

»Ana sei mir gnädig: Ja! Oft zwei- oder dreimal in der Woche. Viele Frauen lassen sich gern vollaufen, aber wir versorgen ihre blauen Augen und geschwollenen Lippen und schauen darauf, daß sie immer nüchtern im Dormitorium landen. Als Kinder, müßt Ihr verstehen, dürfen wir uns nie austoben, und als Erwachsene halten wir uns von selbst an die Sitte, aber Ana will nicht, daß wir sterben, ohne die Freiheit gekostet zu haben.«

»Mir scheint, daß dieser Durchbruch etwas zu spät kommt. Was geschieht zum Beispiel, wenn sich eine von Ihnen hemmungslos in einen jungen Mann von draußen verliebt? Wie kann sie ihr Verlangen stillen? Oder passiert das nie?«

»An einem Freitagabend«, erwiderte Schmetterling, »hättet Ihr so etwas bestimmt nicht gefragt. Ich kann Euch versichern, daß es uns an nichts mangelt. Bienenflug beschwört für uns Incubi und verwandelt sie nach Wunsch in irgendeinen jungen Mann, und manchmal läßt sie auch uns wieder zu jungen Mädchen werden, nur so zum Spaß.«

»Und die alten Männer?«

»Die haben auch ihren Spaß, aber die meisten sind impotent und können darum, wie wir sagen, mit ihren Succubi nur ein bißchen schweinigeln. Ana ist großzügig: Sie schaut zu und lacht.«

Packfest trieb sich noch immer erwartungsvoll in meiner Nähe herum. Ein dreckiges Spielchen für sie wollte mir nicht einfallen, aber ich erinnerte mich an ein paar unanständige Witze aus meiner Zeit mit Erica, die sehr gut ankamen. Packfest und Zweikuh schlugen mir begeistert auf die Schultern und wollten noch mehr. »Ein andermal, meine Damen, ein andermal!« bat ich.

Bienenflug führte mich ins Männerzimmer, wo ich wieder meinen Freipaß vorwies und gastfreundliche Aufnahme fand. »Wenn Ihr noch Zeit habt«, sagte sie, bevor sie wieder zu ihren Freundinnen ging, »müßt Ihr noch einmal zu uns hinüberkommen.«

Ich blickte um mich. Abgesehen von einigen schamlos erotischen Wandgemälden und dem Fehlen von Zeitungen und Illustrierten erinnerte mich der Raum an das

Rauchzimmer im Athenaeum, nicht nur in seiner Größe und Form, sondern auch durch seine Einrichtung, Eichenholz mit Lederpolsterung. Die Fresken waren derart, daß das Haus der Zwei Brüder in Pompeji vergleichsweise dem Empfangssalon einer Familienpension in Bournemouth entspricht, und mit viel Stilgefühl in Gelb, Violett und einer besonders giftigen Nuance von Dahlienrosa gehalten. Kleine Schweinigeleien! Und ich hatte mich in der Hoffnung gewiegt, daß der sexuelle Appetit mit den Jahren abnimmt!

»Nimm dir eine Zigarette, Junge«, forderte mich ein hochgewachsener, hagerer Ex-Führer auf, indem er mir seine Dose hinhielt. »Wir rauchen hier, wann wir wollen.«

»Danke: Jetzt weiß ich wenigstens, wohin ich mich in Zukunft wenden muß«, sagte ich und steckte mir eine an. »Worüber regen sich die dort drüben auf?« Ich nickte in Richtung eines Tisches am anderen Ende des Raumes, um den sich ein Haufen von Senioren drängte.

»Nicht der Rede wert. Tiger-Tiger, einer unserer Ex-Chronisten, hat eben ein kleines Spielzeug erfunden, was ganz Unanständiges und gegen alle Sitte, und die Jungens amüsieren sich damit.«

»Was für ein Spielzeug?«

»Er nennt es das Modell einer Dampfmaschine. Er hat aus Gold eine Maschine aus der Spätchristlichen Zeit nachgebaut, die man vor ein paar Jahren in einem Steinbruch gefunden hat. Tiger-Tiger ist noch nicht ganz damit zufrieden, aber es läuft. Wirklich genial! Man füllt gewöhnliches Wasser in einen Behälter, erhitzt es mit einem kleinen Alkoholbrenner, und schon pfeift das Ding, der Dampf schießt heraus, und die Räder drehen sich! Tiger-Tiger ist ein sehr geschickter Bursche: Unlängst erst hat er entdeckt, wie man Papier herstellt – jedenfalls schwört er darauf, daß es Papier ist. Irgend etwas stimmt aber wohl nicht, denn er hat auch Tinte gemacht, und die saugt sich in das Papier hinein, wenn er darauf schreibt ...«

»Darf ich fragen, wo Ihre eigenen Interessen liegen?«

Der Ex-Führer lächelte und zuckte mit den Achseln. »Ich habe vor dem Ruhestand ein sehr aktives Leben geführt. Hier stehe ich am liebsten beim Kamin, wärme mir den Hintern und lese ein wenig: Ich habe nach meinem Eintritt hier lesen gelernt. Meistens sind es verbotene Bücher, die von Senioren geschrieben sind – im Billardzimmer gibt es davon eine ganz beachtliche Bibliothek, abgesehen von den üblichen hundert Büchern. Augenblicklich beschäftige ich mich mit Astronomie; erst vor kurzem hat man vieles über die Entfernungen und das Gewicht der Sterne wiederentdeckt. Hättest du vermutet, daß man Sterne wiegen kann? Aufregend, nicht wahr? Und natürlich völlig unvereinbar mit unserer Mythologie. Wir hoffen, daß wir irgendwann in der Lage sein werden, ein kleines Teleskop zu rekonstruieren; vorerst haben wir nur eine einzige Linse auftreiben können, aber wir brauchen zwei ... Die Herstellung von optischem Glas übersteigt bei weitem unsere Möglichkeiten. Weißt du zufällig etwas darüber?«

Ich schüttelte den Kopf. »Und wenn ich es wüßte«, sagte ich, »würde ich es Ihnen wahrscheinlich nicht verraten. Ist es nicht spannender, etwas selbst herauszukriegen, statt es vorgesetzt zu bekommen?«

Er stimmte mir zu, wenn auch leicht enttäuscht.

»Haben Sie auch Wiederentdeckungen aus anderen Zeitaltern als dem meinigen gemacht?« fragte ich. »Ich komme aus dem spätchristlichen.«

In diesem Augenblick brach nebenan wüster Lärm los: Das Jammern einer heiseren Männerstimme ging alsbald in hysterischem Weibergekreisch unter.

Der Ex-Führer grinste mir zu und bemerkte nüchtern: »Das wird der junge Sieh-ein-Vogel sein, den sie mit dem Hausbrauch bekanntmachen. Wie ich Bienenflug kenne, wird sie ihn bestimmt ordentlich durchwalken: Er wird glauben, daß seine letzte Stunde gekommen ist.«

Ich war entsetzt. »Aber sie haben einander doch geliebt? Aus seinen Worten habe ich entnommen, daß es in ganz Neukreta kein rührenderes Liebespaar gegeben hat!«

»Der Geliebte muß auch die andere Seite der Labra kennenlernen, heißt es bei uns, und Bienenflug wird ihn schon nicht umbringen. Jeder muß so etwas durchmachen, wenn er hier eintritt. Aber du hast mich nach Wiederentdeckungen gefragt . . . Laß mich überlegen – Nein, eigentlich nichts Besonderes. Wir wissen ein wenig über Maschinen wie den Apporteur und den Cic-Fax, aber bauen könnten wir sie nie. Dazu braucht man seltene Metalle und eine komplizierte Anlage zur Molekularspaltung von Gasen. Wir beschränken uns hier auf Spielzeug – wir sind nicht ehrgeizig.«

»Was ist oder war der Apporteur?«

»Ein Apparat, mit dem man ein zeitliches Diskontinuum erzeugen und in gewissen zeitlichen und räumlichen Grenzen vergangene Geschehnisse fotographieren konnte; er stammt aus der Zeit der Pantisokratiker. Der Cic-Fax dagegen war eine umständliche, ein paar Jahrhunderte später erfundene Vorrichtung, um durch sogenannte Chromosomeninflexion verschiedene Gattungen miteinander zu kreuzen. Die Logizisten züchteten auf diese Weise einige sehr merkwürdige Tiere, darunter den Bärhasen, der noch vor etwa hundert Jahren die Schlimmen Länder von Indien unsicher gemacht hat.«

Ein ohrenbetäubender Knall drang aus dem Frauenzimmer, dann, nach vorübergehender Stille, vielstimmiges Gelächter. Hierauf wieder Sieh-ein-Vogels angstvolles Brüllen.

»Jetzt sind sie, glaube ich, schon ausgestorben«, fuhr der Ex-Führer ungerührt fort, »so wie auch der Nachtigallgeier und der Negermandrill. Kein großer Verlust vielleicht – sie haben auf den Feldern der Grenzfarmen viel Schaden angerichtet. Ah – einen Moment, bitte: Darf ich dir Hornfuß vorstellen, einen schrecklichen Langweiler und Experten für spätchristliche Psychophilosophie.«

Hornfuß, ein wuschelköpfiger Ex-Chronist mit einer Stakkatostimme, feuerte eine Breitseite von Fragen über Monoidismus, Nullibrismus und trauma-tropische Illusionen auf mich ab, von denen ich keine einzige beantworten konnte, obwohl er ein recht gutes Englisch sprach. Meine Ignoranz empörte ihn; er fand es beschämend, daß ich so wenig über das einzige Gebiet wußte, auf dem sich meine Zeit ausgezeichnet hatte.

Ich riet ihm, auch in einem Narrenhaus keinen Unsinn

daherzureden, wenn er nicht auf eine Abreibung aus sei. Das ernüchterte ihn, hielt ihn aber nicht von weiteren Fragen ab.

»Sie müssen doch wenigstens etwas über den humanitären Aspekt des Fortschritts wissen?«

»Ja«, gab ich zu, »darüber weiß ich etwas. Damit bin ich aufgezogen worden. Fortschritt könnte man etwa als eine unbequeme Methode definieren, sich auf ein unbestimmbares Ziel hin zu bewegen, das irgendwie besser sein soll als der vermutliche Ausgangspunkt, nur weil man noch nicht so weit ist und Gott allein weiß, wie's dort weitergeht, und ob –«

»Ist Ihnen Gott jemals begegnet?« unterbrach er mich. Offenbar hatte ihn verdrossen, daß ich ihm zu antworten gewagt hatte.

»Nie«, erwiderte ich. »Aber ich kenne zwei Menschen, die es von sich behaupten. Der eine war ein alter Franzose, der gerade mit seiner Angel zur Alys ging – wie man damals das Flüßchen, das durch Sanjon fließt, genannt hat –, da erschien ihm Gott, zusammen mit Johannes dem Täufer und der heiligen Ursula – falls Sie von denen schon gehört haben. Die Heiligen rieten ihm, hinfort den Alkohol zu meiden und nur mehr Brot und Gemüse zu essen, dann werde er hundertundein Jahre alt und ohne Umweg ins Paradies kommen. Gott sagte nichts, blickte ihn aber weise an. Meine zweite Informationsquelle ist eine englische Forscherin, die Gott in einem Wald begegnete –«

»Was für eine Forscherin? Bitte um genauere Angaben!«

»Sie war eine Autorität in Kohle – und Gott trug ihr auf, in seinem Namen eine Botschaft an die englischen Bischöfe weiterzugeben: Sie sollten dafür eintreten, daß verheiratete Paare empfängnisverhütende Mittel verwenden.«

»Was hat das mit Kohle zu tun?«

»Nichts. Ich habe die Kohle nur erwähnt, weil Sie mich fragten. Sie konnte nicht genau beschreiben, wie Gott ausgesehen hatte, sagte aber aus, daß er sehr nett zu ihr gewesen sei.«

Hornfuß schlug eine heisere Lache an.

»Das ist nicht zum Lachen«, verwies ich ihn. »Der Franzose ist tatsächlich hundertundein Jahre alt geworden – ob auch geradewegs ins Paradies aufgefahren, weiß ich nicht. Und die Bischöfe haben wirklich bei Gelegenheit die Geburtenregelung vorsichtig befürwortet.«

»Sie sind der größte Ignorant, der mir jemals untergekommen ist«, fand Hornfuß.

»Lieber Ignorant als Dummkopf«, entgegnete ich. »Und ich wäre Ihnen sehr verbunden, wenn Sie von weiteren Fragen Abstand nehmen würden. Hauen Sie ab – und putzen Sie sich die Zähne: Sie stinken aus dem Maul!«

»Recht so, Kleiner!« stimmte mir der Ex-Führer zu. »Wie wär's, wenn wir den alten Puter in den Waschraum treiben und ein wenig mit Seife füttern?«

Zum Glück wurde ich da von einer wohlgelaunten Seniorengruppe in das Billardzimmer entführt, wo ich ihnen beibringen sollte, wie man Snooker spielt. Ich ging nur zu gern darauf ein. Unter meiner Anleitung färbten sie einen Satz Kugeln entsprechend ein, dann erklärte ich die Regeln und führte ihnen ein paar Tricks vor.

Sie hielten mich mehrere Stunden lang in dem Billardzimmer, traktierten mich mit Whisky und Zigaretten, und ich vergnügte mich ohne besonderen Aufwand, bis jemand einen Gong anschlug und die Runde sich sofort auflöste. Männlein und Weiblein scharten sich in der Eingangshalle, sangen dort eine kurze Hymne an Ana und schlenderten dann, da der Regen aufgehört hatte und die Sterne am Himmel standen, über die Straße bettwärts. Ihre Hüte ließen sie auf den Kleiderständern. In der Menge befand sich auch Sieh-ein-Vogel, er sah ganz so aus wie der neue Junge nach dem ersten Schultag. Ich vermied, seinen Blick auf mich zu ziehen.

Da ich mich überhaupt nicht müde fühlte, blieb ich zurück und setzte mich für eine Weile in die Bibliothek, wo ich den ›Kanon der englischen Poesie‹ durchging – das einzige Buch in englischer Sprache, das ich finden konnte. Im Ergänzungsband stieß ich auf meinen eigenen ›Gegenzauber‹, ein frühes Gedicht, das ich schon vor langem als künstlich und unaufrichtig ausgeschieden hatte, und dann auch noch auf ein jüngeres, das in den Hauptteil aufgenommen, aber unbeholfen überarbeitet und dem »Dichter Tseliot« zugeschrieben war. Tseliot war das Konglomerat eines Dichters aus dem frühen zwanzigsten Jahrhundert, in dem so ziemlich alle Zeitgenossen aufgegangen waren, einschließlich W. B. Yeats, Vachel Lindsay, W. H. Davies und Rupert Brooke: Angeblich war er noch in jungen Jahren an einem Sonnenstich gestorben, als er in den Straßen von Dublin das Evangelium der Schönheit predigte.

Als in der Halle eine Uhr zwei schlug, ging ich in das Männerzimmer zurück und schlief auf einem Sofa ein. Bei Gott, eine Uhr! – und ich hatte sie nicht einmal bemerkt! »Ein geschickter Bursche, dieser Tiger-Tiger!« flüsterte ich der tauben weißen Narrenhauskatze zu, die laut an meinem Ohr schnurrte. »Wenn Ana nicht aufpaßt, erfindet er demnächst die Einkommensteuer.«

Der Wind kommt auf

Ich stand auf, wusch mich, frühstückte allerhand Reste vom Vorabend, rauchte eine Zigarette und hörte die Uhr in der Halle schlagen: Neun Uhr schon – und ich hatte doch Saphira versprochen, ganz früh zur Quittenhütte zu kommen! Ich mußte verschlafen haben ... Warum nur war ich nicht um Mitternacht zu Bett gegangen? Ich brach eilends auf. Ein Diener mit einem Ochsenkarren kam eben vorüber, als ich auf die Straße trat. Er war entsetzt: Zu dieser Stunde durfte niemand, nicht einmal ein Senior, in einem Narrenhaus sein! Er zeigte mir die Zunge, knurrte, rollte die Augen und spreizte seine Hände, so daß sie mit den an die Schläfen gedrückten Daumen wie Hörner aussahen – was man eben nach der Regel zu tun hat, wenn einem etwas Seltsames oder Unglückverheißendes ins Blickfeld gerät. Ich lächelte fröhlich, grüßte ihn in Maris Namen und schwenkte meinen Freipaß, aber er ließ sich nicht beruhigen, sondern ging, weiter Gesichter schneidend und unter drohendem Knurren, rückwärts, bis er außer Sicht war.

Ich lief auf kürzestem Weg quer durch den Park zum Zauberhaus und zu den Ställen. »Ich brauche mein Pferd«, sagte ich zu dem Stallburschen. »Und auch das Pferd der Nymphe Saphira.«

Er sattelte mein Pferd und führte es heraus, ohne ein Wort zu sagen.

»Danke. Und jetzt das Pferd der Nymphe.«

»Leider, Herr: Die Nymphe gibt es nicht mehr. Wir erwarten eine andere Dame und zwei Dichter, die das Haus wieder auf vollen Stand bringen sollen.«

»Saphira gibt es nicht mehr? Wer hat dir das gesagt?«

»Die Hexe Sally, Herr. Sie hat bei Sonnenaufgang eine Versammlung aller Magier aus der Umgebung einberufen, zu der auch die Nymphe befohlen wurde – und das Ergebnis war anscheinend, daß sie nicht mehr zu den Standesgenossen zählt.«

»Ist sie noch im Dorf?«

»Sie ist gestorben, Herr, und soll, wie ich gehört habe, in Dunrena wiedergeboren werden.«

Ich erwiderte nichts darauf, fand außer meinem Taschentuch und dem Medaillon auch nichts in meiner Tasche, was ich ihm als Bakschisch hätte geben können, bedankte mich daher entschuldigend und ritt los. Hatte Sally doch wahrhaftig die Stirn gehabt! Und warum hatte sich Saphira dem Urteil unterworfen? Hatte sie nichts zu ihrer Verteidigung vorgebracht? Wenn sie den Kollegen alles gesagt hätte, was sie wußte, würde man sie bestimmt nicht verurteilt haben! Vielleicht war ich daran schuld: Ich hatte angedeutet, daß Sally vielleicht von der Göttin zum Werkzeug des Bösen erwählt worden war. Offensichtlich hatte Saphira sich mit ihrem Schicksal abgefunden. Ich fühlte mich übertölpelt.

Als ich zum Tor kam, standen Sieh-ein-Vogel und Seestern zwischen den Büschen und riefen mich an. »Oh, Sieh-ein-Vogel!« sagte ich und hielt das Pferd an. »Wie geht's Ihnen heute?«

Er lächelte schmerzlich. »Was ich sage, hat kein Gewicht mehr«, seufzte er. »Das ist immerhin ein Trost. Sie wissen ja, daß ich dieses Haus verlassen habe. Ich bin nur gekommen, um ein paar Sachen abzuholen.«

»Und wie hat Ihnen die andere Schneide der Axt behagt?«

»Ich werde mich bald daran gewöhnt haben. Es heißt, daß der erste Schlag immer der schlimmste ist, als ob einem die Schädeldecke abrasiert würde, dicht über den Augen. Aber wenn das vorüber ist, wird man von den Wechselfällen des Lebens nur mehr indirekt berührt. Als Bienenflug zu den Senioren übertrat, litt ich sehr unter dieser Trennung: Jetzt spüre ich gar nichts mehr. Gestern nacht war ich froh über das schmale Bett in meiner Zelle. Ana ist nicht leicht zu verstehen, aber voll Großmut.«

»Und Sie, Seestern? Wie steht's mit Ihnen?«

Er starrte mich stumpf an, leckte die Lippen und sagte: »Meinen herzlichen Glückwunsch!«

»Vielen Dank, Seestern, aber womit habe ich ihn verdient?«

»Ist es denn nicht wahr – das mit Ihnen und Sally?«

»Ich weiß nicht, was Sieh-ein-Vogel Ihnen erzählt hat. Ich will dazu nur sagen, daß ich nicht Sallys Mantel auf dem Grab geteilt habe und nicht die Absicht habe, sie jemals wiederzusehen, selbst wenn ich meinen Stand wechseln müßte. Meinetwegen brauchen Sie Ihre Hoffnungen nicht aufzugeben, ich bin nicht Ihr Nebenbuhler. Wenn ich Ihnen aber einen Rat geben darf: Verschwinden Sie, bevor es Ihnen geht wie Ihrem Bruder! Dieses Weib hat den Teufel im Leib.«

Seestern hatte mein gebrochenes Neukretisch nie recht verstanden, ich mußte meine Worte wiederholen. Diesmal drückte ich mich aber deutlicher aus: »Richten Sie Sally aus, daß ich mich abgesetzt habe – daß ich dieses Haus nie mehr betreten werde und jetzt nach Dunrena gehe, um meinen Stand zu wechseln und mit Saphira zu leben. Haben Sie mich verstanden?«

Es betrübte ihn nur noch mehr. »Aber sie liebt Sie! Sie kann ohne Sie nicht leben!« klagte er. »Sie wird mich nie in ihr Bett rufen! Nie!«

Sieh-ein-Vogel grinste breit. »Als ein frischgekapptes Ei«, sagte er, »kann ich die Aussichtslosigkeit dieser Situation sehr gut nachempfinden. Nun – ich nehme an, wir werden uns heute abend in Dunrena sehen: Man erwartet von mir, daß ich hinkomme.«

Er klatschte meinem Pferd freundlich auf die Kruppe, worauf es zur Straße hinuntergaloppierte. Bei dem Durchstieg, wo ich Quant getroffen hatte, bog ich ab und ritt zur Quittenhütte hinüber, um sicher zu gehen, daß Sally den Stallburschen nicht angelogen hatte. Die Tür stand offen. »Saphira!« rief ich, erhielt aber keine Antwort. Mir fiel ein, daß sie vielleicht ihr fertiges Bild zurückgelassen haben könnte, also stieg ich ab, ging in die Hütte und sah mich um. Erst fand ich nichts, aber als ich schon im Hinausgehen war, stieß ich gegen den Tisch: Eine dünne Tafel aus Ulmenholz, etwa einen halben Meter im Quadrat, hatte unter der Platte auf einem Bord gelegen und fiel nun klappernd auf den Estrich.

Ich hob sie auf. Es war Saphiras Bild und stellte die Szene dar, in der Nimuë die Drei Schurken vernichtet. Ich erkannte Machna, den Gott der Wissenschaft mit seiner Hakennase, der eine Handvoll zerbrochener Maschinenteile umklammert hielt; Pill, den Gott der Diebe mit den unruhigen Augen, hinter dem allerhand zerknülltes Papier herumlag; Dobeis, den fetten Gott des Geldes, dem aus einem Loch in der Hosentasche die Goldstücke fielen. Links auf dem Bild war die junge Göttin zu sehen, auf einem Schimmel reitend, wie sie die drei Leichen an einem Seil, das sie um ihre Hälse geschlungen hatte, zu einem Fluß schleift. Über ihnen flog eine Staffel Kraniche. Diesseits des Flusses war das Land völlig verwüstet – brennende Häuser, karge Felder, bis auf ihr Gerippe abgezehrte Tiere und Vögel, aufgetriebene Kadaver; auf der anderen Seite des Flusses waren die Äcker wohlbestellt und fruchtbar, die Tiere gut genährt, die Menschen emsig und fröhlich, die Häuser unversehrt.

Ich hielt das Bild ins Licht und betrachtete den Hintergrund. Da erkannte ich, daß auch der Wohlstand seine Grenze hatte. Die üppige Gegend reichte bis zu einem anderen, halb hinter Erlen versteckten Fluß, und jenseits desselben sah ich einen grauschillernden Himmel und einen Hügel, den zwei nackte Gestalten hinanliefen – ein Mann und eine Frau mit abgewandten Gesichtern, Hand in Hand –, verfolgt von einer Schlange, die in einem Knoten ihres Leibes einen Prügel schwang. Der Himmel gefiel mir gar nicht. »Da braut sich etwas Scheußliches zusammen«, sagte ich zu mir. »Und wer sind diese Menschen? Saphira und ich? Oder irgendein beliebiges Menschenpaar? Anscheinend laufen sie zu der Höhle dort unter dem Hagedorn, um Schutz zu suchen . . . Hoffentlich kommen sie hin, bevor die Schlange zuschlägt. Arme Saphira! Nach dem Erwachen aus ihrer Trance muß sie aus dem Bild herausgelesen haben, daß ein tückischer, schlammiger Fluß vor ihr liegt, den es zu durchqueren gilt, und nichts als Mühen und Gefahr am anderen Ufer.«

Ich legte das Bild auf das Bord zurück, ging hinaus und schloß hinter mir die Tür. Als ich mich umdrehte, prallte ich beinahe mit Nervo zusammen. »Hallo!« sagte ich. »Mari sei gegrüßt! Darf ich fragen, was Sie hier suchen?«

»Unterwegs nach Dunrena«, erwiderte er forsch. »Die Abordnung unseres Dorfs ist vorausmarschiert, ich wollte sie eben überholen. Dann habe ich Euch gesehen und bin über die Felder herübergekommen. Ich wollte mich bei Euch bedanken: Das ist alles.«

»Bei mir bedanken? Wofür denn?«

»Für Eure Liebenswürdigkeit. Ihr habt mir einen neuen Übernamen gegeben: Nervo der Furchtlose. Ich bin Euch sehr zu Dank verpflichtet. Wenn jemand einen neuen Übernamen erhält, nimmt er ihn ohne langes Fragen an: so auch ich. Es ist, als wäre ich am Morgen aufgewacht und hätte zufällig mein Hemd verkehrt angezogen. Es wäre unklug und undankbar, etwas daran zu ändern.«

»Ich begreife den Zusammenhang nicht.«

»Ganz einfach: Unter meinem alten Übernamen bedroht mich ein Unheil; Sie geben mir einen neuen Namen – und das Unheil geht an mir vorbei. Oder es bedroht mich in meinem Arbeitshemd, aber ich ziehe das

Hemd zufällig verkehrtherum an: Das Unheil drängt sich mir an die Brust, findet die Knöpfe nach innen verdreht und kann sie nicht auftun. Worauf sich das Unheil zurückzieht. Das ist alles . . .«

»Da frage ich mich nur, warum Sie nicht jeden Tag das Hemd verkehrtherum anziehen und Ihren Übernamen ändern?«

»Das wäre feig«, erwiderte er.

Ich ließ mich nicht weiter darauf ein. »Auch ich bin auf dem Weg nach Dunrena«, sagte ich. »Machen Sie mir das Vergnügen, Sie zu begleiten.«

»Nichts lieber als das.«

Wir wandten uns zur Straße zurück und trotteten gegen Rabnon zu.

»Prachtvolle Kleefelder«, stellte ich fest. »Wie macht ihr das?«

»Ganz einfach. Wir geben dem Boden zurück, was wir von ihm nehmen. Das ist alles. Die Saat wird an einem günstigen Tag ausgebracht und gut eingewalzt. Gebete am Morgen und am Abend, Maßnahmen gegen Schädlinge und Unkraut. Ganz einfach. Der Klee steht gut, Mari sei gepriesen! Übrigens auch die Dana – Und doch . . .«

»Und doch . . .«, wiederholte er ein paar Minuten später.

»Bedrückt Sie etwas, Nervo?« stieß ich nach.

»Ja«, gestand er. »Ich wollte, ich wüßte, was es ist. Das ist der Haken. Was kann es sein? Die Gemeinen arbeiten brav und beten brav. Mein Privatleben ist in Ordnung. Der kleine Zwischenfall mit dem Brutsch ist ausgestanden. Die Göttin hat uns Regen geschickt – nicht zu viel und nicht zu wenig. Trotzdem stimmt etwas nicht, fürchte ich – von Grund auf nicht. Es ist nur so ein Gefühl, nichts, um den Finger daraufzulegen.«

»Sind Sie zu höflich, um anzudeuten, daß es mit meinem Erscheinen hier im Dorf zu tun haben könnte? Sagen Sie es mir bitte, wenn es so ist – ich werde nicht beleidigt sein.«

Nervo blickte von mir weg. »Eben vorhin ist ein Kärrner völlig verstört bei mir erschienen. Er will gesehen haben, wie Ihr aus dem Narrenhaus gekommen seid.«

»Ich habe dort übernachtet.«

»Unmöglich!«

»Warum?«

»Es bedeutet sicheren Tod, wenn man zwischen Mitternacht und Mittag in einem Narrenhaus ist.«

»Mag sein – aber ich bin ein Sonderfall. Ich stehe unter Schutz. Ich gebe zu, daß es dumm von mir war, den Kärrner zu erschrecken; wahrscheinlich hätte ich mir das ›Schaut weg‹-Zeichen auf die Stirn malen sollen.«

Er bemerkte dazu nichts, bis wir das klapprige Katzenkopfpflaster von Rabnon hinter uns hatten. »Nur eine Frage noch«, fuhr er dann besorgt fort: »Was geht eigentlich im Zauberhaus vor? Das Wohl von Gehörntes Lamm hängt von den Magiern ab. Nur darum. Und es gehen sehr seltsame Gerüchte um.«

»Was sagen die Leute?«

»Ich möchte es lieber nicht wiederholen.«

»Nur zu!«

»Daß Ihr den Brutsch mitgebracht habt. Daß der Brutsch Eure fünf Kollegen verhext hat. Daß er schon drei von ihnen vertrieben hat. Daß er nicht ruhen wird, bis das Haus leer ist: Und Sie wissen wohl, was das zu bedeuten hätte!«

»Leider nein.«

»Es gibt einen bekannten Spruch:

Fünf, vier, drei, zwei, eins –
Ein leeres Zauberhaus ist keins:
Dann geh hinaus, solang's noch steht –
Schau, was der Wind von Norden weht!
Bis dahin bleibt alles gut,
Wenn jeder nur das Seine tut.

Das ist es. Wir wissen, wie wir dran sind. Alles ist in Ordnung, solange die Magier in ihrem Haus sind, und so bleibt es auch, wenn nur ein jeder das Seine tut, ohne aufzuschauen. Es kommt vor, daß im Magierhaus einer ausfällt. Wenn schon! Am nächsten Montag ist Ersatz da, die Wolke über uns hinweggezogen. Aber heute ist Donnerstag – und zählt doch selbst nach! Wieviele Magier sind noch übrig, wenn ich von Euch absehe? Nur mehr zwei! Eine Katastrophe! Was soll geschehen, wenn auch den beiden etwas zustößt?«

»Ich danke Ihnen, Nervo. Schon gestern ist mir vorgekommen, daß man im Dorf meinetwegen nachgerade nervös wird. Ich habe daher beschlossen, meinen Abschied zu nehmen, obwohl ich an dem, was sich ereignet hat, keine Schuld trage. Ich gehe jetzt nach Dunrena, und keiner von euch wird mich jemals wiedersehen. Es ist nicht angenehm, wenn man sich wie eine von den Federn aus Frau Holles Kissen fühlt, die den Winter ankündet. Wenn Sie aber genau wissen wollen, was geschehen ist –«

Ich brach ab. Nervo war leichenblaß geworden, sank von seinem Fuchs herunter und ließ sich am Straßenrand ins Gras fallen, wo er wie ein Toter liegenblieb. Der Rote Donner schnupperte ein Weilchen an ihm herum, setzte aber schließlich, als Nervo nicht reagierte, seinen Weg fort. Ich fing das Pferd ein, band es an einen Baum und stand dann völlig ratlos vor Nervo. »Los, Junge! Steh auf! Tut mir leid, wenn ich zufällig etwas Verkehrtes gesagt haben sollte. Sie wissen ja, daß ich hier fremd bin.«

Er lag da und rührte sich nicht. Als ich mich überzeugt hatte, daß er normal atmete und offenbar keine Schmerzen hatte, bestieg ich wieder mein Roß und ritt weiter. Was konnte ich gesagt haben, das ihn so in Panik versetzt hatte? Die Feder aus Frau Holles Kissen? Lächerlich!

Die Straße war voll von Menschen, die zu Fuß oder zu Pferd nach Dunrena unterwegs waren, einschließlich dreißig Ochsenkarren voll Senioren und Scharen von Kindern, die ein Priester anführte. Jedes Dorf und jede Stadt hatte eine Abordnung von zweiundzwanzig Männern und Frauen ausgeschickt, bestehend aus einem Führer, einem Magier, zwölf Gemeinen, sechs Dienern und zwei Chronisten. Die Männer trugen schwere Bündel, Zeltstangen, Leinwandrollen, Kochtöpfe und Regenschirme, die Frauen nur Regenschirme und Ranzen. Ich überholte erst Rabnon und dann Zapmor, wobei ich jeweils freundliche Grüße austauschte. Dann kam ich zu den Leuten aus unserem Dorf. Ich freute mich, als ich Quant an der Spitze des Trupps gehen sah, und lenkte mein Pferd an seine Seite.

»Fehlt euch nicht ein Führer und ein Magier?« fragte ich ihn.

»Im Augenblick wohl, aber Sally ist vorausgeritten, und Nervo hatte noch etwas zu erledigen. Er hat versprochen, daß er uns bald einholen wird.«

»Eine dumme Geschichte ... Ich habe ihn nämlich am Straßenrand auf dem Bauch liegenlassen, etwa eine Meile von hier.«

»Tatsächlich? Er wird doch nicht krank sein?«

»Das glaube ich nicht. Aber möglicherweise habe ich etwas gesagt, was ich besser nicht gesagt hätte. Er warf sich plötzlich ins Gras und rührte sich nicht mehr.«

»Was haben Sie zu ihm gesagt? Vielleicht sollten Sie es lieber buchstabieren, sonst liegen auch wir plötzlich auf dem Bauch.«

»Ich habe eine Märchenfigur erwähnt: Frau H.O.L.L.E. Allerdings habe ich Neukretisch gesprochen und ›Frau‹ mit ›Mam‹ übersetzt.«

»Oh, weh! Das ist einer der heiligsten, unaussprechlichen Namen! Ein Glück, daß Sie unter Schutz stehen. Sie ist die Göttin des Windes, und wenn die Eingeweihten in den Mysterien ihren Namen hören, werfen sie sich sofort zu Boden und warten, bis sie den Gegenzauber hören, sonst bläst die Göttin sie durch Sonne und Mond.«

»Um Himmels willen! Da sollte ich wohl zurückreiten und den Gegenzauber sprechen. Wie geht er?«

»Tut mir leid: Ich habe schwören müssen, daß ich ihn nie in den Mund nehme, auch nicht buchstabiere oder nur andeute.«

»Schrecklich! Müssen wir ihn dort lassen, bis das Gras über ihn wächst?«

»Ein bißchen Gras wird ihm nicht schaden«, meinte Quant trocken. »Leider gibt es nur einen einzigen Menschen, der den Bann lösen kann: die Hohepriesterin – und auch ihr ist es nur ein einziges Mal im Jahr beim Worfelfest gestattet, den Namen oder den Zauber auszusprechen. Und die Weizenfelder sind noch ganz grün ... Jedenfalls dürfen Sie ihn nicht hochheben, sonst bläst ihn die Göttin durch Sonne und Mond.«

»Das glauben Sie im Ernst, Quant?«

»Daß er durch Sonne und Mond geblasen würde? Zumindest drücken wir es so aus. Ich weiß nicht, wie wörtlich es zu nehmen ist, weil noch nie ein Mensch gewagt hat, dem Gebot zuwider zu handeln. Ich kann nur sagen, daß Menschen, die andere Gebote verletzen, auf andere Weise sterben.«

»Wie ist Saphira gestorben?«

»Oh – ihr hat man eine Droge verabreicht, die wir ›Lethe‹ nennen. Ihre Übertretung ist nicht mit Absicht erfolgt, darum muß sie als Gemeine wiedergeboren werden. Wenn sie dieses Metallding absichtlich verheimlicht hätte, weil sie es schön fand, wäre das eine offenkundige Geschmacksverirrung gewesen, die zur Wiedergeburt als Dienerin führt. Natürlich ist der Stand der Diener nicht geringer als der Stand der Gemeinen, aber da es zum Wesen der Diener gehört, daß sie keinen eigenen Geschmack haben, dürfen sie ihre Behausungen mit aller Art von Kitsch einrichten, wie es ihnen gefällt. Dennoch handelt es sich in beiden Fällen um läßliche Sünden, nicht um Todsünden. Bei einer Todsünde gibt es keine Wiedergeburt. Als schlechter Mensch, der sich dessen auch bewußt ist, wird der Todsünder von einer Hexe hypnotisiert, so daß er sich kopfüber von einem Felsen stürzt.«

»Dann gibt es also für jede Art Übertretung eine spezifische Strafe? Ich würde gern einmal euer Strafgesetzbuch sehen.«

»Nein, wir haben kein Gesetzbuch, auch keine Anwälte oder Richter. Jeder Fall wird von den Standesgenossen des Übeltäters so behandelt, als ob er der erste und einzige wäre, und der Urteilsspruch wird von dem Angeklagten selbst gefällt, nachdem er seine eigene Aussage vernommen hat.«

»Ich kann dem nicht ganz folgen –?«

»Ein Mensch kann sich einreden, daß er im Recht ist, wenn er auf eine bestimmte Weise handelt; erst wenn er den Sachverhalt seinen Nachbarn beschreibt, vermag er ihn zu durchschauen.«

»Und kommt es da nie zu Fehlurteilen?«

»Darauf habe ich eigentlich keine Antwort. Es gibt ja auch keine Strafen ...«

»Ist denn der Tod keine Strafe?«

»Nicht bei uns. Er ist eine Gnade.«

»Ich verstehe«, sagte ich, freilich nicht ganz überzeugt. »Aber wo soll ich jetzt nach Saphira suchen?«

»Sie dürfen sie nicht mehr mit diesem Namen nennen: Davon abgesehen soll sie als Tochter meiner früheren Schwester wiedergeboren werden, die jetzt als Gemeine in Dunrena lebt. Meine Schwester hat sich wegen einer ähnlich läßlichen Übertretung zum Tod verurteilt. Aber das ist schon lange her.«

»Was hat sie getan?«

»Sie hat beim Krocket die Nerven verloren und ihren Schläger in ein Tulpenbeet geworfen. Angeblich hat Hammerkopf sie mit seinen guten Ratschlägen durcheinandergebracht und vom Spiel abgelenkt. Wir alle waren froh, als sie schließlich ging; sie war nicht zur Chronistin geboren.«

»Aha ... Aber, Quant: Meinen Sie nicht, daß ich mich um Nervo kümmern sollte?«

»Warum? Wie wollen Sie ihm helfen?«

»Ich könnte den Namen verkehrtherum aussprechen.«

»Der Versuch kann nicht schaden«, meinte Quant unverbindlich. »Aber wahrscheinlich werden wir ein Dach über ihn bauen und auf die Sonnenwende im Herbst warten müssen.«

Zehn Minuten darauf befand ich mich wieder im Vorfeld von Rabnon. Nervo lag noch immer da wie vorhin, bleich im Gesicht. Ameisen krabbelten auf ihm herum. So ein Tölpel! Und das wollte ein Führer sein! Eine Sekunde lang fühlte ich mich versucht, ihn einfach auf die Beine zu hieven, aber dann erinnerte ich mich daran, daß er einen Umweg gemacht hatte, nur um mir für seinen neuen Übernamen zu danken. Ich kam zu dem Schluß, daß es unter solchen Umständen unzart wäre, wenn ich die Göttin ihn durch Sonne und Mond blasen ließe – was immer das besagte. Auch wollte ich nicht herausfordern, daß ich dabei etwas abbekäme.

»Komm über das Wort zurück, das ich vorhin gesprochen habe!« befahl ich. Nichts geschah. Dann versuchte ich es, ohne viel Überzeugungskraft, mit: »ELLOH MAM.«

Nervo bewegte sich unruhig, und ich wiederholte die Worte mit stärkerem Nachdruck. Es wirkte! Nervo sprang auf, verneigte sich neunmal wie ein Affe auf der Leiter gegen Norden und lief zu seinem Pferd.

Er machte keineswegs einen verängstigten oder verstörten Eindruck, und wir nahmen unsere Unterhaltung beim vorletzten Satz wieder auf. Soweit ich feststellen konnte, wußte er überhaupt nicht, was geschehen war. »Sehr seltsam«, bemerkte er. »Lauter Ameisen krabbeln mir am Hals herum. Sehr seltsam. Sie müssen über die Hufe und das Pferd heraufgekommen sein. Ich möchte wissen, was sie anzeigen. Haben Sie eine Ahnung?«

»Wenden Sie sich lieber an Sally oder Seestern«, riet ich ihm. »Ich kenne mich mit Zeichen nicht aus. Aber ich würde – nur so drauflosgeraten – sagen, Ameisen am Hals haben etwas damit zu tun, daß ein Wind aufkommt.«

Würde ich mich je an diese neukretische Märchenwelt gewöhnen? Dieser fabelhafte Kinderglaube! Und doch –: Was für ein Gewicht hat eine Religion ohne solchen Kinderglauben? Und wie ließe sich der innere Schweinehund an die Kette legen, wenn nicht durch eine starke religiöse Bindung? Wie die Geschichte zeigt, gibt es kein effizientes Mittel mit Langzeitwirkung. Müssen also die Menschen, wenn sie im Sinn des »Guten Lebens« der Philosophen ein Dasein ohne Not und Unrecht führen wollen, sich faktisch auf das Niveau von Einfaltspinseln begeben? Anscheinend . . . In der Tat, sagte ich mir, erfordert ja nur eine Epoche wie die Spätchristliche, daß jedermann seine fünf Sinne plus Verstand ständig beisammen hat. Nichts schärft die individuelle Intelligenz so wie Geld, und in dem Amerikanischen Jahrhundert, dem ich nach meiner Rückkehr wieder angehören würde – es sei denn, daß ich auf meine Intelligenz überhaupt verzichtete und nach Rußland auswanderte –, gab es dafür gar nichts anderes als eben das Geld. Die Religionsfreiheit, die man uns versprochen hatte, war naturgemäß nur eine contradictio in adjecto. Wo eine zentrale, fest auf den Besitz von Geld gegründete weltliche Autorität über die Bewohner eines Landes gesetzt ist und zugleich versichert wird, daß Glaube die Privatsache jedes einzelnen sei, solange er nicht den allgemeinen Frieden störe, gibt es keine religiösen Werte. Wahre Religion gibt es nur in einer theokratischen Gesellschaft. Wenn aber – wie in Amerika – sogar die konstitutionelle Monarchie als letzter Hort primitiver Theokratie nicht mehr geduldet wird, bleibt von allen Werten nur der Geldeswert. Je reicher einer ist, desto schärfer ist sein Verstand; je schärfer sein Verstand ist, desto stumpfer sein Sinn für das Religiöse. Andererseits wieder steigt mit dem Reichtum das Bedürfnis, die soziale Position abzusichern, und das kann nur durch eine scheinbare Restauration der abgetanen Werte erreicht werden. So wurden die Gewitztesten zu den eifrigsten Kirchgängern, und die Amerikaner hielten sich auf dieses Phänomen viel zugut. Wehe über den reichen Mann von Kapernaum! Sie hatten ihren Lohn dahin, und obwohl Jesus erklärt, daß niemand Gott und dem Mammon dienen kann, sondern alles sich ohne Vorbehalte dem mosaischen Gesetz zu unterwerfen hat, war das Gesetz selbst unter den goldenen und silbernen Schekeln kaum erahnbar. Ich freilich war nur ein armer Europäer, für den man in der Synagoge keinen von den besseren Sitzen reserviert hatte. Auch mit Rußland wußte ich nicht das Geringste anzufangen, das Regime dort vertrug sich nicht mit einem Dichter. Wenn ich jedoch zwischen neukretischer Einfalt oder amerikanischer Gewitztheit wählen sollte, war ich Einfaltspinsel genug, um mich für ersteres zu entscheiden und mir Magengeschwüre, Börsenkurse und Sonntagsstaat zu ersparen. Wenn es nicht schon zu spät war! Schon kam der Wind auf: Auch in Neukreta nahmen die Ereignisse ihren Lauf.

Wir holten unser Kontingent kurz vor Dunrena ein. Ich erkannte den Ort als das frühere Martinbault-les-Dames wieder, zu meiner Zeit eine mittelalterliche Stadt mit Mauerkranz, von welcher der Vicomte seinen Titel abgeleitet hatte. Die Mauern waren jetzt verschwunden, und die Stadt war zum überwiegenden Teil an den Rand eines gewaltigen Kraters von fast einem halben Kilometer Durchmesser, jedoch nahe dem seinerzeitigen Standort hingebaut. Quant konnte mir nichts darüber berichten, wann und wie es zu diesem Krater gekommen war – mir schien die Explosion eines gewaltigen Munitionslagers noch das Entsprechendste –, aber ich hörte, wie die Diener voll frommer Scheu von einem prophetischen Fisch erzählten, den sie mit ihren Gebeten aus der grundlosen Tiefe des Wassers emporriefen.

Ein schmuckes Schloß aus weißem Marmor mit spitzen Türmen und ornamentalen Gärten beherrschte die Stadt. Wir trabten auf das zinnenbewehrte Torhaus zu, Nervo voran, ich widerwillig hinterher. Eigentlich hatte ich ohne Umschweife in die Stadt gehen wollen, um nach Saphira zu sehen – Quant hatte mir den Namen seiner Wechselschwester gegeben –, aber Nervo bestand darauf, daß es das Dorf entehren würde, wenn Gehörntes Lamm den Schloßpark ohne einen Magier beträte. »Bleibt bei uns, bis die Hexe zu uns stößt«, bat er mit Tränen in den Augen.

»Ich bin kein ausgebildeter Magier«, wandte ich ein. »Ich werde nicht wissen, was ich zu tun habe.«

»Das macht nichts. Ihr reitet ein weißes Pferd, und das genügt, um unsere Ehre zu retten. Sie ist, wie Ihr nicht vergessen dürft, sehr gefährdet. Nämlich wegen der seltsamen Dinge, die sich im Zauberhaus ereignet haben: In Zapmor redet man schon von einem Krieg gegen uns. Das jetzt könnte reichen, daß sie in ihre Kriegshörner stoßen. Und was würde die Königin sagen, wenn wir ohne Fünften Stand daherkommen?«

Dann zog er eine seidene Flagge mit dem Emblem des Dorfes – ein gehörntes Lamm – hervor, befestigte sie an einem Stock, der sich wie ein Teleskop auf eine Länge von zwei Metern ausfahren ließ, und gab der Musikkapelle das Zeichen zum Einsatz. Zur Melodie des Badenweilers marschierten wir entlang einer beflaggten Arkade zwischen roten und weißen Rosen, bis wir um eine gewaltige, amethystfarben blühende Mimose schwenkten und in Sicht der königlichen Loge kamen.

Der König war schon stark angeheitert, die kleine Krone aus Gold saß nicht sehr fest auf seinem leuchtend roten Haar. Er applaudierte dem Vorbeimarsch und bewarf jedes Kontingent mit Zuckerwerk. Sein Gewand bestand aus einem weißen Seidenhemd mit purpurnen Manschetten, weißen Kniehosen und einer purpurnen Leibbinde. Rund um ihn saßen zwölf reizende Mädchen, die Nymphen der Monate, jede in einer anderen Farbe gekleidet und mit emblematischem Kopfschmuck. Die Königin – mit einer viel prächtigeren Krone und in scharlach-goldener Robe – thronte starr wie ein Bild über dem König.

Als wir an ihm vorüberkamen, befahl Nervo: »Augen rechts!«, und aus der Loge flogen drei königliche Brokken von türkischem Honig. Der erste traf Quant an der Schulter, der zweite fehlte – der dritte streifte mein Knie. Quant trat sofort aus dem Glied und begab sich zu einer Gruppe, die in einer Art Pferch zur Rechten der Loge stand. Auf einen Wink von ihm stieg ich vom Pferd, übergab es einem Diener und ging zu Quant hinüber.

»Wir haben Glück«, flüsterte Quant. »Wir kriegen heute abend reservierte Plätze im königlichen Theater.«

Als wir den Pferch betraten, bot uns ein Diener aus kleinen Medizingläsern zu trinken an.

»Was ist das?« fragte ich und schnüffelte mißtrauisch.

»Um Ihre Sinne zu betäuben, Herr.«

»Warum sollte ich meine Sinne betäuben wollen?«

»Gegen die Qual, so viele fremde Gesichter vorübergehen zu sehen.«

»Die kenne ich alle schon«, entgegnete ich und gab ihm das Glas zurück.

Den ganzen Vormittag hindurch marschierten die Abordnungen an der königlichen Loge vorüber: Manche waren bis vom anderen Ende des Königreichs gekommen, das mit seinem Gebiet etwa dem entsprach, was einmal Südfrankreich gewesen war. Wir schauten ungefähr eine Stunde lang zu, bis der König nur mehr ziellos um sich herum warf. Dann reichte ihm eine von den Nymphen eine Spielzeugflinte, die bei jedem Druck auf den Abzug eine ganze Salve von Zuckerwerk ausspie. Sie schaute auch darauf, daß das Ding ständig geladen war. Allmählich füllte sich der Pferch mit jenen, die auf der Strecke blieben.

Quant sagte mir, daß wir nicht bleiben müßten, wenn wir nicht wollten, und bot mir an, mich zu seiner ehemaligen Schwester zu führen. Als wir den Pferch durch einen Hintereingang verließen, gab ein Diensthabender ihm und mir je eine Gänsefeder mit einer roten Spitze, die wir auf unseren Hüten tragen sollten, um uns bei unserer Rückkehr auszuweisen.

»Haben Sie einen Fettstift?« fragte ich Quant.

»Natürlich. Für ein ›Schaut weg!‹-Zeichen?«

»Ja – für den Fall, daß wir Sally begegnen. Ich frage mich, wo sie steckt.«

»Das frage ich mich auch. Es ist noch nie vorgekommen, daß ein Magier nicht an einer Parade teilgenommen hat.«

An die dreißigtausend Menschen müssen es gewesen sein, die sich an diesem Tag in Dunrena aufhielten – mehr als das Zehnfache der normalen Einwohnerschaft. Im Großen Park wurde eine Zeltstadt aufgebaut, wobei die Zelte nicht etwa in geraden Fluchten ausgerichtet waren, sondern sich zu einer Spirale fügten, die sich mit jedem Zuwachs erweiterte. Über jedem Zelt war die Dorfflagge gehißt. Als wir vorbeigingen, fiel mir die Stille auf: kein Geschrei, kein Singen, keine Musik – man sprach nur flüsternd, und selbst die Häringe wurden behutsam in den Rasen geschraubt, nicht hineingehämmert. Quant zitierte dazu:

»Wenn die Ameisen schwärmen,
Ist es still wie im Grab,
Denn jede kennt ihre Pflicht.«

Seine Schwester lebte in der Altstadt. »In einem monogamen Viertel«, fügte er hinzu: »Obwohl es bei den Frauen der Brauch ist, die Männer hin und wieder auszutauschen, so daß die Atmosphäre nicht ganz so puritanisch ist wie in Zapmor. Sie heißt jetzt Breiter Daumen – ich weiß nicht warum. Seit der Szene mit dem Schläger habe ich sie nie mehr gesehen, aber man hat mir gesagt, daß sie irgendwo weiter oben in dieser Straße wohnt.«

Wir sahen bald ihr Hauszeichen und traten in die Küche, ohne anzuklopfen; in Neukreta wird außer an Schlafzimmertüren nirgends geklopft. Breiten Daumen hätte ich auch sonst an ihrer Ähnlichkeit mit Quant sofort erkannt: die gleichen apfelroten Wangen, auch seine spitze Nase und der zum Lachen geschaffene Mund. Nach der formellen Begrüßung nahm sie ihren Bruder bei der Hand und fragte ihn: »Was habt Ihr für einen Übernamen? Und in welchem Dorf lebt Ihr?«

»Ich heiße Quant und bin ein Chronist aus Gehörntes Lamm, das an der Bahn liegt. Das hier ist mein Freund Venn-Thomas, ein Dichter aus der Vergangenheit.«

»Ich freue mich, Eure Bekanntschaft zu machen«, entgegnete sie. »Man hat mir erzählt, daß auch ich vor meinem Tod einige Jahre in Gehörntes Lamm zwischen den Tulpen und dem Krocketrasen gewohnt habe. Aber wo ist der Freund, den Ihr erwähnt habt?«

Als ich mein »Schaut weg!«-Zeichen weggewischt hatte, nahm sie mein Vorhandensein mit einem Knicks zur Kenntnis. Ich erwiderte mit einer Verbeugung.

»Folgt mir bitte in die Spinnstube!« sagte sie.

»Wie ich höre, seid Ihr mit einer lieblichen Tochter gesegnet«, bemerkte Quant, als wir ihr nachgingen.

»Ja, Mari sei gepriesen!« bestätigte Breiter Daumen, indem sie sich an ihr Spinnrad setzte und an einem Rokken schwarzer Wolle zu arbeiten begann. »Ein schönes Mädchen! Sie ist erst heute morgen nach dem Frühstück geboren worden und nennt mich schon ›Mutter‹! Bis am

Abend wird sie ganz erwachsen sein – aber zunächst findet das kleine Ding die Welt noch sehr seltsam.«

»Was ist ihr Übername?«

»Ich warte noch auf einen.«

»Warum nennt Ihr sie nicht Sturmvogel?« fragte ich.

Sie tat, als ob sie mich nicht gehört hätte.

Ich wiederholte die Frage lauter.

»Ein Dichter hat das Recht, Übernamen zuzuteilen«, sagte sie. »Aber habt Ihr nicht einen mit glücklicherer Vorbedeutung?«

»Die Göttin hat ihn mir in den Sinn gelegt«, rechtfertigte ich mich. »Immerhin sind es die Sturmvögel, die auch das schlimmste Wetter überdauern.«

»Ich nehme ihn an«, beschied sie sich ergeben.

»Können wir sie sehen?«

»Das arme Kind ist nicht sehr präsentabel, aber wenn Ihr darauf besteht –«

Sie führte uns in das Nebenzimmer, wo Saphira in einer Gehschule saß und einer Puppe die Beine ausriß. Sie trug ein loses weißes Nachthemd und eine Kette aus Margeritenblüten um den Hals. Ihr Haar hing frei herunter. »Liebe Onkels«, lallte sie, nachdem sie uns einen vagen Ophelienblick geschenkt hatte. Dann hielt sie uns ihre Hand entgegen »Ich hab eine Blase – zwei Blasen!« verkündete sie stolz.

Quant gluckste begütigend, holte ein Strohschächtelchen mit Aniskugeln aus der Tasche und tauschte es mit Saphira gegen die Puppe aus. Saphira öffnete es ungeschickt und fing an, die Kugeln im Schachteldeckel herumzurollen.

»Iß nur – schmeckt gut!« sagte Quant, und folgsam nahm sie eine Kugel und leckte daran.

»Ja. Gut. Sehr gut!« sprach sie ihm nach und stopfte sich eine Handvoll in den Mund. »Liebe Onkels«, sagte sie wieder, während ihr der Zuckersaft über das Kinn rann.

Als sie mich mit ihren klebrigen Fingern abzuschmuddeln versuchte, wandte ich mich angeekelt ab, worauf sie schämig lispelte: »Magst du meine Spitzenhöschen anschauen?«

»Ich denke, Ihr solltet jetzt besser gehen«, meinte Breiter Daumen. »Sie wächst rascher, als ich es erwartet habe, und ist so groß und wohlgeformt, daß sie leicht Unfug anstellen könnte, wenn ich sie nicht ruhig halte. Ja – ich vermute, bis Mittag wird sie soweit sein, daß wir sie in den Stand aufnehmen können.«

Wir kehrten in die Spinnstube zurück und tranken mit der Hausfrau ein Glas Bier, aber Saphira machte solchen Lärm, daß Breiter Daumen uns fast sofort wieder verlassen mußte. »Sie wird schon sehr launenhaft: Tut so, als wollte sie Gesellschaft, obwohl ich weiß, daß ihr nicht wirklich daran liegt.«

Mithin verabschiedeten wir uns. Als wir hinausgingen, sagte ich zu Quant: »Das ist doch nur ein Spiel, nicht wahr? In Wahrheit hat mich Saphira – will sagen: Sturmvogel – doch bestimmt erkannt?«

»Beim Himmel: Nein! Sie weiß genausowenig, wer Sie sind, wie Breiter Daumen mich erkannt hat. Tot ist tot – und wiedergeboren ist wiedergeboren. Das ist die Lehre, die wir aus der Geschichte des Robnet zu ziehen haben: Robnet starb als Dichter und wurde als Fands Diener wiedergeboren, war sich aber nicht bewußt, daß er sie einmal geliebt hatte. Daß er ihr Diener wurde, war ein tragischer Zufall, nichts sonst. Wenn Sie daran denken, Ihren Stand zu wechseln und Sturmvogels Liebhaber zu werden, sollten Sie sich das erst noch genau überlegen: Es ist mehr als unwahrscheinlich, daß Sie mit ihr wieder zusammenfinden.«

»Dann hat mich Sally also tatsächlich drangekriegt!« stellte ich bitter fest.

»Es ist sinnlos, sich mit einer Hexe anzulegen.«

Nun, da Saphira mir auf diese absurde und gräßliche Weise genommen war, wußte ich wirklich nicht mehr weiter – wobei mich noch mehr bedrückte, daß anscheinend Sally ein Recht auf mich erworben hatte, das sie niemals aufgeben würde. Ich bemühte mich, Quant nicht zu zeigen, wie sehr ich getroffen war. Ich wußte, daß er selbst sehr unter dem Verlust Saphiras litt, aber er verfügte immerhin über die Tröstungen seiner Religion: Er konnte sich an die Göttin wenden und einen Seelenfrieden erlangen, der für mich völlig undenkbar war. Wo sollte ich Trost suchen? Die Göttin war mir fremd: Obwohl ich sie de facto anerkannte, trug ich sie nicht so selbstverständlich in meinem Herzen wie ein Neukreter. Ich war nicht einmal in meinen Stand aufgenommen, obwohl ich seine Vorrechte genoß – und ich war mir nicht einmal klar, ob ich das wirklich wollte; mein Status war so titulär wie etwa der eines minder wichtigen Mitglieds unseres britischen Königshauses, dem von einer ausländischen Universität ein Ehrendoktorat in Zivilrecht verliehen wird. Schon aber wurde das Gefühl der Frustration von blinder Wut verdrängt. Ich würde mir Saphira zurückholen, was es auch kostete – und wenn ich dabei ganz Neukreta in Trümmer legen müßte!

»Wo gehen wir jetzt hin?« fragte ich Quant so heiter wie möglich. »Nicht zurück in den Pferch?«

»Wohin Sie wünschen.«

»Ich wüßte gern, wo Sally ist.«

»Aber Sie wollten ihr doch nicht begegnen?«

»Das nicht – aber es macht mich nervös, daß ich es nicht weiß. Wann ist sie heute morgen aufgebrochen?«

»Nachdem sich das Schicksal meiner Nichte entschieden hatte. Die beiden sind zusammen vor dem Frühstück losgeritten.«

»Sind Sie sicher? Wo ist dann Saphira gestorben?«

»Hier bei Hof. Sie mußte der Königin die Hand küssen und ihre Insignien einer anderen Monatsnymphe übergeben. Darum sind sie so früh aufgebrochen. Sally hat sie begleitet, um ihren letzten Wunsch zu hören und sich nach ihrem Tod um die Stute zu kümmern.«

»Moment: Quant!«

»Ja?«

»Wo sind die königlichen Stallungen?« fragte ich in höchster Erregung.

»Ich bringe Sie hin. Warum?«

»Ich glaube zu wissen, wie sie zu den Blasen auf ihrer Hand gekommen ist, aber ich möchte dem auf den Grund gehen. Wenn ich recht habe, bin ich gerettet.«

Er blickte mich sehr ernst an und nickte. »Ja – vom

Graben ...«, pflichtete er mir bei: »Ana sei uns allen gnädig! Das ist eine schlimme Sache.«

Als wir bei den Ställen anlangten, klatschte er in die Hände, worauf sofort der diensthabende Stallbursche daherrannte. »Zeig uns, wo ihr die verlaufenen oder herrenlosen Pferde haltet«, befahl Quant. Der Stallbursche führte uns zu einer Flucht von Boxen. »Die drei sind heute morgen gekommen, Herr«, sagte er. »Ein Fuchs und zwei Schimmel.«

»Was ist mit dem Fuchs?«

»Der Oberstkämmerer hat ihn heute früh verstoßen. Offensichtlich hat er einen Brutsch: Beim Sattelauflegen hat er die Ohren zurückgelegt und die Zähne gebleckt. Die beiden anderen sind ein wenig später hereingebracht worden.«

»Ja, danke. Wir kennen sie.«

Auch sie erkannten uns und wieherten zur Begrüßung. Quant entließ den Stallburschen, und ich ging zu Saphiras Stute. »Ruhig, Mädchen«, besänftigte ich sie. »Nein, leider – heut gibt's keine Äpfel. Ich möchte nur in deine Satteltasche hineinschauen. Da, Quant: Sehen Sie sich das an!« Ich reichte ihm ein flaches, hölzernes Kistchen.

Er öffnete es. Das Kistchen enthielt eine mit neukretischen Schriftzeichen bedeckte Tontafel. »Soll ich es Ihnen übersetzen?« fragte er.

»Bitte«, entgegnete ich.

Er räusperte sich und las, ab und zu stockend:

»Mein einzig Geliebter!
So darf ich Dich jetzt nennen, weil Du wieder frei bist – Warum warst Du nicht, wie Du mir versprochen hast, früher bei der Quittenhütte? Nun wird Deine Antwort mich nie mehr erreichen: Wenn Du diese Zeilen liest, werde ich gestorben sein. Sally hat rasch gehandelt; sie hat eine Versammlung einberufen, und ich mußte mich zum Tod verurteilen. Darauf holte sie meine Stute zu der Hütte, und wir ritten sofort los. Ich fühlte mich sehr elend – nicht einmal Lebewohl hatte ich Dir gesagt! Als wir zu der Straßengabelung kamen, wo der Weg nach Zapmor abzweigt, höhnte sie mich: ›Warum hast du ihm

nicht alles gegeben, wenn du ihn geliebt hast? Warum hätte ich mir nicht nehmen sollen, was du übriggelassen hast?‹ Etwas Böses war in ihrer Stimme, und noch Böseres stieg in mir hoch. Ich erinnerte mich an Kleopatras *aer* ›Das habgierige Kind‹, und nahm mir vor, ihr Gesicht damit zu zeichnen. Ich krümmte meinen kleinen Finger und fing an: ›Paß auf! Kleopatra –‹ Da sah ich plötzlich auf einem Ast eine Meise sitzen und verstummte.«

»Warum das?«

»Wir haben ein Sprichwort: ›Wenn du eine Meise siehst, denk zweimal und ein drittes Mal.‹ Durch die Meise will uns die Göttin warnen.«

»Ich verstehe. Weiter!«

Er fuhr fort:

»Sally hatte die Meise nicht gesehen. Sie wandte sich zu mir und erwiderte unterwürfig: ›Ich höre.‹ So dachte ich ein zweites und ein drittes Mal und dankte der Göttin in meinem Herzen, daß sie Sally in meine Gewalt gab, indem sie mir ihren geheimen Namen offenbart hatte. ›Kleopatra!‹ sagte ich. ›Ich reite jetzt nach Zapmor, und du kommst mit! Und sprich kein Wort mehr, bis ich es dir gestatte!‹ Sie gehorchte ohne Widerrede. Wir ritten schnell, und als wir zu der Lichtung gelangten, wo sie dich zu behexen versucht hatte, sagte ich: ›Kleopatra! Hebe den Rasen von Clauds Grab und öffne es!‹ Sie gehorchte. Als sie den Körper freigelegt hatte, sah ich, daß der Kopf fehlte. ›Wo ist der Kopf, Kleopatra?‹ fragte ich. ›Im Narrenhaus‹, antwortete sie mürrisch. ›Du betrügst Ana um ihren Teil‹, hielt ich ihr vor. ›Tu Buße, Kleopatra!‹ Darauf gab sie mir ihr Skalpell, kniete nieder und senkte ergeben das Haupt. ›Was ist dein letzter Wunsch, Kleopatra?‹ fragte ich. ›Daß ich nicht wiedergeboren werde‹, antwortete sie. Ich stach sie ins Genick, legte sie neben Clauds verstümmelten Leichnam, schaufelte das Grab wieder zu und breitete den Rasen darüber. Dann ritt ich nach Dunrena und meldete ihren Tod. Ich schreibe diesen Brief im königlichen Marstall. Leb wohl, Geliebter! Das ist eine schlimme Zeit Saphira«

Quant bemerkte dazu nichts weiter als: »Seestern wird alle Hände voll zu tun haben, bis am Montag der Entsatz kommt.«

»Wenn er so lange durchhält«, meinte ich, als wir langsam hinausgingen.

»Und wohin jetzt?« fragte er.

»Das ist mir, ehrlich gesagt, vollkommen egal«, bekannte ich niedergeschlagen. »Vielleicht in eine Kirche.« Vielleicht würde ich dort etwas wie Trost finden können. Vor allem wollte ich mich von der Vorstellung befreien, die mir vor Augen stand: Saphira, wie sie Sally per descabello erledigt.

»Gern«, stimmte Quant zu.

»Ist das dort drüben eine Kirche?«

»Sie meinen dieses Haus mit den gemalten Vollmonden auf den Fenstern?«

»Ich hätte das für Neumonde gehalten.«

»Sie sehen sie von der verkehrten Seite; von innen sind es perfekte Vollmonde. Nein, das ist nicht gerade eine Kirche: Es ist das Mondhaus, wo die heiligen Verrückten wohnen. Sie verehren den Mond, jeder wie es ihm einfällt, und bringen die Göttin mit ihrem würdevoll-komischen Treiben zum Lachen: Sie selber lachen natürlich nicht minder laut, sind die glücklichsten Menschen von ganz Neukreta und verachten die Außenwelt, weil sie nicht so heilig ist wie das Mondhaus. Ein Priester und eine Priesterin sorgen für sie. Verrückte sind harmlos, sogar bei Gewittern. Es fällt ihnen gar nicht ein, das Mondhaus zu verlassen, weil sie Angst hätten, ihrer Heiligkeit verlustig zu gehen.«

»Schlagen sie nie die Fenster ein?«

»Da würden sie das Symbol zerstören, das sie am meisten lieben. Sie sind toll, nicht schlecht.«

Wir blieben vor der Kirche zum Hasen stehen, wo eben eine Zeremonie stattfand. Ich wies am Tor meinen Freipaß vor und trat ein. Die schrillen Töne von Hirtenpfeifen drangen auf mich ein. Acht mit Hörnern geschmückte Männer in grünen Gewändern hüpften rund um einen würfelförmigen Altar, auf dem ein Worfelkorb stand, während die Gemeinde am Boden hockte und zum

Rhythmus der Pfeifen in die Hände klatschte. Allmählich wurde das Tempo schneller, und die grünen Männer sprangen höher und höher: ich vermute, daß sie das Wachstum der Halme fördern wollten. Die Priesterin stand abseits und streichelte einen jungen Hasen, während sich ihre Lippen in stummem Gebet bewegten. Ich lehnte mich gegen einen Mauerpfeiler und schaute herum. Abgesehen von sieben Nischen, die jede eine blumengeschmückte Kopie der im Bezirk verehrten Idole enthielten, und einem Gestell mit Dreschflegeln war die Kirche so leer und kahl wie eine Zinsscheuer, nicht einmal bunte Glasfenster oder Fresken gab es. Ohne Wechsel in der Melodie ging der Tanz weiter und weiter, die grünen Männer zeigten keine Spur von Ermüdung. Einer von ihnen sprang fast so hoch wie die eigene Körpergröße, auf seinen Lippen stand gelber Schaum. Die Priesterin sah kaum hin; sie entblößte eine ihrer Brüste und tat, als säuge sie den kleinen Hasen.

Ich hatte bald genug und ging wieder hinaus. »Wo ist das nächste Bordell?« fragte ich Quant.

»Was wollen Sie dort?«

»Ich brauche irgendeine Ablenkung – irgendwas! Kein Bordell kann öder sein als diese Kirche.«

»Dort oben – das Haus, bei dem die Weidenkätzchen auf den Stuck gemalt sind. Sie haben gerade die Lampe ins Fenster gestellt, um anzuzeigen, daß es geöffnet hat.«

»Wie geht es dort zu?«

»Das Übliche: Sie können es sich wohl vorstellen. Es ist eine Art Ambulanz für Menschen, die niemand Bestimmten lieben, aber unter ihren natürlichen Trieben leiden. Man nennt das den Kätzchenschlag und muß sich dafür nicht schämen. Das Etablissement wird von einer Priesterin geführt und ist mit hübschen Dienerinnen und Dienern bestückt. Die Priesterin sorgt dafür, daß sie sich ständig in einem Zustand sexueller Erregung befinden und für jeden bereit sind, der da kommt. Es gibt eine Männer- und eine Frauenabteilung.«

»Wirklich für jeden, der da kommt? Rauch und Rauch, meinte ich, mischt sich nicht?«

»Das stimmt. Aber jeder, der ein Bordell aufsucht, gehört für die Dauer seines Aufenthalts dem Dienerstand an; weil es einen Mangel an Unterscheidungsvermögen beweist, wenn man hingeht. Magier werden allerdings nicht zugelassen.«

»Mein Paß, hat man mir gesagt, ist auch dafür gut. Kommen Sie mit?«

»Nein, danke. Ich bin nicht krank.«

Ich zeigte dem hünenhaften Türhüter meinen Freipaß, und er versah mich, nachdem er ihn genau geprüft hatte, mit einer Armbinde, die vier V-förmige Litzen trug. »Das Kätzchen macht jeden zum Diener«, zitierte er sententiös. »Dort hinein, Kollege! Wir werden uns gleich deiner annehmen.« Er führte mich an einem monströsen, realistisch kolorierten Porzellanphallus vorbei, der die scheußlich tapezierte Eingangshalle beherrschte, und weiter durch einen langen, fleischfarbenen Korridor zu einem Schwimmbecken unter freiem Himmel. Die breite Rampe rundherum war mit glänzenden blauen, schwarzen und gelben Fliesen ausgelegt und von einer Reihe Kabinen gesäumt, die mit ihren Dächern und Balkonen wie Schweizerhäuschen aussahen und Türen mit blumenbestickten Vorhängen hatten. Ein beizender Moschusduft entstieg dem lauen Wasser. Als ich eintrat, ließen sich mehrere nackte Mädchen in das Becken gleiten und schwammen lässig im Kreis, wie in einem Wasserballett aus einem Hollywoodfilm, während andere Filmsternchen am Rand des Beckens posierten und mich mit schwülen Blicken bedachten. Ich blieb zaudernd stehen. »Gute Figuren«, dachte ich. »Wenn sie nur nicht so dumm dreinschauen würden.«

»Wie ich sehe, bist du hier fremd und etwas schüchtern«, sagte der Türhüter. »Wenn du Lust hast, kannst du auch mit zwei oder drei Mädchen zugleich spielen.« Er geleitete mich entlang dem parfümierten Becken zu einem pseudomaurischen Kaffeehaus, das ein paar Stufen erhöht am anderen Ende lag, blieb aber zwischendurch stehen, um einen der Kabinenvorhänge zurückzuschieben und ein überbreites Messingbett mit einer schweren, schwarzseidenen Überdecke und hellgelben Polstern und Kissen zu enthüllen. »Tatsächlich ist es so«, fuhr er fort,

»daß sie nicht viel von einem Mann halten, der sich mit einer einzigen zufriedengibt. Ah, da kommt die Priesterin!«

Er zog sich zurück, und die Priesterin, eine enorme, taubenbrüstige Primadonna in einem knallbunten Kimono, watschelte herbei und begrüßte mich mit mitfühlendem Blick, wobei sie ein ausladendes, mit Perlmutter inkrustiertes Kaffeetablett vor sich hertrug. Sie stellte das Tablett auf einem Sandelholztisch in einem offenen Alkoven ab und schenkte mir eine Tasse starken türkischen Kaffee ein, dem sie eine kleine schwarze Pille hinzufügte. »Damit du's noch schöner hast«, erläuterte sie, schob einen Stuhl mit krummen Goldbeinchen und roter Plüschpolsterung heran und deutete mir, daß ich Platz nehmen möge. »Willst du erst ein wenig schwimmen oder bist du ernstlich krank?«

»Um Ihnen die Wahrheit zu gestehen, Madame«, entgegnete ich ihr, den Blick voll fasziniertem Grausen auf der bauchigen, drachengeschmückten Kaffeekanne und der emaillierten Messingtasse. »Um Ihnen die Wahrheit zu gestehen: Ich bin aus bloßer Neugier gekommen.«

»Oh – aber das ist ganz gegen die Sitte! Ich bin völlig sicher, daß du krank bist. Du siehst beängstigend aus – und auf jeden Fall kannst du jetzt nicht mehr fortgehen, bevor du nicht Unserer Lieben Frau von den Kätzchen die Ehre erwiesen hast.«

»Aber ich bin ein Magier, wenn ich nicht das hier trage«, wandte ich ein und zupfte an der Armbinde. »Und wirklich –«

»Welch köstliche Überraschung für die Belegschaft! Das ist eine noch nie dagewesene Ehre: Gepriesen sei die Göttin, die Euch gesandt hat! Ich werde den Portier anweisen, daß er niemanden hereinläßt, bis Ihr fertig seid ... Aber jetzt will ich Euch allein lassen – Ihr werdet Euch mehr wie zu Hause fühlen, wenn ich mich empfehle.« Sie zog sich mit einem Knicks zurück.

Ich schloß die Augen, trank mit einem Schluck den fadsüßen Kaffee hinunter und erhob mich, um zu gehen. Fast im selben Moment verschleierte etwas wie dünner Nebel meinen Blick: das Farbenspiel einer Seifenblase, gesprenkelt mit Sternchen von Flittergold. Die Knie wurden mir weich. Als die schönen Mädchen sahen, daß die Droge ihre hinterlistige Wirkung tat, trippelten sie schweigend im Gänsemarsch die Stufen herauf. Dann begann eine Fiedel zu spielen, ein schwarzer Samtvorhang fiel hinter ihnen, und nun paradierten sie vor mir, eine nach der anderen, mit rosaroten Straußenfederfächern, drehten sich langsam und geschmeidig zu Zigeunermusik unter einem Scheinwerfer. Ich müßte lügen, wenn ich behaupten wollte, daß mich dieses unverblümt geile Schauspiel kalt ließ. Der irre Regenbogen aus Farben und Funken wirbelte mir vor den Augen und steigerte meine Erregung. Dennoch konnte ich eine Art vages Schamgefühl nicht ganz unterdrücken – »und noch dazu am hellen Tag!« fiel mir ein –, und eine Sekunde lang fragte ich mich, was in aller Welt ich Antonia sagen sollte, wenn ich wieder bei ihr war. Allerdings hatte ich auch an ihrer Seite immer wieder den gleichen Morgenlandtraum gehabt, jenes Relikt aus meiner Pubertät, in dem ich mich als Sultan erlebte, von einem willfährigen Harem umgeben und vor einer sehr ähnlichen Kulisse – um jedesmal schmerzlich enttäuscht aufzuwachen, bevor ich mich zwischen der schlanken, hochmütigen, hochbusigen Blondine, der kleinen pummeligen Siebzehnjährigen mit dem gemeschten Kraushaar und dem lieben Lächeln und der zerbrechlich zarten, honighäutigen indischen Prinzessin mit den juwelengeschmückten Armgelenken und Knöcheln und der großen Perle im Nabel entschieden hatte.

Diesmal schien es mir beschieden, daß ich meinen Traum ein für alle Male zu Ende träumen sollte. Unsere Liebe Frau von den Kätzchen servierte ihn mir auf einem monströsen Perlmuttertablett, und es wäre unhöflich gewesen, wenn ich ihre wohlgemeinte Gabe nur deshalb zurückgewiesen hätte, weil ich nicht ihren Geschmack in puncto Inneneinrichtung teilte oder den Märchenglauben an die Dichter und ihr mimosenhaftes Sexualverhalten nicht zerstören wollte. Für einen Augenblick stand eine Szene aus dem letzten Krieg vor mir: Der sittenstrenge Stabsfeldwebel Clegg, wie er, rot vor Scham und Empörung über Vorfälle in dem Kompaniequartier, das man uns in Nottingham zugewiesen hatte, Meldung erstattete. »Ich bin ein alter Soldat, Herr Hauptmann, und ich bin nicht gern ein Spaßverderber, aber in dem Quartier hier geht es, mit Verlaub, zu wie in einem Puff. Ich habe Korporal Stukes unter Arrest gestellt. Soll ich ihn vorführen, Herr Hauptmann?«

Der arme Stukes und die Kätzchen! Was war es, das er mir zu sagen gehabt hatte: »Die Natur verlangt's halt, Herr Hauptmann.«

»Aber, mein lieber Stukes ...«

Ich fragte mich beiläufig, was die Pille enthalten haben mochte: Eine Mischung aus Haschisch und spanischen Fliegen?

Es war nicht nötig, daß ich meine Wahl ausdrücklich traf, die schönen Mädchen wußten intuitiv, welche von ihnen ich begehrte, schon trippelten sie herbei und brachten mich – halb geführt, halb getragen – zu dem üppigen Liebeslager mit den fetten Goldamoretten und Messingknöpfen wie Straußeneiern. Dann zogen sie die Vorhänge mit dem Muster von Mohnblüten und Rittersporn hinter uns zu und entkleideten mich mit geübten Händen.

Quant saß geduldig wartend auf einer Bank, als ich eine Stunde später wieder herauskam. Es überraschte mich, daß ich keine Kunden sah, die auf Einlaß warteten. »Ich hätte gemeint, daß die ganze Stadt in Viererreihen ansteht«, sagte ich.

»Nein, diese Krankheit ist eher selten. In der Regel beginnt sie mit einer plötzlichen Depression: Jemand begegnet einem Brutsch oder hat einen Alptraum – oder es stirbt plötzlich ein Teil eines Paars. Niemand wechselt gern seinen Stand, auch nicht für eine Stunde, aber ein Bordellbesuch bringt die Leute wieder auf die Beine. Es ist eine heilsame Erfahrung ... An einem schönen Festtagmorgen wie heute erwarten die Mädchen keine Besucher, so daß die Priesterin sie meistens zu ihren Kollegen in der Frauenabteilung hinüberläßt. Die Eröffnung, daß Sie nicht krank seien, muß sie sehr enttäuscht haben ... Und wie ist es für Sie ausgegangen?«

»Ich kann mich nicht beklagen«, gestand ich errötend.

»Ich habe manches nette Stündchen mit der Priesterin verbracht. Allerdings neigt sie wie alle Diener zu sehr zur Defensive. Ein guter Spieler muß Angriff und Verteidigung verbinden können. Möchten Sie jetzt mit mir spielen? Oder haben Sie schon genug?«

Zum Glück zog er zugleich auch sein Cambelukbrett hervor und ersparte mir eine weitere Verlegenheit.

»Sie haben mich offenbar mißverstanden«, sagte ich. »Ich habe nicht mit der Priesterin Cambeluk gespielt, sondern mich nur bei einer Tasse Kaffee mit ihr unterhalten.«

»Dann müssen Sie es jetzt von mir lernen.«

Wie mir Quant schon einmal gesagt hatte, spielte in Neukreta jedermann Cambeluk. Es sah einfach wie Mühle aus, hatte auch nicht mehr Regeln als Mühle und wurde auf einem viel kleineren Brett gespielt, war jedoch, entgegen dem oberflächlichen Eindruck, sehr kompliziert. Nach den Eröffnungszügen nimmt jedes Spiel einen völlig unterschiedlichen Verlauf. Ich spielte mit Quant mehrere Robber, gewann aber, obwohl ich sonst für derlei nicht untalentiert bin, kein einziges Spiel. Nach meiner Rückkehr in die Gegenwart bin ich sofort zu einem Patentanwalt gegangen und habe Cambeluk für mich patentieren lassen: So werde ich vielleicht doch noch als reicher Mann sterben.

Die Wilden Frauen

Das königliche Theater war bis auf den letzten Platz besetzt, und die erwartungsvolle Spannung im Publikum, die sich mir mitteilte, überstieg alles, was ich jemals vor einer Premiere erlebt hatte. Niemand lachte oder wetzte herum, niemand kam zu spät oder grüßte über die Sitzreihen hinweg seine Freunde. Obwohl noch nichts auf den Beginn der Vorstellung schließen ließ, saßen alle stumm und bleich da, die Hände um die Knie, die Köpfe leicht vorgereckt, nur daß gelegentlich einer seinen engen Kragen lockerte oder sich hinter dem Ohr kratzte. Sie wirkten eher wie Angeklagte in einem Massenmordprozeß. Zwischen den Reihen schritten weißgekleidete Priester hin und her und schwangen Weihrauchfäßchen, aus denen es aromatisch nach Rosmarin und Myrte qualmte. Das Gebäude war überkuppelt, glich aber sonst weitgehend einem griechischen Theater, wies weder Logen noch Galerie auf und bot Platz für etwa tausend Zuschauer beiderlei Geschlechts, die auf den im Rund ansteigenden Bänken saßen. Quant und ich ließen uns etwa auf halber Höhe nebeneinander nieder.

»Sind der König und die Königin schon da?« flüsterte ich, leise wie im Beichtstuhl. »Ich kann sie nirgends sehen.«

»Hinter dem Vorhang«, flüsterte er zurück. »Psst!«

Es war mir bis dahin nicht eingegangen, daß es sich wortwörtlich um ein königliches Theater handeln sollte, obwohl Quant, als wir nach einem hübschen Spaziergang um den See spät am Nachmittag zu dem Pferch zurückgekommen waren, das Libretto für mich kurz zusammengefaßt hatte. »Es geht um die Thronfolge«, hatte er erklärt. »Wie Sie wissen, endet mit dem heutigen Abend die siebenmonatige Herrschaft des Königs, und er verfällt dem Tod, wenn ihm die Göttin nicht gewährt, daß er als sein anderes Selbst wiedergeboren wird. Da er aber nicht als sein eigener Nachfolger wiedergeboren werden kann, kommt es zu einem – wenngleich kurzen – Interregnum, und während dieser Übergangszeit tritt ein Knabe für ihn als Opfer ein, indem er den Platz des Königs auf dem Thron und im Hochzeitsbett einnimmt. Im ersten Akt werden Sie die ›Anbetung der Sphinx‹ sehen, dann den ›Tanz der Perversen‹, den ›Letzten Tag des Königs‹, die ›Ansage‹ und – wenn es die Göttin in ihrer Güte will – seine ›Begnadigung‹. Im zweiten Akt kommt die ›Verführung des Opfers‹, der ›Lachende Mord‹, die ›Nahrung der Toten‹, die ›Entkleidung des Königs‹ und die ›Investitur des Opfers‹. Der dritte fängt mit der ›Warnung des Opfers‹ an, durchläuft dann in rascher Folge die ›Verwandlungen‹, bis am Ende die ›Wilden Frauen‹ das Opfer in

Stücke reißen. Dann kommt noch das Nachspiel: Der König wird als sein anderes Selbst wiedergeboren und tritt die Herrschaft über die zweite Jahreshälfte an.«

»Wer sind die Wilden Frauen?« fragte ich. »Die Monatsnymphen?«

»Nein: Verkörperungen der neunfältigen Göttin – drei Jungfrauen, drei Grazien und drei Parzen. Sie erscheinen nach den heiligen Perversen.«

»Aber man hat mir doch erzählt, daß man die bei euch tötet?«

»Das ist richtig, aber sie werden als Zofen Maris wiedergeboren und leben ohne Standesprivilegien in einem Kloster hinter diesem Theater. Außer heute beim Ballett dürfen ihnen andere Männer nicht nahekommen oder sie auch nur sehen; sie sind so heilig, daß es den Tod bedeutet, wenn sie einen Mann berühren. Dafür haben sie aber viele gute Bekannte unter den Seniorinnen und fertigen die Staatsroben und Stickereien für die Königin und ihre Nymphen an. Die Göttin hat ein Herz für die Perversen – nicht für die Schwulen Ihrer Zeit, die nichts für Frauen übrig hatten und Knaben liebten, sondern für die natürlich Perversen, welche die Göttin so über die Maßen lieben, daß sie als Frauen mit ihr eins sein wollen. Die Göttin führt sie uns auf der Bühne als ein ehrfurchtgebietendes Beispiel für ihre Macht vor. Man weiß, daß Männer, die es an der gebührenden Liebe zu ihr mangeln lassen, dem Tod verfallen und als Perverse wiedergeboren werden. Vergessen Sie nicht, bei ihrem Auftritt den Daumen in den Mund zu stecken!«

Ich war auf ein Spektakel gefaßt, das mich nicht unmittelbar betraf. Ich bin ein getreuer Untertan Georgs VI., von Gottes Gnaden König von Großbritannien und den Besitzungen in Übersee, Defensor Fidei, erinnerte ich mich. Dieser rothaarige Saufaus mit der Bonbonflinte war für mich nicht zuständig. Freilich hatte ich die Brisanz des Balletts, das ich miterleben sollte, stark unterschätzt.

Es wurde dunkel. Neun Diener in königlicher Livree trugen mit unbewegten Gesichtern jeder eine brennende Kerze herein, die sie in Glaszylinder entlang der Rampe steckten. Die Vesperglocke läutete: Der Freitagabend war angebrochen.

Der Obersthofmeister, eine hagere Gestalt in dunklem Rot, trat hinter dem Vorhang hervor, hob ruhegebietend die Hand, beugte sich vor und zischte dreimal laut. Das Publikum erstarrte vollends, und irgendwoher – vielleicht aus den Sofitten – hörte man eine einsame Rohrflöte, eine stockende Melodie, die sich im Ohr festsetzte. Der Vorhang teilte sich geräuschlos. Ein Seufzen, wie ein Windhauch an einem schwülen Tag, ging durch die Reihen.

Die Anbetung der Sphinx

Die Königin stand wie eine Statue zwischen den ausgebreiteten Flügeln einer Marmorsphinx, die, das Gesicht zu uns gewandt, auf einem hohen Sockel im Hintergrund hockte. Das Kostüm der Königin bestand aus einem kupferroten, kurzärmeligen Schnürleib mit grünen Knöpfen, einem juwelenbesetzten Gürtel und einem plissierten, weiß, hellgelb und scharlachrot gestreiften Rock, der einen breiten, mit Früchten und Blumen bestickten Saum hatte. Ihre Brüste waren entblößt, das dunkelblonde Haar fiel in glänzenden Locken herab. Um den Hals lag ihr eine Kette aus winzigen Schädeln, den Kopf überragte eine Krone von Silberhörnern, die einen blaßgoldenen Spiegel rahmten. In der Rechten hielt sie einen fünfzackigen Stern; rund um ihren linken Arm wand sich eine gefleckte, gut einen Meter lange Schlange.

Eine Weile geschah gar nichts, dann vernahm man ein sanftes Gurren und das Schlagen von Flügeln: Ein Schwarm von Tauben flog herein, flatterte um den Kopf der Königin und stob wieder davon. Ein vergoldeter Paravent, der sich quer über die ganze Bühne zog, wich auseinander, die beiden Hälften schoben sich langsam nach rechts und links in die Kulissen und gaben den Blick auf drei der Königin zugekehrte Gruppen von Verehrern frei. Rechts kauerten auf allen vieren sieben Knaben in blauen Tuniken, in der Mitte standen fünf junge Männer mit nackten Oberkörpern, roten Schottenröckchen und Äxten mit Elfenbeingriffen; links stützten sich sieben Greise in Weiß auf ihre Stäbe. Alle verneigten sich andächtig vor der Königin, und sie erwiderte darauf, indem sie den Stern anmutig hoch über den Kopf hob. Die Diamanten, mit denen der Stern besetzt war, fingen einen Lichtstrahl auf und funkelten. Dreimal hob und senkte sie den Stern, dann wandte sie ihren Kopf nacheinander zu den Knaben, den Männern mit den Äxten und den Greisen, um ihnen gnädig zuzulächeln. Der Wandschirm schloß sich wieder und verbarg die Akteure.

Mich hatte der Zauber dieses Balletts nicht anders als irgendeinen Neukreter gepackt, ich sah die Einzelheiten der Bühnenmaschinerie nicht mehr und war auch zu keinem kritischen Urteil mehr fähig. Mein Körper war so erstarrt, daß ich, selbst wenn ich es gewollt hätte, nicht in der Lage gewesen wäre, den Kopf Quant zuzuwenden.

Der Tanz der Perversen

Plötzlich wechselte das Verhalten der Königin, mit hastig-verstohlenen Bewegungen verbarg sie den Stern in ihrem Schnürleib, zog eine häßliche, halb rosarote, halb grüne Maske mit schiefem Lächeln und blauumrandeten Augenschlitzen hervor und verdeckte damit ihr Gesicht. Auf das hin tanzten zu einer verrückten, mißtönenden Musik die Perversen in einer grotesken Kombination aus männlichen und weiblichen Kostümen herein, teils mitleiderregend im Alleingang daherschwankend, teils obszön aneinandergeklammert in Paaren. Unverzüglich steckten alle Männer im Publikum – ich wie die anderen – den rechten Daumen in den Mund und bissen hinein; die Frauen hingegen rührten sich nicht. Die Königin stieg von dem Sockel herunter, schwang sich mühelos über den Paravent und trat unter die Perversen, um sie in ihren Kapriolen anzufeuern, so daß sie immer wilder und wilder wurden und es eine Qual war, ihnen dabei zuzuschauen. Sie rissen ihre Obergewänder herunter und fingen an, sich mit Dolchen zu verwunden und einander mit

Geißeln zu schlagen. Blut rann über ihre fetten Leiber, und sie steigerten sich tanzend immer weiter in ihre Ekstase, wie Kreisel um sich wirbelnd. Die Königin wiegte sich in ihrer Mitte, den Kopf auf die linke Schulter gelegt, während die Schlange sich unruhig um Arme und Leib ringelte. Genauso, nur ohne Schlange, war Erica an einem Abend in einem Café auf dem Montparnasse gestanden und hatte entzückt zugesehen, wie zwei vom Bier berauschte deutsche Maler ihretwegen mit Flaschenstümpfen aufeinander losgingen.

Ein Fanfarenstoß hob sich melodisch über den Lärm, der darauf in mißtönendem Winseln erstarb. Die Perversen bremsten ein, hielten an, trollten sich feixend. Die Königin nahm die Maske ab und sandte die Schlange hinter ihnen her. Von rechts nahten zwei Herolde in prächtigen, goldstrotzenden Uniformen und bliesen abermals die Fanfaren. Der Paravent hatte sich geöffnet, um die Königin durchzulassen, die sich hierauf, lieblich und schön wie zuvor, auf einen Marmorthron zu Füßen der Sphinx setzte.

Der letzte Tag des Königs

Die Herolde bliesen ein drittes Mal, und der König – mein König! – trat in vollem Ornat auf die Bühne, nüchtern und selbstbewußt. Voran gingen sechs Monatsnymphen, hinter ihm kamen sechs Waldleute in Gewändern aus Eichenlaub. Der König selbst trug einen siebenfarbigen Mantel, rehlederne Kniehosen, einen breiten, mit Troddeln besetzten Gürtel und scharlachrote Halbstiefel mit hohen Absätzen; aus seinem roten Kraushaar ragten beiderseits die Stangen eines Hirschgeweihs, jede mit sieben Sprossen.

Die Nymphen geleiteten ihn zu dem Thron, wo er vor der Königin auf die Knie fiel und ihr unterwürfig den Fuß küßte. Dann erhob er sich und nahm seinen Platz zu ihrer Linken ein. Eine Weile thronten sie so nebeneinander, ohne sich zu rühren, bis schließlich die Königin den Waldleuten ein Zeichen gab, auf das sie unter dem sanften

Klingen von Glöckchen, die sie in den Händen hielten, herbeitanzten. Einer überreichte dem König einen Bogen, von den anderen bekam er je einen langen Pfeil mit goldener Spitze und purpurner Fiederung; darauf ließen sie sich, hingekauert und keuchend wie Hunde, an den Stufen des Throns nieder. Der König stand auf, spannte den Bogen und schoß, während ihm die Königin jeweils das Ziel wies, in die vier Himmelsrichtungen, den fünften Pfeil zuletzt senkrecht nach oben: Dies zum Ausdruck der Macht, die er durch die Ehe mit ihr genoß. Die Königin stellte danach zwischen seine Knie eine Doppelaxt.

Wieder klangen hell die Glöckchen, diesmal von einer unsichtbaren kleinen Trommel und einem Zupfinstrument begleitet, das an eine Zither erinnerte. König und Königin traten Hand in Hand vor und führten einen zeremoniösen Pas-de-deux auf, wobei der König durch rhythmisches Aufstampfen mit den Halbstiefeln den Takt gab. Das Tempo beschleunigte sich allmählich, bis die Königin wild dahinwirbelte und der König, den sein Gestampfe behinderte, weit hinter ihr zurückblieb. Er hob die Hände zu einer Geste der Hilflosigkeit und kniete nieder, worauf sich die Königin in zwei neue Wesen spaltete: ihr gutes Selbst und ihr maskiertes böses Selbst. Das Tempo der Musik verlangsamte sich wieder, und die zwei Königinnen umkreisten feierlich, mit erhobenen Armen, den König. Er verharrte fasziniert, ohne eine Bewegung, und starrte die beiden an, bis die böse Königin in der guten Königin verschwand.

Die Ansage

Die Zither klimperte eine schwebende, schläfrige Melodie, und zugleich stieg ein Ruhebett aus Schilf und Gräsern hoch. Die Königin führte den König hin, nahm ihm das Geweih ab, löste ihm den Gürtel und legte seinen Rotkopf in ihren Schoß. Die Musik verklang. Auf der Bühne wurde es dunkel, nur die Rampenlichter glimmten.

»Hu-hu-hu ...« Eine weiße Eule segelte im Gleitflug

herein und wieder hinaus, hin und her, stieß ab und zu flatternd vor und streifte dabei das Ruhebett mit den Flügeln. Der König lag im Halbschlaf. Die Nymphen stahlen sich fort, und die Königin hob behutsam seinen Kopf aus ihrem Schoß und bettete ihn auf ein Graspolster. Dann schlich sie auf Zehenspitzen in den Schatten und winkte neun dort kauernden Gestalten mit spitzen Hüten, die sich in Dreiergruppen, zögernd und kaum wahrnehmbar, näherten, während die Eule sie mit klagenden Rufen umkreiste und schließlich hinausflog. Ein blaues Zwielicht verbreitete sich auf der Bühne, und der plötzliche Einsatz einer unheimlichen, sägenden Musik schreckte den König hoch. Die neun Gestalten warfen ihre dunklen Mäntel ab und umtanzten drohend in weitem Kreis das Lager. Die ersten drei waren halbwüchsige Mädchen in engen, wadenlangen Röcken; bei der zweiten Dreiergruppe handelte es sich um vollbusige Frauen in kupferroten Schnürleibern und kurzen, hellen Kitteln; dann kamen zwei Matronen in langen, schmuddeligen Trauerkleidern; die neunte und letzte hingegen war eine abscheuliche Vettel in formlosen Lumpen, die zappelig, für sich allein, am äußeren Rand gegen den Uhrzeigersinn tanzte. Die Musik schwoll zu noch grausigeren Kakophonien. Ein Schaudern lief durch das Puplikum.

Die Begnadigung

Der König saß bolzengerade, nahm wieder sein Geweih, hakte den Gürtel zu und blickte, da er sich von der Königin und den Nymphen verlassen sah, voll irrer Angst um sich. Er versuchte, die Schreckgespenster durch Grimassen und abwehrende Gesten zu verscheuchen, reizte sie aber nur noch mehr. Sie rückten ihm näher und näher an den Leib, zischten ihn an, schnalzten mit den Fingern und hatten ihn fast schon an der Gurgel, als er in seiner Verzweiflung ein Jagdhorn vom Gürtel riß und ein lautes Signal blies: ein silberhelles Tarantarara! Erlöst atmeten wir auf.

Zu quirligen Flöten und dröhnenden Pauken sprangen

die fünf Männer mit den Äxten herein, unkenntlich unter hohen, zuckerhutförmigen Kopfbedeckungen, die ihnen über die Gesichter herabreichten, mit hellblauen Spiralen um die Sehschlitze, darüber jedoch grinsende Mondgesichter aus Farbklecksen. Sie trugen Hosenbänder, an denen kleine Silberglocken klingelten, und stürzten sich im Dreivierteltakt eines schottischen Hochlandtanzes, die Äxte über den Köpfen wirbelnd, auf die Wilden Frauen. Die zwei Tanzmelodien vermengten sich, schließlich aber setzten sich Dudelsack und Trommeln durch, die blaue Dämmerung wich weißer Helle. Die Wilden Frauen zogen sich zurück, während die Männer mit den Äxten wie Wächter auf und ab und rund um das Ruhebett marschierten, bis sie zuletzt an seinem Fußende eine schmukke Reihe bildeten.

Damit war der erste Akt zu Ende, aber es ging ohne Pause weiter.

Die Verführung des Opfers

Wie am Anfang stand die Königin zwischen den Flügeln der Sphinx, und die einsam klagende Rohrflöte nahm das Leitmotiv wieder auf. Der König hatte es sich auf dem Lager bequem gemacht, zu Häupten und Füßen von je drei Nymphen bewacht. Die Männer mit den Äxten standen wie in der ersten Szene zwischen den Knaben und den Greisen und verehrten die Königin. Sie erwiderte mit graziösem Schwenken des Sterns und deutete dann befehlend nach rechts, worauf alle – erst die Greise, dann die Männer mit den Äxten und zuletzt die Knaben – langsam, einer hinter dem anderen, hinausgingen. Ehe sie noch sehr weit waren, verblaßte das Licht, die blaue Dämmerung fiel wieder ein, und von links schlichen sich die Wilden Frauen an. Die drei Mädchen stießen plötzlich gegen den als letzten abziehenden Knaben vor, der größer und kräftiger als die anderen war, und packten ihn an seiner Tunika. Er wehrte sich verzweifelt, um den Anschluß an seine Freunde nicht zu verlieren, und wandte sich mit flehender Geste an die Königin, sah jedoch mit

Entsetzen, daß sie wieder ihre böse Maske aufgesetzt hatte. Nun schwenkte auch das mittlere Trio nach vorne und versperrte ihm den Weg. Zu sechst pirouettierten sie unter verführerischen Flötenklängen um ihn herum, und während das Licht von Weiß zu Grün, von Grün zu Gold und wieder zurück wechselte, trat jede von ihnen einzeln vor, knickste und überreichte ihm ein Geschenk: einen Apfel, eine Muschel, eine Glocke, einen Ball, einen Spiegel und einen silbernen Becher. Der Knabe nahm die Geschenke mit freudigem Staunen entgegen und verzichtete auf weitere Fluchtversuche.

Der Lachende Mord

Die Pauken donnerten majestätisch, und die Königin deutete auf den leeren Thron: Mit ausdrucksvollen Gesten versprach sie dem Knaben, daß er der Nachfolger des Königs und ihr Geliebter sein sollte. Er wich zurück, protestierte, flehte um Gnade und weinte, aber alles vergebens: Er war das erwählte Opfer, der Ersatzkönig, und zuletzt beugte er sich stumm seinem Schicksal. Die Königin stieg herab und stand in der Mitte der Wilden Frauen, die den orgiastischen Tanz aufführten, den man als »Lachenden Mord« bezeichnete – so scheußlich und obszön, daß ich erst gar nicht versuchen will, ihn zu beschreiben. Ich hätte gern die Augen geschlossen, aber meine Lider gehorchten mir nicht, so daß ich gezwungen war, die Szene bis zum Schluß mitanzusehen.

Die Nahrung der Toten

Eine lange, unheilschwangere Pause folgte. Trauervoll gedämpfte Bässe intonierten eine Totenklage, Frauen schluchzten leise. Ihre Stimmen schienen allmählich näherzukommen, aber der Leichenzug, den man erwartete, zeigte sich nicht. Dafür rührte es sich auf dem Ruhebett, wo der König lag, als ob sich etwas Schwarzes, Haariges von der Leiche trennen wollte – ein Ding zwischen Affe und Kaulquappe: sein Geist. Unter dem starken roten Licht, das von oben kam, schlug er verzweifelt um sich, und ich sah voll Ekel, daß er noch durch eine lange, rote Nabelschnur, die aus der Kehle hing, mit dem König verbunden war. Das fürchterliche dritte Kleeblatt fegte herein und haschte nach dem Geist, der sich wie ein Hecht an der Angel wehrte. Aber Klotho und Lachesis hielten ihn fest, während Atropos die Nabelschnur mit einer Schere abschnitt. Darauf stießen alle einen durchdringenden Wehschrei aus. Ich vermute, daß auch die Frauen im Publikum mitgeschrien hatten, so wie man in einem Alptraum aufschreit. Die schrille Klage bohrte sich in mich wie ein Messer. Der Geist in den Händen der Weiber wurde schlaff, und während Atropos ihn auf die knochigen Knie nahm, fütterten ihn ihre ruppigen Schwestern mit der roten Nahrung der Toten – Krebse, Meerbarben und Preiselbeeren – und flößten ihm dazu, indem sie ihn den Mund weit aufsperren ließen, Blutgerinsel vom abgetrennten Kopf eines schwarzen Schweins ein. Dann knufften und schlugen sie ihn und schleiften ihn mit sich fort, er aber strampelte sich los und lief schnatternd zu dem Bett zurück, wo er vergeblich versuchte, wieder in den Leib des Königs zu gelangen: erst durch den Mund, dann durch den Nabel und zuletzt durch die Lenden. Ratlos und enttäuscht hopste er herum wie ein Affe und schüttelte seine kleinen, haarigen Fäuste.

Die Entkleidung des Königs

Das rote Licht glühte noch, und nun erschien auch schon widerstrebend das Opfer, von den drei Grazien hereingestoßen. Sie forderten den Knaben auf, er möge den toten König der Zeichen seiner Würde berauben, aber er war noch schüchtern und verlegen, und selbst als er schließlich Mut faßte, schreckte ihn das drohende Keifen des Geistes jedesmal von dem Versuch ab. Endlich packte er den Geist an beiden Pfoten, schleuderte ihn von dem Bett hinweg, löste den Gürtel des Königs, zog ihm die Stiefel herunter, nahm ihm das Geweih ab und wies triumphierend die Beute vor. Hierauf entkleidete er ohne Hast den Leichnahm auch des Mantels und der Hose, probierte beides an und freute sich, daß es paßte. Ein heiseres Ächzen ging durch das Haus, und langsam verschwand das Ruhelager, auf das der Geist wieder hinaufgekrabbelt war, in der Versenkung.

Die Investitur des Opfers

Das Licht wurde weiß und heller. Die Männer mit den Äxten marschierten herein, nun nicht mehr maskiert, um dem Opfer zu gratulieren und ihm mit einem geräuschvollen Tanz zu huldigen, wobei sie die Äxte über ihren Köpfen schwangen und dann wie die Speichen eines Rades, zwischen denen sie munter weitersprangen, um seine Füße legten. Hierauf kamen die sechs übrigen Knaben und feierten das Opfer, indem sie es mit Blumen bekränzten und auf ihren Schultern herumtrugen. Danach beteiligten sich die Greise mit einer steifen kleinen Gigue, zu der sie mit ihren Stäben den Takt pochten. Nun aber kündigte eine wilde, mißtönende Musik das Eintreffen der Perversen an – unsere Daumen fuhren automatisch zum Mund hoch: Schon waren sie da, stürzten sich sabbernd auf das Opfer und bedrängten es mit ihren Liebkosungen. Der Knabe wich angeekelt vor ihrer tödlichen Berührung zurück, schlug und trat nach ihnen, aber die Perversen sahen nur auf die Königin, die ruhig eingetreten war, in ihrer bösen Maske, und nun, hinter dem Opfer stehend, die Befehle gab, die Perversen voll List anfeuerte und dabei von lautlosem Lachen geschüttelt wurde. Endlich schritten die Männer mit den Äxten ein: Sie bildeten eine Phalanx, nahmen die Äxte vom Boden auf und trieben die Perversen hinaus.

Wieder traten die Herolde vor und bliesen die Fanfaren. Zu majestätischen Klängen wurde die Investitur des Opfers vorgenommen. Nachdem sich der Knabe vor der Königin, die nun gnädigen Antlitzes auf dem Thron saß, zu Boden geworfen hatte, stieg er langsam, auf jeder der drei Stufen kurz verharrend, zu ihr hinauf, während die Musik noch lauter und feierlicher anschwoll zu einer Krönungshymne, bei der alle Akteure mitsangen. Die Worte konnte ich nicht verstehen, neukretisch klang es nicht. Froh und stolz ließ sich nun das Opfer auf dem Thron nieder, und die Mädchen traten herbei, um ihm den Gürtel umzuschnallen, die Stiefel anzuziehen und ihn mit dem Geweih zu krönen. Die Hymne endete, Glöckchen klingelten. Nun kamen die Waldmänner, um ihm den Bogen und die fünf Pfeile zu überreichen. Das Opfer verschoß sie auf dieselbe Weise, wie es sein Vorgänger getan hatte, und die Königin stellte ihm die Doppelaxt zwischen die Knie.

Hierauf vereinigten sich die Waldmänner, die Männer mit den Äxten, Knaben, Greise, Mädchen und Grazien zu einem komplizierten Tanz, der von vielen verschiedenen Instrumenten begleitet wurde und sich in spiraligen, keil- und sternförmigen Figuren, Achtergruppen und anderen Mustern voll religiöser Symbolik entwickelte. Danach stiegen die Königin und der Neue König von ihrem Thron herab und zeigten einen Hochzeitstanz, der kühl und zeremoniös begann, sich aber allmählich zu leidenschaftlicher Ekstase steigerte, während das Licht immer schwächer wurde. Das war der Schluß des zweiten Akts.

Die Warnung des Opfers

Abermals eine lange, atemlose Pause. Als die Lichter wieder angingen, lag das Opfer, in vollem Staat genießerisch hingestreckt, neben der Königin auf dem Ruhebett. Gemeinsam beobachteten sie müßig, wie erst die Knaben zu forscher Dudelsackbegleitung Räder schlugen und dann die Greise ein Scheingefecht aufführten, bei dem sie ihre Stäbe als Stecken verwendeten. Das Opfer klatschte, vergnügt wie ein Kind. Aber nach diesem kurzen Zwischenspiel wurde das Licht wiederum blau, ein warnendes »Hu-hu-hu!« ertönte, gefolgt von plötzlichen Ausbrüchen disharmonischen Lärms und der wilden Jagd der Perversen. Das Licht flackerte und trübte sich. Herein flog die Eule und scheuchte die kreischenden Perversen in alle Richtungen, flatterte ziellos herum, stieß ihre klagenden Rufe aus: Die Königin setzte wieder ihre böse Maske auf. Verstört wandte sich das Opfer zu ihr, um bei ihr Halt zu finden, wich aber entsetzt zurück, als sie die Wilden Frauen aus dem Schatten herbeiwinkte. Langsam schlichen sie daher, während die Königin sich von dem Lager erhob und das Opfer seinem Schicksal überließ. Gleich darauf begannen die Wilden Frauen, das Opfer so zu behexen, wie sie es mit seinem Vorgänger getan hatten. Voll Angst blies der Knabe auf dem Jagdhorn nach den Männern mit den Äxten, die darauf mit nickendem Kopfputz und klingenden Schellenbändern erschienen. Wieder plärrten die Dudelsäcke und kämpften gegen die schrille Hexenmusik an. Aber diesmal ließen sich die Wilden Frauen nicht um ihre Beute prellen. Mühelos entwaffneten sie die Männer mit den Äxten und trieben sie hinaus.

Kreischend und jauchzend tanzten die Wilden Frauen in immer engerem Kreis. Das Bett schwankte und fing zu sinken an, aber das Opfer sprang in seiner Todesangst herunter. Erbarmungslos rückten sie ihm auf den Leib. Eines der Mädchen stieß vor und riß ihm den Gürtel herunter, dann packte ein anderes den Mantel – bis er nichts mehr am Leib hatte als ein Paar Strumpfbänder und einen funkelnden Stern, der sein Geschlecht verdeckte. So stand er keuchend und verzweifelt da.

Die Verwandlungen

Die kakophone Hexenmusik brach plötzlich ab, und die Wilden Frauen erstarrten, die Beine gespreizt, die Arme verschränkt, während oben ein unirdisch grüngelbes Licht aufstrahlte. Die Königin stand zwischen den Flügeln der Sphinx, nackt bis auf die Mondspiegelkrone. Das entkleidete Opfer sank in Anbetung vor ihr nieder, und auch bei mir, dem Zuschauer, brachen die letzten Schranken: Auch ich betete sie an, ohne irgendeinen Vorbehalt, als die fleischgewordene Verkörperung der Göttin, der Mutter, Braut und Witwe von uns allen. Eine unheimliche Vision überkam mich: Ich sah mich selbst in Riesengestalt rechts und links der Bühne stehen, wie Schildhalter eines Wappens. Mein eines Riesenselbst war hellhäutig und rothaarig, wie ich es wirklich bin, das andere schwarzhaarig und dunkel. Sie maßen einander mit Blikken voll blankem Haß, jeder mit der Hand an einem Dolch, den er im Gürtel trug. »Ich bin mein schlimmster Feind«, dachte ich schizophren. »Das habe ich schon immer gewußt. Aber warum? Weil er und ich dieselbe andere Frau lieben?« Das Herz hämmerte mir gegen die Rippen: Die Königin durchlief eine Folge von körperlichen Veränderungen, stellte nacheinander alle Frauen dar, die ich jemals geliebt hatte, jede im Augenblick ihrer vollkommensten Schönheit, dabei aber ruhig lächelnd. Zuletzt erschien sie mir als Saphira – wie sie ausgesehen hatte, als sie unter der Tür der Quittenhütte von mir Abschied nahm. »Sie allein liebe ich jetzt«, dachte ich, »und habe keinen anderen Nebenbuhler als mein dunkles Selbst.«

Ermutigt durch das gnädige Lächeln der Königin tanzte das Opfer den Tanz der Dreizehn Monate, wobei mit jeder Wandlung sich auch das Licht und die Musik änderte. Es tanzte den Jungen, den Ruderer, den Wind, das Feuer, den Falken, den Blumenpflücker, Blitz und Donner. Zugleich dauerte meine Vision in aller Lebendigkeit an, und als die kritische siebente Wandlung eintrat und ein greller Blitz mich hochriß, holten die gespenstischen Zwillingsbrüder ihre Dolche aus den Scheiden, fielen wie Spiegelbilder seitlich aus und schienen mit dem Opfer zu verschmelzen. Und da spaltete es sich auch schon: Sein helles Sternenselbst stand einem dunklen Schlangenselbst gegenüber, um dessen Lenden sich eine glitzernde Viper wand. Ein Kampf zwischen Stern und Schlange begann, unter flammenden Blitzen, dröhnenden Donnerschlägen und tobendem Regen gingen sie mit den Dolchen aufeinander los, bis der Stern getroffen hinsank: Auch ich fühlte, wie mir der Stahl in die Kehle fuhr und das Blut meines Lebens sich verströmen wollte.

Der Sturm legte sich, und die Schlange tanzte als Sieger weiter: den Speer, den Salm, die Weinlese, den Eber, die

Woge und den Ertrinkenden. Dann hielt sie ein, zitternd und erwartungsvoll. Und der Stern sprang auf, um seinen Tod an der Schlange zu rächen – und an mir! Ein zweites Mal starb ich, der Dolch bohrte sich mir ins Herz. Alle Lichter verlöschten.

Verfolgung und Tod des Opfers

Die Wilden Frauen umtanzten das Opfer, erst im Uhrzeigersinn und dann immer mehr in der Gegenrichtung, bis sie schließlich ohne Unterbrechung hinterwärts im Kreis wirbelten und das Opfer erst auf die Knie fiel, dann die Hände als Stützen brauchte und endlich als ein sterbendes Häufchen dalag. Gleich darauf durchbrach sein Geist in Gestalt eines Fisches den Ring, aber Atropos setzte ihm als Kranich nach und jagte ihn hin und her, bis er in den wirbelnden Kreis zurückkehrte und sich wieder mit dem Opfer vereinigte. Das nächste Mal versuchte er es als eine große, surrende Fliege, aber Atropos wurde zur Schwalbe und fing ihn ein. Ein drittes Mal wollte er als Hase flüchten, und sie verfolgte ihn als Windhund. Zuletzt verwandelte er sich in ein Rehkitz, Atropos ergriff einen dreizackigen Spieß, und mit ihr nahm das ganze Rudel der Wilden Frauen an der Hatz teil. Wieder wurde es auf der Bühne finster, und über das kreischende Gelächter der Verfolgerinnen erhob sich der melancholisch langgezogene Todesschrei des Opfers. Ich spürte, wie mir der Boden entglitt, wie ich tiefer und tiefer ins Nichts sank, und Ericas höhnende Stimme klang mir in den Ohren: »Es reicht auch nicht, wenn du ein zweites Mal für dieselbe Frau in den Tod gehst: Ein Dichter muß dreimal sterben.«

Nachspiel – Die Wiedergeburt des Königs

Mein Bewußtsein kehrte allmählich zurück, ich fand mich wieder im Theater. Das Nachspiel hatte angefangen. Grabestiefe Bässe intonierten eine Totenklage, Frauen schluchzten leise dazu, aber ich hörte nur die letzten Takte. Nun begann eine Fiedel zu spielen, eine winselnde, immer wieder abgebrochene Melodie, und da stieg auch schon das Ruhebett hoch, auf dem der haarige Geist des Königs schlief. Er wachte auf, rieb sich die Augen und hüpfte ziellos herum, bis er in dem heller werdenden Licht die Königin sah, die, von sechs aufmerksamen Monatsnymphen umstanden, in einem weißen Umhang auf einem Gebärstuhl saß. Der Geist flitzte unter ihren Rock und war nicht mehr zu sehen.

Die Königin kam in die Wehen, deren Auf und Ab von seufzenden Fiedeln und Pfeifen untermalt wurde. Endlich holte sie voll Freude den Geist als Neugeborenes unter ihren Röcken hervor und legte ihn an die Brust. Die Nymphen sangen als Willkomm einen schrillen Päan, drei von ihnen wiegten den Kleinen in einem Worfelsieb und trugen ihn zur Begleitung eines Schlummerlieds fort.

Das Licht wurde noch heller, die Männer mit den Äxten traten wieder auf und sprangen ekstatisch um die Wiege, über die sich die drei Nymphen beugten: So gut sprangen sie, daß schließlich der Alte König hervorkam, lächelnd und munter, um sich von den Nymphen mit seinem farbigen Mantel und den Rehlederhosen bekleiden zu lassen. Aber obgleich seine Gesichtszüge sich nicht geändert hatten, war er jetzt dunkelhäutig und schwarzhaarig – sein anderes Selbst, der Zwillingsbruder. Die Herolde trompeteten, so laut sie konnten, und die Nymphen geleiteten den König zu seinem Platz an der Seite der Königin. Wieder mit seinen Insignien geschmückt, verschoß er die fünf Pfeile als Symbol seiner Herrschaft, und darauf senkte sich der Vorhang über die Männer mit den Äxten, die Waldmänner, die Knaben, Greise und Nymphen, die das Ereignis mit einer Sarabande feierten.

Die neun ausdruckslosen Diener kamen herein und löschten die Rampenlichter. Der Obersthofmeister erschien wieder und winkte zum Zeichen, daß das Schweigegebot aufgehoben sei.

Ich streckte mich, nieste, erwachte aus meinem Traum und sah Quant vor mir, der sich besorgt über mich beugte und meinen Puls fühlte.

»Alles in Ordnung?« fragte er. »Ich dachte schon, Sie seien hinüber –«

»Keine Ursache – nicht die geringste Ursache«, plapperte ich. Dann hatte ich mich wieder einigermaßen gefaßt. »Aber Quant: Dieser entsetzliche Tanz des Opfers! Man vergißt völlig, daß sie es nicht wirklich töten.«

»Da irren Sie«, erwiderte Quant. »Eben jetzt sind die Wilden Frauen dabei, das Fleisch zu verzehren.«

Der Wirbelsturm

Vor dem Theater verabschiedete sich Quant. »Sie kommen nicht mehr nach Gehörntes Lamm?« fragte er.

»Nein, das habe ich Nervo versprochen. Wie ich gehört habe, bin ich dort alles andere als beliebt.«

»Aber was wollen Sie jetzt tun?«

»Ich werde zu Breitem Daumen gehen und schauen, ob Saphira – ob Sturmvogel schon erwachsen ist.«

»Und dann?«

»Wir haben heute Freitag, nicht wahr?«

Er seufzte. »Ja, Freitag ... Aber wenn Sie an ein Freitagsverhältnis denken, werden Sie sehen, daß das gar nicht so einfach ist.«

»Die Göttin ist voll Erbarmen«, meinte ich.

»Wenn es ihr gefällt. Leben Sie wohl, mein Freund – und viel Glück! Da Sie nun diesen Weg nehmen, ist kaum zu erwarten, daß wir uns jemals wiedersehen werden. Und dabei gibt es noch so viel, was ich Sie fragen und Ihnen zeigen wollte!«

Wir umarmten einander wie zwei alte Franzosen, und er trollte sich niedergeschlagen. Ich schaute ihm nach und fühlte mich selbst recht lausig. Dennoch war es nicht das letzte, was ich von ihm sehen sollte. Er kam noch einmal zurück, um mich etwas zu fragen: »Edward? Dürfte ich Sie um einen Gefallen bitten?«

»Selbstverständlich, Quant: Soweit es in meiner Macht steht.«

»Dieses Gedicht von mir – das mit der Ritze und dem Licht, das durch die Ritze scheint: Erinnern Sie sich noch daran?«

»Jedes Wort. Ich habe überhaupt ein gutes Gedächtnis für Gedichte, die mir etwas bedeuten.«

»Da bin ich sehr froh, denn das ist es, was ich Sie bitten wollte: Wenn Sie wieder in Ihre eigene Zeit kommen – früher oder später wird sich das wohl nicht vermeiden lassen –, könnten Sie dann das Gedicht irgendwo unter Ihrem Namen veröffentlichen? Es ist nämlich so, daß ich ein bißchen unsicher bin, ob ich nicht doch etwas Ungehöriges getan habe ... Wenn ich mir sagen könnte, daß das Ding immerhin in der Spätchristlichen Epoche gedruckt worden ist, hätte ich ein reines Gewissen.«

»Nichts lieber als das – und mit etwas Glück schlage ich dabei noch soviel heraus, daß ich meiner Frau ein Feuerzeug kaufen kann. Auch Dobeis hat manchmal seine guten Seiten.«

»Meine besten Empfehlungen an die Frau Gemahlin«, sagte er und sprang, grinsend wie ein Schuljunge, davon. Diesmal kam er nicht wieder, und so bahnte ich mir nach kurzer Orientierung durch eine dichte Menschenmenge den Weg zur Altstadt.

Während des Gehens bedachte ich, wie anders das Bild Neukretas, das ich heimbringen würde, doch gewesen wäre, wenn man mich noch am Abend meiner Beschwörung in unsere Zeit zurückversetzt hätte. Mein Besuch im Narrenhaus hatte mich sehr verunsichert. Immerhin, sagte ich mir, war es wohl recht und billig, daß diese Leute irgendwann in ihrem Leben von den Fesseln der Sitte befreit wurden – wenn auch besser zu spät als zu früh. Zu meiner Zeit waren es die Jungen gewesen, die sich auf die schiefen Bahnen begaben und ihre Zukunft verpatzten, während man von den Alten erwartete, daß sie in fortgeschrittenen Jahren eine geradezu abnormale Vernünftigkeit bewiesen, obwohl es kaum mehr darauf ankam, wie sie sich benahmen, solange sie mit ihren exzentrischen Neigungen niemanden störten. Nicht hinweg kam ich freilich über den öffentlichen Ritualmord plus Kannibalismus, dessen Zeuge ich vorhin geworden war. Sich vorzustellen, daß diese schönen, friedfertigen, sensiblen und heiteren Menschen dazu erzogen waren, eine derartige Scheußlichkeit als natürlich und richtig hinzunehmen! Es entsetzte mich, daß dieselbe Göttin, der ich mich in Liebe und aus freiem Willen soeben unterworfen hatte, noch immer, wie in grauer Vorzeit, die Große Sau sein sollte, die ihre Ferkel frißt ...

Ich blieb für einen Augenblick vor einer Hofeinfahrt stehen, um mir die Dinge zurechtzulegen. Ein etwa fünfzehnjähriges Mädchen in einem dunklen Mantel trat an mich heran. »Du bist in bittere Gedanken verfangen«, sagte sie. »Ich habe es im Vorbeigehen gespürt.«

»Ja«, gab ich zu. »Ich habe über das Opfer und die Wilden Frauen nachgedacht.«

Ihre grünen Augen und weißen Zähne schimmerten im Licht einer Laterne. »Ich war eine von ihnen«, sagte sie. »Was stört dich daran?«

»Ich komme aus einer früheren Zeit«, sagte ich. »Vielleicht hast du schon von mir gehört. Im Theater habe ich meinen Frieden mit der Göttin gemacht – nie vorher habe ich mich einer Gottheit unterworfen –, aber jetzt weiß ich, daß ihr das Opfer umgebracht und aufgefressen habt, und es graut mir vor ihr. Ich möchte mein Wort zurücknehmen. Wir haben zu meiner Zeit viel Abscheuliches getan, aber bis zum Kannibalismus haben wir uns nicht erniedrigt.«

»Findest du, daß wir lieber Scheinopfer von Brot und Wein verzehren sollten?«

»Warum eigentlich nicht?«

»Weil sich das Mittsommeropfer freiwillig darbringen muß: Das vermag kein Brotlaib und keine Flasche mit Wein. Heute abend gibt es für die Leute Brot und Wein als rituelles Substitut für unser Festmahl; aber wenn wir es nicht in Wirklichkeit gefeiert hätten, wäre das nur eine leere Nachahmung. Das Opfer hat sein Schicksal aus freiem Willen auf sich genommen: Es war mein geliebter

Bruder! Ohne ein Opfer, das für die Menschen in den Tod geht, würden die Felder keine Frucht bringen.«

»Wie soll ich das glauben können?«

»Bevor wir ihn in Stücke rissen, haben wir ihm die Kehle durchgeschnitten und sein Blut aufgefangen, um es mit Wasser aus der königlichen Zisterne zu vermischen. Ein Krug davon wird in jede Stadt und in jedes Dorf des Königreichs gebracht, damit es vor der Herbstsaat über die Felder versprengt wird und sie heiligt. Mein Bruder ist aus Liebe zur Göttin und zu uns allen gestorben, und wenn die Ackerleute beim Verteilen des Bluts seinetwegen weinen, werden die Tränen den Winterregen vom Mond, von dem alles lebensspendende Wasser kommt, herabziehen. Und sie werden voll Fleiß den Rest des Doppeljahrs hindurch arbeiten – dankbar für die Liebe, die mein Bruder ihnen bezeugt hat.«

»Ich verstehe: Es ist angemessen, daß einer für alle stirbt. Aber warum müßt ihr sein Fleisch essen?«

»Als Zeichen unserer Achtung vor ihm. Gewöhnliche Leichen werden in der Erde vergraben. Für einen Mann gibt es aber keine höhere Ehre, als mit dem lebendigen Fleisch der neunfältigen Mutter eins zu werden.«

»Und der König? Wann wird er sterben?«

»Wenn seine Zeit um ist: In jenem Jahr wird das Opfer verschont bleiben, und der Alte König wird selbst die Verwandlungen tanzen und die Fluren mit seinem Blut heiligen. Als Folge der überragenden Heiligkeit dieser Opferung verbietet die neukretische Sitte, irgend jemand anderen gewaltsam zu töten, nicht einmal im Krieg. Wenn der Opfertod abgeschafft würde, könnte jeder geringste Vorwand für einen Mord herhalten – und wo kämen wir da hin?«

Ich dachte an die Toten von Montecassino, wo ich fast der einzige unverwundete Überlebende meiner Kompanie gewesen war; an den Luftangriff auf London, wo ich für einen Luftschutzwart einen Sack aufgehalten hatte, in den er die blutigen Reste eines Kindes schaufelte; schließlich auch an Paschendaele, wo im Spätsommer 1917 mein Bruder in der blutigsten, gemeinsten und sinnlosesten Schlacht der Weltgeschichte gefallen war: Als Junge hatte ich, bald nach Kriegsende, sein Grab besucht, und das Grauen dieser fürchterlichen Sumpflandschaft mit den ineinander verschnittenen Granattrichtern hatte mich Jahre hindurch nicht losgelassen. »Die Göttin weiß es wohl am besten«, sagte ich nebenhin zu dem Mädchen, das mir mit ernstem Nicken zustimmte.

»Du suchst Sturmvogel«, stellte das Mädchen fest.

»Ja. Woher weißt du das?«

»Habe ich dir nicht schon im Erlenhain gesagt, daß ich alles weiß? Du wirst sie am See finden. Sie fragt dort meine Fische um Rat.« Und schon war das Mädchen fort, bevor ich auf die Knie sinken konnte. Aber ich ließ mich auf kein Risiko ein, sondern machte meinen Kotau, als ob Sie noch zu sehen gewesen wäre: Das, fühlte ich, war ich Ihrer Allgegenwart schuldig.

Als ich mich wieder zur Straße wandte, stieß ich mit dem Dolmetscher zusammen.

»Ah, welch zuhöchst willkommener Zufall!« rief er. »Ich befürchtete nämlich schon, daß Sie sich als die Nadel im Heuhaufen erweisen würden. Ich war in fieberhafter Suche nach Ihnen begriffen.«

»Noch mehr Zores?« fragte ich. »Ist Seestern etwas zugestoßen?«

»Leider: Sie haben es erraten. Seestern ist nicht mehr. Heute nachmittag fanden die Diener ihn entseelt beim Wasserfall am Dichterhügel, nicht fern von unserem Haus.«

»Das ist schlimm – obwohl es mich nicht überrascht. Selbstmord?«

»Oh, mein Herr! Was für eine abseitige Vermutung! Wie könnte ein Neukreter sich selbst das Leben nehmen?!«

»Wie ist er also gestorben?«

»An einem gebrochenen Herzen – und ohne Bedürfnis nach Wiedergeburt. Er hat eine Tontafel mit Versen hinterlassen. Ich bin nicht befugt, über Gedichte zu urteilen, sondern als Chronist ein Experte für die englische Sprache. Für mein Gefühl hört es sich nicht gut an, auch finde ich es recht an den Haaren herbeigezogen. Ich weiß es auswendig: Hören Sie!«

Er skandierte das Versmaß mit dem Zeigefinger und rezitierte:

»Du reine Quelle, die im Licht der Sterne
Der Flanke dieses heil'gen Bergs entspringt,
Lauschst deiner Muse wohl nicht minder gerne
Als ich dem Lied, das mir die meine singt.

Berauscht vom Ginsterduft der Heide
Lallst du fremde, süße Weisen,
Die das eisige Geschmeide
Wie sonst nur die Narren preisen.

Will sie mich nicht ganz versäumen,
Muß sich meine Muse eilen,
Denn in deinen Spiegelträumen
Möcht' ich immerdar verweilen.

Eher unzusammenhängend und recht armselig, nicht wahr?« meinte er und verzog das Gesicht. »Eine total verfahrene Geschichte, an der sich auch sonst nichts reimt. Aber es wird noch schlimmer: Ich bin hierhergekommen, weil ich die Hexe Sally zur Heimkehr bewegen wollte, traf jedoch am Eingang zur Stadt meinen Kollegen Quant, der sich mir mit der Nachricht empfahl, daß auch die Hexe nicht mehr unter uns ist! Nun bleiben nur noch Sie, um in die Bresche zu springen und zur Abwehr von weiterem Unheil im Zauberhaus auszuharren. Aber mein Kollege Quant hat mir versichert –«

»Quant hat wieder einmal recht«, schnitt ich ihm ungeduldig das Wort ab: »Ich wiederhole hiermit zu Ihrer gefälligen Kenntnisnahme: Mein Entschluß, nie wieder und unter keinen Umständen nach Gehörntes Lamm zurückzukehren, steht ein für alle Mal fest.«

»Aber, mein Herr«, stammelte der wackere Dolmetscher, »die Sitte gebietet –«

»Sagen Sie das jemand anderem!«

»Darauf können Sie sich verlassen, Herr!« Er maß mich mit einem galligen Blick und eilte davon. Ich ging weiter.

Nicht selten ist mir im Halbschlaf, als ob ich ein Buch

lesen würde. Jedesmal ist es ein knapper Dialog, sehr interessant und geistreich, und Autor und Figuren lassen über gut eine Seite und mehr nicht ab, einander zu überraschen. Beim Aufwachen erinnere ich mich dann an so aufregende Fragmente wie:

... und da, oh Schreck! trat Mrs. Blackstone ein, in der Hand eine Feuerzange, mit der sie uns anklagend den schmächtigen Körper entgegenhielt.

»Er hat sie also entführt«, stellte einer von den Eingeweihten fest.

»Wen entführt? Doch nicht Mrs. B.? Haha! Nein, bestimmt nicht Mrs. B.! Mrs. B. entführt man nicht!«

Es war mir, als läse ich wieder in diesem Buch, nur diesmal mit dem kritischen Vorbehalt, daß ich beim Erwachen aus meinem Traum das alles völlig ungereimt finden würde, von der Rechtfertigung des Ritualmords durch die Göttin Nimuë bis zu Seesterns Gedicht, das im Original – übersetzt erinnert es eher an meinen Kollegen Housman – sich wirklich großartig anhörte.

Es war nicht mehr weit, und Breiter Daumen befand sich zu Hause. Sie begrüßte mich wie einen alten Freund und tischte mir auf, was die Speisekammer hergab. Ich war hungrig und verdrückte eine beachtliche Ladung Brot mit Käse und fast eine ganze Stachelbeertorte. Als ich Breitem Daumen erklärte, daß ich im Bordell und im Theater gewesen war und danach meine geschwächten Nerven stärken mußte, schlug sie mir noch zwei Eier in die Pfanne.

»Wie geht es Sturmvogel?« erkundigte ich mich endlich und wischte mir den Mund.

»Oh, sie ist voll erwachsen. Ihr würdet sie kaum wiedererkennen! Ein paar Vettern meines Manns aus Rabnon haben sie ausgeführt, damit sie auch etwas von dem Fest mitgekriegt. Der eine ist der Torhüter, von dem man jetzt bei allen Barbieren redet: der rasende Kämpfer Machdoch-auf. Er hat ein Auge auf Sturmvogel, und anscheinend schmeichelt ihr das. Nicht daß ich mir davon irgend etwas erwarten möchte – mir wäre es lieber, wenn sie monogam wird wie wir. Ich möchte so eine nette Tochter nicht so bald verlieren: Sie soll sich einen guten Mann finden und hier in der Altstadt bleiben. Wahrscheinlich hätte ich mitgehen sollen, damit sie keine Dummheiten macht, aber ich wollte mit meiner Spinnerei weiterkommen. Sie ist noch so jung, erst heute nachmittag in den Stand aufgenommen! Noch nicht einmal ihre Goldbrosche hat sie ...«

»Wollt Ihr, daß ich mich um sie kümmere?«

»Das wäre mir sehr lieb. Abgesehen davon ist es Euer gutes Recht, da sie von Euch ihren Namen bekommen hat. Tut, was Ihr für das Beste haltet. Vermutlich ist sie unten am See und füttert die Fische.«

»Gut. Lebt wohl, Breiter Daumen!«

»Lebt wohl, Dichter. Segnet noch unser Haus!«

»Möge dieses Dach das letzte in Dunrena sein, das der Sturm davonbläst.«

Der Nachtwind war voll Singen und Stimmengewirr, als wären gewaltige Massen unterwegs, aber das Seeufer war fast menschenleer, als ich hinkam. Mach-doch-auf erkannte ich sofort an seiner Größe und der rot-weißen Tracht von Rabnon. Er stand vor einer Geißblattlaube – wie süß doch Geißblatt im Dunkeln duftet! – und rühmte sich vor drei ehrfürchtigen Verwandten seiner Heldentaten. Das Laster der Untertreibung ist in Neukreta unbekannt, und der Bericht sollte offenbar Saphira beeindrukken. Sie trug ländliche Kleidung – einen weiten, rauchgrauen Rock und ein an den Leib geschneidertes Jäckchen mit Goldknöpfen an den Aufschlägen – und zerkrümelte Brot für die Fische. Ich stellte mit Vergnügen fest, daß Mach-doch-auf sie mit seiner Beredsamkeit bereits anödete.

Ich ging hin und begrüßte die Gesellschaft. »Ich bin Venn-Thomas, ein Dichter aus früherer Zeit«, sagte ich. »Sturmvogels Mutter hat mich gebeten, auf ihre Tochter aufzupassen; sie ist jung und unerfahren und könnte leicht gegen die Sitte verstoßen. Das ist mein Auftrag, außerdem aber mein gutes Recht, weil ich ihr den Namen gegeben habe.«

Man war unangenehm berührt, Mach-doch-auf sogar richtig ergrimmt.

»Wollt Ihr uns vielleicht von hier vertreiben?« begehrte er auf.

»Mari hüte mich davor!«

»Aber Ihr gehört nicht zu uns. Rauch und Rauch mischt sich nicht. Wie können wir feiern, wenn Ihr hier herumsteht?«

Ich blickte ihn finster an. »Auf jeden Fall solltest du dich nicht deiner Taten rühmen, da doch aller Ruhm allein der Göttin zusteht, die dich aus einem Grund, um den nur sie weiß, in Raserei versetzt hat. Tu also nicht, als ob du schon krähen könntest, Hähnchen, sonst läßt dich die Mutter ihren Schnabel spüren – und der ist spitz wie ein Dorn.«

»Was wißt Ihr von Sitte oder von der Göttin? Ihr seid ein Barbar aus der Vorzeit! Beim Barbier von Rabnon redet man offen darüber, daß Ihr den Tod unseres Magiers Claud verursacht, eine Nacht im Narrenhaus verbracht und einen Brutsch im Haar mitgebracht habt, damit wir zu Schaden kommen!«

»Sturmvogel«, sagte ich, indem ich mich ungeduldig von Mach-doch-auf abwandte: »Deine Mutter hat dich mir anvertraut. Wenn du die Fische fertig gefüttert hast, kommst du mit mir und überläßt es diesem Menschen, Ana um Verzeihung für seine frechen Worte zu bitten!«

Mach-doch-auf schielte vor Wut. »Sturmvogel«, sagte er: »Du hast die Wahl zwischen diesem Ungeheuer und mir!«

»Sturmvogel«, sagte ich: »Du mußt wählen, ob du deiner Mutter gehorchen willst oder auf diesen arroganten Kerl hörst.«

»Habt Ihr irgendeinen Beweis dafür, daß Euch meine Mutter geschickt hat?«

Mach-doch-auf und seine Vettern hakten sofort ein. »Ja, wo habt Ihr den Beweis?« riefen sie im Chor. »Ihr seid ein Barbar, und alle Barbaren sind verlogen und grausam!«

Wäre ich in dem mir angeborenen Jahr des Heils gewesen, ich hätte den Burschen zu den Fischen ins Bad geschickt, aber so etwas ging hier nicht. Es war auch nicht nötig, denn mir war bewußt, daß er zwar einiges auszuspielen hatte, ich jedoch den Trumpf in der Hand hielt. »Glaubt ihr denn«, sagte ich von oben herab, »daß die

Göttin mich aus der Vergangenheit rufen lassen hätte, wenn ich nicht ihr Vertrauen genießen würde? Ihr redet wie dreijährige Kinder! Sie ist unsterblich, und es hat keine Zeit gegeben, zu der sie nicht allmächtig war. Ich bin Ihr Dichter, und wenn ihr mich beleidigt, der ich Ihr Gast bin, beleidigt ihr auch die Göttin. Faßt einander bei den Händen und tretet im Kreis um mich: Du, Mach-doch-auf, und ihr drei! In Maris Namen: Gehorcht!« Sie gehorchten wirklich, wenn auch recht widerwillig. Wendet man nur die richtige Formulierung an, lassen die Gemeinen die verrücktesten Sachen mit sich machen.

Ich breitete die Hände aus. »Göttliche Mari«, intonierte ich fromm, »die Du eins bist mit dem heiligen Kind Nimuë und der heiligen Mutter Ana; allmächtige Hüterin von Himmel, Erde und Meer, Herrin der Fünf Stände, Beschützerin auch der Mondmänner, der Waldmänner und der Greise: Sieg verheißt Dein göttlicher Name! Du bist es, die den Magiern ihre Macht verleiht, denn ohne Dich wären ihre Befehle, Sprüche und Pläne nichts. Ich bete Dich an, Göttin: Kein Wesen ist Dir gleich! Ich rufe Dich mit Namen! Gewähre mir, was ich von Deiner göttlichen Allmacht erbitte: Daß Dein Kind Sturmvogel frei sei, mit mir zu kommen, von meinem Teller zu essen und aus meinem Becher zu trinken, und daß diese vier Narren, die an Deiner Macht zweifeln, Hand in Hand hierbleiben und diesen Ring nicht brechen können, bis die ersten Strahlen der Sonne die weißen Türme von Dunrena vergolden!«

Ich duckte mich und trat aus dem Kreis. »Sturmvogel!« rief ich.

Sie lief lächelnd herbei und folgte mir. Ihre Begleiter ließen wir wie zusammengeleimt unter dem Geißblatt, mit blöden Gesichtern wie vier Hühner, die ihre Schnäbel nicht von einem Kreidestrich wegbringen.

»Warte, Kind: Laß mir einen Augenblick Zeit, dich anzuschauen!«

Es war kaum zu glauben, wie sehr sie sich von Saphira unterschied, obwohl ihre Züge dieselben waren: Unbelastet von angelerntem Wissen, ohne die gemessenen, wohlbedachten Gesten, aber mit Augen, die von Frohsinn strahlten. Schön wie zuvor und durchaus nicht dumm – das ließ sich von ihrer breiten Stirn ablesen –, nur völlig unverbildet. Als ich sie betrachtete, klärten sich meine Gefühle: Die ungesunde Leidenschaft verpuffte, und zurückblieb eine tiefe, sehnsüchtige Liebe – die Liebe, die ich bei meiner ersten Begegnung mit Saphira empfunden hatte, und jetzt erkannte ich sie als die Liebe, die ein Vater zu seiner einzigen Tochter hat. Ich hatte mich immer bemüht, meine Sentimentalität zu verbergen: Eine Eisdecke von Zynismus hatte ich über sie gelegt, um sie nicht hochkommen zu lassen, und so war mir nur selten bewußt geworden, daß es sie gab. Nicht einmal Antonia ahnte, wie sehr ich mich immer nach einer Tochter gesehnt hatte. Wir hatten drei Söhne – dagegen war natürlich nichts einzuwenden, ich hätte keinen von ihnen missen wollen –, aber vor jeder Geburt hatte ich um ein Mädchen gebetet. Beim Eintreffen unseres dritten Sohns war es zwischen mir und Antonia fast zum Bruch gekommen, weil sie gesagt hatte: »Drei Söhne! Ich bin so stolz auf mich! Und jetzt können wir ja aufhören, nicht wahr, Ned?« Endlich begriff ich, was mich so stark zu Saphira hingezogen hatte. Sie sah aus wie Antonia, aber auch wie meine Mutter als Mädchen, auf den verblichenen Fotos, sie war – kurzum, genauso, wie eine Tochter von mir hätte sein können.

Ich hob Sturmvogel hoch und küßte sie behutsam. Sie lachte vergnügt. »Warum hast du das getan?« fragte sie. »Aber es war schön«, fügte sie hinzu. »Es gibt mir so ein sicheres Gefühl.«

»Wohin wollen wir jetzt gehen?«

»Irgendwohin.«

»Hast du Fische gesehen?«

»Und ob! Wie ich mein Brot hineingekrümelt habe, sind sie alle heraufgeschossen, sogar die große weiße Großmama – zum ersten Mal seit vielen Monaten, haben mir die Vettern gesagt: Sie haben schon geglaubt, daß sie tot sei – und alle haben sie das Maul aufgesperrt, ganz rund, als ob sie O-O-O sagen würden! Das bedeutet ein ganz großes Glück – und heute ist mein Geburtstag!«

»Gehen wir dem Lärm nach, ja?«

»Lärm mag ich nicht, aber du wirst auf mich aufpassen, nicht wahr?«

Sie schob ihren Arm unter den meinen, und so gingen wir über den Kraterrand und durch den Schloßpark, aber als wir dann zu der weiten Zeltspirale gelangten, wagten wir uns doch nicht in das tobende Gewühl, sondern blieben bei einem Malvenbeet unter einem Baum stehen. Alle Neukreter im Umkreis trugen Eichenzweige und waren schon stark berauscht von dem roten Wein aus den Fäßchen, die vor jedem Zelt angezapft worden waren. Nirgendwo sonst habe ich Menschen gesehen, die sich so völlig hemmungslos aufführten, nicht einmal in Arizona am Weihnachtsabend in der Bar-XL Ranch, wo zumindest die Mädchen nicht den Kopf verloren und sich bemühten, ein dem Fest angemessenes Dekor zu wahren.

Eine Weile standen wir so und schauten ihnen zu, belustigt und befremdet, aber plötzlich zog Sturmvogel an meinem Ärmel und rief: »Schnell! Laufen wir fort: Gleich wird etwas passieren – irgend etwas ganz Neues und Schreckliches!«

»Nein, mein Schatz«, entgegnete ich. »Wer etwas auf sich hält, läuft nicht davon.«

»Dann laß uns gehen – aber jetzt gleich, sofort!« Ich sah, wie sie vor Angst zu zittern anfing.

»In einer solchen Situation ist ein Platz so gut wie der andere«, sagte ich. »Wir bleiben.«

Aber ich wußte, daß ihr Instinkt sie nicht belogen hatte: Bald darauf scharte sich ein Haufen von Festgästen am äußeren Rand der Zelte zusammen wie ein Bienenschwarm. Dem Aussehen nach handelte es sich durchwegs um Gemeine oder Führer, und rund um sie hüpften aufgeregte Chronisten und Diener, während die Magier sich abgesetzt hatten und sich in Richtung eines Hügels hinter den königlichen Stallungen zurückzogen, auf dem sich ein Tempel befand. Da kam auch schon der Schwarm in Fluß und bewegte sich auf uns zu.

»Da ist er!« schrie der Dolmetscher auf Neukretisch. »Dort unter dem Baum steht er, der Barbar, und macht seinen Zauber!«

»Faßt ihn!« brüllte Nervo. »Er hat unser Land vergiftet! Packt ihn! Zerquetscht ihn! Aber seht um Anas willen zu, daß ihr nicht sein Blut vergießt!«

Ich hob einen Eichenzweig auf, den jemand weggeworfen hatte. Ohne Hast, um meine Unruhe nicht zu zeigen, kratzte ich rund um Sturmvogel und mich einen weiten Kreis. Dann zog ich Sturmvogel dichter an mich heran und rief, so laut ich konnte: »Wagt es, diesen Kreis zu übertreten! Ein Brutsch wird euch in die Ohren fliegen und euer Hirn fressen!«

»Was sagt er? Was sagt der Barbar? Wir können ihn nicht verstehen!« schrien sie wütend durcheinander.

Ich hob eine Hand. »In Anas Namen!« befahl ich. »Schweigt und hört, was ich weissage!«

Sie hielten Abstand, das Geschrei erstarb allmählich. Dann zischte ich dreimal, wie ich es beim Obersthofmeister gesehen hatte, und sie verstummten vollends.

»Ihr Kreter aus den Fünf Ständen!« rief ich. »Ich bin ein Barbar, ein Dichter aus einer vergangenen Zeit, aber ich bin nicht wie ein Negermandrill aus den Schlimmen Ländern in diese fruchtbaren Gefilde eingebrochen. Die Magier von Gehörntes Lamm haben mich auf Befehl der Göttin – gepriesen sei Ihr Name! – heraufbeschworen, und ich schicke mich nun an, die Aufgabe zu erfüllen, die Sie mir gestellt hat.«

Ich spürte, wie mir die Brust von göttlichem Geist schwoll; die Stimme, mit der ich sprach, war nicht mehr meine eigene, viel lauter als sonst. Auch sprach ich in reinstem Neukretisch – manche Worte davon verstand ich selbst nicht.

»Ich habe euch eine Botschaft zu bringen: Merkt wohl auf! Die Göttin ist allmächtig, die Göttin ist allweise, die Göttin ist allgütig – und doch kommen Zeiten, zu denen Sie Ihre böse, trügerische Maske trägt. Zu lange, ihr Neukreter, hat euch Ihr gnädiges, unbedecktes Antlitz gelächelt, Sitte und Wohlstand haben euch für Ihre Schönheit blind gemacht. In meiner barbarischen Zeit, die voll Dunkelheit war, hat Sie sich den Zahllosen, die Sie verleugneten, immer nur in einer Maske der Grausamkeit gezeigt, hinter die Sie nur selten und im geheimen blicken ließ – und das nur Narren, Dichter und Liebende.

Wir haben gewußt, daß Sie weise und gütig ist, und haben uns in unserer Verzweiflung mit einer tieferen und lebendigeren Liebe zu Ihr gewandt, als ihr glücklichen Kinder des Lichts trotz all eurer täglichen Gebete und eurem mühelosen Gehorsam unter Ihrem göttlichen Gebot, das Sie erneut aus dem Chaos hervortreten ließ, es jemals empfinden könnt. Dennoch ist Ihr Erbarmen ohne Grenzen, und so hat Sie sich nun entschlossen, euch das Wissen nicht länger vorzuenthalten, das wir genossen, weil wir in einem Sumpf des Bösen dahintrieben. Sie hat mich aus der Vergangenheit gerufen, auf daß ich ein schlimmer Same sei, der euch eine schlimme Ernte beschert, weil wahre Liebe und Weisheit nur dem Leid entwächst, und die erste Frucht dieser Saat ist das Unheil, das in Gehörntes Lamm das Zauberhaus leer gemacht hat. Dies ist das Zeichen, das den göttlichen Wirbelsturm ansagt, und der Mittelpunkt des Wirbels wird der Kreis sein, in dem dieses Sturmkind und ich hier stehen. Euch wird der böse Sturmwind fassen, euch den Atem nehmen und krank machen, und ihr werdet mit diesem Übel alle Städte und Dörfer in diesem Königreich anstecken, Zugvögel und Insekten werden es weitertragen in alle Teile Neukretas. Am Jucken in der Hand, am scharfen Blick und einer gespaltenen Zunge sollt ihr die Krankheit erkennen!

Blas, Nordwind, blas! Blas alle Sicherheit fort! Heb die alten Dächer von ihren Balken! Brich die dürren Äste von den Erlen, Eichen und Quitten! Reiß die Tore am Mondhaus ein und laß die Verrückten frei! Blas den König in den See! Stürze die Gottlinge auf ihren Angern! Seht! Schon bedeckt die göttliche Mari das Antlitz mit der Maske des Unheils, und die heiligen Perversen rasen! Blas, Nordwind, blas drauflos, wie Frau Holle befiehlt!«

Meine Stimme hatte sich zu stierhaftem Gebrüll erhoben, und als nun Frau Holles Name fiel, stürzten alle zu Boden. Durch das Gras am Rande des Kreises ging es wie ein leichter Hauch, und schon sprang ein gelber Wind auf und fing an, sich wilder und wilder in immer weiterer Spirale um uns zu drehen.

»Ich muß jetzt gehen«, sagte ich. »Mein Werk ist getan.«

»Laß mich nicht allein!« rief Sturmvogel. »Schick mich nicht hinaus in den Sturm! Wohin gehst du?«

»Zurück in meine Zeit.«

»Dann nimm mich mit. Du hast mir meinen Namen gegeben. Ich bin dir anvertraut.«

Der Sturm war inzwischen zum Orkan geworden und hatte die mondbeschienene Landschaft in einen schwefligen Strudel gesogen. Im Park splitterte morsches Holz, und von der Altstadt her vernahm ich das Krachen von abgehobenen Dächern. Eine strampelnde Gestalt in Weiß und Purpur wirbelte über meinen Kopf hinweg dem See zu: Der König! Um so merkwürdiger war es, daß kein einziges Zelt aus den Schnüren gerissen wurde und sich die heiligen Malven kaum rührten, obwohl doch das mahlende Toben des Sturms schier den Himmel zerreißen wollte.

Ich schloß meine Hand um das Medaillon, und als ich mich nach Sturmvogel umwandte, war mir klar, daß ich sie nicht zurücklassen durfte. »Halte dich an meinen Haaren fest«, befahl ich ihr: »Halte dich mit beiden Händen fest und laß nicht los, was auch immer geschieht!« Sie faßte meine Haare, wo sie sich über den Ohren kräuseln, und sagte: »Ich bin bereit: Los!«

Dann hob ich bittend die Hände und sprach: »Mutter Ana, führe mich heim! Bring mich zurück vor meine Tür!«

Das Toben verklang in der Ferne, ich verlor das Bewußtsein. Das erste, was ich wiedererkannte, war das Medaillon in meiner Hand – nur daß es irgendworan befestigt war und ich es nicht zurück in die Tasche stecken konnte. Es ließ sich rundumdrehen, und dabei stellte ich fest, daß es gar kein Medaillon war, sondern ein Türknopf. Außerdem hatte ich keine Tasche an mir.

Ich stand splitternackt vor meiner Haustür und fror im Nachtwind. Als ich die Tür aufdrückte, hörte ich das Motorrad – das Motorrad des jungen Doktors – das noch immer um die Kurve beim Bahnhof donnerte. Eine Sekunde lang horchte ich hin, dann stieg ich im Mondlicht behutsam die Stiege hinauf und ging in mein Ankleidezimmer. Ich fand einen frischen Pyjama, zog ihn an und wollte eben hinüber ins Schlafzimmer gehen, als mir plötzlich etwas einfiel. Sehr vorsichtig fuhr ich mir mit einem Kamm durch das Haar und legte ihn danach wieder auf den Toilettentisch, von dem ich ihn genommen hatte.

»Warte hier, Sturmvogel«, flüsterte ich. »Es wird nicht lang dauern ...«

Antonia streckte sich verschlafen, als ich neben ihr ins Bett kroch. »Wie eiskalt du bist, Schatz! Wo warst du denn? Badezimmer?«

»In einer Welt, die Neukreta heißt«, antwortete ich.

»Du mußt der Post die neue Adresse bekanntgeben«, murmelte sie. Dann stützte sie sich auf einen Ellbogen: »Du, Ned?«

»Tonia!«

»Wenn du mich wirklich liebst, mußt du mir wirklich eine neue Elfenbeinbürste kaufen! Ich habe mich nie mehr wie eine richtige Dame gefühlt, seit bei dieser Karfreitagsbombe der Teufel sich meine Bürste geholt hat!«

»Ich liebe dich wirklich und werde dir deine Bürste kaufen – und wenn sie ein Königreich kostet.«

»Dann gibt mir einen Kuß, Ned!« sagte sie und legte sich auf ihr Kissen zurück.

Dreimal klopfte es leise.

»Was ist das jetzt? Als ob jemand an der Tür geklopft hätte.«

»Dein Stichwort«, teilte ich ihr mit. »Du mußt darauf sagen: ›Willkommen, Sturmvogel!‹«

»Warum?«

»Weil ich dir eine Elfenbeinbürste schenken werde.«

»Willkommen, Sturmvogel«, wiederholte sie gehorsam und zog mich an sich.

»Willkommen, mein Kind«, fügte ich leise hinzu.

Romane, die Sie in Bann schlagen

Lothar-Günther Buchheim:
Das Boot
dtv 1206

Heimito von Doderer:
Die Strudlhofstiege
dtv 1254

Saul Bellow:
Die Abenteuer des Augie March
dtv 1414

Oskar Maria Graf:
Unruhe um einen Friedfertigen
dtv 1493

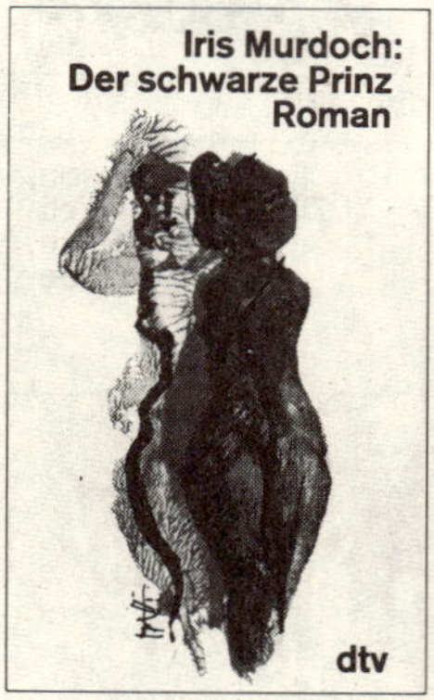

Iris Murdoch:
Der schwarze Prinz
dtv 1501

Jakob Wassermann:
Caspar Hauser
dtv 10192

Historische Romane im dtv

dtv 10144

dtv 1258

dtv 1300

dtv 1394

Werner J. Egli:
Die Siedler / dtv 10494

Martin Gregor-Dellin:
Schlabrendorf oder Die Republik
dtv 10309

T. E. Lawrence:
›Lawrence von Arabien‹ Die sieben Säulen der Weisheit / dtv 1456

André Malraux:
Die Eroberer
dtv 10308

Régine Pernoud:
Königin der Troubadoure Eleonore von Aquitanien
dtv 1461

Theodor Plievier:
Des Kaisers Kulis
dtv 10237

Kenneth Roberts:
Nordwest-Passage
dtv 10426

Annemarie Selinko:
Désirée / dtv 1399

Martin Stade:
Der König und sein Narr / dtv 1651

Jakob Wassermann:
Caspar Hauser oder Die Trägheit des Herzens / dtv 10192

Anthologien im dtv

Fahrt mit der S-Bahn
Erzähler der DDR
dtv 778

Frauen in der DDR
Zwanzig Erzählungen
dtv 1174

Frauen in Lateinamerik
Erzählungen und
Berichte
dtv 10084

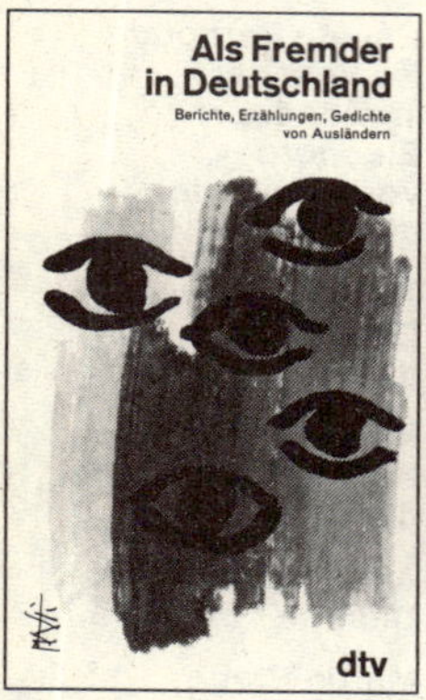

Als Fremder in
Deutschland
Berichte, Erzählungen,
Gedichte von
Ausländern
dtv 1770

Menschen im Büro
Von Kafka
zu Martin Walser
Vierzig Geschichten
dtv 10215

Auf Live und Tod
Satiren für Rundfunk-
freunde und Fernseher
dtv 10149